Kein Mord wie jeder andere

BoD™
BOOKS on DEMAND

Karin Köster

Kein Mord wie jeder andere

Bibliografische Information der Deutschen Nationalbibliothek:
Die Deutsche Nationalbibliothek verzeichnet diese Publikation in der
Deutschen Nationalbibliografie; detaillierte bibliografische Daten sind im
Internet über http://dnb.dnb.de abrufbar.

© 2016 Karin Köster
2. überarbeitete Auflage
1. Auflage 2009 Schardt Verlag

Cover: Marcus Friedeberg nach einer Vorlage von Svetlana Kail

Herstellung und Verlag: BoD – Books on Demand, Norderstedt

ISBN: 978-3-837-03804-0

1

Ich rannte, als wäre der Teufel persönlich hinter mir her. Meine Haut war von einem dünnen Schweißfilm bedeckt, und ich spürte, dass das Baumwollshirt unter dem signalroten Jogginganzug an meinem Körper klebte. Trotz einer Temperatur nahe dem Gefrierpunkt glühte mein Gesicht vor Hitze. Ein Mann im langen Mantel mit aufgestelltem Kragen kam mir entgegen. Schon von weitem sah ich, dass seine Nase und Wangen von der Kälte gerötet und die Haare vom Seewind zerzaust waren. Als er meiner gewahr wurde, verließ er den schmalen, gepflasterten Gehweg des Deiches und wich aufs Gras aus. Ich beendete meinen Hundertmetersprint und passierte den Spaziergänger im gemäßigten Joggingtempo. Ein rostbraunes Frachtschiff glitt neben uns durch die schiefergraue Weser und zog eine schäumende Schneise in die Wasseroberfläche. Flüchtig streifte ich den Blick des Mannes, als plötzlich eine Möwe über unseren Köpfen ein durchdringendes Kreischen ausstieß. Mir stockte der Atem, und eine eiskalte, stählerne Faust griff nach meinem Herz.

Das konnte nicht wahr sein! Völlig unmöglich ... Es waren nur Sekundenbruchteile, während derer ich ihm ins Gesicht geschaut hatte, dennoch gefror mir das Blut in den Adern: Ich hatte in die schwarzen Augen eines Mannes gesehen, der mir einst hasserfüllt gedroht hatte, mich bei unserer nächsten Begegnung umzubringen. Wenn ich den Sprint schon sehr schnell gelaufen war – jetzt raste ich los wie eine Irre. Ein mächtiger Adrenalinschub mobilisierte meine Restreserven und ließ mich den nächsten einsamen Kilometer Deichweg in Rekordgeschwindigkeit bewältigen. Statt die steinernen Stufen zu nehmen, lief ich den steilen Deich hinunter. Ich strauchelte, überschlug mich und rutschte auf dem Hosenboden das nasse Gras hinunter, sprang wieder auf und rannte weiter. Mein Herzschlag donnerte in meinen Ohren, und ich spürte, wie meine Brust eng wurde. Ich traute mich nicht, einen Blick über die Schulter zu werfen.

Auf dem Parkplatz am Fuße des Deiches standen drei herrenlose Autos. Ich tippte auf den BMW älteren Baujahrs. Schwarzgetönte Scheiben, tiefergelegt, Auspuffrohre wie Schornsteine – das war sein Stil. Ich hatte nicht mehr lange zu leben, wenn er sich ins Auto setzte und mich damit verfolgte.

Der Mülleimer aus Eisengeflecht unterhalb der Informationstafel über die heimische Fauna hing nicht mehr in seiner Halterung, sondern lag kopfüber auf dem grauen Pflaster. Bierdosen rollten auf der Erde hin und her, eine McDonald's-Papiertüte wehte über den Asphalt. Zwei hohe Windräder ragten vor mir auf, sie drehten sich wie verrückt in der immerwährenden Brise und machten dabei ein mechanisch schleifendes Geräusch. Hier begann die Straße Am Luneort, die einzige und nur mäßig befahrene Verbindung zwischen dem Seedeich und dem Gewerbegebiet Bohmsiel in Wulsdorf, Bremerhavens südlichem Stadtteil, in dem ich zu Hause war.

Meine Joggingschuhe flogen über den gelben, feinen Kies des Radwegs. So sehr ich mich auch bemühte, das stoppelbärtige, graue Gesicht mit den eingefallenen Wangen aus meinem Gehirn zu vertreiben, es gelang mir einfach nicht. Ich dachte an das kurze, überraschte Aufflackern, als sich unsere Blicke begegnet waren und schlussfolgerte, dass er mich ebenfalls erkannt hatte. Mir wurde speiübel. Warum trieb sich der Kerl an diesem sonnigen, kalten Novembermorgen auf dem Weserdeich in Bremerhaven herum? Und warum, in Gottes Namen, saß er nicht mehr im Gefängnis?

Vor sieben Jahren hatte ich dafür gesorgt, dass Lonzo Zacharias niemandem mehr etwas zuleide tun konnte. Damals hatte er seine Mutter Luise, eine an Diabetes leidende Siebzigjährige, kaltblütig und auf grausamste Weise ermordet. Geschickt hatte er die Polizisten für sich eingenommen, so dass diese den vermeintlichen Indizien für einen Einbruch und Lonzos Unschuldbeteuerungen geglaubt hatten. Doch er hatte die Rechnung ohne Martha Millers gemacht. Dank meiner hartnäckigen Ermittlungstätigkeiten war Zacharias im Knast gelandet – auf Nimmerwiedersehen, wie ich gehofft hatte. Wenn er tatsächlich mit dem Auto zum Deich gefahren war und die Verfolgung aufnahm, wäre ich jetzt leichte Beute für ihn, denn der Luneort zog sich ellenlang durch die Einsamkeit. Er konnte mich in aller Seelenruhe erschießen oder überfahren oder all die Dinge mit mir tun, die seinem kranken Hirn gerade in den Sinn kamen.

Der eigentümlich schale Geruch der Kläranlage überlagerte die klare, salzige Seeluft. Ich rannte am Regionalflughafen vorbei und erblickte dort keine einzige Menschenseele. Die Parkplätze sowohl für Gäste des Restaurants als auch für Passagiere waren leergefegt. Vermutlich ging heute kein Flieger in die Luft, und man sperrte die Gaststättentür deshalb gar nicht erst auf. Es kam mir vor, als sei ich der einzige Mensch auf dieser Welt. Ich lauschte angestrengt, was bei meinem keuchenden Atem nicht ganz so einfach war. Täuschte ich mich oder nahte von hinten ein Auto?

6

Jetzt wünschte ich mir, ich wäre der einzige Mensch, denn ich würde lieber bis in alle Ewigkeit mutterseelenallein durch die Einöde joggen, als in die Gewalt eines Zombies zu geraten. Leider irrte ich mich nicht, ich hörte den Wagen jetzt ganz deutlich. Er war direkt hinter mir, verlangsamte das Tempo, und der Fahrer schaltete einen Gang zurück. Ich kniff die Augen zusammen, wie ich es als Kind getan hatte, als ich meinte, dadurch unsichtbar zu werden, und wünschte mir nichts sehnlicher herbei als mein Verteidigungsspray. Doch das lag nichtsahnend zu Hause in meiner Handtasche. Kurzzeitig erwog ich, an einer der mannshohen Holztüren, mit denen sich die Kleingartenbesitzer an der Lune zur Straße hin gegen neugierige Blicke abschirmten, zu rütteln und dabei um Hilfe zu schreien. Dann fiel mir ein, dass mitten im November vermutlich sowieso niemand den Rasen mähte oder sein Paddelboot zu Wasser ließ. Ich würde nur kostbare Zeit vergeuden. Das Auto hielt sich dicht hinter mir, hatte sich meinem Tempo angepasst. Der Motor lief unrund, der Auspuff röchelte und spuckte. Vor meinem geistigen Auge erschien Lonzos hämisch grinsende Fratze hinter einem Sportlenkrad, das kleiner als sein Handteller war. Tränen der Verzweiflung stiegen mir in die Augen, ich betete still das Vaterunser.

Der Sportboothafen lag verlassen da. Weder die Segelboote noch die dazugehörigen Menschen waren zu sehen und auch das Holzhäuschen, aus dem sonst Aal verkauft wurde, war verrammelt. Doch was war das? Gott hatte mein Gebet erhört und schickte mir Hilfe! Meine Tränen der Verzweiflung wurden zu Tränen der Freude und unendlichen Dankbarkeit und rannen nun hemmungslos über meine Wangen. Von vorn näherte sich in der langgezogenen Kurve ein Betonmischer. Zischend ließ er Druckluft ab, schaltete einen Gang hoch und rumpelte auf mich und meinen Verfolger zu. Ich riss beide Arme in die Luft und winkte ihm zu wie eine Schiffbrüchige, während ich einen innerlichen Jubelgesang anstimmte: Nicht der skrupelloseste Verbrecher, auch nicht Lonzo Zacharias, würde am helllichten Tag unter den Augen eines Betonmischerfahrers einer unschuldigen Joggerin das Lebenslicht auspusten, oder?

Plötzlich beschleunigte das Auto hinter mir und brauste mit aufjaulendem Motor an mir vorbei. Es handelte sich um einen über und über mit grün-weißen Werder-Bremen-Aufklebern versehenen Opel Kadett mit doppelten Sportauspuffrohren und einem überdimensionalen Spoiler auf dem Heck. Ich bezweifelte zwar, dass Lonzo Werder-Fan war, doch wer auch immer diesen Wagen fuhr, ich atmete unendlich erleichtert seine

Auspuffgase ein. Der Betonmischerfahrer tippte auf die Hupe und winkte mir fröhlich zu, sein Beifahrer zeigte mir einen Vogel.

Vielleicht fuhr Lonzo überhaupt keinen Wagen und hatte den Deich von der Doppelschleuse aus zu Fuß erreicht, überlegte ich und versuchte mich damit zu beruhigen. Ich malte mir aus, wie er den ganzen Deichweg wieder zurücklatschen musste, um den für eine Verfolgung nötigen fahrbaren Untersatz zu bekommen, während ich längst über alle Berge war. Dass ich Lonzo tatsächlich glücklich entkommen und jetzt in Sicherheit war, wurde zur Gewissheit, als ich endlich die Zivilisation erreichte. An der Kaufland-Tankstelle standen die Autos Schlange, und ich begegnete auf dem Gehweg einer mit diversen Einkaufstüten beladenen Frau. Ihr Mund bildete ein auf dem Kopf stehendes U, und sie blickte dermaßen mürrisch drein, als sei ihr gerade ein Bus über den Fuß gefahren. In meinem freudigen Überschwang wäre ich ihr beinah um den Hals gefallen, bedeutete ihre Gegenwart doch gleichzeitig meine Rettung aus Lebensgefahr.

In Höhe des Ruck-Zuck-Selbstabholer-Möbelmarktes hatte ich mich soweit beruhigt, dass ich mein Tempo auf langsamen Dauerlauf reduzierte. Ich erreichte die Weserstraße und bemühte mich, nicht mehr bei jedem vorbeifahrenden Auto einen Blick auf das Gesicht des Fahrers zu werfen. Ich musste sofort herausfinden, warum Lonzo nicht mehr im Gefängnis war! Hatte man ihn wegen guter Führung vorzeitig entlassen? Undenkbar. War er geflohen? Dann würde ich alles daransetzen, ihn wieder hinter Gittern zu bringen! Ob er wusste, wo ich jetzt wohnte? Ich seufzte auf. Es war ein Leichtes, eine Adresse herausfinden und für einen Kerl wie Lonzo weniger als ein Kinderspiel. Er würde mich ausfindig machen, und dann gnade mir Gott!

Als der rote Backsteinbau mit seinen gepflegten Rasenflächen, geschwungenen Wegen und Gaslaternen-Imitaten in meinem Blickfeld auftauchte, fiel ich in Schrittgeschwindigkeit. Ich holte die Stoppuhr aus meiner Hosentasche und drückte auf den Knopf. Fünfzehn Kilometer Dauerlauf, dazwischen drei Hundertmetersprints, und zum Schluss dieses irrsinnige Gerenne lagen hinter mir, und ich hatte nur eine knappe Stunde gebraucht. Ich genoss das erhebende Gefühl, das sich einstellte, wenn man seinen Körper bis an die Grenzen gefordert hat, und freute mich auf eine erfrischende Dusche.

Bevor ich die gläserne Eingangstür des Wohnblocks aufstieß, wappnete ich mich mit einem tiefen Atemzug gegen die Duftwolke aus Birken-

Haarwasser, Franzbranntwein, Mottenkugeln und Bohnerwachs, die mir gleich entgegenschlagen würde. Ich passierte das gläserne Kabuff von Richard Knülle, der neben seinem Hausmeisterposten auch so eine Art Pförtnertätigkeit in der Wohnanlage versehen sollte, doch wie üblich war der Glaskasten leer. Schon stand ich im geräumigen Hausflur, dem die Wohnungsgesellschaft großspurig den Titel Foyer verpasst hatte. In Wirklichkeit handelte es sich um den Eingangsbereich einer Seniorenwohnanlage, wo rund um die Uhr mindestens eine Handvoll Bewohner herumlungerten. Sie hielten die kunstledernen Sitzflächen der Stühle warm, die wie in der Wartezone des Einwohnermeldeamtes nebeneinander aufgereiht waren. Beim Eintreten wurde man beäugt wie ein zum Verkauf stehender Gebrauchtwagen.

Hannelore Guggenfink, deren Gesichtshaut zerknittertem Pergamentpapier glich, auf dem sich unzählige braune Flecken angesiedelt hatten, war zweiundneunzig und trug eine glänzende, tiefschwarze Mireille-Matthieu-Perücke. Sie hielt sich nicht lange mit Begrüßungsfloskeln auf. Wenn auch nur die belangloseste Kleinigkeit die tägliche Monotonie durchbrach, war es an ihr, die Neuigkeit kundzutun.

„Hast du die neue Pflegerin schon gesehen, Martha?" Sie wartete eine Antwort gar nicht erst ab, so sehr brannte es ihr unter den Nägeln. „Sie heißt Grazina und kommt aus Polen! Das Mädchen spricht fließend Deutsch, da glaubt man gar nicht, dass sie aus einem anderen Land stammt!"

Wilhelmine Germascheck schüttelte den Kopf, dass die kleinen, weißen Pudellöckchen nur so flogen, doch ich wertete diese Geste nicht als Beitrag zum Thema. Wilhelmine war etwa einen Meter fünfzig groß, mit einer Figur wie ein Fußball und auffallend roten Wangen. Seit ein paar Jahren litt sie an Parkinson, und deshalb schüttelte sie fast den ganzen Tag lang den Kopf. Wenn sie sich aufregte, konnte sich dieses Phänomen um ein Vielfaches steigern.

Im Vorbeigehen blieb mein Blick an einem unglaublich dicken Mann hängen, der zusammengesunken auf einem der Stühle hockte. Sein rot-weiß-kariertes Baumwollhemd war bis in den allerletzten Winkel mit Körpermasse ausgefüllt, und die blanken Kunststoffknöpfe standen kurz davor, sich auf Nimmerwiedersehen zu verabschieden. Der Hals vom Umfang eines Kanalisationsrohrs hatte das stoppelbärtige Kinn verschluckt und ruhte in mehreren Lagen über dem Hemdkragen. Seine beige Feincordhose hatte einen halben Meter rund um den Schritt einen dunkleren

Farbton angenommen.

„Ernst ist da ein kleines Malheur passiert", klärte mich Albert auf, der meinem Blick gefolgt war. Nur noch eine Handvoll weißer Härchen zierten seinen ansonsten kahlen Schädel, er hatte ein glattes, rundes Kinn und klare, leicht amüsiert blickende, hellblaue Augen. Trotz seiner einundacht-zig Lenze war Albert der mit Abstand hellste Kopf im Empfangskomitee.

Ernst hatte die Augenlider geschlossen, und aus seinem offenen Mund drangen halblaute Pfeifgeräusche.

„Puh!" machte ich, schlug einen Bogen um den schlafenden Mann und fächelte mir Luft zu, „der gehört gründlich gewaschen und trockengelegt."

„Mein Reden", pflichtete Albert mir bei und blinzelte verschmitzt. Albert war vierzehn Jahre älter als ich und hatte einst nur wenige Meter von meinem Elternhaus entfernt gewohnt. Als Achtjährige hatte ich heimlich dabei zugesehen, wie er die nimmersatte Gudrun in einem halb zerfallenen Schuppen am Wulsdorfer Bahndamm herkriegte. Während andere Mädchen in meinem Alter noch nicht den blassesten Schimmer hatten, war ich dank Albert schon frühzeitig bestens aufgeklärt.

„Er war gestern Abend betrunken, und nun hat er seinen Piephahn nicht im Griff!" schimpfte Berta Koppstein, die kurz vor ihrem Fünfundsiebzigsten stand und sich ausschließlich in rosa- oder lilafarbenen Strickwaren kleidete.

„Soll vorkommen", erwiderte ich und zwinkerte Albert zu, als ich weiterging.

„Für ne Pflegerin ist er zu geizig!" hörte ich Hannelore Guggenfink wettern.

„Dann muss er Vorlagen benutzen!" ging die Diskussion weiter. Wie immer ignorierte ich den Fahrstuhl. Während ich zwei Stufen auf einmal nehmend zum zweiten Stockwerk hinauf sprang und die Stimmen hinter mir verklangen, fragte ich mich mal wieder, warum das Schicksal mich hierher verschlagen hatte.

Seit einem halben Jahr lebte ich in der seniorengerechten Wohnanlage Eichengrund, die in drei Blöcken U-förmig um die Endstation, das Pflegeheim, errichtet worden war. Gleich nebenan befand sich der Seniorentreffpunkt Miteinander, ein Flachdachbau, der Austragungsort von Mensch-ärgere-dich-nicht-Turnieren, Sing- und Bastelnachmittagen war. Eichengrund war erst im vergangenen Jahr aus dem Boden gestampft worden und modern mit apricot-farbenen Wänden, Türen aus

Buchefurnier, kurzflorigen Teppichen und Müllschlucker ausgestattet. So weit so gut, wenn es sich nicht um eine Senioren-Wohnanlage gehandelt hätte. Mit Vierundzwanzig-Stunden-Notrufknopf in jeder Zimmerecke und sämtlichen Pflege- und Betreuungsdiensten, die sich der Bewohner nach Bedarf und Liquidität wie ein Menü zusammenstellen konnte. Derlei Dinge waren für mich vollkommen überflüssig.

Ich war siebenundsechzig und verabscheute nichts so sehr wie das Altwerden. Gebrechen, Gejammer und Gehhilfen sind mir zuwider. Und hier, in diesem Haus, wurde ich genau damit tagtäglich konfrontiert. Schuld an dieser Situation war einzig und allein mein Fernseher, der eines Nachts zu einer Bombe mutiert war und meinem kleinen Häuschen den Flammentod bescherte. Statt eines Eigenheims besaß ich plötzlich nur noch einen großen Haufen Asche und einen überschwemmten Vorgarten.

Der Wohnkomplex Eichengrund war gerade fertiggestellt worden, befand sich gleich um die Ecke und bot mir praktischerweise augenblicklich eine neue Bleibe. In Bremerhaven, der schönsten deutschen Stadt an der Nordsee, gab es zwar ein überschaubares Angebot an Miet- und Eigentumswohnungen, seitdem keine amerikanischen Soldaten mehr hier stationiert waren, allerdings nicht in meinem Heimatstadtteil Alt-Wulsdorf.

Zu diesem Wulsdorfer Viertel rund um die altehrwürdige Dionysiuskirche und den Jedutenberg gehörten nur ein halbes Dutzend schmale Straßen. Hier bestimmten vereinzelte reetgedeckte Bauernhäuser neben soliden Siedlungshäusern, uralte Eichen und Kastanien und zum Teil sehr altes Kopfsteinpflaster das Straßenbild. Die Anwohnerschaft war eine bunte Mischung aus alteingesessenen Rentnern, jungen Familien, Fischwerkern, Hausfrauen, Werftarbeitern und ein paar Besserverdienern. Ich kannte jeden Einzelnen persönlich und wollte mein Lebtag nirgendwo anders wohnen. Nach dem Brand hatte meine Schwiegertochter mir spontan angeboten, in ihren vier Wänden zu nächtigen. Ebenso spontan hatte ich abgelehnt und eine Wohnung im Eichengrund gekauft.

Der Pluspunkt meiner jetzigen Behausung war die Größe von sechzig Quadratmetern Wohnfläche. Von jeher eine lausige Hausfrau und ebensolche Gärtnerin, war ich meinem Fernseher sogar ein kleines bisschen dankbar, dass er mich von Haus und Grundstück befreit hat. Wenn ich nur nicht in einem verdammten Altersheim gelandet wäre!

Die Wohnungstür fiel hinter mir ins Schloss, und ich befand mich sogleich im Wohnzimmer. Die Raumaufteilung war dem amerikanischen Wohnstil nachempfunden und wirkte modern und großzügig. Durch das große Fenster, welches von leichten, sandfarbenen Vorhängen eingerahmt wurde, bahnte sich die Herbstsonne ihren Weg. Um einen niedrigen Teakholztisch gruppierten sich zwei Sessel und die beiden Couches aus weichem, hellem Stoff, bestückt mit bunten Kissen und einer flauschigen Wolldecke. Auf dem Fußboden lag eine grüne Frotteesocke und ein Buch mit dem Titel „Die Dreikaiserschlacht von Austerlitz", das den Einband der Stadtbibliothek trug. Eine halbvolle Rotweinflasche stand auf dem Tisch neben einem Glas, das auf der Platte mehrere kreisrunde Abdrücke hinterlassen hatte. Das Esszimmer war in einer Nische im Wohnzimmer gleich neben der Küche untergebracht. Ich nutzte die dunkelgebeizte Sitz-gruppe nur zu besonderen Anlässen wie meinem Geburtstag, als mein Sohn Bernd samt Gattin bei mir aufgeschlagen war.

Im Vorbeigehen warf ich einen Blick in den großen ovalen Spiegel, der von einem goldenen, reich verzierten Rahmen umgeben war, welcher beinah kitschig anmutete. Aber nur beinah – der Grat zwischen Kitsch und Kunst ist ja bekanntlich sehr schmal. Ich grinste meinem Spiegelbild zu und fand wie immer, dass mein Mund zu breit war. Nicht extrem breit, aber doch eben eine Spur zu breit. An meiner Nase gab's nichts auszuset-zen, sie ist gerade und weder groß noch klein. Das Schönste an mir sind meine Augen: Sie sind hellgrau und von solcher Intensität, dass manche Menschen Schwierigkeiten haben, meinem Blick standzuhalten. Wenn ich zornig bin, verdunkelt sich die Iris um einige Nuancen und gleicht einem aufziehenden Unwetter.

Meine Haare reichten mir bis zu den Schultern – zeitlebens konnte ich mich nicht für einen praktischen Kurzhaarschnitt erwärmen. Bis vor eini-gen Jahren waren sie hellbraun mit einem leicht goldigen Schimmer. Mitt-lerweile half ich der Natur in regelmäßigen Abständen mit Haartönungen auf die Sprünge, weil sich ein Alte-Leute-Grau dort breitzumachen drohte. Bei einer stattlichen Größe von eins zweiundsiebzig war ich schlank mit einem leider kaum vorhandenen Busen. Meine Beine waren zum Glück bisher von Besenreiser-Inseln und Krampfadern verschont geblieben, was möglicherweise daher rührte, dass ich eine ausdauernde Läuferin war. Ich hatte den letzten Seestadt-Halbmarathon in meiner Altersklasse gewon-nen! Die Konkurrenz war zwar nicht sehr groß – genau genommen war ich die einzige siebenundsechzigjährige Frau – jedoch bin ich die gesamten einundzwanzig Kilometer gelaufen und nicht wie Rudolf Odenthal, der Busfahrer, eine halbe Stunde vor dem Ziel zusammengebrochen. Zum Zeitpunkt der Siegerehrung lag Rudolf im Krankenhaus unterm Sauerstoffzelt und das, obwohl er zwanzig Jahre jünger war als ich.

Ich warf meine Sweatjacke auf einen Sessel, schlug einen Bogen um den großen, schwarzen Lederkoffer, der seit meiner gestrigen Rückkehr von einem fast fünfwöchigen Aufenthalt bei meiner Freundin Hildegard in Berlin aufs Auspacken wartete, und ging in die Küche. Das Frühstücksgeschirr stand noch auf dem kleinen, runden Tisch, der mit Krümeln übersät war. Die Salami aalte sich in der Sonne und rollte sich wohlig an den Enden auf. Noch immer hatte ich den miefigen Geruch aus dem Hausflur in der Nase, und so trat ich ans Fenster und ließ frische Luft herein. Im Haus gegenüber hatte Ursel Sengstaken ihr Fenster ebenfalls ganz geöffnet und es sich mit einem Kissen unter den aufgestützten Armen und dem abgelegten Busen bequem gemacht. Ich schwor mir, niemals meine Freizeit auf diese Art zu verbringen und trat gerade energisch einen Schritt zurück, als ich meine Freundin Elfriede den Bürgersteig entlanghasten sah. Sie trug eine blaue Kittelschürze, weiße Gesundheitssandalen und gelbe Gummihandschuhe. Das feine, weißgraue Haar stand ihr in wirren Strähnen vom Kopf ab. Ihre Eile in Verbindung mit dem Outfit machte mich stutzig, und so ging ich zurück ans Fenster. Im gleichen Augenblick sah Elfriede hoch zu mir, blieb wie angewurzelt stehen und winkte mir so heftig zu, als ginge es um ihr Leben. Ihre Augen waren vor Schreck geweitet und ihr Gesicht von unnatürlich Blässe.

„Was ist los?" rief ich hinunter.

Elfriede blickte sich nach allen Seiten um, wie jemand, der ein Geheimnis hütet. Schließlich formte sie die Hände zu einem Trichter und schrie mit schriller Stimme hindurch: „Martha! Es ist etwas Furchtbares passiert! Schnell, komm schnell runter!"

Ängstlich sah sie sich um, ob ihr Rufen außer mir noch jemand gehört hatte und erschrak: Diverse Gardinen in diversen Wohnungen waren beiseite gezogen worden. Nasen wurden an Fensterscheiben plattgedrückt. Die dicke Ursel von gegenüber beugte sich aus lauter Neugier so gefährlich weit über den Sims, dass ihr Busen wie ein überdimensionales Glockengeläut über der Brüstung hing. In meinem Viertel passierte selten etwas, da konnte sogar eine umgefallene Mülltonne schnell zur Sensation werden.

Ich bedeutete meiner Freundin, auf mich zu warten, schnappte mir die Sweatjacke, klemmte meine Handtasche unter den Arm, schoss aus der Wohnung und war Augenblicke später neben ihr auf dem Gehweg.

Elfriedes Augen schwammen in Tränen, ihr Kinn zitterte, und ihr Gesicht hatte die Farbe eines frischgestärkten Bettlakens. Mit einem erstickten Seufzer ließ sie sich auf die nächste Bank fallen. Bänke gab's in diesem Mekka der Gehbehinderten zuhauf.

Elfriede und ich kannten uns schon seit der Schulzeit. Sie war anderthalb Jahre jünger als ich und von jeher spindeldürr. Ihre braunen Augen huschten stets unruhig hin und her, als sei sie auf dem Sprung. Sollte Elfriede als Tier wiedergeboren werden, dann als Reh. Sie war unselbständig, hoffnungslos naiv, tief gläubig, und niemals würde ich sie überzeugen können, dass nicht alle Menschen gut und edel sind.

„Martha, stell dir nur vor: Charlotte Honnef ist tot." Ein Zittern wie Schüttelfrost erfasste ihre magere Gestalt, und sie schlug die Hände in den Haushaltshandschuhen vors Gesicht. „Tot! Ich habe noch nie einen toten Menschen gesehen!"

Ich schon. Schließlich hieß einer meiner besten Freunde Knuth Gellermann und war von Beruf Bestattungsunternehmer. „Nun, deine Chefin ist gestorben", startete ich einen Versuch, das Häufchen Elend neben mir zu beruhigen. „Vielleicht musst du dir eine neue Putzstelle suchen, aber ansonsten ..."

Irgendwie konnte ich ihre Aufregung nicht so ganz nachvollziehen. Schließlich ging Elfriede ihrer Reinemache-Tätigkeit mehr oder weniger aus Spaß an der Freud nach. Geld hatten sie und ihr Mann Heino höchstwahrscheinlich genug.

„Meine Arbeit ist doch jetzt gar nicht wichtig!" presste Elfriede zwischen bleistiftdünnen Lippen hervor. „Ich weiß nicht ..., was soll ich bloß machen?"

Hä? Irgendwie widersprach sie sich nun aber selbst. Ich setzte eine mitfühlende Miene auf und tätschelte unbeholfen ihren knochigen Arm.

Elfriede ließ die Hände sinken und wandte mir ihr tränennasses Gesicht zu. „Soll ich Feierabend machen und so tun, als hätt ich nichts gesehen?"

„Ja, aber, was hast du denn gesehen?" rätselte ich.

„Dass Charlotte tot ist. Mausetot. Liegt in ihrem eigenen Blut auf dem Fußboden. Oh Martha, es ist ... es ist einfach schrecklich!" Elfriedes Schultern zuckten, und sie schluchzte auf.

„Und das sagst du erst jetzt?" rief ich. „Na los, komm schon!" Ich ergriff ihre Handgelenke und zerrte sie von der Bank.

„Was hast du vor?"

„Na, was schon? Deine Chefin angucken."

„Nein, Martha, nein! Um alles in der Welt – ich will das nicht noch einmal sehen."

Elfriede rammte ihre Gesundheitslatschen in den Bürgersteig wie ein störrisches Maultier, das sich weigert, einen einzigen Schritt zu tun.

„Brauchst du ja auch nicht. Aber ich muss mir das angucken."

Widerstrebend setzte sich Elfriede in Bewegung, aber auch nur, weil ich mit aller Kraft an ihren Armen riss.

„Erst werde ich mir einen genauen Überblick verschaffen, später müssen dann weitere Schritte eingeleitet werden: Notarzt, Polizei, vielleicht sogar die Spurensicherung, Gerichtsmedizin ...", frohlockte ich. Ein wohliger Schauer der Vorfreude strömte durch meinen Körper und verursachte ein Kribbeln auf meiner Haut. Ich liebe dieses Gefühl wie kein anderes.

„Martha, du bist meine beste Freundin, aber ich kann einfach nicht verstehen, warum du Tote interessant findest." Elfriedes Tonfall drückte unverhohlenen Abscheu aus.

„Das muss an meinen Genen liegen: Mein Großvater war Totengräber und meine Großmutter Leichenwäscherin", entgegnete ich gutgelaunt.

„Aha", machte sie, wenig überzeugt. Nach ein paar Metern bat sie eindringlich: „Würdest du bitte gleich bei der Polizei anrufen? Ich trau mich das nicht."

„Selbstverständlich", beruhigte ich sie.

Elfriede atmete erleichtert auf und beschleunigte endlich ihren Schritt. „Gut, dass ich zu dir gelaufen bin. Ich hab den ganzen Weg hierher gebetet, dass du mir helfen würdest, Martha. Ich kenne niemanden, der so patent ist wie du."

In der verkehrsberuhigten Straße im Stadtteil Surheide standen moderne Bungalows in gesundem Abstand zu architektonischen Wunderwerken. Büsche und hohe Hecken sorgten dafür, dass weder die jeweilige Hausherrin beim Sonnenbaden noch ihr Gatte beim Nichtstun beobachtet werden konnten. Hier hielt man was auf sich und fuhr als Zweitwagen mindestens eine A-Klasse. Familie Honnef bewohnte einen riesigen Winkelbungalow auf einem parkähnlichen Grundstück. Über einen geschwungenen Gartenweg aus grob behauenem Granit erreichten wir die massive Eichentür. Sie war angelehnt, und ich stieß sie weit auf.

Noch vor dem Eintreten roch ich den Tod. Ich spürte, wie meine Sinneswahrnehmungen von Sekunde zu Sekunde sensibler wurden, und geriet wie gewöhnlich in solchen Situationen in einen Rauschzustand. Gleich nachdem wir die mit italienischem Marmor gefliese Diele betreten hatten, setzte ich Elfriedes wehrlosen Körper in den nächstbesten Polstersessel. Dessen Muster aus Rattangeflecht wiederholte sich in dem niedrigen Telefontischchen, und der wiederum befand sich in dekorativer Nachbarschaft zu einer üppigen Stechpalme.

Elfriede sackte in sich zusammen wie eine achtlos dahingeworfene Schlenkerpuppe, und ich folgte meinen Instinkten. Mein Blick fiel auf eine gerahmte Fotografie, die ein gutaussehendes Paar mittleren Alters zeigte. Beide hatten jeweils einen Arm um die junge Frau in ihrer Mitte gelegt, die ein Abbild der Mutter war. Es war ein Bild aus glücklichen Tagen, die Personen lachten übermütig in die Kamera. Im Hintergrund war tiefblaues Meer und hellblauer Himmel zu sehen. Ich ging weiter, und der Geruch wurde stärker.

Die Leiche lag im palastähnlichen Wohnzimmer und starrte mit leerem Blick an die Zimmerdecke. Unter ihr befand sich ein großer, bunt gemusterter orientalischer Teppich. Er war schwarz von Blut. Es handelte sich um eine zierliche Frau, kleiner als einen Meter sechzig mit einem Gewicht von höchstens fünfundvierzig Kilo. Sie wirkte zart wie ein junges Mädchen, fast zerbrechlich, und hätte vermutlich gegen einen nur halbwegs kräftigen Angreifer nicht den Hauch einer Chance gehabt. Es bestand kein Zweifel, dass sie tatsächlich tot war, denn ich schätzte den Blutverlust auf mindestens zwei Liter. Trotzdem hockte ich mich neben die Frau und überprüfte gewissenhaft Puls und Atmung. Beides war nicht mehr vorhanden.

Ich holte einmal tief Luft, verlagerte mein Gewicht auf die Fußballen und drehte Charlotte behutsam auf die Seite. Vorsichtig schob ich das Plüschoberteil des türkisfarbenen, blutgetränkten Hausanzugs und die nur durch einen Gummizug gehaltene dazugehörige Hose so gut es ging hoch beziehungsweise runter und suchte auf der Rückseite der Frau nach Leichenflecken. Diese entstehen eine halbe bis eine Stunde nach dem Ableben an der aufliegenden Seite des Körpers, weil das Blut der Kapillargefäße nicht mehr transportiert wird. Ich wurde fündig und bettete Charlotte wieder auf dem Rücken, wie ich sie vorgefunden hatte.

Ich zählte sechs klaffende Wunden im linken und mittleren Brust- und Bauchbereich. Es handelte sich um schwalbenschwanzförmige Messerstiche, die entstanden waren, weil die Klinge zwischen Einstich und Herausziehen rotiert wurde. Der Täter war kein Profi, soviel stand für mich fest. Es sah so aus, als hätte er mehrmals wahllos auf sie eingestochen, bis

Charlotte schließlich am akuten hämorrhagischen Schock infolge Verblutens nach innen in Körperhöhlen oder nach außen aus arteriellen und venösen Gefäßen gestorben war.

Behutsam strich ich das dunkelgelockte Haar der Frau zur Seite und stellte fest, dass die am stärksten beanspruchten Muskeln, der Unterkiefer und der Nacken, bereits erstarrt waren. Ihr Gesicht und ihre Hände fühlten sich glatt und kühl an, die Körperoberfläche wie der mit geronnenem Blut bedeckte Bauch war noch warm. Ihre Erscheinung wirkte äußerst gepflegt. Die hellrosa lackierten Fingernägel waren nicht eingerissen – also war sie vermutlich kampflos überwältigt worden. Mit etwas Glück würde die Spurensicherung trotzdem etwas Brauchbares unter ihren Nägeln finden. Bevor ich mich aufrichtete, zupfte ich Charlottes Kleidung und ihre Haare wieder zurecht. Wie bereits bei meinem Eintreten ließ ich die Szenerie noch einmal auf mich wirken und prägte mir jedes Detail im Zimmer ein. Von der Tatwaffe fehlte jede Spur.

Ich trat ein paar Schritte zurück und betrachtete die Leiche konzentriert aus jedem Blickwinkel. Nach ihrem Tod war sie etwa zwei Meter weit transportiert worden, das zeigten die blutigen Schleifspuren auf den Fliesen und dem Teppich. Die todbringenden Verletzungen hatte man ihr vor dem Kulissentisch zugefügt.

„Warum hat er sie hierher geschleift, statt sie einfach neben dem Tisch liegenzulassen?" fragte ich mich laut, überlegte einen Augenblick und antwortete mir dann: „Möglichkeit eins: Mord im Affekt, also keine geplante Tat, wobei der Täter unter enormer psychischer Anspannung steht. Er sticht sie ab, glaubt, dass er sie dort nicht liegenlassen kann, weil jeder, der das Wohnzimmer betritt, sofort die Leiche sieht. Er will sie verstecken, also schleppt er die Tote ein Stück und stellt dann erschrocken fest, dass er eine Blutspur hinter sich herzieht. Deshalb lässt er sie wieder fallen. Möglichkeit zwei: Geplanter Mord. Der Täter hat Charlotte möglicherweise deshalb so platziert, weil er etwas Bestimmtes aussagen will. Vielleicht hat dieser Platz für ihn eine besondere Bedeutung?"

Das Wohnzimmer der Honnefs hatte eine stattliche Größe von rund fünfunddreißig Quadratmetern. An der rechten Seite befanden sich vor einem rustikal gemauerten, offenen Kamin, weinrote Clubsessel aus weichem Leder. Auf einem antik anmutenden Beistelltisch standen ein sauberer kristallener Aschenbecher, ein Benzinfeuerzeug mit Kristallfuß und ein Trockengesteck in Pastelltönen. An den cremeweiß getünchten Wänden hingen zwei übergroße Drucke von Werken der Worpsweder Künstlerin

Paula Modersohn-Becker.

Das weitere Mobiliar bestand aus einer Serie verschieden hoher, blank polierter Mahagonischränke, die mit Vasen, einem chinesischen Teeservice, mehreren in Leder gebundenen Büchern und einer antiken Standuhr im Miniaturformat dekoriert waren. Der massive Kulissentisch mit zwölf Stühlen stand vor der Fensterfront. Auf der glänzend blanken Tischplatte entdeckte ich zwei einzelne, aufwändig verpackte Marzipan-Amaretto-Pralinen mit der kunstvollen Aufschrift Je t'aime.

Ich betrachtete die erlesenen Süßigkeiten, und plötzlich wurde mir bewusst, wie hungrig ich war. Ich hatte in aller Früh eine Scheibe Toast gegessen, und jetzt war es nach elf. Also wickelte ich eine Praline aus, stopfte sie mir in den Mund und das Papier in meine Hosentasche. Zart zerrann die Schokolade auf der Zunge. Ich schmeckte schnapsgetränktes Marzipan und stieß auf eine winzige Haselnuss in der Mitte. Köstlich! Während ich auch die zweite Praline genoss, ließ ich das Wohnzimmer weiter auf mich wirken.

Der mit feinen Schnitzereien verzierte Sekretär zog mich magisch an. Ich öffnete die Klappe und nacheinander sämtliche Schubladen. Nachdem ich etwa eine halbe Stunde lang Papiere und Korrespondenz gesichtet hatte, wusste ich über einige Privatangelegenheiten des Opfers und seiner Familie gut Bescheid. Ein mittels einer Heftlasche zusammengehaltenes Dokumentenbündel, welches versteckt unterhalb einer Schublade gelegen hatte, verstaute ich in meiner Handtasche.

Die restlichen Papiere legte ich zurück an ihren Platz, schloss den Deckel des Schreibtisches und trat hinaus in die Diele. Elfriede saß noch genauso auf dem Sessel, wie ich sie zurückgelassen hatte. Als sie meiner gewahr wurde, hob sie den Kopf und sah mich an.

„Und?" piepste sie.

„Sie wurde heute Morgen getötet."

„Heute Morgen? Um Gottes willen, da wäre ich dem Mörder ja beinah in die Arme gelaufen! Ich war um acht Uhr hier ..."

„Hast du etwas Außergewöhnliches bemerkt?"

„Nein." Elfriedes rehbraune Augen flogen unruhig von einer Zimmerecke in die andere. „Jedenfalls nicht, bevor ich Charlotte fand. Ich hab die Haustür aufgeschlossen, denn die Honnefs sind zur Arbeit, wenn ich komme. Wie immer habe ich im Obergeschoss mit dem Schlafzimmer angefangen, dann habe ich das Bad geputzt, das Gästezimmer, in dem früher Veronika wohnte, die Treppe, die Diele, und als Nächstes wollte ich das Wohnzimmer ... Bis dahin war alles so wie jeden Montag."

„Hast du irgendwelche Spuren in der Diele gesehen? Fußabdrücke?"

„Meinst du etwa Blut? Blutige Schuhabdrücke?" quiekte Elfriede. Sie bekreuzigte sich dreimal. „Nein", keuchte sie, „da war nur etwas Staub und Sand, wie immer."

„Und letzte Woche? Ist dir da was aufgefallen? War etwas anders als sonst?"

Elfriede wirkte erschöpft und machte den Eindruck, als hätte sie Mühe, sich zu konzentrieren. „War es vergangenen Montag? Ja ... Als ich das letzte Mal hier war, lag Charlotte krank oben im Bett. Sie hatte sich einen Virus eingefangen. Ich habe alle Räume außer dem Schlafzimmer sauber gemacht."

„Hast du Charlotte gesehen?"

„Ja, kurz. Sie rief mich zu sich herein und bat mich, ihr einen Pfefferminztee zu kochen. Das tat ich, und mittags, als ich fertig war, verabschiedete ich mich von ihr. Oh, sie war wirklich sehr krank. Hat richtig gekrächzt beim Sprechen, die Ärmste, und ein ganz rotes Gesicht. Sie bedankte sich für meine Mühe ... Charlotte war immer sehr freundlich." Tränen sammelten sich in Elfriedes Augen, formierten sich zu kleinen Rinnsälen und liefen über ihre Wangen. Sie blinzelte. „Rufst du jetzt endlich die Polizei an? Ich will nach Hause. Stell dir bloß mal vor, der Mörder kommt zurück! Vielleicht hat er was vergessen!" schluchzte sie verzweifelt und machte Anstalten, sich vom Sessel zu erheben, doch ich war schneller und schubste sie zurück ins Polster.

„Bevor ich die Polizei anrufe, muss ich schnell das Haus durchsuchen. Wenn die Meute hier erst einfällt, sind ruck-zuck alle Spuren verwischt."

Elfriedes Blick drückte Unbehagen aus, und sie hob protestierend die Hand, aber ich hatte die Treppe schon halb erklommen. Während der nächsten Stunde durchkämmte ich Zimmer für Zimmer, riss Schranktüren auf und stöberte in Schubladen herum. Zu guter Letzt stellte ich das Schlafzimmer auf den Kopf. Ich ging systematisch vor und war hochzufrieden, als ich schließlich fertig war und die Treppe hinunterging.

Ein entsetzter Aufschrei ließ mich jäh innehalten.

„Mama!"

Verdammt, ich hätte es wissen müssen! Warum nur hatte ich Elfriede allein neben dem Telefon sitzen lassen? Die Zeit, während der ich eifrig Detektiv gespielt hatte, war ihr gewiss wie eine Ewigkeit erschienen.

„Bernd! Na, das nenne ich eine Überraschung!" rief ich mit glockenheller Stimme. Ich straffte meine Schultern, spannte die Handtasche wie in einen Schraubstock zwischen Rippen und Oberarm, stieg die verbliebenen Stufen hinab und empfing meinen Sohn, Herrn Kriminaloberkommissar Bernd Millers, so würdevoll, als sei ich hier zu Hause.

Dessen Gemüt entsprach normalerweise dem eines Schafs während der Tiefschlafphase, doch heute schien er sich arg zu beherrschen, um mir nicht an die Gurgel zu springen.

„Was machst du hier, in Gottes Namen? Dies ist ein Tatort!" schrie er wutentbrannt. Die Frage war rein rhetorischer Natur, und er hätte sie sich schenken können. Er kannte die Antwort, denn er kannte mich – seine Mutter.

Statt einer Entgegnung lächelte ich ihn deshalb nur treuherzig an.

„Scheiße! Verkackte Oberscheiße!" brüllte er, die Augen zu Schlitzen verengt. Seine Hände waren zu Fäusten geballt, und ich sah die Fingerknöchel weiß hervortreten. Wäre er nicht mein Sohn, so hätte ich geglaubt, er wolle mich schlagen.

„Wahrscheinlich finden sich jetzt im ganzen Haus deine Fingerabdrücke! Hast du die Leiche etwa auch angefasst?" spie er so heftig, dass winzige Speicheltropfen in meine Richtung flogen. An den Arzt und seine Kollegen, die in Hörweite ihren Aufgaben nachgingen, verschwendete er vermutlich keinen Gedanken.

Ich setzte eine mütterlich-nachsichtige Miene auf, als wäre Bernd vier statt vierzig und hätte soeben einen Tobsuchtsanfall vom Zaun gebrochen, weil ich ihm seine Lieblingsbonbons nicht kaufte.

„Sie ist seit drei ..." Ich warf einen Blick auf die sportliche Herrenarmbanduhr, die unter seinem Jackenaufschlag aufblitzte. – Oh, so spät schon! „Seit vier bis fünf Stunden ist sie tot. Schwalbenschwanzförmige Messerstiche im linken bis mittleren Brust- und Bauchbereich, akuter hämorrhagischer Schock. Der Täter ist groß und kräftig, Anfänger und höchstwahrscheinlich Rechtshänder, da dem Opfer die Wunden von vorn in die linke Körperhälfte zugefügt wurden. Die Leiche wurde ein bis zwei Meter weit bewegt, vom Tisch weg, dort, wo der Mörder sie getötet hat", gab ich höflich Auskunft.

„Pah!" machte Bernd so unglaublich abfällig, dass ich einen Moment befürchtete, er würde mir auf die Schuhe kotzen. „Ich werde dich einbuchten! Ich steck dich in die Sammelzelle des Frauengefängnisses, mal sehen, wie du dann aus der Wäsche guckst! Du behinderst nicht nur massiv die Ermittlungen in einem Mordfall, du ..."

„Herr Millers, würden Sie sich das bitte mal eben näher ansehen ...!" rief ein mit Aknepickeln übersäter junger Polizeibeamter, während er sich im Laufschritt näherte. Als er mich sah, stoppte er und salutierte auf der Stelle wie der Adjutant seinem General.

„Oh, Entschuldigung, ich wusste ja nicht, dass wir Unterstützung bekommen haben." Mit einem strahlenden Lächeln kam er auf mich zu und bedachte mich mit einem festen Händedruck. „Guten Tag, Frau Millers! Schön, Sie einmal wiederzusehen."

„Hallo Olcher! Ich freue mich auch, wieder dabei zu sein", begrüßte ich ihn wie einen alten Kriegskameraden.

Bernds Gesicht färbte sich dunkelrot, an seinem Hals trat eine Ader wie ein Strang hervor. Mit einer barschen Bemerkung schickte er seinen Untergebenen zurück an die Arbeit, bevor er auf mich losging. Er sprach jedes einzelne Wort so überdeutlich aus, als hätte er es mit einer minderbemittelten Gehörlosen zu tun: „Damit eines klar ist: Du bist nicht dabei! Nicht dabei! Haben wir uns verstanden? Deine ungefragte Einmischung im Fall ...".

„Wieso ist Lonzo wieder draußen?" fiel ich ihm ins Wort.

„Was sagst du da? Willst du mich ablenken, aus dem Konzept bringen, oder was? – Nein, Mama, ich werde nicht dulden, dass du mich noch einmal blamierst! Deine ungefragte Einmischung im Fall Mengele hätte mich um ein Haar meinen Job gekostet. Und an Hubert Lessing darf ich gar nicht denken. Splitternackt am Bettpfosten ...".

„Ohne mich hättest du die Täter bis heute nicht festgenagelt", gab ich hoheitsvoll zurück, zog Elfriede vom Sessel, hakte sie unter und lotste sie geschickt an einem Beamten vorbei, der mit einem großen, schwarzen Koffer bewaffnet ins Haus stürmte.

„Die Haushälterin muss sich zur Zeugenaussage bereithalten!" schrie Bernd mir hinterher.

„Zunächst wird sie sich ausruhen, die Ärmste. Und du suchst vorerst lieber nach dem Messer", empfahl ich und ließ ihn und seine Mannschaft mit der Toten allein.

2

Ich führte Elfriede heim wie ein Kind, das sich verlaufen hat. Sie schluchz-te und weinte in einem fort und wäre wahrscheinlich ohne meinen stützenden Arm unterwegs lang hingeschlagen. Die Bahnschranken waren geschlossen, und wir mussten abwarten, bis ein Güterzug mit unzähligen Containern aus dem Hafen vorbeigedonnert war. Als wir endlich den Glockenturm, das Wahrzeichen der Wulsdorfer Lieth-Breden-Siedlung, erreichten, war ich heilfroh. Die Siedlung war in den Jahren nach dem Krieg als Seefahrersiedlung entstanden, deshalb trugen die Straßen Namen wie Wikingerweg und Normannenweg. Mittlerweile wohnten hier alle möglichen Berufsgruppen, und meines Wissens nur noch ein einziger Seefahrer: Heino, Elfriedes Ehemann, war ehemaliger Kapitän zur See und hatte aus jedem angesteuerten Hafen ein Souvenir mitgebracht. So hob sich das Haus der Hansens von den übrigen Siedlungshäusern deutlich ab, weil etliche maritime Gegenstände den Vorgarten zierten. Unter dem Haustürvordach stolperte ich über das spitze Ende eines Ankers, weil Elfriedes Knie plötzlich nachgaben. Glücklicherweise öffnete der Hausherr genau im richtigen Moment die Tür, um seine taumelnde Ehefrau aufzufangen.

„Mensch noch mol, Elli, watt is denn mit di los?" rief er erschrocken mit dröhnendem Bass. Heino, der mit seinem breiten Kreuz, dem vollbärtigen, wettergegerbten Gesicht und dem unübersehbaren Bauchansatz wie der Inbegriff eines Seemanns aussah, war in Ostfriesland nahe der holländischen Grenze geboren. Sein heimatliches Plattdeutsch konnte kein normaler Mensch verstehen.

Er wartete eine Antwort gar nicht erst ab, sondern schulterte seine Frau kurzerhand wie einen besoffenen Matrosen und beförderte sie in die Koje. Unnötig zu erwähnen, dass der Weg dorthin eine Slalomstrecke um verschiedene Leuchttürme, Modellschiffe und ausgestopfte Seemöwen war.

Elfriede kam schließlich unterhalb eines riesigen lackierten Bretts zu liegen, auf dem die unterschiedlichsten Seemannsknoten aus dickem Tau anschaulich dargestellt wurden. Ich würde einen Knall kriegen, wenn ich jeden Morgen unmittelbar nach dem Aufwachen diese lehrreiche Tafel angucken müsste.

Ungeschickt stopfte Heino ein Kissen unter das Haupt seiner Frau und strich mit seinen großen, behaarten Händen die Bettdecke glatt.

„Schall ick di watt to'n drinken bringen?" fragte er.

Elfriede schüttelte schwach den Kopf. Dunkle Schatten lagen unter ihren Augen, und die Lider klappten zu wie bei einer Schlafpuppe.

„Watt is denn nu öberhaupt passeert?"

„Charlotte Honnef ist ermordet worden", gab ich Auskunft. Kaum hatte ich es ausgesprochen, da riss Elfriede die Augen wieder auf und begann erbärmlich zu zittern. Ihr Gesicht war kalkweiß. Ein gespenstisches, lebloses Weiß.

Ich befand, dass sich sicherheitshalber ein Arzt um sie kümmern sollte und wollte ihren Mann gerade mit dem Telefonat beauftragen, da sah ich, dass dessen gesunde Gesichtsfarbe einem grünlichen Grau gewichen war. Plötzlich schwankte der große, schwere Mann und plumpste direkt neben seine Gattin aufs Ehebett.

„Ermordet?" keuchte er.

Ich nickte bestätigend. Dicke Tränen liefen Elfriedes Wangen hinab.

„Nee ... Wer deiht ... denn bloß ... so watt?" Heino fasste sich ans Herz und schnappte nach Luft wie ein Heilbutt. Es war vermutlich das Beste, wenn ich den Arzt selbst anrief, damit er gleich beide Hansens untersuchte. Ich konnte nachvollziehen, dass ein zartes, naives Persönchen wie El-friede von den Geschehnissen des heutigen Tages wie erschlagen war. Aber die Reaktion ihres Mannes fand ich merkwürdig. Einen Seebären wie den sollte so schnell nichts aus den Pantinen hauen.

„Kanntest du Charlotte näher?" hakte ich beiläufig nach.

„Nähjer? Watt meenst du mit nähjer?" fragte er misstrauisch und ließ die Hand, die eben noch sein Herz beruhigt hatte, in den Schoß sinken. Er richtete sich auf, und allmählich gewann sein Gesicht die ursprüngliche rosarote Farbe zurück.

Auch dieses Verhalten fand ich komisch. Spontan fühlte ich mich an Ferdinand erinnert, eine kurze Liebesbeziehung während meiner Jungmädchenzeit. Ferdinand hatte das Ich-zeig-dir-mein-Würstchen-Spiel mit meiner Erzfeindin Rosemarie vehement geleugnet, obwohl ich die beiden mitten im schönsten Vergnügen erwischt hatte. Auch ihm hatte das schlechte Gewissen quasi im Gesicht geschrieben gestanden.

Ich betrachtete Heino eingehender und ließ meiner Phantasie freien Lauf. Nach etwa fünf Sekunden hielt ich es für möglich, dass er was mit Charlotte Honnef gehabt hatte. Ich beschloss, dieser Vermutung bei nächster Gelegenheit auf den Grund zu gehen. Nur sollte Elfriede nichts davon mitbekommen – allein mein Verdacht würde sie umbringen.

„Ich muss los", sagte ich und strich ihr zum Abschied behutsam über die Wange. Ich bin eigentlich überhaupt nicht der Streichel-und-in-den-Arm-nehm-Typ, aber das kleine blasse Persönchen unter der dicken Bettdecke tat mir entsetzlich leid. Es gibt Menschen, die pustet der kleinste Windstoß um, und sie kommen von allein nicht wieder auf die Füße – Elfriede war einer von ihnen. Ihre Lider flatterten, und sie wisperte kaum hörbar: „Danke, Martha!"

„Du rufst am besten sofort euren Hausarzt an", wandte ich mich mit eindringlicher Stimme an Heino.

Dieser folgte mir mit schweren Schritten aus dem Schlafzimmer. An der Haustür hatte er mich eingeholt und wollte ganz offensichtlich Näheres über den Mord wissen.

„Wie is es denn genau passeert?"

Ich sah ihn mit unbewegter Miene an und entgegnete ungerührt: „Charlotte wurde erstochen."

Aufstöhnend hielt Heino sich am Türrahmen fest, seine volle Unterlippe zitterte. Ich machte auf dem Absatz kehrt und ließ ihn stehen.

Ich brauchte zehn Minuten, um auf der schmalen Asphaltstraße durch den Wasserwerkswald zurück zum Haus des Opfers zu joggen. Als ich um die letzte Kurve bog, sah ich, dass noch immer zwei Polizeiwagen auf der Straße parkten. Ein anthrazitfarbener, überlanger Mercedes-Kombi hatte sich dazugesellt. Ich hatte gerade den Gartenzaun erreicht, als die Haustür geöffnet wurde. Zwei identisch gekleidete Männer mit akkuraten Haarschnitten und bewegungslosen Gesichtern trugen vorsichtig eine Bahre samt geschlossenem, grauem Leichensack die drei Stufen hinunter und den Gartenweg entlang. Dann verstauten sie ihre Fracht fachgerecht im Auto.

Der Anblick des Leichensacks versetzte mir einen schmerzhaften Stich ins Herz, und gleichzeitig stieg eine unbändige Wut in mir auf. Sie stieg in mir auf, und ich verwandelte sie in stählerne Entschlossenheit. Die Fotografie der glücklichen Familie Honnef erschien vor meinen Augen, und hätte ich mir nicht sowieso schon auf die Fahne geschrieben, den Täter zu finden, dann wäre dieser Plan spätestens jetzt in mir gereift. Die beiden Bediensteten schlossen die Heckklappe, nahmen im Wagen Platz und fuhren mit schnurrendem Motor von dannen. Ich sah ihnen nach. In der Luft hing säuerlicher Katalysatorgeruch.

Im Haus waren die Polizisten nach wie vor zugange, und ich verspürte nicht den Wunsch, dem lieben Bernd erneut in die Arme zu laufen. Auch der gutmütigste Mensch ist in Extremsituationen zu roher Gewalt fähig. Außerdem hatte ich da drinnen sowieso schon alles gesehen. Mein nächs-ter logischer Anlaufpunkt war demzufolge die Nachbarschaft. Ich fragte mich, ob und wie gut sich die Nachbarn in dieser Anonymität hinter hohen Hecken und Sichtschutzzäunen kannten.

In meinem Viertel hätte längst ein Würstchenverkäufer seine Chance genutzt und einen Stand errichtet. Wenn dort ein Polizeiauto einparkte, kamen mehr Menschen zusammen, als wäre der Papst persönlich zu Besuch. Von Menschenauflauf konnte hier keine Rede sein. Direkt gegenüber hatte sich eine Frau im mittleren Alter augenscheinlich zum Ziel gesetzt, nach Unkraut in ihrem Vorgarten Ausschau zu halten. Zwei Häuser weiter entdeckte ich eine schemenhafte Gestalt verborgen hinter einer weißen Gardine. Ansonsten war niemand zu sehen. Ich beschloss, mir die beiden Wachtposten für später aufzuheben, und begann zu meiner linken bei einem modernen Einfamilienhaus mit Turm, Giebeln und sehr viel Glasfläche.

Ein dumpfer Gong ertönte, als ich die Klingel betätigte. Kurz darauf öffnete mir eine vollbusige Brünette, die offensichtlich die beste Zeit ihres Lebens hinter sich hatte. Die scharfen Linien von der Nasenwurzel hinunter zu den abwärts geneigten Mundwinkeln traten noch deutlicher hervor, als sie meine Erscheinung kritisch musterte.

„Woll'n Sie was verkaufen? Könn Sie alles behalten! Ich brauch nix." Damit hätte sie mir die Tür vor der Nase zugeballert, wenn ich nicht noch schnell meine Handtasche dazwischengeklemmt hätte.

„Was fällt Ihnen ein?" keifte sie und betrachtete ungläubig die robuste Ledertasche. Dieser Dame konnte ich nur auf die harte Tour kommen.

„Mir wird eine ganze Menge einfallen, wenn Sie nicht kooperieren! In Ihrer Nachbarschaft ist ein Verbrechen geschehen, und ich benötige Ihre Aussage." Ich starrte sie drohend an, bis sie die Augen verdrehte und mir genervt auf die Schuhe sah.

„Sind Sie bei der Polizei?" fragte sie, nun eine Spur kleinlauter.

„Was dachten Sie denn?" entgegnete ich barsch und umging damit eine direkte Antwort. Lügen kommen mir verdammt leicht über die Lippen, doch ich verwende sie nur in Notfällen. Schließlich will ich in den Himmel, wenn's mal so weit ist, und von Jahr zu Jahr wird mir dieses Ziel etwas wichtiger.

„Seit wann beschäftigen die alte Tanten in roten Trainingsanzügen?"

Ich ließ die Beleidigung an mir ablaufen wie einen Schauer Regen und registrierte triumphierend, dass die Frau sich einen Schritt zur Seite bewegte und mir Einlass gewährte. Dabei stellte sie demonstrativ eine Leichenbittermiene zur Schau. Zügig ging ich hinein, denn eben hatte ich aus dem Augenwinkel Bernd gesehen, der aus dem Honnefschen Haus trat. Ich hoffte, er würde nicht so schnell auf die Idee kommen, sich in der Nachbarschaft umzuhören.

Die Hausherrin führte mich in den Salon, einen geschmackvoll in Gelb- und Orangetönen eingerichteten Raum, in dem Tabakqualm wie eine Nebelschwade hing. Sie deutete auf einen Stuhl und fragte in einem Ton, der eine Verneinung erwartete: „Kann ich Ihnen etwas anbieten?"

Ein Atemschutzgerät, dachte ich bei mir, lehnte aber höflich ab, weil ich es mir mit ihr nicht verscherzen wollte.

„Ich will Sie nicht lange aufhalten, Frau ...?" startete ich durch.

„Viola Hünerfus", half sie mir und gab sich keine Mühe zu verbergen, dass ihr meine Anwesenheit entsetzlich auf den Senkel ging. Sie betrachtete abwechselnd ihre Armbanduhr und ihre künstlichen Fingernägel.

„Verheiratet, keine Kinder. Meinem Mann und mir gehört das Dessous-Geschäft am Elbinger Platz. Wir teilen uns den Job. Er arbeitet vormittags, ich nachmittags. Sonst noch was?"

Meine Neugier war geweckt. Ich hatte noch nie eine Dessousgeschäfts-inhaberin persönlich kennengelernt und nutzte die Gunst der Stunde, um meine Allgemeinbildung ein wenig aufzufrischen.

„Welche Farbe ist denn jetzt gerade in? Früher kriegte man ja nur hautfarben und weiß. Na, und dann später auch schwarz." Frau Hünerfus sah mich einen Augenblick abschätzend an, als würde sie darüber nachdenken, ob ich nur ein bisschen dämlich war, oder ob ich sie verarschen wollte.

„Bordeaux ist der Renner. Und silbermetallic. Der Herr trägt Boxershorts mit originellen Motiven oder schwarze Satinstrings", erklärte sie zögernd.

„Silbermetallic ...", wiederholte ich nachdenklich. Gern hätte ich auch die Umsatzzahlen für Strapsgürtel und Strassstrümpfe gewusst, aber das hätte wohl zu weit geführt und meine Glaubwürdigkeit in Bezug auf polizeiliche Zeugenbefragungen in Frage gestellt.

„Kennen Sie die Familie Honnef?" fragte ich stattdessen.

Die Frau zwinkerte verwirrt. Der Grund mochte in dem abrupten Themenwechsel oder dem ekligen, kalten Rauch liegen.

„Natürlich. Die Honnefs sind unsere Nachbarn. Jedes Jahr im Sommer grillen wir mit den anderen aus der Straße einmal zusammen." Sie fegte die Nordsee-Zeitung auf dem Tisch beiseite und fand darunter einen randvollen Aschenbecher und eine Schachtel Zigaretten. Sie zündete sich eine an und zog gierig daran.

„Wann haben Sie Frau Honnef das letzte Mal gesehen?"

Viola legte die Stirn in Falten, zog erneut an ihrer Zigarette, blähte die Nasenlöcher und beförderte den Rauch wieder hinaus.

„Manchmal sieht man sich zufällig, zum Beispiel beim Nachhausekommen. Dann wünscht man sich einen guten Tag, und das war's. Keine Ahnung, wann ich sie das letzte Mal gesehen habe, vielleicht vor acht oder zehn Tagen. Vor ein paar Wochen saß ich allerdings zwei Stunden neben ihr. Elvira Meyer aus Nummer 13 hatte zur Weinparty geladen. Sie wissen schon, da kommt so ein Vertreter mit tausend verschiedenen Weinen, und man probiert der Reihe nach und bestellt sich was für zu Hause, wenn man will."

Ich nickte und wunderte mich, dass Viola Hünerfus sich noch immer nicht nach dem Verbrechen erkundigt hatte, das ich an der Haustür angedeutet hatte.

„Wenn Sie mich fragen, Charlotte ist ne blöde Zicke! Tut immer auf piekfein und hei-ti-tei-ti. Und am Ende bestellt sie Wein für ne ganze verdammte Kompanie."

Ich vermutete, dass Viola Hünerfus' Geldbeutel nicht die gleiche Menge Wein ermöglicht hatte und sie deshalb stinkig war.

„Ist Ihnen etwas bei den Honnefs aufgefallen? Vielleicht haben Sie gestern oder heute irgendwas gehört oder beobachtet?"

Viola drückte die Kippe aus, wobei ein paar alte Stummel auf die gläserne Tischplatte fielen.

„Nee, wieso?" fragte sie gedehnt. Dann dämmerte es ihr. „Ist bei denen was nicht in Ordnung?"

„Charlotte Honnef ist heute Morgen erstochen worden."

„Tatsächlich? Was Sie nicht sagen!" Ihre Betroffenheit hielt sich in Grenzen. Stattdessen lächelte sie vielsagend in sich hinein und murmelte wie zu sich selbst: „Tja, wer mit dem Feuer spielt ..."

„Was meinen Sie damit?" hakte ich nach. Ich fand ihr Benehmen abstoßend.

„Nichts Bestimmtes. Gottes Wege sind unergründlich, oder etwa nicht?" Sie verschränkte die Arme vor dem Busen, klapperte unschuldig mit den Lidern und schob die Unterlippe vor.

Ungehalten sprang ich auf und fauchte: „Jetzt reden Sie, verdammt noch mal, oder soll ich Sie wegen Behinderung der Ermittlungen drankriegen?" In diesem Moment war ich selbst überzeugt davon, über diese Möglichkeiten zu verfügen.

Beschwichtigend hob Viola Hünerfus die Hände und hielt sie mit den Handflächen nach außen wie ein Schutzschild vor ihren Leib.

„Schon gut, schon gut. Charlotte Honnef ist ... oh, pardon, war ein nimmersattes Weib. Eine Nymphomanin, wenn Sie verstehen, was ich meine. Eine solche Lebensweise birgt Gefahren – ist Eifersucht nicht das Tatmotiv Nummer eins?" Sie zündete sich genüsslich die nächste Zigarette an.

„Charlotte hatte also verschiedene Liebhaber. Namen?"

Viola zuckte die Schultern. „Fragen Sie mal die Männer in der Nachbarschaft. Fast jeder hat sie flachgelegt."

„Ihrer auch?"

„Nee, gewiss nicht! Dann wäre hier schon längst ein Mord passiert."

Frau Hünerfus geleitete mich zur Tür, und ich atmete dankbar die frische Luft ein.

Die beiden Polizeiautos waren immer noch vor Ort. Nun denn. Ich drückte mich an der Hecke entlang und steuerte den nächsten Gartenweg an. Frau Hünerfus' Nachbarin öffnete die Tür, noch bevor ich die Klingel entdeckt hatte.

„Hallo, Frau Millers!" rief sie erfreut aus.

„Frau Jünger, ich wusste ja gar nicht, dass Sie umgezogen sind!" Ich kannte Adele Jünger, eine fröhliche Mittfünfzigerin, seit vielen Jahren, allerdings nur oberflächlich, so wie ich viele Menschen in dieser Stadt kannte – schließlich hatte ich dreißig Jahre lang per Fahrrad die Post in Bremerhaven-Mitte ausgetragen. Vor drei Jahren, als ich aus dem Zustelldienst ausschied, wohnte Adele in der Fußgängerzone über einem Schreibwarengeschäft. Sie war eine bodenständige, einfache Frau, die ihr Geld als Bäckereifachverkäuferin in einem Supermarkt verdiente.

„Erst seit kurzem. Wir haben dieses Haus ganz günstig in der Zwangsversteigerung erstanden. Jetzt wohnen wir hier, mit Mann und Maus und Schwiegermutter." Sie verzog gespielt gequält das Gesicht.

„Dann kennen Sie die Leute aus der Nachbarschaft wohl noch gar nicht?"

„Nein, nicht wirklich. Obwohl wir gleich nach unserem Einzug von

Haus zu Haus gegangen sind und uns vorgestellt haben. Früher war das so üblich, wenn man wo neu hinzieht. Hier scheint man diese Sitte wohl nicht zu kennen."

„Hat man Sie nicht freundlich aufgenommen?"

„Kann ich nicht behaupten. Bis auf zwei oder drei Ausnahmen hat man uns behandelt, als wären wir Teilnehmer eines Werbefeldzugs für die Zeugen Jehovas. Uns wurde sogar die Tür vor der Nase zugeknallt!"

„Sagt Ihnen der Name Charlotte Honnef was?"

„Ja, die Frau in dem Winkelbungalow. Sie war eine von den netten Ausnahmen. Hat uns sogar zum Tee rein gebeten."

„War sie allein?"

„Nein. Ihr Mann war auch da. Beides sehr nette Leute."

„Ist Ihnen irgendetwas aufgefallen bei den Honnefs? Ich frage deshalb so genau, weil Charlotte Honnef heute ermordet wurde."

Adele schluckte und starrte mich mit großen Augen an. „Ermordet? Das ist ja entsetzlich! Da zieht man extra an den Stadtrand, weil man meint, dass hier die Welt noch in Ordnung ist, und dann so was. Die arme Frau. Oh mein Gott. Sie war so hübsch und so ... so freundlich."

Nach Elfriede war Frau Jünger die Zweite, die die Tote als freundlich bezeichnete. Ein Charakteristikum, das mich nicht wesentlich weiterbrachte.

„Nein, also, aufgefallen ist mir nichts. Wir Frauen saßen bei Tee und Gebäck, und die Männer waren draußen. Herr Honnef plant, sich ein Gartenhäuschen bauen zu lassen, und die beiden haben ein wenig gefachsimpelt." Adele blies eine Haarsträhne aus dem Gesicht und starrte eine Weile gedankenverloren vor sich hin. „Ich versuche mich gerade zu erinnern, worüber wir uns unterhalten haben. Es waren Belanglosigkeiten. Von der Sorte So-klein-ist-die-Welt, Sie wissen schon, was ich meine. Ich kenne ja viele Leute durch meinen Job in der Bäckerei, und Charlotte arbeitet ganz in der Nähe, bei der Wohnungsgesellschaft HavenBau. Ja, letztendlich sind wir beim Thema Arbeit hängengeblieben. Darüber kamen wir auf die hohe Arbeitslosenzahl zu sprechen, und dann waren die Männer aus dem Garten zurück und wir brachen auf."

Aus den hinteren Räumen war ein heiseres Krächzen zu hören.

„Ich komme gleich!" rief Adele laut über die Schulter ins Hausinnere und zog wiederum ein säuerliches Gesicht. „Meine Schwiegermutter! Immer wenn ich ein paar Tage Urlaub habe, spielt sie die hilflose Kranke, und ich soll ihr alles vor den Hintern tragen. Sobald ich wieder zur Arbeit gehe, ist sie komischerweise putzmunter."

Ein dumpfes Poltern und ein erbärmlicher Hilfeschrei ließen uns zusammenzucken.

„Tut mir leid, Frau Millers, aber nun muss ich wirklich nach ihr sehen. Wahrscheinlich hat sie mal wieder die Nachttischlampe runtergeschmissen oder ihr Milchglas umgekippt."

„Hat Charlotte etwas gesagt, das auf Unstimmigkeiten oder Ärger hindeutete? Welchen Eindruck hatten Sie von den Honnefs als Ehepaar?" hakte ich nach.

Adele Jünger schüttelte abwehrend den Kopf, in Gedanken bereits bei ihrer quengeligen Schwiegermutter. Ihre Nervosität war förmlich greifbar, und sie wollte mich offensichtlich nur noch loswerden. Ich bat sie, mich anzurufen, wenn ihr noch etwas einfiel, verabschiedete mich und steuerte das nächste Haus an. Allmählich kam ich mir vor wie eine Vertreterin für Einlegesohlen oder Häkeldeckchen oder ähnlich unnötigem Kram.

Ich passierte einen kleinkindgerechten Gartenzaun samt ausbruchsicherer Pforte, stieg über ein Bob-der-Baumeister-Projekt und klingelte. Ein schlaksiger, junger Mann mit krausem Haar und Nickelbrille öffnete die Tür. Er war bekleidet mit einem überlangen, grobmaschigen Pullover und einer olivfarbenen Drillichhose. Seine nackten Füße waren sehr weiß. An seinem Hosenbein hing ein etwa fünfjähriger Junge, aus dessen rechtem Nasenloch gelbe Schnodder lief. Beide beäugten mich misstrauisch.

Höflich fragte ich den Großen, ob er die Familie Honnef kenne. Die Antwort kam prompt.

„Ja sicher, das sind unsere Nachbarn. Was soll das werden, eine Meinungsumfrage oder was?"

„Charlotte Honnef wurde heute Morgen ermordet", klärte ich ihn auf. Wie auf Knopfdruck fing der kleine Junge jämmerlich an zu heulen. Den Nasenausfluss schmierte er alle paar Sekunden im Hosenbein seines Vaters ab.

„Sind Sie bescheuert?" schrie mich dieser zornig an. „Mein Sohn wird gewaltfrei erzogen. Nicht auszudenken, was Sie gerade in seiner Psyche angerichtet haben. Wir leben und erziehen nach dem Prinzip der Sanftmut. Gewalt existiert für uns nicht."

Beruhigend strich er seinem Sohn über das blonde Lockenköpfchen, doch dieser kriegte sich gar nicht wieder ein.

„Leider aber für andere Menschen. Haben Sie vielleicht in der Nachbarschaft etwas gehört oder beobachtet, was mit dieser Untat zusammenhängen könnte?" bemühte ich mich, das Geheule zu übertönen.

Ich hatte mir ohnehin keine Hoffnungen mehr auf eine Auskunft gemacht, und so war ich nicht überrascht, als der Mann vehement den Kopf schüttelte, bevor er grußlos die Tür zuknallte.

Ich stieg gerade über die kleine Baustelle auf dem Gartenweg, als ich Bernd entdeckte, der nur wenige Meter von mir entfernt auf der Straße herumstand. Zum Glück blickte er in die andere Richtung und notierte etwas in einem kleinen Buch. Schnell duckte ich mich hinter einem Ginsterstrauch und hoffte, dass ich unbehelligt blieb. Auf keinen Fall wollte ich ihm jetzt begegnen, denn dann konnte ich die weitere Befragung der Nachbarschaft vergessen und würde mir stattdessen seine alberne Litanei anhören müssen.

Ich hockte eine Ewigkeit hinter dem Busch. Mir schlief der linke Fuß ein, und nach einer Weile begann ich zu frieren. Bernd latschte indes seelenruhig die Straße auf und ab, schaute wie ein Häusermakler hierhin und dorthin und schrieb wieder etwas in sein Buch. Er führte ein längeres Telefongespräch, gab einem vorüberhastenden Gendarmen eine Anweisung und guckte wieder schlau in der Gegend herum. Unser Staat muss sehr reich sein, wenn er in der Lage ist, einen Müßiggänger wie ihn so fürstlich zu entlohnen.

Plötzlich tippte mir jemand leicht auf die Schulter. Ich war zu Tode erschrocken und hoffte inständig, nicht in die Fänge des gewaltfreien Vatis geraten zu sein. Das Herz klopfte mir bis zum Hals, während ich im Zeitlupentempo den Kopf wandte. Bis ich mich Auge in Auge mit Schnoddi befand.

„Was machst du da?" fragte er ernst.

„Ich spiele verstecken", flüsterte ich.

„Und vor wem versteckst du dich?"

„Vor dem Mann auf der Straße", antwortete ich wahrheitsgemäß.

„Wieso?"

„Er ist ein Polizist."

Bei diesem Reizwort fing der Junge erneut an zu heulen wie eine Sirene bei Feueralarm. Wenn Vati das hörte, war er gewiss gleich zur Stelle.

„Pschscht!" machte ich verzweifelt, doch der Junge schrie nur noch lauter, jetzt um eine Oktave höher. Ich sah mich panisch um – und mein Blick streifte eine menschenleere Straße. Dem Himmel sei Dank, Bernd war verschwunden!

Meine Glieder waren höllisch steif geworden, und so krabbelte ich mühselig aus meinem Versteck. Ich rollte mit den Zehen, um meinem linken Fuß wieder Leben einzuhauchen und machte Lockerungsübungen mit Armen und Beinen. Der Junge beobachtete mich dabei und brüllte wie angestochen. Im Haus schlug eine Tür zu, und mir blieb nichts anderes übrig, als meinen kribbelnden Fuß zu ignorieren. Mit zusammengebissenen Zähnen humpelte ich den Weg durch den Vorgarten und brach mir am kindersicheren Verschluss der Gartenpforte fast die Finger. Dann verschwand ich eilends hinter einer mannshohen Ligusterhecke. Die Polizeiwagen waren zwar noch immer vor Ort, doch von der Besatzung fehlte glücklicherweise jede Spur. Ich nahm mir das nächste Haus vor, obwohl mein Elan zugegebenermaßen geringfügig nachließ.

Auf diesem sorgsam gepflegten Grundstück hatte ich vorhin die Frau entdeckt, die ihre Blumenbeete inspizierte, wobei ich vermutete, dass ihr Interesse mehr dem Geschehen auf dem Anwesen gegenüber als dem Pflegezustand ihres Gartens gegolten hatte. Jetzt war von der Dame nichts mehr zu sehen. Allerdings stieg mir aus einem knapp unter dem Dachüberstand montierten Lüftungsgitter der Duft nach Gebratenem in die Nase, und mein Magen reagierte prompt mit einem fordernden Knurren.

Das ovale Messingschild neben der Klingel wies die Bewohner als Hugo und Gisela Wagenmacher aus. Die Frau des Hauses schätzte ich auf knapp fünfzig. Sie hatte eine haselnussbraun getönte, modisch gestufte Kurzhaarfrisur mit fransigen Koteletten, ein ebenmäßiges Gesicht, ausladende Hüften und eine ebensolche Oberweite. Frau Wagenmacher war etwas größer und etwa zwanzig Kilo schwerer als ich, und um Längen besser gekleidet. Was mich an ihrem Äußeren störte war ihre Kriegsbemalung. Entweder hatte sie keinen Sinn für Farbzusammenstellungen, oder sie hatte beim Schminken nicht in den Spiegel gesehen.

Höflich bat sie mich in die Küche, wo sie gerade mit der Zubereitung des Mittagessens beschäftigt war. Sie wies mir einen Platz auf der rustikalen Eckbank zu und fuhr fort, Porree auf einem Hackbrett in hauchdünne Ringe zu schneiden. In der Pfanne auf dem Herd brutzelten kleine rosafarbene Fleischbällchen. Als die Köchin die Gemüseschnipsel dazugab, landeten winzige Fettspritzer am Fliesenspiegel.

Sie hatte mich und Elfriede ins Haus hinein- und später wieder hinausgehen sehen, wusste, was drüben passiert war und hatte mich auf meiner Rundtour durch die Nachbarschaft beobachtet. Dabei war sie zu dem Schluss gekommen, dass ich nicht zum Ermittlungsteam gehörte und erkundigte sich interessiert nach meinen Beweggründen.

„Sind Sie eine Familienangehörige? Oder gar Privatdetektivin?"

„Nichts dergleichen, rein persönliches Interesse."

„Wie in der Fernsehserie Mord ist ihr Hobby?" fragte sie kichernd.

„So ungefähr", antwortete ich.

„Wie aufregend! Wenn Sie das nächste Mal Leute befragen, sagen Sie mir Bescheid. Da wäre ich zu gern dabei! Ich kann Ihnen bei der Suche nach dem Mörder helfen, obwohl – eigentlich braucht man da gar nicht großartig zu suchen. Es liegt doch auf der Hand, wer Charlotte Honnef ermordet hat."

Sie brannte darauf, einen Schwall von Informationen loszuwerden, und mit meinem aufmunternden Lächeln gab ich sozusagen den Startschuss für einen nicht enden wollenden Monolog. Leider musste ich recht schnell erkennen, dass das Problem der Vielzahl an Informationen in deren Wahrheitsgehalt lag. Kurzum: Sie war ein klatschsüchtiges Weib, das vermutlich ein farbenprächtiges Phantasiegebilde vor mir ausbreitete. Um vermeintlich wichtige Aspekte zu unterstreichen, fuchtelte sie mit einer Porreestange oder ihrem Messer nur wenige Zentimeter vor meiner Nase herum. Gisela Wagenmacher ließ an keinem Nachbarn ein gutes Haar, außer an Viola Hünerfus. Die beiden waren dicke Freundinnen. Über die Honnefs wusste sie unendlich viel zu erzählen. Die Bandbreite der Themen reichte von deren Hygienegewohnheiten, Finanzen und Essverhalten bis hin zur Gartenpflege. Als wir bei der Frage angelangt waren, warum der Rasen der Honnefs so viele braune Stellen aufwies, stoppte ich den Redeschwall.

„Haben Sie heute Morgen drüben irgendetwas beobachtet oder gehört? Eine fremde Person vielleicht, oder ein Auto?"

„Heute Morgen?" fragte Gisela gedehnt. Offensichtlich genoss sie meine ungeteilte Aufmerksamkeit.

„Nun, als ich um sechs Uhr aufstand, war drüben Licht im Schlafzimmer und im Bad, wie an jedem Wochentag um diese Uhrzeit. Gegen halb sieben war auch die untere Etage beleuchtet. Als ich um halb acht meine Zeitung reinholte, war die der Honnefs noch im Kasten. Das fand ich merkwürdig, weil Charlotte die Zeitung jeden Tag gegen sieben herausnimmt. Walter Honnef sah ich um kurz vor sieben mit seinem Auto losfahren. Er fährt meist um diese Zeit zur Arbeit. Die Putzfrau kam um fünf vor acht."

Frau Wagenmacher stand auf, ging zum Herd, wendete die Fleischbällchen, deren Oberseite nun hellbraun war, und häufte anschließend einen

Berg Champignons und Zwiebeln auf den Tisch. Sie hatte ein kleineres Messer dabei, als sie sich wieder setzte.

„Sie haben Charlotte heute nicht gesehen?"

„Nein. Gewöhnlich ist sie um halb acht draußen, fährt ihren Wagen aus der Garage und braust los. Ich dachte, sie ist wohl noch krank, so wie letzte Woche. Da hatte sie die Grippe."

„Fährt sie immer zur gleichen Zeit zur Arbeit?"

„Ja, in ihrem Betrieb gibt's keine Gleitzeit, da hat mein Mann es besser. Der kann quasi kommen und gehen wann er will. Da weiß ich nie, wo er gerade steckt, ob er bei der Arbeit ist, oder in der Gegend herumzwitschert. Nun, das ist das Los einer treuen Haus- und Ehefrau, nicht wahr?" Gisela lachte eine Spur zu laut auf. „Ihnen ist doch wohl klar, dass Walter Charlotte umgebracht hat?" wechselte sie das Thema.

„Trauen Sie ihm das zu?" fragte ich.

„Auf jeden Fall!" antwortete sie, ohne zu zögern. „Walter hatte in den letzten Wochen ganz schlimme Wutausbrüche. Die meiste Zeit hat er sich zwar gut im Griff, aber manchmal gehen die Pferde mit ihm durch, wie man so schön sagt. Dann ist sein Gebrüll meilenweit zu hören."

„Hat er heute Morgen auch gebrüllt?"

Bedauernd schüttelte Gisela den Kopf. „Nicht, dass ich wüsste. Ich war zwischen sieben und halb acht auf der Toilette. Mich quälen momentan Verdauungsstörungen – Verstopfung, wissen Sie? Ich hab mir was vom Arzt dagegen verschreiben lassen: Tropfen, die sind auf Naturbasis, und ich hab mir gleich gedacht, dass sie nicht helfen. Aber Ärzten darf man ja nicht widersprechen, die wissen ja alles besser. Unglücklicherweise ist unser Bad nach hinten raus, da hört und sieht man leider so gut wie gar nichts."

„Wie lief denn so ein Streit bei den Honnefs für gewöhnlich ab?" wollte ich wissen.

Nun war meine Gesprächspartnerin ganz in ihrem Element: Ihre Brust hob sich, sie senkte die Schultern, ihre Wangen bekamen einen rosigen Schimmer, und sie vergaß nun sogar, die Zutaten zu zerkleinern oder nach den Fleischbällchen zu sehen.

„Türen wurden zugeschlagen, und man konnte ganz deutlich jedes einzelne Wort von Walters Geschrei hören. Er nannte seine Frau Schlange, Weibsbild oder sogar ..." Sie schluckte und sah peinlich berührt in ihren Schoß. Durch wohlmeinendes Nicken ermunterte ich sie zum Weitersprechen. „Hure hat er sie genannt, jawohl! Ist es nicht abscheulich, wenn der eigene Ehemann einen so bezeichnet? Ich hätte meinen schon zum Teufel gejagt, wenn er mich so nennen würde, das können Sie mir glauben!"

Sie atmete tief ein, blickte mich durchdringend an und sagte mit gesenkter Stimme: „Also, wenn Sie mich fragen, der Honnef ist jähzornig! Und von Jähzorn ist es nicht weit bis Mord, oder?"

Ich bedankte mich und hinterließ ihr meine Telefonnummer für den Fall, dass ihr noch etwas Wichtiges einfallen sollte. Sie versprach, das Honnefsche Haus in den nächsten Tagen im Auge zu behalten und mir über sämtliche Vorkommnisse Bericht zu erstatten. Im Geist korrigierte ich meine anfängliche Wertung: Gisela Wagenmacher war zwar bestrebt, sich wichtig zu machen, stellte bisher aber meine ergiebigste Informationsquelle dar. Und sie hatte mir geholfen, den Tatzeitpunkt einzugrenzen.

Ich setzte meine Runde fort und traf auf ein schwerhöriges Rentnerehepaar, das bei zugezogenen Jalousien vor einem bis zum Anschlag aufgedrehten Fernseher saß. Die beiden wussten nicht mal, dass sie Nachbarn hatten.

Das Haus mit den weißen Gardinen, hinter denen sich vorhin jemand verborgen hatte, wurde von einem älteren, distinguiert wirkenden Herrn und einer bildschönen, thailändischen, um etwa dreißig Jahre jüngeren Frau bewohnt. Der Mann war über das Geschehen bei den Honnefs weitestgehend informiert, weil er den Vormittag am Fenster verbracht hatte. Außerdem war er zwischendurch nach draußen gegangen und hatte einen Polizeibeamten ausgefragt. Er erkundigte sich genau nach meinem Aufgabengebiet und verlangte, meinen Ausweis zu sehen, bevor er mir eine einzige Frage beantworten würde.

„Selbstverständlich, ich kann Sie voll und ganz verstehen. In der heutigen Zeit ... Ich an Ihrer Stelle würde ganz genau so ...", plapperte ich, um ihn abzulenken, während ich meine Handtasche durchwühlte.

Der Mann beobachtete jede meiner Bewegungen unter mächtigen, grauen Augenbrauen. Endlich fiel mir meine VGB-Jahreskarte in die Hände. Nur ganz kurz, als würde die Karte brennen, hielt ich sie dem kleinlichen Mann unter die Nase und ließ sie blitzschnell wieder in der Tasche verschwinden. Er hatte gerade mal eben Zeit gehabt, einen kurzen Blick auf das Passfoto zu werfen.

„Und? Haben Sie drüben etwas gesehen oder gehört? Jedes noch so kleine Detail, auch wenn es Ihnen bedeutungslos erscheint, könnte uns helfen", legte ich los, nachdem die Formalitäten erledigt waren.

Der Blick des Mannes durchbohrte mich, seine Brauen bildeten jetzt ein exakt winkliges V. „Bevor Sie sich nicht ordnungsgemäß legitimiert haben, erzähle ich Ihnen überhaupt nichts! Ich besitze ebenfalls eine Buskarte der VGB, und die berechtigt mich nicht, von Haus zu Haus zu laufen und die Leute auszuquetschen!" Unter dem Vorwand, meinen richtigen Ausweis im Auto vergessen zu haben, verließ ich das Grundstück.

Elvira Meyer berichtete in schillernden Farben von der Weinparty, gerade so als hätte in ihren vier Wänden eine Oscar-Verleihung stattgefunden, doch über Charlotte wusste sie nicht viel zu sagen. Nur, dass sie sehr freundlich gewesen sei – eine grandiose Neuigkeit – und dass sie Charlotte wegen ihrer umwerfend schlanken Figur beneidet hätte. Walter kannte sie kaum, sie hatte je nur einige wenige belanglose Worte mit ihm gewechselt. Ich besuchte noch zwei weitere potentielle Zeugen, jedoch ohne nennenswertes Ergebnis. Niemand hatte etwas gesehen oder gehört, und über die Honnefs wusste man nicht viel zu berichten.

Als ich gerade überlegte, ob ich es mit einem Rottweiler aufnehmen sollte, der bedrohlich knurrend hinter der Gartenpforte eines weiteren Nachbarn hockte, ließ mich eine vertraute Stimme zusammenzucken. Bernd hatte sich von hinten an mich herangepirscht.

„Und? Schon eine heiße Spur?" fragte er böse.

„Nein. Und selbst?" erwiderte ich leichthin.

„Das würde ich dir auch gerade auf die Nase binden! Was tust du hier?"

Ich atmete erleichtert auf, offensichtlich hatte er keinen Schimmer von meinem Zug durch die Nachbarschaft.

„Ich hatte gehofft, dich anzutreffen, denn ich wollte dir mitteilen, dass Onkel Herbert mit einer Blinddarmentzündung im Krankenhaus liegt."

„Und deshalb kommst du hier her? Um mir das zu sagen?" fragte Bernd argwöhnisch. „Ich habe Onkel Herbert seit Jahren weder gesehen noch gesprochen."

„Da kann ich nichts dafür. Ich wollte nur nicht, dass es nachher heißt: Hättest du mir ja auch mal erzählen können!"

Bernd sah auf seine Armbanduhr. „Wie dem auch sei, ich muss zurück ins Büro. Soll ich dich ein Stück mitnehmen?"

Ich entschied, es heute nicht mehr mit dem Rottweiler aufzunehmen. Deshalb nickte ich, während in mir gleichzeitig die Hoffnung aufkeimte, dass ich während der Fahrt bei Bernd gut Wetter machen könnte, damit sich sein Groll auf mich wieder legte.

3

Vor Elvis' Bistro hielt Bernd an, nachdem er mir während der Fahrt eindringlich mit Strafanzeigen und Ächtung gedroht hatte. Als ich ausstieg, beendete er seine Tirade und erklärte feierlich, er setze jetzt große Hoffnungen in meine Vernunft. Das wunderte mich sehr, denn er kannte mich schon seit vierzig Jahren und hätte deshalb eigentlich klüger sein müssen. Ich schenkte ihm ein sonniges Lächeln, schlug die Wagentür zu und schlängelte mich durch die Reihe parkender Autos. Das Bistro befand sich in einer Zeile Geschäftshäuser neben einer Krankengymnastikpraxis, einem türkischen Schneidermeister, einem Pflegedienst, einem Asia-Shop und einem Teeladen.

Der köstliche Duft von Pizza, Baguettes und Elvis' unübertroffener Krabbensuppe stieg mir in die Nase, gleich als ich die Schwingtür meines Lieblingslokals öffnete. Ich blieb auf der Schwelle stehen und stutzte: Die etwa fünfzigjährige Wasserstoffblondine, die mich mit aufgesetzter Freundlichkeit begrüßte, hatte ich hier noch nie gesehen. Ihre Zähne waren beneidenswert gerade und sehr weiß und ihre Beine mindestens so lang wie meine. Sie trug ein hautenges, schwarzes, zentimeterlanges Röckchen und eine weiße Rüschenbluse, die ebenfalls nur das Allernötigste bedeckte. Aus dem großzügigen Ausschnitt purzelte die mächtige Oberweite beinah heraus. Ein winziges grünes Schürzchen vervollständigte ihr Outfit.

Mürrisch bestellte ich das Tagesgericht, eine Lasagne mit Thunfisch, dazu ein Bier, und einen großen Schokoladen-Eisbecher zum Nachtisch. Nach den heutigen Strapazen hatte ich mir ein üppiges Mahl redlich verdient. Während die Blonde konzentriert meine Wünsche auf dem Bestellblock notierte, wanderte ihre rosa Zungenspitze im Zeitlupentempo über die vollen, dunkelroten Lippen. Sie besaß meterlange, im Farbton passend zu den Lippen, lackierte Nägel.

Das Lokal war jetzt, am frühen Nachmittag, leer bis auf einen Managertypen in Schlips und Kragen und seine Begleiterin, eine farblose Frau in einem altmodischen Kleid. Während die beiden sich angeregt auf Bayerisch unterhielten, verspeisten sie einen Garnelen-Salat. Seitdem Bremerhaven zunehmend von Touristen entdeckt wurde, hatte Elvis immer mehr Fisch-Delikatessen im Angebot. Ich wählte einen Lehnstuhl am Fenster und hatte gerade Platz genommen, als die Saloontür hinter dem Tresen klapperte und Elvis erschien. Er entdeckte mich sofort, und ein strahlendes Lächeln erhellte sein ohnehin schon attraktives, sonnengebräuntes Gesicht. Schnell wischte er das Mehl von seinen Händen in die fleckige, ehemals weiße Schürze und kam an meinen Tisch. Ich hatte keinen Schimmer, wie Elvis' richtiger Name lautete oder wie alt er war, obwohl ich ihn seit vielen Jahren kannte. Er hatte pechschwarze, von feinen silbernen Strähnen durchzogene Haare, und war immer perfekt rasiert. Sein Körper war muskulös und fest ohne das kleinste bisschen Fett. Das wusste ich ganz genau, denn ich kannte jeden Winkel. Jedenfalls bis vor kurzem.

Elvis begrüßte mich mit einem flüchtigen Kuss auf die Wange. Er roch nach Gebratenem und seinem eigenen, unverwechselbaren Duft, dem ich in einem Anflug von Romantik einmal eine Bezeichnung gegeben hatte, die ich hier nicht wiederholen möchte. Als er sich mir gegenüber setzte, unterbrach die Wasserstoffblonde ihre Tätigkeit am Zapfhahn und fixierte jede unserer Bewegungen mit in die Hüften gestemmten Händen.

„Und wer bereitet jetzt mein Essen zu?" wollte ich wissen.

„Danilo ist hinten, keine Sorge." Danilo war Elvis' jüngster Sohn aus zweiter oder dritter Ehe, ein dunkelhaariger, fleißiger Junge von etwa fünf-undzwanzig.

„Deine Neue?" fragte ich, um einen gleichgültigen Tonfall bemüht, und wies mit dem Kinn Richtung Tresen.

„Eifersüchtig?"

Elvis setzte das für ihn typische jungenhafte Grinsen auf, und verwuschelte in einer einzigen Handbewegung meine Frisur. Er ließ sich zu keinen weiteren Erklärungen herab. Elvis und ich hatten in der Vergangenheit Phasen glühender Leidenschaft durchlebt. Unsere Beziehung ließ sich mit dem Wellengang auf der Nordsee vergleichen. Seit ein paar Monaten trieben wir allerdings in entgegengesetzte Richtungen davon, denn aus unserem herrlich unkomplizierten Verhältnis war plötzlich eine dramatisch ernste Angelegenheit geworden. Trotz seiner drei gescheiterten Ehen hatte Elvis mir einen Heiratsantrag gemacht: Mit roten Rosen, einem diamantbesetzten Ring und – man glaubt es kaum – einem Kniefall. Damit hatte er meinem Ego zwar mächtig geschmeichelt, mir gleichzeitig aber eine Höllenschiss eingejagt. Ich hatte augenblicklich und sehr entschieden abgelehnt, woraufhin Elvis gekränkt und stinksauer von dannen gezogen war. Seitdem hatte es ein paar Momente gegeben, in denen ich meine prompte Reaktion zumindest in Frage gestellt hatte. Diese Zweifel verflüchtigten sich glücklicherweise schnell wieder und übermannten mich auch nur dann, wenn ich daheim einsam vor mich hingrübelte.

Mein Fast-Ehemann Jonny, amerikanischer Militärpolizist und Bernds Vater, war vor vierzig Jahren im Dienst erschossen worden. Seitdem führte ich ausschließlich Beziehungen ohne Verpflichtungen und Erwartungen. Meine Schwiegertochter Ruth drohte schon lange damit, mir einen Psychiater wegen meiner angeblichen Bindungsängste auf den Hals zu hetzen. Und meine langjährige Freundin Hildegard aus Berlin redete mir bei jedem Telefonat ins Gewissen, doch „an später" zu denken. Ich war hochzufrieden mit meinem Leben! Ich konnte tun und lassen, was ich wollte und war niemandem außer mir selbst Rechenschaft schuldig.

Heimlich warf ich einen Blick zu dem blonden Busenwunder hinüber. Ob Elvis und sie es schon getan hatten? Mit Sicherheit! Elvis war kein Mann, der lange fackelte. Ich stellte mir vor, wie ihre entsetzlich langen Beine seinen durchtrainierten Körper umschlungen, und bekam extrem schlechte Laune. Und darüber ärgerte ich mich maßlos. Warum ließ ich mir von einer dahergelaufenen Blondgefärbten den Tag verderben? Was war bloß heute mit mir los?

Elvis schwieg und sah mich aus dunkelbraunen Augen mit seinem Ich-weiß-was-in-dir-vorgeht-Blick an. Hin und wieder tat er, als könne er in mir lesen wie in einem offenen Buch und dann guckte er genauso wie jetzt. Ich verlegte mich darauf, munter über Belanglosigkeiten zu plappern und zwang mich zum Lächeln, bis mir der Kiefer schmerzte. Damit vermied ich, dass Elvis auf die Idee kam, mein Seelenleben zu analysieren. Glücklicherweise klappte die Saloontür und gab mir einen Grund, mich umzudrehen. Danilo steuerte mit dem Bier und dem Essen unseren Tisch an. Er strahlte, als er mich sah, und stellte Glas und Teller vor mich hin.

„Tante M!" begrüßte er mich und drückte mir einen Schmatzer auf die Wange, der wesentlich herzlicher ausfiel, als der seines Vaters.

Manche Menschen benutzten nur den ersten Buchstaben meines Vor- beziehungsweise Nachnamens. Das rührte von einem Artikel in der Nord- see-Zeitung her, der erschienen war, nachdem ich den Mord an einen Bremerhavener Drogisten aufgeklärt hatte. Quasi als Dankeschön hatte Bernd dafür gesorgt, dass weder mein Foto noch mein voller Name gedruckt wurden.

„Hast du schon von dem neuen Mordfall gehört?" wollte Danilo wissen.

„Gehört?" wiederholte ich erstaunt.

„Du warst dort!" stellte Elvis nüchtern fest. Und zu seinem Sohn gewandt: „Mit Gerüchten hat Martha sich noch nie zufrieden gegeben. Die will's immer ganz genau wissen."

Danilos Augen leuchteten. Er hatte eine Schwäche für Fernsehkrimis. „Warst du wirklich da? Hast du die Tote etwa gesehen?"

„Gesehen?" erwiderte ich grinsend.

„Angefasst", korrigierte Elvis trocken und warf mir einen scheelen Blick zu. „Nur angucken reicht ihr nicht, sie muss immer alles anfassen." Er sprach aus Erfahrung.

Danilo traten bald die Augen aus dem Kopf. „Ich fass schon nicht ger-ne rohes Fleisch an. Ich glaub, ne Leiche will ich mein Lebtag nicht berühren!" Der Junge rieb seine dünnen Arme, als wolle er eine Gänsehaut vertreiben.

„Reine Gewohnheitssache. Eine Leiche ist ein Mensch wie du und ich." Ich ließ mir die Lasagne munden.

„Martha ist die Chefvisagistin in Gellermanns Bestattungsinstitut, musst du wissen", warf Elvis mit vor Sarkasmus triefender Stimme ein.

Danilo warf mir einen ehrfürchtigen Blick zu.

„Unsinn. Ich helfe Knuth nur dann und wann, wenn viel zu tun ist."

„Aber es gibt Leute, die darauf bestehen, dass niemand anderes als du den verstorbenen Angehörigen schminkst!"

Elvis war meine gelegentliche Beschäftigung im Hause Gellermann ein Dorn im Auge.

„Als Frau hat man da eben ein besseres Händchen. Männer tragen die Farben zu dick auf. Das wirkt unnatürlich, vor allem bei hellem Licht."

„Warum besorgt sich Knuth Gellermann dann keine Angestellte?" fragte Elvis aufsässig.

„Er findet keine. Die wenigsten Frauen fühlen sich für diesen Job geeignet."

Elvis richtete sich auf. Seine Augen hatten sich zu Schlitzen zusammengeschoben. „Ich will dir was sagen: Der Typ ist unheimlich. Deshalb findet er keine Angestellte! Dem trau ich zu, dass er die toten Frauen erst mal vernascht, bevor er sie für die Beerdigung schick macht! So weit ich weiß hatte er mit einer Lebendigen ja noch nie das Vergnügen."

Ich schob den noch halb vollen Teller von mir und starrte Elvis zornig an. „Gut, dass du so genau Bescheid weißt! Ich hab nämlich immer gedacht, er treibt's mit seiner Katze."

Mein Stuhl fiel um, als ich aufsprang. Ich spürte, wie die Zornesröte mein Gesicht überzog und meine Hände bebten. Am liebsten hätte ich Elvis eine in die glattrasierte, selbstgefällige Visage geknallt. In Anwesenheit des Garnelensalatknabbernden Pärchens, seines Sohnes und direkt vor seiner aufgetakelten Blondine! Leider ging er in Deckung, und so warf ich stattdessen einen Geldschein auf den Tisch, trat ihm ordentlich gegen das Schienbein und marschierte hoch erhobenen Hauptes Richtung Ausgang.

Danilo glotzte mich an wie das achte Weltwunder. Elvis startete einen halbherzigen Versuch, mir nachzusetzen, aber ich schüttelte ihn ab wie ein lästiges Insekt. Die Blonde warf ihr Haar in den Nacken und lachte laut, wobei ihre schneeweißen Zähne nur so blitzten.

Die Schwingtür ließ sich leider nicht zuballern. Draußen tat ich einen tiefen Atemzug, dann trabte ich los, ohne ein Ziel, und bei jedem vierten Schritt belegte ich Elvis mit einem deftigen Schimpfwort. Menschen, die mir begegneten, wichen erschreckt aus, manche wechselten sogar die Straßenseite. Ich lief die Weserstraße entlang, wo mir der Geruch des nahen Fischereihafens in die Nase stieg, passierte die Georgstraße mit ihren türkischen Gemüsehändlern und bog in die Bismarckstraße ein. Dem malerischen Holzhafen mit dem mächtigen Springbrunnen und dem hübschen Yachthafen schräg gegenüber schenkte ich heute keine Beachtung. Ich ließ den mit vielen kleinen Geschäften neugestalteten Vorplatz des Hauptbahnhofs, wo sich auch Bremerhavens berühmtester Schnellimbiss befand, rechts liegen und machte einen Schlenker durch den Bürgerpark. Am Ententeich unter den weit ausladenden Ästen einer Linde saßen ein paar Rentner mit Schafwollkissen unter den Hintern auf den Parkbänken.

Zwei Jogger in bunten, durchgeschwitzten Trikots kamen mir entgegen. Sie blickten alle paar Sekunden auf ihre Armbanduhren, als tätigten sie einen unablässigen Uhrenvergleich. Ein dicker Dackel machte sein Geschäft seelenruhig direkt in ein mit Tagetes und Winterastern bepflanztes Beet, während sein Besitzer an der Leine zerrte und sich betreten nach allen Seiten umsah. Ich verließ den Park an der Mozartstraße, wo nahezu identisch aussehende Siedlungshäuschen standen, deren Bewohnern augenscheinlich zur Auflage gemacht worden war, auf Gartenzäune zu verzichten. Die meisten Vorgärten sahen aus wie Parkanlagen im Miniformat. Ich dachte an den dicken Dackel, als ich das Warnschild Hier nicht! sah, auf dem ein dampfender Haufen abgebildet war. Ich bezweifelte, dass der

Dackel lesen konnte.

Der Parkplatz an der Stadthalle war gerammelt voll. Rote Leuchtbuchstaben auf der großen Tafel neben dem palastähnlichen Foyer kündeten vom heutigen Spiel der Bremerhavener Eisbären, der wirklich gigantischsten Basketballmannschaft auf diesem Planeten, gegen Alba Berlin. Ich war leidenschaftlicher Fan der Eisbären und wäre bei diesem Event wirklich zu gern dabei gewesen, doch hatte ich leider keine Karte mehr bekommen. Das Spiel war bereits kurz nach Bekanntgabe der Play-Off-Termine ausverkauft gewesen. Die Jungs anzufeuern und mir dabei die Seele aus dem Leib zu brüllen vor Euphorie wäre jetzt genau die richtige Medizin gegen meine schlechte Laune.

An der Stresemannstraße, kurz hinter dem großen VW- und Audi-Händler, gingen mir endlich die Verwünschungen aus. Elvis wusste ganz genau, dass Knuth Gellermann und ich von Kindesbeinen an befreundet waren, umso mehr war es eine Riesenschweinerei, dass er so übel über ihn herzog. Wenn ich noch mehr Schimpfwörter auf Lager gehabt hätte, dann hätte ich ihn bis über die Stadtgrenze hinaus weiter verflucht.

Allmählich versank die Sonne am weiten Horizont und machte einer feuchten Dämmerung Platz. In den Wohnungen wurde das Licht eingeschaltet. In einer knappen halben Stunde würde es draußen stockdunkel sein. Ich blieb vor einem Bekleidungsgeschäft stehen und betrachtete die Auslagen. Die Klamotten, die als Mode für die Frau von heute angepriesen wurden, gefielen mir überhaupt nicht. Ich trug meistens Jeans und Pullis oder Shirts, und an den Füßen Basketballstiefel. Nur zu besonderen Anlässen donnerte ich mich auf mit Rock, Bluse und hochhackigen Pumps. Dann erkannten mich selbst meine engsten Angehörigen erst auf den zweiten Blick. Ein VGB-Linienbus hielt ein paar Meter weiter an einer Haltestelle vor einem riesigen, neu errichteten Discounter. Als ich einen Blick auf das Fahrtziel im Seitenfenster warf, hatte ich eine tolle Idee, kletterte in den Bus und ließ mich kutschieren.

Irgendwann musste ich wohl eingenickt sein, denn plötzlich war der Bus hell erleuchtet, menschenleer und die Türen standen offen. Der Motor war aus, und der Fahrer stand draußen und rauchte eine Zigarette. Ich fühlte mich ausgeruht und voller Tatendrang, als ich ausstieg. Nun musste nur noch das Glück auf meiner Seite sein! Die Laternen beleuchteten meinen Weg durch die menschenleeren Straßen Surheides. Ob Walter Honnef diese Nacht in seinem Haus verbringen würde? Oder hatte er sich ein Hotelzimmer genommen, weil er das Bild seiner getöteten Frau nicht aus dem Kopf bekam? Und wenn er nun doch daheim war, war er allein? Ich brannte darauf, ihn kennenzulernen, und malte mir im Geiste ein Bild aus von einem wüsten, unberechenbaren Choleriker, das hauptsächlich auf Frau Wagenmachers Beschreibungen beruhte.

Das Haus der Honnefs lag dunkel da, sämtliche Rollläden waren heruntergelassen. In der Auffahrt stand ein nagelneuer, schwarzmetallicfarbener, flacher Zweisitzer, und ich fragte mich, ob Walter Honnef diese Potenzschleuder gehörte. Ich betätigte den Türklopfer in Form eines Löwenkopfes, und wenig später wurde die Haustür geöffnet.

„Herr Honnef?"

Ein gut gekleideter, vollbärtiger, etwa fünfzigjähriger Mann stand vor mir. Das Gesicht unter seinem bis auf einen lockigen Kranz zurückgewichenem Haar war bleich. Die Augen waren stark gerötet. Der Mann wirkte phlegmatisch, sein Nicken konnte ich nur erahnen.

„Mein herzliches Beileid", sagte ich und reichte ihm die Hand. Zögernd griff Walter Honnef zu. Seine Hand fühlte sich kalt und rau an.

„Ich bin Martha Millers, die Seelsorgerin der Kriminalpolizei Bremerhaven. Darf ich eintreten?" Wegen meines zurzeit extrem hohen Lügenaufkommens nahm ich mir fest vor, vorm Zubettgehen reinen Tisch mit dem lieben Gott zu machen. Mein Gegenüber regte sich.

„Seelsorgerin?" wunderte er sich. „Um diese Uhrzeit?" Er musterte meine Erscheinung langsam von Kopf bis Fuß und machte keinerlei Anstalten, mich hereinzubitten.

Schlagartig wurde mir klar, wie ich auf ihn wirken musste. Ich trug immer noch die gleichen Sachen, in die ich nach dem Aufstehen geschlüpft war: Signalroter Jogginganzug und abgewetzte Turnschuhe. Meine Frisur war mit Sicherheit ein einziges Chaos. Eine Seelsorgerin zog sich für ein Trauergespräch höchstwahrscheinlich dem Anlass entsprechend an und frisierte sich ordentlich.

„Der Seelsorgedienst wurde für Opfer von Gewaltverbrechen und ihre Angehörigen eingerichtet. Vor allem in der ersten Nacht nach der Tat möchten wir die Betroffenen nicht allein lassen", erklärte ich hastig.

„Papa? Wer ist denn da?" rief eine weibliche Stimme aus dem Hintergrund.

„Die Seelsorgerin!" antwortete ich laut und kam damit Herrn Honnef zuvor.

„Warum bittest du sie nicht hinein?"

Tochter Honnef tauchte hinter ihrem Vater auf. Sie sah genau aus wie auf dem Foto in der Diele, mit dem Unterschied, dass sie jetzt deutlich blasser war und alles andere als fröhlich wirkte. Sie war etwas größer als ihr Vater und schaute mich über seine Schulter hinweg mit einer Mischung aus Neugier und Befremden an.

„Gerade in der ersten Nacht nach einem Verbrechen besteht erhöhte Selbstmordgefahr für den Ehepartner des Opfers", klärte ich die beiden über meine Anwesenheit auf.

„Selbstmord? Oh Papa, das würde ich nicht überstehen! Ich will dich nicht auch noch verlieren!" Sie schluchzte herzzerreißend, drängelte sich an ihrem Vater vorbei und riss die Tür weit auf.

„Kommen Sie rein!" schluchzte sie unter Tränen.

Die junge Frau ging voran die Diele hinunter und bedeutete mir, ihr zu folgen. Der Vater schloss indes die Tür.

„Wir sind in der Küche. Ins Wohnzimmer traute sich niemand", murmelte sie. Tochter Honnef war sehr hübsch mit ihrem braunen, lockigen Haar, ihren feinen Gesichtszügen und ihrer hochgewachsenen, schlanken Gestalt, und sie bewegte sich, als sei sie sich ihres guten Aussehens nicht bewusst.

Auf der Kücheneckbank saß ein massiger Lederjackentyp. Er hatte einen gewaltigen Wanst samt einem mächtigen Brustkorb und dicke, kurze Unterarme. Seine Hände sahen aus wie Fleischhähnchen mit schweren Siegelringen an allen Fingern außer den Daumen.

Die Jackenärmel hatte er bis zu den Ellenbogen hochgeschoben und entblößte damit eine merkwürdige Tätowierung auf dem rechten Unter-arm. Ich sah genauer hin und konnte eine Krake erkennen, die anstelle ihres eigenen Kopfes einen menschlichen Totenkopf trug. Auf der breiten Brust des Mannes baumelte ein goldenes Kreuz an einer Kette mit dicken Gliedern. Seine glatten, schwarzen Haare trug er mit Pomade an den Kopf geklatscht. Er hatte eine breite Nase, engstehende Augen und eine vorstehende Stirn. Vor ihm stand ein halbvolles Whiskeyglas.

„Ich bin Veronika Günther, die Tochter", stellte sich die junge Frau nun höflich vor und reichte mir eine weiche, schmale Hand. Sie wies auf den Typen am Tisch und sagte: „Und das ist mein Mann Gerd."

Ihr Gatte regte sich nicht, doch ich bemerkte eine Ader an seiner Schläfe pochen.

Wo die Liebe hinfällt, dachte ich bei mir. Diesem Kerl möchte ich nicht mal im Dunkeln begegnen, geschweige denn mit ihm verheiratet sein.

„Das ist Frau ... Wie war noch mal Ihr Name?"

„Martha Millers, Seelsorgerin der Kriminalpolizei."

„War hier heute nicht auch ein Bulle mit diesem Namen? Sind Sie vielleicht mit dem verwandt?" fragte Gerd schlau, während er mich nun durchdringend musterte.

„Mit dem Herrn Kriminaloberkommissar, ganz recht."

Walter Honnef schien sich nach Klärung meiner Identität mit meiner Anwesenheit abgefunden zu haben und wies mir einen Küchenstuhl zu. Teilnahmslos ließ er sich am Kopfende nieder, sank in sich zusammen und starrte dumpf auf die Tischplatte.

„Und Sie bleiben bis morgen früh bei Papa?" versicherte sich Veronika besorgt. „Um ihm beizustehen? Damit er sich nicht ..." Ihr Kinn zitterte und Tränen traten erneut in ihre Augen.

„Umbringt?" vervollständigte Gerd den Satz. „So ein Blödsinn. Das ist doch Weiberkram."

Veronika biss sich auf die Unterlippe.

„Keineswegs", korrigierte ich ihn ruhig. „Tatsächlich begehen mehr Männer als Frauen Selbstmord. Männer kommen gewöhnlich mit extremen Lebenssituationen und heftigen Gefühlen schlechter zurecht."

Gerd blähte die Nasenflügel, hob statt einer Antwort eine Augenbraue und genehmigte sich einen großen Schluck Whiskey. Ich sah seinem gewaltigen Adamsapfel zu und hätte jetzt ebenfalls etwas Hochprozentiges vertragen können, aber vermutlich hätte ich damit mein eben erst halbwegs hergestelltes Image zunichte gemacht. Stattdessen stellte Veronika mir ein Glas vor die Nase und schenkte Mineralwasser ein, bevor sie sich seufzend neben ihren Gatten setzte. Sie legte ihre Hand auf seinen kräftigen Unterarm.

Niemand sprach. Die beiden Günthers sahen mich erwartungsvoll an, und auch Walter hob langsam den Blick. Dummerweise hatte ich keine Ahnung, wie ich vorgehen sollte. War es überhaupt möglich, so unterschiedliche Seelen wie die von Gerd, Veronika und Walter unter einen Hut zu kriegen? Was sagten leibhaftige Seelsorger in solchen Augenblicken?

Ich führte langsam das Glas zum Mund und trank einen Schluck Mineralwasser. Dabei dachte ich an Pastor Schöller, der manchmal in Knuths Institut zugegen war, um Trauernden Trost zuzusprechen. Schöller zitierte Bibelsprüche und schwieg lange Phasen. Das brachte die Angehörigen zum Reden und dann hatte er was, wo er einhaken konnte.

Bibelsprüche hatte ich keine auf Lager, aber eine Weile schweigen konnte ich auch. Leider war Gerd kein Freund von langen Redepausen.

„Was ist denn nun? Ich muss morgen zeitig aus dem Bett. Frühschicht", rief er ungehalten und sah demonstrativ abwechselnd mich und seine klobige, goldene Armbanduhr an.

„Lassen Sie sich von mir nicht aufhalten, Herr Günther", entgegnete ich salbungsvoll.

„Ich dachte, Sie sind Seelsorgerin. Mir geht der Tod meiner Schwiegermutter auch gewaltig an die Nieren!" Trotzig leerte er sein Glas und schenkte gleich wieder nach.

„Hatten Sie ein gutes Verhältnis?"

„Ich habe sie geliebt. Sie war die Beste!"

Veronika und ihr Vater zuckten zusammen und sahen sich erstaunt an. Veronika hob ratlos die Schultern.

„Wie lange kannten Sie sich denn?"

„Seit etwa zwei Jahren, Veronika und ich sind jetzt seit fast einem Jahr verheiratet. Ich kann mich noch genau an unsere erste Begegnung erinnern: Charlotte hat mich mit offenen Armen empfangen, und ich bin ihr noch heute dankbar dafür." Er sah mich aus glasigen Augen an, seine Unterlippe zuckte.

„Hhmm", machte ich. Ein besserer Kommentar fiel mir dazu nicht ein.

„Wer sie wohl umgebracht hat?" rätselte er.

„Haben Sie eine Idee?" fragte ich.

Gerd schüttelte den Kopf. „Sie war ne gewaltig hübsche Braut. Wenn ihr ein Kerl an die Wäsche gegangen wär, das hätt ich verstanden. Aber einfach so abstechen? Wer sollte das machen und warum bloß?"

Walter war mit einem Satz von seinem Stuhl.

„Jetzt hältst du verdammt noch mal die Klappe!" brüllte er, der bisher keinen Piep von sich gegeben hatte. „Dein abartiges Gerede kann kein normaler Mensch aushalten!" Seine Fäuste waren geballt, und er funkelte seinen Schwiegersohn zornig an. Ich sah die Adern an seinem Hals wie Seile hervortreten.

„Papa!" flehte Veronika weinerlich.

„Dein Mann war uns doch nur so lange wohlgesonnen, wie unsere Kohlen in seine Taschen gewandert sind. Aber seit dem Tag, als ich beschlossen habe, ihm keinen Cent mehr zu geben, hat er uns behandelt wie den letzten Dreck!"

Gerd ließ seine Handfläche auf den Tisch krachen, dass die Gläser klirrten. „Du widerwärtiger Schleimscheißer, Charlotte hatte was Besseres verdient, als dich! Ich hätte dich vom ersten Tag an wie Dreck behandeln sollen, weil du Dreck bist! Komm, Veronika, wir gehen, bevor ich dem Alten die Gurgel umdrehe!"

Veronika schluchzte laut auf. „Papa!" flehte sie. „Er meint es nicht so! Nun sag doch was, bitte!"

„Er ist nicht dein Papa, hast du das vergessen?" spie Gerd.

Walter Honnef war zurück auf den Stuhl gefallen und hockte am Tisch, als wäre mit dem Wutausbruch alle Kraft aus ihm gewichen. Er gab einen erstickten Seufzer von sich.

„Geh du nur mit deinem Mann! Ich komme schon zurecht, mach dir keine Sorgen, mein Kind."

Veronika machte Anstalten, ihren Vater zu umarmen, doch Gerd zerrte sie weg.

„Ich komme morgen Vormittag wieder, in Ordnung?" rief sie im Hinausgehen.

Walter antwortete nicht. Erst als die Haustür zugeschlagen wurde und kurz darauf draußen ein blubbernder Motor ansprang, hob er den Blick.

„Tut mir leid, dass Sie mitten in einen Familienstreit geraten sind, und das auch noch ausgerechnet an einem Abend wie diesem."

„Vielleicht war Ihr Wutausbruch lange überfällig. Wenn die Nerven ohnehin blankliegen, braucht es nicht viel, um zu explodieren."

Walter Honnef blickte mir ins Gesicht. „Da haben Sie wohl recht", sagte er leise.

„Da hat man eine hübsche, intelligente und fleißige Tochter. Und wen heiratet sie? Einen Nichtsnutz! Seit zwei Jahren macht uns Gerd Günther das Leben zur Hölle."

„Warum haben Sie ihn nicht schon längst rausgeschmissen?"

„Dann hätten wir unsere Tochter nie wiedergesehen! Sie ist in den Typen vernarrt, Gott weiß, warum." Er zog die Whiskeyflasche heran und schenkte sein Glas randvoll. Bis eben hatte er nur Mineralwasser getrunken. Neidisch sah ich ihm zu. Honnef fing meinen Blick auf und fragte gleichmütig: „Sie auch?"

Ich nickte froh. Er schenkte mein Glas ebenso voll wie seines, und wir stießen die Gläser aneinander. Das Zeug schmeckte köstlich. Es rann scharf und heiß die Kehle hinab, floss zischend die Speiseröhre hinunter und setzte meine Magenwände in Brand.

„Und deshalb haben Sie Gerd mit Geld bei Laune gehalten?" kam ich auf das Thema zurück.

„Ja, anderthalb Jahre lang. Er war die meiste Zeit arbeitslos, hatte nur hin und wieder kurzzeitig einen Gelegenheitsjob wie momentan als Wachmann auf irgendeinem Fabrikgelände. Aber einen Lebensstil hat der Mann wie ein Fürst."

„Seit wann unterstützen Sie ihn nicht mehr?"

„Seit etwa vier Wochen. Ich hatte die Nase gestrichen voll. Bei uns wächst das Geld auch nicht auf dem Baum, wissen Sie? Meine Frau arbeitet ganztags im Büro einer Wohnungsgesellschaft ... äh ... hat dort gearbeitet, und ich bin Schulleiter an einer Haupt- und Realschule. Wir haben zwar Ersparnisse, aber die muss ja nicht zwangläufig unser Schwiegersohn verbrauchen."

„Und Ihre Frau? War sie Ihrer Meinung?"

„Ich denke schon."

Er nahm einen Schluck, und ich tat es ihm nach.

„Was genau ist vor vier Wochen passiert?"

„Warum fragen Sie? Meinen Sie etwa, mein Schwiegersohn hat meine Frau umgebracht? Das ist doch absurd!"

Ich machte eine unbestimmte Geste, die alles Mögliche bedeuten konnte.

„Vor einem Monat hatte Gerd die glorreiche Idee, sich selbständig zu machen. Wieder einmal. Und diesmal mit einem Wettbüro! Dafür wollte er Geld."

Ich nahm noch einen Schluck, und schon war mein Glas leer.

„Wir hatten schon seine Pläne für eine Windsurfing-Schule und ein Fitness-Center finanziell unterstützt. Die Projekte sind binnen kürzester Zeit den Bach hinuntergegangen. Deshalb habe ich diesmal nein gesagt. Daraufhin ist er total ausgerastet." Walter setzte sein Glas an und leerte es. „Seit kurzem ist er bei dieser Wach- und Schließgesellschaft beschäftigt und macht ein Riesentheater um seine Schichtarbeit. Als ob er der Einzige auf der Welt ist, der Geld verdienen muss."

Ob die finanzielle Situation Gerd Günther dazu getrieben hatte, seine gutsituierte Schwiegermutter umzubringen? Zu welchem Zweck? Hoffte er auf eine Erbschaft? Und warum hatte er dann nicht Walter umgelegt, der anscheinend derjenige gewesen war, der ihm den Geldhahn zugedreht hatte?

„Hatte Ihr Schwiegersohn nach dem Streit Kontakt zu Ihrer Frau?"

Honnef nickte. „Er hat Charlotte weiterhin um Geld angebettelt, als wenn nichts geschehen wäre. Ich hoffe, sie hat ihm nichts gegeben."

„Haben Sie und Ihre Frau ein Testament gemacht?" hakte ich nach.

Walter schenkte die Gläser voll. „Ja, schon vor vielen Jahren. Vor ein paar Wochen haben wir es auf meine Initiative hin geändert und uns gegenseitig als Alleinerben eingesetzt. Gott sei Dank!"

„Wusste Ihr Schwiegersohn davon?"

Mein Gegenüber zuckte die Schultern. „Möglich. Veronika haben wir's jedenfalls erzählt."

Die Police von Charlottes Lebensversicherung, in der Walter als einziger Begünstigter eingesetzt war, hatte ich heute Morgen beim Durchsuchen des Hauses in einem der diversen Aktenordner entdeckt. Walter Honnef war jetzt ein vermögender Mann. Ich warf einen Blick auf seine gepflegten Hände und fragte mich, ob sie Charlottes Leben beendet haben könnten.

„Ich kann es einfach nicht fassen!" stöhnte er. „Dass meine geliebte Frau nie wiederkommt."

Für meine Ohren hörte sich das reichlich gestelzt an. Möglicherweise war meine Wahrnehmung aber auch durch den Alkoholgenuss getrübt. Ich erinnerte mich an die schwatzhafte Frau Wagenmacher, die der Überzeugung war, Walter Honnef neige zu Wutausbrüchen.

Plötzlich starrte mir Honnef mit forschendem Blick ins Gesicht, als sehe er es an diesem Abend zum ersten Mal.

„Sind Sie wirklich Seelsorgerin? Sie kommen mir überhaupt nicht so vor."

„Nicht? Nun, der Beruf steht einem bekanntlich nicht auf der Stirn geschrieben." Ich lächelte gütig, mied seinen Blick und leerte still mein Glas. Es rutschte mir aus der Hand und landete ungewollt laut auf der Tischplatte. Honnef ließ mich nicht aus den Augen.

„Ich glaube nicht, dass ich mich, nur weil Sie hier sind, nicht umbringen würde, wenn ich mich denn umbringen wollte", stellte er fest.

„Umso besser, wenn Sie nicht mit diesem Gedanken spielen!" erwiderte ich munter.

Er schüttelte betrübt den Kopf und hörte glücklicherweise auf, mich so durchdringend anzustarren.

„Und Sie bleiben tatsächlich die ganze Nacht?"

„Wenn Sie es wünschen."

Ich hoffte, er wünschte nicht, denn ich sehnte mich ganz dringend nach meinem Bett.

„Wissen Sie, wann ich mich das letzte Mal betrunken habe?" Er wartete meine Antwort gar nicht erst ab. „Vor mehr als sieben Jahren. Da wurde Veronika im Kunstradfahren Achte bei den Deutschen Meisterschaften in München."

„Das war wohl ein schöner Tag", vermutete ich.

„Ganz im Gegenteil. Ich hätte die Wertungsrichter lynchen können! Es war alles von vornherein abgekartet. Veronika hatte überhaupt keine Chance auf den Titel."

„Veronika ist nicht Ihre leibliche Tochter?" fragte ich und gab meiner Stimme einen neutralen, aber doch wohlmeinenden Klang.

Honnef fiel aus allen Wolken. „Woher wissen Sie das denn?"

„Ihr Schwiegersohn deutete vorhin so etwas an." Dass ich den entsprechenden Schriftverkehr heute Morgen gesichtet hatte und auch wusste, wer der leibliche Vater war, behielt ich vorerst besser für mich.

„Ich weiß es erst seit ein paar Wochen", sagte er so leise, dass ich mich vorbeugen musste, um ihn zu verstehen. Mir fiel auf, dass seine Hände zitterten.

„Herausgekommen ist's, weil Veronika und Gerd ein Kind haben wollen und es nicht klappt. Gott sei Dank, kann man da nur sagen. Jedenfalls haben sie verschiedene Untersuchungen machen lassen, und da hat es sich rausgestellt."

Erneut schenkte er mein Glas voll, für sein eigenes blieb nur noch eine Pfütze übrig. Er stand auf, warf die Flasche in den Mülleimer und ging leicht schwankend in Richtung Vorratsraum. Kurz darauf kehrte er mit einer vollen Flasche zurück, plumpste auf den Stuhl und füllte sein Glas bis zum Rand. Wir prosteten uns zu wie alte Kriegsveteranen.

„Und wie ging es Ihnen mit dieser Nachricht? Das war gewiss sehr schmerzhaft für Sie, nicht wahr?" hakte ich mitfühlend nach. Ich merkte, dass meine Zunge schwer wurde.

„Wie es mir mit der Offenbarung ging?" Er lachte bitter. „Nichts war mehr wie vorher. Ich habe meiner Frau nicht mehr vertraut. Unsere Ehe war zum Teufel. Meine Tochter hatte plötzlich einen anderen Vater, und was für einen!" Honnef schluckte hörbar, als hätte er einen dicken Kloß im Hals. „Lonzo Zacharias ist der personifizierte Teufel. Hat seine eigene Mutter ..."

„Umgebracht", ergänzte ich.

„Sie kennen ihn?" Walters Kopf flog herum. Er keuchte.

„Ja, leider. Seine Mutter Luise kannte ich ebenfalls, seit vielen Jahren. Als ich sie das letzte Mal sah, war ihr Körper von oben bis unten aufgeschlitzt."

Honnef stand das Entsetzen ins Gesicht geschrieben. Ich sah, wie seine zitternde Hand Schwierigkeiten hatte, das Glas zum Mund zu führen.

„Entschuldigen Sie, wie taktlos von mir! Ich hätte das nicht sagen sollen, nachdem Sie Ihre Frau auf ganz ähnliche Weise verloren haben."

Walter schüttelte den Kopf. „Nur gut, dass das Schwein im Gefängnis sitzt", stieß er hervor.

4

Mein Kopf ruhte auf der Tischplatte, als ich erwachte. Mir war speiübel, und mein Magen teilte mir unmissverständlich mit, dass er sich in Kürze von seinem Inhalt verabschieden würde. Die Flasche vor mir war so leer wie mein Glas. Langsam drehte ich meinen dröhnenden Schädel nach links und registrierte, dass Walter Honnef ebenfalls ausgetrunken hatte. Von ihm selbst fehlte allerdings jede Spur. Durch die Ritzen der Jalousie drang Tageslicht. Wie spät es wohl war? Vergeblich hielt ich nach einer Küchenuhr Ausschau. Von den Kopfbewegungen wurde mir so furchtbar schwindelig, dass ich mein Haupt wieder auf dem Tisch bettete. Doch plötzlich wurde ich von einem fürchterlichen Schwindel erfasst, als würde ich in einem außer Kontrolle geratenen Karussell sitzen. Ich habe Achterbahnfahrten schon immer gehasst. Und obendrein plagte mich diese grässliche Übelkeit. Ich stöhnte gequält auf.

Auf einmal fuhr ein Ruck durch meinen Körper. Wenn ich nicht sofort die Toilette aufsuchte, würde ich mich gleich auf den Küchenboden erbrechen. Ich erhob mich vom Stuhl und hielt mich ächzend an der Tischkante fest, dann hangelte mich an den Schränken entlang. Ich gab mir Mühe, ganz flach zu atmen, guckte stur geradeaus und versuchte an nichts anderes zu denken als an meine Atmung. Fast hatte ich die Küchentür erreicht, da stolperte ich über Walter, der auf dem Fußboden herumlag.

Sein Stuhl war umgefallen und er selbst einfach auf den Küchenfliesen eingeschlafen. Er hatte den Mund leicht geöffnet, und seine Lider flatterten, als träumte er unruhig. Mühselig stieg ich über ihn hinweg, hangelte mich weiter an der Wand entlang und war froh, dass ich mich im Haus gut auskannte. Ich hätte keine halbe Minute länger Zeit gehabt. Wenn mir so hundeelend ist wie an jenem Tag, habe ich entsetzliche Angst zu sterben. Ich fürchte mich, an meinem Erbrochenen zu ersticken. Es ist ein ekliges Thema, und ich spreche nur ungern darüber, aber ich leide wirklich Todesängste, sobald ich auf Knien vor die Toilette hocke.

Als ich in Honnefs Badezimmer auf die Fliesen sank, fror und schwitzte ich gleichzeitig, und mein Herz donnerte in meinen Ohren. Ich versprach dem lieben Gott meine Seele, wenn er mich nur leben ließ. Als es dann losging, zerrissen meine Gedärme. Unvorstellbare Panik erfasste mich, und ich bekam keine Luft mehr. Ich konnte nicht mehr atmen. Gar nicht mehr! Null Sauerstoffzufuhr – Feierabend! So qualvoll war es also, zu sterben!

Ich sprang auf, ruderte mit den Armen und versuchte zu schreien. Walter musste mir helfen, mich beatmen, den Notarzt anrufen. Aber ich bekam keinen Laut heraus. Ohne Atmung kein Pieps! Dann, in allerletzter Sekunde spülte ein herausschießender, ätzend saurer Schwall meine Luftröhre wieder frei. Danke, lieber Gott, danke!

Zitternd und keuchend wischte ich mir das schweißnass verklebte Haar aus dem Gesicht, schloss den Klodeckel und ließ mich erschöpft darauf nieder. Das Badezimmer sah aus wie ein Saustall, aber ich war nicht gestorben! Ich blickte an mir hinab. Meine Klamotten waren wirklich übel verschmutzt. In diesem Zustand konnte ich nicht nach Hause gehen, auf gar keinen Fall! Das Empfangskomitee würde mich eigenhändig in die Wanne stecken, und die Story würde man sich in zehn Jahren noch erzählen.

Kurzerhand zog ich mich bis auf die Unterwäsche aus, ließ Wasser ins Waschbecken laufen und kippte flüssige Handwaschseife dazu. Dann wusch ich Jogginganzug und T-Shirt, spülte die Seife mit Wasser raus und wusch die Sachen noch ein zweites Mal. Zu guter Letzt nahm ich mir die Schuhe vor. Mit einem nassen Waschlappen und ordentlich Seife wienerte ich die Turnschuhe, bis sie wieder ansehnlich aussahen. Ich drehte das Thermostat des Heizkörpers bis zum Anschlag auf und stellte die Schuhe davor. Die Kleidungsstücke wrang ich kräftig aus, öffnete die Badezimmertür und tappte auf Socken in den Hauswirtschaftsraum. Schon landeten die Sachen im Wäschetrockner, und ich drückte den Startknopf.

Zurück im Bad zog ich auch die restlichen Sachen aus. Zufällig streifte mein Blick dabei den Spiegel, und ich jaulte entsetzt auf: Meine Haare standen steif vom Kopf ab wie nach einem Stromschlag, meine Haut war aschfahl mit einem Stich ins Grünliche, und ich hatte tellergroße, violette Ringe unter den Augen. Entschlossen drehte ich den Hahn der Dusche auf und ließ abwechselnd eiskaltes und warmes Wasser über meinen gebeutelten Körper laufen. Es dauerte eine ganze Weile, bis ich mich annähernd wieder wie ein Mensch fühlte. Im Schrank unter dem Waschbecken lagen Handtücher. Damit rubbelte ich meine Haare trocken und hüllte mich in ein riesengroßes rosa Badelaken. In der Hoffnung, dass der Wäschetrockner der Honnefs ein besonders leistungsstarkes Modell und meine Kleidung mittlerweile trocken war, öffnete ich die Badezimmertür, tappte den Flur hinunter und – lief direkt in Bernd hinein.

Er wurde flankiert von einem uniformierten Kollegen mit korrekt gestutztem Schnauzbart. Zu seiner Linken entdeckte ich einen übernächtigten Walter Honnef. Den drei Herren blieben die Münder offen stehen. Sie starrten mich an wie ein Wesen aus fremden Galaxien. Niemand sagte einen Ton. Ich zog das Handtuch über meinem Busen fester, brach das Schweigen mit einem munter klingenden: „Ich hol nur schnell meine Sachen aus der Maschine!" und bemühte mich um einen würdevollen Gang Richtung Kleiderkammer.

„Es ist nicht so, wie es scheint, glauben Sie mir!" stammelte der Hausherr, während er mit beiden Händen hektisch den spärlichen Lockenkranz in Ordnung brachte. Bernd und sein gestutzter Kollege warfen sich vielsagende Blicke zu.

„Sie ist Seelsorgerin und letzte Nacht hier geblieben, damit ich keinen Selbstmord begehe. Warum sie nur ein Handtuch anhat, ist mir völlig schleierhaft!"

„Seelsorgerin?" hörte ich Bernd eine Spur zu laut nachfragen.

„Ja! Sie müssten die Dame doch kennen, schließlich ist sie ebenfalls bei der Kripo Bremerhaven beschäftigt. Sie kümmert sich um die Opfer von Gewaltverbrechen und deren Angehörige. Sagen Sie, ist sie nicht sogar mit Ihnen verwandt?"

„Ja, natürlich, jetzt, wo Sie's sagen!" hörte ich Bernd gequält auflachen. Holla, holla! Da stand Ärger ins Haus!

Ich wartete, bis die Stimmen verklangen und huschte eilig mit meinen leider erst mäßig trockenen Sachen zurück ins Bad. Dort zog ich Unterwäsche, Shirt und Jogginganzug an und schlüpfte in die nassen Turnschuhe. Die Klamotten fühlten sich so klamm an, dass ich eine Gänsehaut bekam und meine Zähne klappernd aufeinander schlugen. Notdürftig reinigte ich das Bad, bevor ich geräuschlos die Tür öffnete. Die Männer schienen sich im Wohnzimmer aufzuhalten, also nutzte ich die Gelegenheit zu einem sofortigen Abflug. An der Aufklärung meiner Identität war mir überhaupt nicht gelegen, und ich vermutete, Bernd ging es da ganz ähnlich. Wie ein Dieb schlich ich auf Zehenspitzen die Diele hinunter. Die Haustür war ein massives Monsterteil, und wie ich befürchtet hatte, gab sie Geräusche beim Öffnen von sich. Die Klinke knarzte, und die Scharniere benötigten dringend ein paar Tropfen Öl.

Ohne mich umzusehen, schlüpfte ich durch die Tür, warf sie hinter mir zu und gab Hackengas. Als ich um die nächste Straßenbiegung war, blieb ich schwer atmend stehen. Instinktiv legte ich beide Hände auf den Brustkasten und spürte, wie mein Herz vor Aufregung wild pochte. Ich wurde das unangenehme Gefühl nicht los, mich bis auf die Knochen blamiert zu haben. Mir grauste vor dem unvermeidlichen nächsten Zusammentreffen mit Bernd. Und beim Gedanken an seinen Kollegen und den Witwer Honnef, die meine verlebte Erscheinung mit nichts als einem babyrosa Handtuch bekleidet hatten ansehen müssen, schoss mir die Schamesröte ins Gesicht.

„Na, schon wieder eifrig im Dienste der Gerechtigkeit?"

Viola Hünerfus, die Dessousverkäuferin, hatte sich an mich herangeschlichen. Ihre üppige Weiblichkeit steckte heute in einem knallengen, gelben Satintop und einer glänzenden, mintgrünen Leggings. Sie sah aus wie eine Wurst in bunter Pelle.

„Was ist los mit Ihnen? Warum sind Sie so rot im Gesicht? Leiden Sie unter zu hohem Blutdruck?" Ihre angebliche Anteilnahme war Schadenfreude in Reinkultur.

„Und was ist mit Ihnen? Sind Ihre Klamotten beim Waschen eingelaufen?" gab ich gehässig zurück. Mir war ganz und gar nicht zum Spaßen zumute.

„Huijuijui!" machte sie gespielt entrüstet. „Da ist aber jemand mit dem falschen Fuß zuerst aufgestanden!"

Grußlos wandte ich mich zum Gehen, als ich sie zischen hörte: „Übrigens: Ich habe mich umgehört!"

Diese Feststellung konnte sich auf alles Mögliche beziehen, so dass sich meine Neugier in Grenzen hielt. Ich reagierte nicht und ging einfach weiter.

„Sie sind gar nicht bei der Polizei! Sie dürfen die Nachbarn gar nicht ausfragen! Sie sind nichts als eine neugierige Schnüfflerin! Eine neugierige alte Schnüfflerin! Eine neugierige alte Rentner-Schnüfflerin in einem unmöglichen, roten Turnanzug!" keifte sie hinter mir her.

Das konnte ich nicht auf mir sitzen lassen.

„Na und?" rief ich über die Schulter zurück. „Hat doch funktioniert! Sie waren so blöd und sind drauf reingefallen!"

Viola stieß einen spitzen Schrei aus. „Ich zeig Sie an!" kreischte sie völlig außer sich. „Noch heute zeig ich Sie an!"

Endlich konnte ich in die nächste Querstraße einbiegen und war somit ihrem Blickfeld entschwunden.

Während des Fußmarsches nach Hause übte ich mich in positiver Programmierung. Über dieses Phänomen hatte ich kürzlich einen Bericht in einem Magazin gelesen. Dort riet irgendein schlauer Heilkundler depressi-

55

ven Menschen, sich zur Bewältigung ihrer Down-Phasen fröhlich zu denken. Quasi im Sekundentakt solle man lauter schöne Dinge visualisieren und mittels Gedankenkraft alles Negative verbannen. Ein positiver Gedanke war ganz individuell, erklärte der Fachmann, und konnte beispielsweise ein riesiger Hamburger sein, ein Blumenstrauß, eine ergreifende Arie in der Oper, ein Sandstrand im Sonnenuntergang oder eine aufregende Liebesnacht. Mit jedem Schritt bemühte ich mich, mir letzteren Vorschlag bildlich vorzustellen. Aber leider lagen meine Liebesabenteuer so lange zurück, dass ich mich kaum noch daran erinnern konnte. Stattdessen tauchte das Produkt eines solchen vor meinem inneren Auge auf: mein Sohn Bernd. Höchstwahrscheinlich hatte ich von nun an bis in die Steinzeit bei ihm verschissen.

Als ich endlich vor meinem Zuhause anlangte, war meine Stimmung unter den Nullpunkt gefallen. Ich gab der Tür einen Stoß und wurde von dem Mief willkommen geheißen. Im Eingangsbereich saß heute eine Abordnung aus sechs Bewohnern. Der inkontinente Ernst war nicht dabei. Sechs Hände wurden zu meiner Begrüßung gehoben, sechs Münder lächelten breit, und zwölf Augen verrieten blanke Neugier. Niemandem im Haus war verborgen geblieben, dass ich die letzte Nacht nicht in meinem Bett verbracht hatte.

„Na, wer war der Glückliche?" rief Wilhelmine Germascheck kopfschüttelnd.

„Du siehst aus, als bräuchtest du dringend ne Mütze voll Schlaf!" befand Albert.

Klaus-Jürgen, der eine Wohnung in meiner Etage bewohnte, begnügte sich mit einer obszönen Handbewegung und einem halblauten, lustvollen Stöhnen. Daraufhin lachten alle Versammelten außer mir, und Klaus-Jürgen wiederholte seine Geste und das Geräusch, weil's ja so gut angekommen war. Erneut erklang schallendes Gelächter. Ich hastete die Treppe rauf, schloss schnell die Wohnungstür auf und schlug sie aufatmend hinter mir zu.

Der Anrufbeantworter blinkte hektisch. Die erste Nachricht stammte von meiner Schwiegertochter Ruth, sie wollte später wieder anrufen. Die zweite Mitteilung war von Frau Wagenmacher. Sie informierte mich, dass Herr Honnef heute nicht zur Arbeit war und hätte gern gewusst, warum ich in aller Früh aus seinem Haus geflüchtet sei? Ob er mich unsittlich berührt hätte? Ausdrücklich wiederholte sie ihr Angebot, mir bei meinen Nachforschungen behilflich zu sein. Eben war die Polizei bei ihr gewesen, berichtete sie. Denen hatte sie das Gleiche wie mir erzählt, doch jetzt, im Nachhinein, sei ihr noch etwas eingefallen: Frau Honnef war in den Wochen vor ihrem Virusinfekt ungewöhnlich selten zu Hause gewesen. Ob sie einen Liebhaber gehabt hatte? Verständlich wäre es gewesen, meinte Frau Wagenmacher, denn mit einem Choleriker kann man schließlich auf Dauer nicht glücklich sein! Selbstverständlich könnten auch ganz andere Gründe dahinterstecken, eine Fortbildung beispielsweise oder ... Hier war das Band zu Ende. Ich spulte zurück an den Anfang.

Im Kühlschrank herrschte gähnende Leere. Nach der anstrengenden Nacht und dem ereignisreichen Morgen brauchte ich jetzt dringend eine herzhafte Mahlzeit. Ich sah im Vorratsschrank nach und fand ein Glas Essiggurken, ein paar Zwiebeln, ein Paket Schokoladenkekse und eine Dose Pfirsiche. Nicht gerade die Zutaten für ein gelungenes Mahl, doch alles in mir sträubte sich beim Gedanken, das Empfangskomitee erneut zu passieren, um einen Einkaufsladen anzusteuern.

Da fiel mir Annemarie Rübensand ein, ebenfalls stolze Besitzerin einer Seniorenwohnung in diesem Schloss. Die Jahre der Entbehrung in ihrer Kindheit hatten sie zu einer Hamsterin werden lassen, deshalb platzte ihre Bude vor lauter Vorräten bald aus den Nähten. Ich warf die Schranktür zu und stand kurze Zeit später vor Annemaries Wohnung. Glücklicherweise war sie zu Hause und öffnete. Ihre Wangen glühten, und ein fröhliches Lächeln erhellte ihr kleines, rundes Gesicht, als sie mich erblickte.

„Martha-Schätzchen, komm doch rein!"

Die Wohnung glich einem Tante-Emma-Laden, nur die Registrierkasse fehlte. Sehnsüchtig ließ ich meinen Blick über die Regale schweifen. Da waren Bockwürstchen in Dosen und Gläsern, Ravioli in verschiedenen Variationen, eingekochte Bohnen und rote Beete. Zwei riesige Gefriertruhen brummten vor sich hin neben einem Kühlschrank, der es locker mit dem einer Großküche aufnehmen konnte. An unter der Decke montierten Besenstielen hingen in ordentlichen Reihen geräucherter Bauch, Schinken und lange Mettwürste an Paketbändern. Das Lager für Trockenware wie Nudeln, Reis, Zucker und Mehl befand sich in der Wohnzimmerecke, die eigentlich für die Couch vorgesehen war.

Die kleine, dicke Annemarie musste noch etwa hundertachtzig Jahre leben, um diese Lebensmittelmengen zu vertilgen.

„Was kann ich dir Gutes tun?" fragte sie einladend.

„Ich habe Hunger."

„Das ist schlimm", entgegnete sie ernst. „Ich habe jahrelang Hunger gelitten, deshalb weiß ich, wie du dich fühlst. Wie wär's, wenn du mir von deinem neusten Fall berichtest, und ich bereite uns beiden ein deftiges Frühstück zu?"

„Eine wunderbare Idee!"

Ich ließ mich auf einen Holzstuhl mit kariertem Sitzpolster fallen. Annemarie klapperte mit Schüsseln, Pfannen, Töpfen und Schneebesen und lief geschäftig hin und her. Bald stieg mir der Duft von Rühreiern, gebratenem Schinken, Nürnberger Rostbratwürstchen und Schmorkartoffeln in die Nase. Mir war schon ganz elend vor lauter Hunger.

„Weißt du eigentlich, dass Klaus-Jürgen ein Auge auf dich geworfen hat?" fragte Annemarie mädchenhaft kichernd, während sie Teller und Besteck auf dem Küchentisch verteilte, die Speisen in Porzellanschüsseln füllte und sie mit frischer Petersilie, Gurkenscheibchen und Tomatenvierteln dekorierte.

In unserem Wohnblock ging es zu wie in einer Jugendherberge. Hier waren One-Night-Stands ebenso an der Tagesordnung wie romantisches Techtelmechtel. Klaus-Jürgen war der, der vorhin durch die originelle Gestik und das dazu passende Geräusch für Stimmung im Hausflur gesorgt hatte. Buschige, grauschwarze Haare wuchsen ihm aus Nase, Ohren und Hemdkragen. Er hatte ein Glasauge und schätzungsweise hundert Kilo Übergewicht.

„Ein Auge auf mich geworfen ist gut!" erwiderte ich lachend, während ich Rührei auf meinen Teller schaufelte.

„Kann man so ein Glasauge eigentlich rausnehmen?" fragte Annemarie interessiert.

„Keine Ahnung, frag ihn doch mal!" schlug ich vor.

„Das trau ich mich nicht."

Wir mampften einträchtig.

„Klaus-Jürgen scheint es sehr ernst mit dir zu sein. Du solltest es dir wirklich überlegen", kam Annemarie auf die angeblichen Absichten meines Hausflurnachbarn zurück.

Ich stach meine Gabel schwungvoll in ein gebratenes Würstchen und kaute genüsslich.

„Er hat Geld auf der hohen Kante, ist noch gut zu Fuß und mag Volksmusik", zählte Annemarie Klaus-Jürgens Vorteile auf.

„Ich hasse Volksmusik", entgegnete ich.

„Nun, du könntest dich arrangieren ..."

„Er riecht komisch."

„Das ist mir auch schon aufgefallen. Er benutzt ein eigenartiges After-shave. Du könntest ihm ein besseres schenken."

„Niemals. Außerdem ist er viel zu dick!"

„Du könntest ihm Abnehmen zur Auflage machen!" schlug Annemarie ernsthaft vor.

„Nee, lass mal. Er ist nicht mein Typ."

Ich genehmigte mir noch eine Ladung Rühreier und lehnte mich dann zufrieden zurück.

„Du bist eine begehrte Frau, Martha. Gestern Abend war ein fremder Mann unten und hat nach dir gefragt. Er wollte wissen, ob du hier wohnst und meinte, er sei ein alter Bekannter."

„Tatsächlich? Wie sah er denn aus?"

„Ich weiß nicht, ich war nicht dabei. Die anderen haben's erzählt, doch ihre Beschreibungen waren sehr unterschiedlich. Von klein und blond bis groß und dunkelhaarig. Lisbeth war sogar sicher, dass es ein Schwarzafrikaner war."

„Lisbeth sieht doch fast nichts mehr", erinnerte ich sie.

„Stimmt."

„Du hast mir das Leben gerettet!" verkündete ich und unterdrückte einen Rülpser.

„Hab ich gern getan. Hast du die ganze Nacht auf der Lauer gelegen und den Mörder beschattet?"

„Nee, ich hab mir mit dem Witwer die Kante gegeben."

„In schwierigen Lebenslagen ist ein Schnaps das beste Heilmittel. Ich habe immer ein paar Flaschen im Haus."

Wahrscheinlich genug, um jahrelang eine Kneipe zu beliefern.

„Stimmt es, dass der Mord an Frau Honnef dem von vor vier Wochen ähnelt? Ist es der gleiche Täter? Schauderhafte Vorstellung: In unserer Stadt geht jemand um, der wehrlose Frauen ersticht!"

Vor vier Wochen? Da war ich zu Besuch bei meiner Freundin Hildegard in Berlin. Von dem Mord hatte ich gar nichts mitbekommen.

„Wo ist denn das passiert?" hakte ich nach.

„Im Columbus-Center. Eine junge Frau, Mitte dreißig, glaub ich, wurde erstochen in ihrer Wohnung gefunden. Furchtbar, diese Gewalt in unserem Land. Wenn das so weitergeht, haben wir bald wieder Krieg."

„Zwei Morde innerhalb von vier Wochen – da hat die Kripo mal ausnahmsweise richtig was zu tun. Interessant, der Mord an der jungen Frau. Ich glaube jedoch, Charlottes Mörder ist eher in ihrem Umfeld zu suchen.

Trotzdem, danke für den Tipp."

„Hast du schon einen Verdacht?" fragte Annemarie neugierig.

„Mehrere Menschen kommen in Frage. Aber ob's einer von ihnen war? Eines weiß ich bestimmt: Der Mörder wollte etwas Bestimmtes ausdrücken."

„Wieso?"

„Charlotte, sie lag auf dem Fußboden wie ... "

„Ja, wie? Was wollte der Mörder ausdrücken?"

„Ich weiß es noch nicht. Die ganze Zeit grüble ich schon darüber nach. Ich komme einfach nicht drauf."

„Hhmm. Das ist merkwürdig. Aber keine Sorge! Bestimmt wirst du den Mörder finden, bei Lonzo Zacharias und den anderen Schurken hattest du ja auch den richtigen Riecher. Aber sei bloß vorsichtig, dass dir nichts passiert! Vielleicht solltest du Klaus-Jürgen doch nicht so leichtfertig in den Wind schießen. Er ist ein gestandener Mann und könnte dich beschützen."

Ich stellte mir vor, wie der schwergewichtige Klaus-Jürgen mich abschirmte und den Gegner mit seinem verbliebenen Auge bedrohlich anfunkelte und musste lachen. Nie im Leben hätte ich gedacht, dass es tatsächlich genau so kommen würde.

Auf dem Fußboden vor meiner Wohnungstür hockte Elfriede. Sie trug eine gelb-orange gemusterte Bluse, einen braunen Rock und blaue Filzpantoffeln. In ihren Haaren baumelten zwei Lockenwickler und ihre Augen waren stark gerötet. Als sie mich sah, brach sie in Tränen aus.

„Oh Gott sei Dank, dass du da bist, Martha!" stieß sie hervor. „Ich sitze hier schon seit einer Ewigkeit! Die Herrschaften unten im Flur waren sicher, dass du zu Hause bist."

„Ich war bei einer Nachbarin. Was ist denn los?" Ich schloss meine Wohnung auf, half Elfriede von der Erde und lotste sie zum Sofa. Ihre Schultern unter der dünnen Bluse waren so schmal und knochig wie die einer Achtjährigen.

„Heino ist im Gefängnis!"

„Im Gefängnis?"

„Stell dir nur mal vor, Martha: Da kamen Polizisten zu uns nach Hause und haben ihn verhaftet!"

„Was sagst du da? Das kann nicht sein! Er wurde höchstens vorläufig festgenommen."

„Das ist doch das Gleiche! Martha, die Polizei glaubt, dass er Charlotte umgebracht hat." Elfriede schluchzte heiser. „Ich weiß nicht mehr ein noch aus."

Ihre Augen lagen in tiefen Höhlen, die Nase war knallrot und ihre Lippen wund und rissig. Ich machte mir ernsthafte Sorgen, dass sie zusammenklappte. Deshalb zog ich die Pantoffeln von ihren Füßen und legte ihre Beine aufs Sofa. Dann breitete ich eine Wolldecke über ihr aus, holte mein großes Kissen aus dem Schlafzimmer und legte es unter ihren Kopf. Elfriede ließ alles willenlos mit sich geschehen.

Ich kochte eine Tasse Tee und suchte nach einem Riegel Traubenzucker. Mit dem Rest heißem Wasser füllte ich eine Wärmflasche, wickelte diese in ein Handtuch und legte Elfriede das Paket auf den Bauch.

Während ich zwischen Küche, Schlaf- und Wohnzimmer hin und her lief, dachte ich angestrengt nach. Bernds Mannschaft hatte Heino mitgenommen ... Obwohl er mir nicht sonderlich sympathisch war, hoffte ich für Elfriede, dass ihr Gatte nicht der Mörder war. Welche Gründe sollte er überhaupt gehabt haben, eine solche Tat zu begehen?

Möglicherweise wusste die Kripo mehr als ich. Auf jeden Fall würden sie Heino in die Mangel nehmen und vermutlich nicht eher wieder laufen lassen, bis er sie von seiner Unschuld überzeugt hatte.

Ich schob einen Sessel so neben das Sofa, dass ich dicht neben Elfriede saß und sie ansehen konnte. Sie lächelte mir kaum wahrnehmbar zu.

„Wie gut kannten die beiden sich denn?" fragte ich ruhig und hoffte, dass sie sich nicht wieder aufregte. Ihre Antwort war ein heiseres Krächzen, und ich rückte noch dichter an sie heran, um zu verstehen, was sie sagte.

„Heino und Charlotte? Sie haben sich nur ein paar Mal gesehen. Das letzte Zusammentreffen war vor etwa zwei Monaten. Walter und Charlotte hatten uns zum Fondue-Essen eingeladen. Einmal im Jahr revanchierte Charlotte sich, weil ich so schön bei ihr saubermache, so sagte sie. Diesmal haben wir mein zehnjähriges Jubiläum gefeiert."

„Seit zehn Jahren putzt du bei Honnefs?"

„Ja. Ich selbst hätte gar nicht daran gedacht, aber Charlotte wusste das Datum ganz genau. Kurz nachdem ich bei ihnen angefangen hatte, ist ja dieser furchtbare Unfall passiert."

„Welcher Unfall?"

„Ein Busunfall, am Hauptbahnhof. Charlotte saß im Reisebus, sie wollte irgendeine Tagesfahrt unternehmen. Als sie gerade losgefahren sind, rannte eine Frau über die Straße, direkt vor den Bus. Sie war sofort tot. Charlotte hat dieser Vorfall sehr mitgenommen, sie sprach all die Jahre immer wieder mal davon. Ihr tat der junge Mann sehr leid, der Verlobte der toten Frau."

„Und kurz bevor dieser Unfall geschah, bist du bei Honnefs angefangen?" brachte ich Elfriede wieder aufs Thema zurück.

„Ja. Erst fiel es mir ein wenig schwer, in fremder Leute Privatsphäre einzudringen, aber Charlotte hat mir diese Skrupel schnell genommen. Sie war so nett ...“

„Hhmm. Ist an dem Abend, als du mit Heino bei den Honnefs eingeladen warst, irgendetwas vorgefallen?"

„Nein, gar nichts. Es war sehr schön, und auch lustig. Charlotte hat sich köstlich über Heinos Anekdoten aus der Seefahrt amüsiert. Wir haben gegessen, zwei, drei Gläser Wein getrunken und sind dann nach Hause gegangen."

„Hat Heino hinterher irgendetwas zu dir gesagt? Versuch dich zu erinnern."

Elfriede richtete sich geringfügig auf. Ihre Stimme wurde kräftiger, und sie wirkte insgesamt eine Spur wacher. „Natürlich haben wir miteinander gesprochen. Aber was genau? Heino hat das Essen nicht besonders geschmeckt, das weiß ich noch. Er bevorzugt nun mal deftige Kost. Über Charlotte geriet er regelrecht ins Schwärmen, denn an diesem Abend hat sich herausgestellt, dass die beiden den gleichen Musikgeschmack haben: Shantys. Sie haben sogar die gleiche Lieblingsgruppe, aber ich weiß nicht mehr, wie die heißt."

Ihre Stirn legte sich in Falten, als sie angestrengt nachdachte.

„Das ist nicht wichtig."

„Was passiert nun?"

„Du bleibst bei mir, bis Heino wieder zu Hause ist. Und ich werde alles daransetzen, um herauszufinden, wer's wirklich war."

„Du glaubst doch hoffentlich nicht auch, dass Heino ...?" Elfriedes Kinn zuckte verdächtig.

„Nein, natürlich nicht", sagte ich schnell, obwohl ich nicht so sicher war. Elfriede seufzte erleichtert auf.

„Heino ist manchmal schon ein komischer Kauz", murmelte sie, „aber ein Mörder ... nein, das ist er gewiss nicht."

„Was meinst du mit komischer Kauz?"

„Na ja, jeder hat ja so seine kleinen Macken. Heino hat eben seinen

Seefahrer-Tick. Mich stört das nicht – andere Männer sammeln Briefmarken oder elektrische Eisenbahnen."

Ich verzog gequält das Gesicht. Vor ein paar Jahren hatte ich die Bekanntschaft eines attraktiven Mannes gemacht, mit dem ich mir durchaus mehr hatte vorstellen können. An einem romantischen Abend, als ich schon dachte, gleich geht's los, es ist soweit, hatte er mir seine Liebe zur Märklin gestanden. Urplötzlich war er aufgeregt wie ein kleines Kind; ich musste unbedingt mit in seinen Keller und die ganze Sammlung anschauen. Als er schließlich eine Schaffnermütze aufsetzte und die Kelle in die Hand nahm, hatte ich mich unter einem Vorwand verabschiedet und danach nie wieder den Wunsch verspürt, mich mit ihm zu verabreden.

„Manchmal hat Heino auch seine kleinen Geheimnisse. Aber was soll's? Ich denke mir, er wird schon nichts anstellen, und bohre nicht weiter nach. Alles in allem führen wir eine gute und harmonische Ehe. Nur schade, dass wir keine Kinder bekommen konnten."

„Geheimnisse? Welcher Art?" fragte ich neugierig.

„Vor knapp einem Jahr hat er eine Containerladung Fischerhemden gekauft. Stell dir das bloß mal vor, einen ganzen Lkw-Container voller Hemden! Das waren zigtausende blau-weiße Hemden in allen Größen. Davon hat er mir nichts erzählt. Er hatte gemeint, sie heimlich übers Internet verkaufen zu können. Irgendwann bin ich durch Zufall dahinter gekommen."

Nicht nachzuvollziehen, diese Geschichte, aber für den Mord an Charlotte auch nicht relevant.

„Und sonst noch?"

Elfriede dachte einen Augenblick nach.

„Ach!" lachte sie leise auf. „Das Modellschiff Seute Deern. Drei Wochen lang durfte niemand außer ihm das Wohnzimmer betreten. – Ich konnte dort nicht mal saubermachen, und unsere Gäste mussten in der Küche sitzen. Heino hatte Angst, dass jemand die Teile des Bausatzes durcheinanderbringen würde. Ich hab ihn tagelang nicht zu sehen bekommen, so leidenschaftlich hat er gebastelt. Und was war das Ende vom Lied? Ihm selbst ist irgendein Teil verlorengegangen, und er hat das ganze Schiff wutentbrannt zertrümmert und in den Müll geworfen. Ja, Männer sind schon manchmal sonderbar!"

Elfriede streckte sich, und ich bemerkte erleichtert, dass ihre Wangen wieder rosa schimmerten.

„Aber was er in den letzten Wochen dienstags und donnerstags gemacht hat, ist mir schleierhaft. Noch. Man muss sich nur in Geduld fassen, sag ich immer, irgendwann klärt sich alles von selbst auf."

„Dein Mann war zweimal in der Woche weg, und du weißt nicht wohin?"

„Ja, immer dienstags und donnerstags abends. Von zwanzig Uhr fast bis Mitternacht. Merkwürdig, nicht wahr?"

„Hast du ihn nicht gefragt?"

„Natürlich habe ich. Er hat gesagt, das sei sein Geheimnis."

„Wie viele Wochen ging das so?"

„Ich weiß nicht, sieben oder acht Wochen. Außer letzte Woche."

Vergangene Woche hatte Charlotte krank im Bett gelegen. Ich sprang auf, schnappte mir das tragbare Telefon und zog mich damit in die Küche zurück. Frau Wagenmacher war nach dem zweiten Klingeln am Apparat.

„Hallo, hier ist Martha Millers. Danke für Ihre Nachricht. Sie erwähnten, dass Charlotte in den letzten Wochen oft außer Haus war."

„Oh ja. Charlotte war andauernd unterwegs. Ob ihr zu Hause die Decke auf den Kopf gefallen ist? Verständlich wär's ja, wenn Sie mich fragen."

„Mich interessieren vor allem die Abende."

„Sie war oft abends weg. Mit dem Auto ist sie gefahren, also war sie wohl nicht bloß um die Ecke."

„Gab es bestimmte Tage, an denen sie fort war?"

„Hmm, lassen Sie mich einen Augenblick überlegen. Ja, genau: Sie ist immer dienstags und donnerstags weggefahren. Das weiß ich genau, weil da immer die Mecker-Ecke im Radio läuft, und das ist meine Lieblingssendung, die ich nur sehr ungern verpasse. Freitags und samstags war sie auch unterwegs, aber nicht so regelmäßig. Nur letzte Woche war sie zu Hause, da war sie ja krank."

Ein unangenehmes Gefühl beschlich mich. Die Härchen auf meinen Armen stellten sich auf, ein untrügliches Zeichen.

„Wissen Sie zufällig, um wie viel Uhr Charlotte dienstags und donnerstags losgefahren ist und wann sie wiederkam?"

„Natürlich. Die Mecker-Ecke fängt um zwanzig Uhr an. Charlotte fuhr gleich nach Beginn der Sendung los. Wann sie heimkam, weiß ich nicht. Ich gehe um dreiundzwanzig Uhr ins Bett, sonst komme ich morgens nicht aus den Federn, und Charlotte kehrte wohl später zurück."

„Besten Dank für die Information", sagte ich, in Gedanken versunken.

„Nichts für ungut. Ich bin ja selbst sehr an der Aufklärung dieser furchtbaren Tat interessiert. Wer wohnt schon gern in der Nachbarschaft eines Mörders? Ich beobachte Honnefs Haus beinah rund um die Uhr und mag kaum zum Klo gehen. Außerdem höre ich mich um. Ich will Sie bei Ihren Ermittlungen unterstützen, wo ich kann, denn ich glaube, Sie sind viel pfiffiger als die Polizei! Was meinen Sie, kann ich Ihnen wohl nützlich sein?"

„Aber sicher", entgegnete ich geistesabwesend.

Selbst wenn Heino mit Charlotte ein Verhältnis gehabt hatte, musste er nicht zwangsläufig der Mörder sein. Für Elfriede wäre das Wissen um seine Untreue jedoch ein grausamer Schlag, den sie wahrscheinlich niemals verwinden würde. Am liebsten hätte ich sie verschont, aber es nützte nichts. Sie musste mir dabei helfen, Heinos Unschuld zu beweisen. Mir drehte sich der Magen um, als ich ins Wohnzimmer zurückkehrte und mich wieder neben das Sofa hockte.

„Elfriede, war Heino am Montagmorgen zu Hause? Bevor du zur Arbeit gegangen bist?"

„Nun, er hat Brötchen geholt."

„Zu Fuß?"

„Nein, mit dem Fahrrad. Er war sehr lange weg, weil er unterwegs einen Platten hatte. Wir konnten gar nicht mehr gemeinsam frühstücken, weil ich ja zur Arbeit musste."

Das wurde ja immer vertrackter! Ich holte tief Luft. Dann legte ich Elfriede eine Hand auf den Arm und erklärte in bemüht unbeschwertem Ton: „Elfriede, wir müssen dein Haus auf den Kopf stellen und herausfinden, wo Heino dienstags und donnerstags gesteckt hat."

5

Ich bin Profi im Schnüffeln – und wenn ich loslege, stoße ich fast immer auf interessante Dinge. Im Haus der Hansens schien mir mein Talent jedoch nichts zu nützen. Der Nachmittag war bereits weit fortgeschritten, und ich hatte noch immer nichts Brauchbares zutage gefördert. Elfriede half mir, so gut sie konnte, aber ich hatte den Eindruck, dass dieser Job sie überforderte. Alle naselang kam sie mit irgendeinem unwichtigen Kram angelaufen: einer herausgebrochenen Zinke aus Heinos Kamm, einem uralten, zerfledderten Playboyheft, einer Plastiktüte von C&A und einem Poesiealbum aus Heinos Schulzeit. Sie wusste überhaupt nicht, wonach sie suchen sollte. Ich zwar auch nicht, aber ich suchte trotzdem mit System.

„Die Bankgeschäfte erledigt Heino ganz allein. Da hab ich nichts mit zu schaffen", klärte Elfriede mich auf, als ich mich über einen Aktenordner mit Kontoauszügen hermachte.

Ich überflog die Blätter. Was Heino monatlich für seinen geleasten Mercedes oder für Strom und Heizung bezahlte, interessierte mich nicht.

„Was habt ihr denn in der Lessingstraße gemietet?" rätselte ich. An dieser Straße im Stadtteil Lehe standen hohe Vorkriegshäuser, hässliche Wohnblocks und sporadisch sanierte Mehrfamilienhäuser. Zudem befand sich dort Bremerhavens Rotlichtviertel.

„Wir haben was gemietet? Nein!" Elfriede schüttelte den Kopf. „Wir haben ein eigenes Haus, da brauchen wir keines mieten."

„Ihr zahlt aber hundert Euro Miete."

„Nein, Martha, ich bin ganz sicher. Wieso sollten wir ein Haus in der Lessingstraße mieten, wenn wir doch dieses schöne Heim haben?"

„Für hundert Euro ist es allenfalls ein winziges Zimmer oder eine Garage." Ich blätterte zurück, um herauszufinden, wie lange die Miete bereits gezahlt wurde. Und stellte fest: seit zwei Monaten! Mir wurde ganz schlecht. Ein Zimmer in der Lessingstraße als Liebesnest für Charlotte und Heino! Immer dienstags und donnerstags waren die beiden übereinander hergefallen, während Elfriede brav zu Hause saß und Socken strickte. Ich wusste sofort, was ich zu tun hatte.

„Ich muss mal weg", sagte ich, klappte den Ordner zu und schulterte meine Handtasche.

„Dann nimm mich mit!"

„Elfriede, du kannst nicht ..."

„Doch!" Elfriedes Stimme klang ungewohnt energisch. „Ich will nicht allein hier sitzen und mir Sorgen machen. Mein armer Heino! Ob sie ihm überhaupt Mittagessen gegeben haben? Er hat immer so einen gesunden Appetit!"

Völlig egal, Heinos dicker Wanne würde eine Mahlzeit weniger überhaupt nicht schaden.

„Du musst mich mitnehmen. Ich kriege sonst einen Nervenzusammenbruch!"

Ich wäre schnell mit dem Rad in die Lessingstraße gefahren, aber das konnte ich mir jetzt abschminken. Elfriede fuhr schon seit Jahren nicht mehr Fahrrad. Einen Führerschein besaß sie auch nicht.

„Na gut. Dann nehmen wir den Bus."

„Wir könnten auch Heinos Mercedes nehmen", schlug Elfriede vor.

Autofahren zählte nicht gerade zu meinen herausragenden Fähigkeiten. Hansens riesige Karre kriegte ich wahrscheinlich nicht mal heil aus der Garage. Ich hatte vor sechseinhalb Jahren das letzte Mal hinterm Steuer gesessen, und dabei den von einem Nachbarn geliehenen VW-Golf zu Schrott gefahren.

Mit einem Blick auf die Uhr wog ich die Vorteile einer Busfahrt im Zuckeltempo mit etlichen Stopps an etlichen Haltestellen mit denen einer Spritztour in Heinos silbernem Straßenkreuzer ab. Sekundenbruchteile später hatte ich mich entschieden. Ich meinte, irgendwo gehört zu haben, dass Leasingfahrzeuge grundsätzlich Vollkaskoversichert waren.

Elfriede tauschte ihre blauen Filzpantoffeln gegen beige Halbschuhe, nahm den Autoschlüssel vom Schlüsselbrett und zog die Haustür hinter uns zu. Ich sah an mir herab und stellte fest, dass ich noch immer den roten Jogginganzug von gestern früh trug. Er war zerknittert, aber immerhin zwischendurch gewaschen worden, und mittlerweile auch wieder trocken. Trotzdem – ich sehnte mich nach meiner Badewanne und einem Stapel frischer Kleidung.

In Hansens Garage bekam ich Beklemmungen: Heino hatte die Wände in verschiedenen Dunkelblau-Schattierungen und mit zahllosem Meeresgetier wie Kraken, Fische, Schnecken und Seepferdchen bemalt. Die Decke war mit einem Fischernetz bespannt, auf dem Fußboden lag meerblauer Teppichboden.

Der Mercedes war mit schwarzen Ledersitzen und Armlehnen ausgestattet. Das Cockpit eines Passagierflugzeugs konnte nicht unübersichtlicher sein als dieses Armaturenbrett aus Wurzelholz. Auf dem Schaltknüppel waren nicht die Gänge, sondern die Himmelsrichtungen wie auf einem Kompass verzeichnet. Überflüssig zu erwähnen, dass am Rückspiegel ein handgeknüpfter Anker baumelte. Die Karre hatte die Ausmaße eines Schlachtschiffes. Ich konnte nicht mal erahnen, wo die Haube anfing und der Kofferraum aufhörte. Trotzdem tat ich so, als würde ich tagtäglich solche Ungetüme lenken, denn ich wollte Elfriede nicht beunruhigen. In Wirklichkeit hatte ich schweißnasse Hände, und meine Muskeln zuckten vor Anspannung.

Gleich an der ersten Rechts-vor-links-Kreuzung wäre die Fahrt beinahe schon zu Ende gewesen, wenn es nicht auch rücksichtsvolle Menschen auf dieser Welt gäbe. Ein junger Mann im gelben Renault Twingo bremste nämlich gerade noch rechtzeitig, bevor die Nasen unserer Fahrzeuge sich berührten. Ich bedankte mich bei dem Fahrer mit einem freundlichen Gruß meiner rechten Hand und lenkte etwas unsicher mit links weiter. Elfriede tat es mir nach und winkte ebenfalls. Als ich das Lenkrad wieder mit beiden Händen umfasste, betätigte ich aus Versehen die Hupe. Darüber erschrak ich so, dass mein Fuß von der Kupplung rutschte und der Wagen einen Satz nach vorn machte. Im Rückspiegel sah ich, dass der Fahrer des Renaults ausgestiegen war, die Hände in die Seiten gestemmt hatte und uns kopfschüttelnd hinterherschaute.

Die nächsten Minuten verliefen glücklicherweise ereignislos, und so entspannte ich mich allmählich. Ich schaltete das Radio ein und rollte mit den Schultern, um die Nackenmuskulatur zu lockern. Im Takt zur Musik von Gritli & Erika, die ich schon immer verabscheut habe, krümmte und streckte ich die Zehen. Fast am Ziel angekommen, bremste ich ab auf Schrittgeschwindigkeit, damit ich ja die richtige Straße nicht verpasste. Die plötzliche Änderung meiner Fahrweise brachte mir verschiedene eindeutige Gesten anderer Verkehrsteilnehmer ein, die hupend an mir vorbeizogen.

Die Lessingstraße war mit altem, glattem Kopfsteinpflaster belegt. Ich fuhr im Schneckentempo und hielt nach den Hausnummern Ausschau.

„Meine Güte, was machen all diese Frauen bloß? Die sitzen hinter Schaufensterscheiben! Und guck mal da, Martha!" Elfriede wies mit dem ausgestreckten Zeigefinger auf eine spärlich bekleidete Dunkelhäutige mit Afrolocken, die sich in einem violett beleuchteten Fenster auf einer Couch mit Leopardenmuster räkelte.

Direkt vor Haus Nummer 77 war ein Parkplatz frei. Ich trat aufs Bremspedal, setzte ein Stück zurück und bog scharf rechts ab, was den nachfolgenden Verkehr kurzzeitig zum Erliegen brachte. Langsam ließ ich den Mercedes ausrollen und stieß dabei ganz leicht gegen ein völlig überflüssiges Verkehrsschild. Ich beendete das Manöver und stieg aus.

Nummer 77 war nicht das hässlichste Haus in dieser Straße, aber schön war es auch nicht. Der ehemals weiße Reibeputz hatte sich an einigen Stellen gelöst, was aussah, als hätte das Haus eine schwere Krankheit. Neben der Eingangstür lagen McDonald's-Getränkeverpackungen, Wegwerfwindeln und ein Fahrrad ohne Reifen. Ich überflog die fünfzehn Klingelschilder – weder Hansen noch Honnef war dabei. Kurzerhand drückte ich auf den Klingelknopf unten rechts. Die Gegensprechanlage rauschte, und dann ertönte gellendes Kindergeschrei. Das ging eine knappe Minute so, dann brach das Geschrei plötzlich ab und nichts geschah. Niemand betätigte den Türöffner. Ich drehte mich nach Elfriede um, die verträumt an einem Mülleimerunterstand lehnte und vor sich hin summte. Ich war gerade im Begriff, in einer anderen Wohnung zu klingeln, als die Haustür geöffnet wurde. Ein unglaublich dicker Junge drängelte sich rücksichtslos an mir vorbei. Er war nicht älter als zwölf und hatte ein Gesicht wie ein Hamster. Ich erwischte ihn am Ärmel und hielt mit der anderen Hand die Tür auf.

„Wo wohnt denn euer Hausmeister?" fragte ich ihn.

„Weiß nich."

„Klar weißt du das. Überleg doch mal."

„Nö." Er setzte ein verschlagenes Grinsen auf, das er sich vermutlich in Gangsterfilmen abgeguckt hatte.

„Okay. Wie viel?" fragte ich seufzend.

„Nen Zehner."

„Spinnst du? Zehn Euro, nur damit du mir sagst, wo der Hausmeister wohnt?"

„Dann eben nicht." Der Junge rotzte auf den Gehweg, setzte seinen Kadaver in Bewegung und würdigte mich keines Blickes mehr.

Ich stieß die Haustür ganz auf und betrat ein dunkles, trostloses Treppenhaus. Das Babygeschrei drang gedämpft durch eine Tür im Erdgeschoss. Die Wände zierten Beschriftungen und bunte Sprayer-Kunstwerke, ein Kinderwagen war mit einem Vorhängeschloss am Treppengeländer angekettet. Auf einem Schild standen allerlei Dinge geschrieben, die in diesem Hausflur verboten waren. Warum Heino und Charlotte dieses Gebäude für ihre Stelldicheins ausgewählt hatten, war mir absolut schleierhaft. Ich persönlich hätte einen Platz unter irgendeiner Brücke vorgezogen. Elfriede war mir gefolgt und versuchte nun, die grässlichen Wandbeschriftungen zu entziffern. Ich zog sie mit mir und klingelte kurzerhand an der Wohnungstür unten links. Es dauerte eine oder zwei Minuten, dann erschien ein Mann in ausgebeulter Jeans und gestreiftem Kurzarmhemd in der Tür. Er war etwa fünfunddreißig und hatte die Ausstrahlung eines Bullterriers.

„Da sind Sie richtig. Der Hausmeister bin ich!" verkündete der Mann auf meine Frage hin. „Wo brennt's denn?"

„Wir sind auf der Suche nach Herrn Heino Hansen."

Elfriede ließ einen entrüsteten Laut hören. „Das stimmt doch gar nicht, Martha!" tadelte sie mich.

Schnell fuhr ich fort: „Er hat in diesem Haus eine Wohnung gemietet, aber sein Name steht auf keinem der Schilder."

„Der gute Mann hat keine Wohnung, sondern einen Kellerraum gemietet", ließ sich der Hausmeister vernehmen.

„Einen Kellerraum? Wir haben doch selbst einen Keller", wunderte sich meine Freundin. Der Mann blickte ein wenig verwirrt von mir zu Elfriede und wieder zurück.

„Dürfen wir wohl einen Blick in diesen Raum werfen?" bat ich ihn.

„Wenn Herr Hansen da ist und Sie rein lässt, klar. Wenn nicht, ha'm Sie Pech."

„Gut, danke. Dann versuchen wir mal unser Glück." Ich zog Elfriede Richtung Kellertreppe.

Im Keller roch es intensiv nach Heizöl. Hinter einer feuerfesten Stahltür hörte ich die Heizungsanlage rumpeln. Wir passierten mehrere Abstellräume, die wie kleine Käfige aussahen. Sie waren aus gehobelten Dachlatten gezimmert, Vorhängeschlösser sicherten die Türen gegen Eindringlinge. Die Latten waren im Abstand von etwa fünf Zentimetern angebracht. Es handelte sich um die üblichen Kellerräume in Mehrfamilienhäusern, in denen die Mieter Fahrräder, Werkzeuge, Müll oder ihre Weihnachtsdekoration lagerten. Am Ende des Ganges entdeckte ich im Mauerwerk eine unscheinbare Zimmertür aus Holzfurnier, die zu einem geschlossenen Raum führte. Ich triumphierte innerlich, denn ich war mir sicher, Heinos und Charlottes geheimen Treffpunkt gefunden zu haben. Erwartungsgemäß war die Tür verschlossen, und nirgends befand sich ein Spalt, durch den ich hätte schauen können. Nichts an der schmucklosen Betonwand ließ Schlüsse auf den Raum dahinter zu. Ich musste aber unbedingt wissen, was es mit diesem Zimmer auf sich hatte – koste es, was es wolle.

„Es ist zu!" verkündete Elfriede überflüssigerweise, nachdem auch sie an der Türklinke gerüttelt hatte.

„Nicht mehr lange." Ich schob Elfriede zur Seite, ging einen halben Schritt zurück und versetzte dem Holz gleich unterhalb der Klinke einen kurzen, kräftigen Tritt. Wie ich gehofft hatte, sprang die Tür auf. Elfriede kreischte.

„Martha, du hast die Tür eingetreten!"

„Es geht doch nichts über robustes Schuhwerk", stellte ich zufrieden fest.

Ein einziges Kellerfenster kurz über dem Erdboden tauchte den Raum in schummriges Licht. Ich tastete nach einem Schalter und fand ein altmodisches Modell mit einem schwarzen Knopf zum Drehen. Ich hatte eine von der Decke baumelnde nackte Glühbirne erwartet und war überrascht, als der Raum plötzlich von einer modernen Strahlerleiste beinah taghell ausgeleuchtet wurde. Die Wände waren strahlendweiß getüncht und der Fußboden mit himmelblauer Auslegeware versehen worden. Die Einrichtung bestand aus einem Sofa mit modern gemustertem Bezug, einem Tisch, ein paar Stühlen und einer Kommode aus Birkenholz. Der Raum roch frisch nach Farbe und neuen Möbeln.

Ich trat näher und untersuchte das Sofa nach verdächtigen, weißen Flecken, fand aber keine.

„Da ist ja Heinos Schifferklavier!" rief Elfriede überrascht aus.

Tatsächlich lehnte neben der Kommode ein merkwürdig geformter Koffer. Ich hockte mich hin, öffnete die Schnappverschlüsse und wurde eines roten Akkordeons ansichtig. Hatte Heino seiner Geliebten ein Ständchen gespielt, bevor er sie vernascht hatte?

In der Kommode befanden sich neben einem Schwung nagelneuer Fischerhemden stapelweise Notenblätter. Ich las Titel wie Junge, komm bald wieder und Ein Schiff wird kommen. Zwei Notenständer standen nebeneinander unterhalb des kleinen Fensters, durch welches ich gerade die Turnschuhe eines draußen auf dem Bürgersteig vorbeilaufenden Mitmenschen sehen konnte. Auf jedem Notenständer lag ein dünnes, großes, spiralgebundenes Buch mit dem Titel Ahoi! Seemannslieder von Wind und Wellen.

„Hat Charlotte ein Instrument gespielt?" fragte ich Elfriede.

„Nicht, dass ich wüsste."

„Und Heino? Hat er oft musiziert?"

„Nein. Seit dem Reinfall vor der Gesellschaft zur Rettung Schiffbrüchiger hat er sein Akkordeon nicht mehr angefasst. Warum es wohl hier ist? Ob Heino es hier abgestellt hat?"

„Was war denn das für ein Reinfall?"

Elfriede hockte sich neben das Instrument und strich leicht über die Tasten, bevor sie mit gesenkter Stimme antwortete: „Vor vier Jahren gab der Shantychor Blaue Jungs ein Konzert im Kleinen Haus des Bremerhavener Stadttheaters. Der Erlös sollte der Gesellschaft zur Rettung Schiffbrüchiger zufließen, und es waren unglaublich viele wichtige, spendierfreudige Leute eingeladen. Kurz vor dem Termin fiel der Akkordeonspieler des Chors wegen einer schweren Krankheit aus, und man bat Heino um seine Hilfe. Heino kennt alle Lieder auswendig, aber er hatte sich zuvor nie getraut, vor Publikum zu spielen. Und plötzlich saßen da so viele Leute im Saal, und er stand vorn auf der Bühne! Ich war sehr stolz auf ihn." Elfriedes Hand sank in ihren Schoß, und eine steile Falte teilte ihre Stirn in zwei Hälften. „Himmel, war er aufgeregt! Das Konzert war dann leider eine einzige Katastrophe. Heino hat kein Lied fehlerfrei hinbekommen. Nach der ersten Pause hat man ihn nach Hause geschickt, und der Chor musste das Konzert ohne Akkordeonbegleitung zu Ende bringen. Seit diesem Abend hat Heino nie wieder musiziert."

„Es sieht so aus, als würde er einen neuen Versuch wagen", sagte ich.

„Meinst du?"

„Anscheinend hat er diesen Raum gemietet, um heimlich Akkordeon zu spielen." Aber was hatte Charlotte dabei getan?

Ein Lächeln umspielte Elfriedes Lippen. „Ja, ja, Heino und seine kleinen Geheimnisse."

„Hast du nicht erwähnt, dass Heino und Charlotte bei eurem Fondue-Essen ihren gemeinsamen Musikgeschmack entdeckt haben?"

„Ja. Auch Charlotte liebt, äh, liebte Shantys."

Hatten die beiden sich hier getroffen und gemeinsam Seemannslieder zum Besten gegeben? Kaum zu glauben, aber möglich. Für diese Annahme sprach, dass ich nichts von Belang fand in diesem Raum. Keine Champagnerflaschen, kein Massageöl, keine Verhütungsmittel. Nur Noten.

Der Mercedes stand noch so gegen das Verkehrsschild gelehnt da, wie ich ihn verlassen hatte. Allerdings fehlten seine Radkappen, und auch der Stern auf der Kühlerhaube war weg. Elfriede fiel das gar nicht auf, sie war in Gedanken bei Heino und seiner Musik. Die Rückfahrt verlief schweigend. Meine Beifahrerin starrte vor sich hin, und ich konzentrierte mich darauf, nicht gegen allzu viele Verkehrsregeln zu verstoßen. Gleichzeitig arbeitete mein Gehirn auf Hochtouren. Ich beschloss, Bernd auf den Zahn zu fühlen, falls sie Heino heute Abend nicht wieder laufen ließen. Bernd musste mich über den Stand seiner Ermittlungen informieren, schließlich war ich durch meine Freundschaft mit Elfriede quasi in den Fall involviert. Außerdem war ich seine Mutter, und vor der hatte man keine Geheimnisse!

Aus mir unerfindlichen Gründen passte das Auto nicht mehr in die Garage. Deshalb ließ ich den Hintern des Wagens rausgucken und das Tor offen. Heino war noch nicht zurück, was einen erneuten Tränenstrom Elfriedes zur Folge hatte. Ich half ihr, ein paar Klamotten in einen Beutel zu werfen und schrieb einen Zettel für ihren Ehemann, falls dieser heimkommen und seine Frau vermissen sollte. Dann zog ich die Haustür hinter uns zu, hakte Elfriede unter und machte mich mit ihr zu Fuß auf den Weg zu meiner Wohnung.

Es war nach acht, und um diese Zeit saß in unserem Haus jeder vor der Glotze. Man hatte tagsüber sämtliche lokalen Ereignisse in Erfahrung gebracht, jetzt ging's ans Weltgeschehen.

Die Stimme des Nachrichtensprechers drang durch die eine oder andere Wohnungstür bis auf die Flure, ein sicheres Zeichen dafür, dass der oder die Bewohner schwerhörig waren. So auch meine direkte Wohnungsnachbarin Heiderose Engelke: Sollte man sie um diese Uhrzeit besuchen wollen, müsste man ihre Tür eintreten. Lautstark verlas der Tagesschausprecher den Börsenbericht.

Während der DAX sich gerade mächtig erholte, wühlte ich in meiner Handtasche nach dem Schlüssel. Schließlich fand ich ihn unter all dem Kram, den ich mit mir herumschleppte, weil ich nie dazu kam, die Tasche mal auszumisten. Außer Portemonnaie, Handy, K.o.-Spray und eben dem Schlüsselbund brauchte da eigentlich nichts drin zu sein. Doch ich trug Kassenzettel in Hülle und Fülle, alte, hartgewordene Weingummis, ein Taschenlexikon, Tintenpatronen, Gefrierbeutel und verschiedene Proben Creme aus der Apotheke spazieren. Ich schloss die Wohnungstür auf und ließ Elfriede vorangehen.

„Oh, was für ein wundervoller Blumenstrauß!" rief sie entzückt aus.

Auf dem Wohnzimmertisch stand ein Arrangement aus schätzungsweise zweihundertfünfzig roten Rosen und weißem Schleierkraut. Sie befanden sich in einer Plastikblumenvase, die es von der Größe her mit einem Maurerkübel aufnehmen konnte. Noch nie in meinem Leben hatte ich einen solch überdimensionalen Strauß besessen.

Ich trat näher und fand die Karte des Absenders. Es handelte sich um eine Postkarte, wie man sie an jeder Straßenecke kaufen kann. Darauf war ein Esel abgebildet, der einen roten Strohhut trug und gelangweilt in die Kamera blickte. Über seinem Kopf hing eine Sprechblase mit den Worten: „Was bin ich doch für ein Esel!" Ich fand die Karte weder originell noch niedlich noch sonst irgendwas. Schnell drehte ich sie um. In einer ungelenken Handschrift stand auf leicht vergilbtem Papier mit Kugelschreiber geschrieben: „Ich bin dein, mein Herz ist rein, soll niemand drin wohnen, nur du allein."

Fassungslos ließ ich die Handtasche fallen und plumpste auf die nächstbeste Sitzgelegenheit. Wer schrieb mir so einen Blödsinn? Auf einer Eselkarte? Elfriede umkreiste derweil andächtig das floristische Meisterwerk. Plötzlich hatte ich die Erleuchtung: Der Blumenstrauß war gar nicht für mich! Da musste eine Verwechslung vorliegen! Ich fand das tragbare Telefon in der Küche und tippte Hausmeister Richard Knülles Nummer ein.

Aufgebracht schilderte ich ihm mein Anliegen. Nur im allernötigsten Notfall, erinnerte ich ihn streng, sei es ihm gestattet, meine Wohnung mit seinem Generalschlüssel zu betreten. Und Blumen seien kein Notfall, die könne man vor die Tür stellen wie ein Paket. Zumal sie auch noch an den verkehrten Empfänger geraten seien!

„Moment mal!" stoppte Knülle meinen Redefluss. Er sprach sehr langsam, sehr laut und sehr deutlich, als käme ich aus einem anderen Land oder sei nicht ganz dicht. Bevor er in unserer Wohnanlage Hausmeister wurde, hatte er ganz normal gesprochen. Diese Sprechweise hatte er sich im Laufe der Zeit im Umgang mit meinen Mitbewohnern angewöhnt, und sie war ihm mittlerweile in Fleisch und Blut übergegangen.

„Was sagen Sie? Jemand hat Blumen auf Ihren Tisch gestellt? Und Sie sind sicher, dass Sie es nicht selbst waren?" Die überdeutlich ausgesprochene Unterstellung, dass ich unter Vergesslichkeit litt, brachte mich in Rage.

„Herr Knülle, beantworten Sie mir nur eine Frage: Hat Sie heute jemand beauftragt, Blumen in eine Wohnung unseres Hauses zu bringen?"

„Nein. Im Übrigen würde ich diese nicht hineinbringen, sondern vor die Tür legen. Ich betrete die Wohnräume nur nach ausdrücklicher Genehmigung oder im absoluten Notfall, zum Beispiel bei einem Wasserschaden oder Wohnungsbrand."

Ich schluckte. „Okay. Dann muss ich Sie noch was fragen: Wer hat Zugang zum Generalschlüssel, der für alle Wohnungen passt?"

„Nur meine Wenigkeit und die Diensthabende Pflegerin beziehungs-weise der Diensthabende Pfleger in Notfällen, wenn jemand krank ist und seine Tür nicht öffnen kann. Blumenlieferungen fallen jedoch nicht in das Aufgabengebiet der Pflegekräfte."

„Mhmpf", machte ich.

„Ich schlage vor, Sie freuen sich einfach über Ihre Blumen und machen sich keine weiteren Gedanken!"

Ärgerlich darüber, dass Knülle mich wie eine Schwachsinnige abspeiste, legte ich auf. Ich selbst besaß zwei Wohnungsschlüssel. Einer befand sich zusammen mit dem fürs Fahrradschloss an meinem Bund und den anderen verwahrte ich in der Nachttischschublade. Ich flitzte ins Schlafzimmer und fand den Schlüssel dort, wo er hingehörte.

Ratlos ging ich zurück ins Wohnzimmer und starrte auf das Ungetüm. Ich beschloss, morgen das Empfangskomitee zu befragen. Niemand war in der Lage, von den Wachtposten unbemerkt etwas ins Haus zu schmuggeln. Schon gar nicht einen Riesenblumenstrauß.

Ich nahm Elfriede den Beutel weg und trug ihre Sachen ins Bad. Im Vorbeigehen warf ich einen Blick in den Spiegel über dem Waschbecken und wandte mich erschaudernd gleich wieder ab. Ich würde jetzt Elfriedes Nachtlager herrichten, anschließend mein wohlverdientes Bad nehmen und mich dann selbst ins Bett legen. Die durchsumpfte vergangene Nacht hatte nämlich nicht nur gravierende optische Spuren hinterlassen: Eine bleierne Müdigkeit saß in meinen Gliedern, und mein Schädel brummte höllisch.

Ich war gerade dabei, frisches Bettzeug aus dem Schrank zu nehmen, als es an der Tür klingelte. Elfriede hing bereits mit einem Auge am Spion.

„Es ist dein Sohn!" vermeldete sie und trat zur Seite.

Der fehlte mir jetzt gerade noch ...

Bernd hatte große Ähnlichkeit mit einem Stier. Er schnaubte, blähte seine Nüstern und seine Augen sprühten Feuer. Von seinem allseits geschätzten ausgeglichenen Wesen war nichts zu spüren.

„Ich dreh durch!" schrie er mich an, gleich nachdem ich geöffnet hatte. Sein Blick fiel auf Elfriede, die erschreckt aufs Sofa gesprungen war. „Du hast Besuch!" stellte er überflüssigerweise fest und kam dann gleich wieder zur Sache. „Ich muss mit dir reden, und zwar unter vier Augen!" Grob packte er mich am Arm und zog mich in Richtung Küche. Dort ballerte er die Tür zu und drückte mich auf einen Stuhl.

„Was fällt dir ein?" schimpfte ich und sprang wieder auf.

„Was mir einfällt?" höhnte er, „das wird ja immer schöner! Weißt du eigentlich, wie vieler Vergehen du dich in den letzten sechsunddreißig Stunden strafbar gemacht hast? Nein? Kein Wunder, die kann man nämlich nicht mehr zählen!"

Er trampelte vor der Küchenzeile hin und her wie ein Elefant im Käfig. Plötzlich blieb er direkt vor mir stehen und stieß zornig mit dem Finger nach mir. „Warum? Warum kannst du nicht wie alle anderen Frauen in deinem Alter im Café herumsitzen und Rommé spielen? Oder zur Wassergymnastik gehen oder zum Häkelkränzchen? Aber nein, du musst Detektiv spielen! Deine Nase in Dinge stecken, die dich nichts angehen!"

„Diese Dinge gehen mich sehr wohl was an. Elfriede ist meine Freundin. Außerdem kann ich in meiner Freizeit tun und lassen, was ich will und muss nicht ständig darauf Rücksicht nehmen, dass sich unsere Interessen nicht kreuzen."

„Interessen kreuzen? Ich bin Kriminalbeamter, und es ist meine Pflicht, Verbrechen aufzuklären. Von Berufs wegen! Ganz im Gegensatz zu dir: Du bist eine Hobby-Schnüfflerin, die nichts als Schaden anrichtet." Bernd nahm seinen Fußmarsch durch meine Küche wieder auf. „Und du machst dich und mich lächerlich!"

„Ach – darum geht's dir. Du befürchtest, dass deine Kollegen über dich lachen. Na, das ist ganz allein dein Problem. Wenn du nicht Manns genug bist ..."

Wieder blieb er stehen und starrte mich aus blitzenden Augen an. „Manns genug? Ich bin immerhin Manns genug, dich nicht sofort einzubuchten. Hinter Schloss und Riegel sollte ich dich bringen! Der einzige verdammte Grund, warum ich es noch nicht getan habe, ist, dass du meine Mutter bist."

„Nun übertreib mal nicht", versuchte ich ihn zu beruhigen.

„Von Übertreiben kann wohl kaum die Rede sein. Am Tatort hast du zwei Stunden herumgeschnüffelt, bevor uns deine Freundin angerufen hat. Du hast hunderte Fingerabdrücke hinterlassen und dabei sämtliche DNS-Spuren verwischt. Herrgott noch mal, du hast sogar an der Leiche herumgefummelt!"

„Ich hab sie nur angeschaut und einmal umgedreht", stellte ich richtig, aber Bernd hörte mir gar nicht zu.

„Du hast dich in der Nachbarschaft als Polizistin ausgegeben, dass ich nicht lache! Anschließend hast du dir als angebliche Seelsorgerin der Polizei bei den nächsten Angehörigen Zutritt verschafft und hast diese ausgehorcht."

Vermutlich dachte Bernd jetzt wie ich an meinen peinlichen Auftritt nackt im rosaroten Badehandtuch auf der Honnefschen Diele, denn er unterbrach seinen Redefluss für einen Moment und sah mich seltsam betroffen an. Ich spürte eine leichte Schamesröte, die mein Gesicht vom Hals aufwärts überzog.

Bernd räusperte sich und fuhr fort: „Damit nicht genug: Meine Mutter ist eine Einbrecherin! Du hast heute eine Tür eingetreten! Sachbeschädigung gemäß Paragraph 303 Strafgesetzbuch, Hausfriedensbruch nach Paragraph 123 Straf..."

„Es handelte sich um einen von der Familie Hansen gemieteten Raum, und Elfriede hatte den Schlüssel nicht dabei", unterbrach ich seinen langweiligen Vortrag. Ich hatte meine Fassung wieder gewonnen.

„Du weißt, dass das so nicht stimmt, also verdreh nicht noch die Tatsachen!" Erschöpft rieb er sich über Stirn und Augen. Erst jetzt nahm ich wahr, wie ausgelaugt er aussah. Sein Gesicht war farblos, er hatte Schatten unter den Augen und sich heute nicht rasiert. Ich bemerkte ein paar graue Haare in seinem dichten braunen Schopf, die mir bisher noch nie aufgefallen waren.

„Das muss ein Ende haben, sofort! Ich kann dein Treiben nicht länger dulden, schließlich muss ich mich einem Vorgesetzten gegenüber verantworten. Und der macht mir die Hölle heiß, das kannst du mir glauben. Dies ist meine allerletzte Warnung, Mama: Solltest du auf die Idee kommen, dich in irgendeiner Form weiter in dieser Sache zu engagieren, bin ich gezwungen zu handeln."

Grußlos verließ er die Küche.

„Und was ist jetzt mit Heino?" rief ich ihm hinterher, doch statt einer Antwort hörte ich nur das Zuschlagen der Wohnungstür. Ich seufzte, ging ins Bad und ließ Wasser in die Wanne laufen.

6

Ich fror erbärmlich und konnte mich nur mit größter Mühe bewegen. Mitten im schönsten Badevergnügen musste ich wohl eingeschlafen sein, und nun war die Wassertemperatur nahe dem Gefrierpunkt. Mein Nacken war steif, weil mein Kopf auf dem emaillierten Badewannenrand gelegen hatte. Aufstöhnend beugte ich mich vor und drehte den Hahn auf, stellte den Hebel um auf Duschbrause und ließ warmes Wasser auf meine Haare und Schultern laufen. Mit dem großen Zeh zog ich den Proppen vom Abfluss, drehte das Duschwasser bis zum Anschlag auf und duschte meinen unterkühlten Körper ab. Die Gänsehaut verschwand, dafür färbte sich mein Leib krebsrot.

Als ich aus der Wanne stieg, tanzten grelle Sterne vor meinen Augen. Taumelnd hielt ich mich am Waschbecken fest, während ich meinen uralten, abgewetzten Frottebademantel anzog. Dann sank ich auf den Badewannenrand, damit mein Kreislauf eine Chance bekam, sich zu normalisieren. Der Spiegel war beschlagen, und das war wahrscheinlich besser so. Wenn ich aussah, wie ich mich fühlte, hätte ich bei meinem Anblick vermutlich einen niemals endenden Schreikrampf bekommen. Nachdem ich mich abgetrocknet hatte, gönnte ich meiner Haut eine seltene Aufmerksamkeit in Form einer Lotion, die mir eine Bekannte zum letzten Geburtstag geschenkt hatte. Bis heute hatte das edle Fläschchen ungeöffnet auf dem Toilettenartikel-Regal herumgestanden. Als ich meine Beine und Arme eingecremt hatte, wurde der eben noch zarte Pfirsichduft dermaßen penetrant, dass es grässlich in meiner Nase kribbelte und ich zweimal kräftig niesen musste. Ich verschloss die Lotion und stellte sie ganz nach hinten ins Regal zurück. Schnell huschte ich ins Schlafzimmer und zog mir meine großkarierte Lieblingspyjamahose und ein Shirt in Bundeswehr-Tarnfarbe an.

Im Wohnzimmer brannte nur die kleine Lampe auf der Fensterbank. Elfriede hatte sich auf dem Sofa eingerichtet, schlief mit offenem Mund und gab leise Pfeifgeräusche von sich. Ihre weißen Haare umgaben ihr schmales Gesicht wie ein Heiligenschein. Der Fernseher lief ohne Ton, und die Bilder der um einen Stehtisch gruppierten, diskutierenden Politiker warfen bläuliche Schatten an die Wände.

Ich schaltete das Gerät aus, ging zum Fenster und zog die Vorhänge zu. Plötzlich donnerte es, und ich brauchte einen Augenblick, bis ich meinen Schrecken überwand und ausmachen konnte, wo der Krach herkam. Jemand schlug wie ein Irrer mit der Faust gegen meine Wohnungstür. Ich wog ab, ob ich mich bewaffnen oder lieber die Notfalltaste unseres Haustelefons betätigen sollte, da hörte ich eine dumpfe Männerstimme.

„Ellie! Mach auf!"

Das war Heino, kein Zweifel. Ich warf einen Blick auf Elfriede, die leise im Schlaf stöhnte. Draußen hämmerte es kräftig weiter, ich sprintete los und riss die Tür auf. Heino stolperte an mir vorbei in die Wohnung. Eines seiner Schnürbänder war offen, und das Hemd hing ihm aus der Hose. Er stank widerwärtig nach Alkohol und Zigarillos.

„Wo is se? Wo is miene Ellie?" wimmerte er wie ein Kleinkind. Diese war vom Lärm aufgewacht, saß jetzt aufrecht auf dem Sofa und rieb sich verwirrt die Augen. Die Suche nach ihr gestaltete sich deshalb selbst für den hackevollen Heino recht einfach.

Ich schaute den halbdunklen Flur hinunter und sah Wilhelmine Germascheck in geblümtem Nachthemd und Hausschuhen die Treppe hinauflaufen. Sie litt unter Schlafstörungen und vertrieb sich nachts gern die Zeit mit Treppensteigen. Mein später Gast war ihr sicher nicht verborgen geblieben, und ich konnte mir lebhaft ausmalen, welche Geschichten morgen im Haus kursierten.

Heino kauerte mit angezogenen Beinen auf dem zum provisorischen Bett umfunktionierten Sofa, seine Schuhe hatte er freundlicherweise zuvor abgeschüttelt. Er barg seinen Kopf in Elfriedes Schoß, und sie hielt sein rotgeädertes Gesicht mit beiden Händen umfangen wie einen verbeulten Fußball.

„Ellie, ick heb allens falsch jemacht! Allens!" jaulte er.

Neugierig ließ ich mich auf einem Sessel nieder. Ich war gespannt, was Heino denn wohl verbockt hatte, und ob es mit dem Mord an Charlotte zu tun hatte.

Elfriede strich sanft über sein Haar und säuselte ihm wie einem verstörten Kind beruhigend ins Ohr: „Ist ja schon gut! Es ist alles gut!"

Bis zu diesem Augenblick hätte ich niemals vermutet, dass es je eine Situation in Elfriedes Leben geben würde, in der sie tatsächlich die Stärkere war. Da hatte ich mich wohl gründlich getäuscht!

„Ick wör bi de Polizei, den janzen doog!"

„Halt!" rief ich dazwischen. „Kein Plattdeutsch! Ich will auch erfahren, was passiert ist!" Schließlich befanden wir uns nicht in Ostfriesland.

Gezwungenermaßen besann Heino sich auf die hochdeutsche Sprache.

„Ich war bei der Polizei, den ganzen Tag!" wiederholte er schluchzend in meine Richtung, ließ Elfriede dabei jedoch nicht aus den Augen. „Es war erniedrigend! Sie wollten alles von mir wissen, verstehst du: alles! Immer wieder haben sie die gleichen Fragen gestellt."

Gespannt befeuchtete ich meine Lippen und begann, wie ich es meistens tue, wenn ich aufgeregt bin, Zeige- und Mittelfinger hin und her zu kreuzen. Leider kämpfte Heino, statt weiter zu sprechen, mit einem Schluckauf. Minutenlang. Darüber vergaß er sogar sein Gejaule. Ungeduldig rutschte ich von einer Pobacke auf die andere, bis der dämliche Schluckauf endlich verschwunden war. Elfriede drängte ihn nicht, sie hätte bis zum Nimmerleinstag dagesessen und seelenruhig seine knallrote Birne gestreichelt.

„Stell dir vor: sie wollten sogar wissen, wie oft wir Sex haben!" Er sprach das pikante Wort wie die ähnlich klingende Zahl aus.

„Wie oft?" fragte Elfriede peinlich berührt. „Und was hast du geantwortet?"

„Die Wahrheit hab ich gesagt. Immer wenn uns danach ist, hab ich gesagt. So ein oder zweimal in der Woche."

Hut ab! Ganz schön aktiv, die beiden!

„Aber das war ja nicht mal das Schlimmste! Ich hab ausgepackt! Jawohl, ich hab ausgepackt! Mein streng gehütetes Geheimnis gelüftet. Andererseits – jetzt ist das Geheimnis ja sowieso nichts mehr wert."

Endlich ging es zur Sache und wurde richtig spannend! Da fing Heino erneut an zu flennen und sabberte dabei in Elfriedes Nachtjäckchen. Ich hätte ihm am liebsten einen Tritt in den dicken Hintern verpasst, damit er in die Gänge kam.

„Ich hab ihnen von Charlotte und mir erzählt. Von unserem Projekt." Elfriedes Streicheleinheiten verloren nicht an Intensität. Aufmerksam hörte sie ihrem Gatten zu und nicht der geringste Argwohn war in ihrer Miene zu erkennen.

„Es war unser Geheimnis, niemand außer uns beiden wusste davon. Wir waren ..." Er schluckte laut hörbar, bevor er die Bombe platzen ließ: „Nordwind!"

„Hä?" machte ich, weil Elfriede nichts tat außer streicheln.

„Unsere Gruppe hieß Nordwind. Ich mit der Quetschkommode und Charlotte ... Ach – sie hatte eine wahrhaft göttliche Stimme! So lieblich und rein!"

„Ihr habt Shantys eingeübt?" vermutete ich.

„Ja. Und wir waren gut. Wir waren wirklich gut!"

„Das freut mich für dich", sagte Elfriede herzlich.

„Wir hatten unglaublich viel vor. Eine eigene CD, vielleicht auch hier und da mal ein Auftritt. Und nun ist Charlotte tot!"

Heino bekam wieder einen Heulkrampf, und ich nutzte die Zeit, um Gläser, eine Flasche Mineralwasser und das Paket Schokoladenkekse aus der Küche zu holen.

„Die Polizisten meinten, ich hätte Charlotte getötet! Kannst du dir das vorstellen, Ellie? Erst als ich ihnen von dem Geheimnis erzählt und ihnen den Proberaum gezeigt habe, begannen sie, an meiner Schuld zu zweifeln. Schließlich durfte ich wieder gehen, aber sie haben gesagt, sie würden mich im Auge behalten. Noch nie in meinem Leben bin ich mit der Polizei in Konflikt geraten, nicht mal nen Strafzettel wegen Falschparkens hab ich bekommen, und nun so was!"

Heino war's nicht, das wurde mir in diesem Augenblick schlagartig klar. Für diese Erkenntnis benötigte ich keine ausgeklügelten Vernehmungsstrategien, es lag einfach auf der Hand. Seine Liebe zu den Seemannsliedern, sein heimlicher Traum, mit dem Akkordeon Publikum begeistern zu können und die jüngst entdeckten gemeinsamen Interessen mit Charlotte, einer Frau, die ihm die Freude am Musizieren zurückgebracht hatte, sprachen absolut dagegen. Ich war zwar nicht ernsthaft davon ausgegangen, dass Elfriedes Mann Charlottes Mörder war, aber ganz ausgeschlossen hatte ich es zeitweise nicht. Dank Heinos bescheuerter Geheimnistuerei.

Nun galt es aber, die Ermittlungen voranzutreiben. Das wohlbekannte Kribbeln erfasste meinen Körper, als wollte es mir sagen: Es geht weiter, Martha! Du steckst mitten in einem haarsträubenden Fall, der von dir aufgeklärt werden will! Alle deine Sinne sind gefordert, deine Intelligenz, dein Fingerspitzengefühl, deine Intuition! – Das war das Leben, das ich liebte!

Ich knabberte an einem Keks und plante den nächsten Schritt, während die beiden auf dem Sofa weinten und flüsterten. An oberster Stelle auf meiner imaginären Liste der Verdächtigen stand Gerd Günther, Honnefs Schwiegersohn. Ihn auszufragen und zu hoffen, ihm ein Geständnis zu entlocken, hielt ich für aussichtslos. Vor allem in meiner Position als angebliche Seelsorgerin, die bei den Honnefs sicherlich inzwischen den Status einer Hochstaplerin innehatte. Zudem musste ich ein wenig vorsichtig sein, weil ich Bernd und seiner Crew nicht unbedingt über den

Weg laufen wollte. Vier Kekse weiter hatte ich einen Plan.

„In der Woche bevor sie krank wurde, ging es Charlotte überhaupt gar nicht gut. Da hat sie sogar den Text von Rolling home durcheinander gekriegt."

„Vielleicht saß ihr die Krankheit schon in den Gliedern", mutmaßte Elfriede.

„Nee, ich mein seelisch. Sie war ganz durcheinander."

„Hat sie dir den Grund gesagt?" schaltete ich mich ein.

„Nein. Ich hab auch nicht weiter nachgefragt, weil ich merkte, dass sie nicht darüber sprechen wollte. Aber irgendetwas bedrückte sie."

Hatte Charlotte sich mit ihrem zukünftigen Mörder gestritten? War sie erpresst worden oder hatte sie jemanden erpresst? Ging es um ein Ereignis in der Vergangenheit, um Liebe oder doch um Geld? Und welche Rolle spielte Lonzo Zacharias in diesem Mordfall? Beim Gedanken an ihn wurde mir erst heiß und dann ganz kalt. Ich spulte alle Informationen, die ich bisher gesammelt hatte, in meinem Kopf ab, und kam schließlich zu dem Schluss, dass ich an meinem vorhin gefassten Plan festhalten würde.

„... und dann komme ich nach Hause, und was sehe ich?" lamentierte Heino und warf die Hände in die Höhe. „Mein schönes Auto ist kaputt! Das ist die Strafe vom lieben Gott! Während ich den ganzen Tag den Polizisten Rede und Antwort stehen musste, hat jemand meinen allerliebsten Wagen zerstört. Ich werde niemals wieder froh sein können, mir wurde alles genommen."

„Quatsch!" rief ich aus. „Deine Frau ist noch da, oder hast du das vergessen?" Bei so einem Mist konnte ich einfach nicht an mich halten.

Elfriede sah ihren Mann mit großen Augen liebevoll an, und er nickte. „Natürlich ist sie da", antwortete er dumpf.

„Gott bestraft nicht, denn Gott ist die Liebe", erklärte sie nachdrücklich, doch weder Heino noch ich gingen darauf ein.

„Und nachdem du dein Auto gesehen hast, bist du in die nächste Kneipe gestürmt", vermutete ich.

„Nein, nein. Ich bin ins Haus gegangen und habe die Hausbar geplündert. Später fand ich den Zettel und weil ich mich so furchtbar einsam gefühlt habe, bin ich hierher gekommen." Dann hätten wir das ja auch geklärt.

Das Telefon klingelte. Ich ging ran und hörte erst nichts außer einem merkwürdigen Rauschen. Plötzlich hörte das Rauschen auf, und jemand flüsterte meinen Namen. Dreimal hintereinander. Und dann: „Komm runter vor die Tür, ich hab Hinweise."

„Wie bitte? Wer ist denn da?" wollte ich wissen.

Aufgelegt. Merkwürdig! Eine unbändige Neugier packte mich. Ich sah auf die Uhr, es war kurz vor zwei. Mein Blick streifte die beiden Turteltauben auf dem Sofa, und mein Entschluss reifte innerhalb von Sekunden.

„Ich geh mal kurz an die frische Luft", sagte ich, schnappte meine Handtasche und lief zur Tür. Elfriede nickte mir abwesend zu, während sie Heinos Brustkasten streichelte. Niemand fand etwas dabei, dass ich nachts um zwei im Schlafdress mit der Handtasche nach draußen ging. Ich riss die Eingangstür auf und kalte Nachtluft kroch von meinen nackten Füßen in die ausgeleierte Pyjamahose. In der Ferne hörte ich das metallische Hämmern der Nachtschicht von irgendeiner Werft.

Nach Mitternacht sparte man auf dem Gelände der Seniorenwohnstätte Strom. Keiner der Bewohner ging nach zehn noch nach draußen, deshalb waren ab zwölf die Laternen auf Notbeleuchtung umgestellt. Neben der Eingangstür brannte zwar eine Lampe, aber rund ums Haus bis hin zur Straße gab es nur hier und dort ein helles Fleckchen.

Wer sich wohl hier draußen mit mir treffen wollte, und warum? Um welche Art Informationen ging es?

Ich blickte mich um und entdeckte keinen Menschen. Erst erwog ich, zu rufen, unterließ es dann aber, weil ich niemanden im Haus wecken wollte. Ich wäre im Handumdrehen wieder mal zum Mittelpunkt der allgemeinen Aufmerksamkeit geworden. Bewegte sich dort hinten bei den Geräteschuppen etwas? Oder spielte der Wind nur mit den kahlen Zweigen eines Busches? Ich tappte den Gehweg in Richtung der kleinen Holzbuden hinunter. Niemand benötigte um diese Uhrzeit seinen Ersatz-Gehwagen oder Rollstuhl, deshalb war auch dieser Weg unbeleuchtet.

„Schschsch ...", hörte ich. Der Wind?

Bei den Holzhütten war niemand, tatsächlich hatte ich den Strauch für eine menschliche Gestalt gehalten. Enttäuscht drehte ich mich um und ging langsam zurück. Da hatte sich jemand mit mir einen Scherz erlaubt! Mich mitten in der Nacht bei grimmiger Kälte vor die Tür zu locken! Und ich war so blöd gewesen, drauf reinzufallen. Wieder vernahm ich das seltsame Zischen, doch diesmal machte ich mir keine Gedanken darüber ... Hätte ich es bloß getan! Wäre ich nur einmal in meinem Leben vorsichtig gewesen!

Der Schlag traf mich in der Magengrube. Vor Schreck und Schmerz ließ ich die Handtasche fallen, ihr Inhalt ergoss sich auf dem Rasen.

Re-flexartig presste ich die Hand auf meinen Bauch und ging in Deckung. Ich spürte den Lufthauch eines weiteren Hiebs und wäre k.o. gewesen, wenn ich mich nicht geduckt hätte.

Ich hörte ein unterdrücktes Fluchen.

„Wer sind Sie, und was wollen Sie?" keuchte ich und bewegte mich so schnell ich konnte in geduckter Haltung in die Dunkelheit der Rasenfläche hinein. Ich war dankbar für mein Tarnoptik-Shirt und hoffte, dass der Angreifer meine karierte Schlafanzughose nicht sehen konnte.

„Ich bin's, Schätzchen, dein alter Freund Lonzo. Ich will dir nur Hallo sagen. Und mich für dein ehrenamtliches Engagement bedanken." Seinem Lachen haftete etwas Dämonisches an. Er bewegte sich auf mich zu.

Unverkennbar Lonzo Zacharias! Ich spürte, dass meine Knie vor Angst nachgaben. Jetzt bloß nicht schlappmachen, sonst war ich geliefert! Der Typ war kälter als eiskalt – ich hatte den Anblick seiner aufgeschlitzten Mutter noch lebhaft vor Augen.

„Wo bist du denn, Schätzchen? Sag dem Lonzo doch lieb Hallöchen, wie es sich bei guten, alten Freunden so gehört. Nun komm schon, sag mir, wo du bist."

Den Teufel würde ich tun und ihm verraten, wo ich mich befand. Ich schätzte den Abstand zwischen uns auf etwa zehn Meter, und ich bemühte mich, ihn schnell und lautlos zu vergrößern. Allerdings war die Zierrasenfläche auf unserer Anlage nicht endlos, deshalb schlug ich einen Halbkreis und bewegte mich rückwärts auf das Haus zu.

„Wie ich höre, schnüffelst du wieder. Machst du eigentlich je was anderes als Schnüffeln?"

Er war jetzt noch dichter an mir dran, uns trennten noch höchstens sieben Meter. Martha, lass dir was einfallen, sonst hat er dich gleich!

„Charlotte – das war ne heiße Nummer! Dass ich Papa geworden bin, hab ich erst erfahren, als mein hübsches Töchterchen im Knast aufge-kreuzt ist. Freundlicherweise hat sie mir nen fähigen Anwalt besorgt und siehe da, trara: Verfahrensfehler! Mussten die Säcke mich tatsächlich laufen lassen."

„Veronika hat dir einen Rechtsanwalt besorgt?" entfuhr es mir. Entsetzt schlug ich mir die Hand vor den Mund, aber zu spät: Lonzo wusste jetzt, wo ich mich befand. Schon sprang er in meine Richtung, ich tauchte nach links ab, rannte um mein Leben und hörte ihn hinter mir fluchen.

Plötzlich wurde es hell. Alle Laternen am Gehweg spendeten großzügig Licht, und die komplette Außenbeleuchtung der Wohnanlage brannte strahlend. Das Gelände war beleuchtet wie eine Flughafen-Landebahn.

Verwirrt sah ich mich um – Lonzo Zacharias war wie vom Erdboden verschluckt. Meine Handtasche lag einsam auf dem Rasen, ihr Inhalt rundherum verstreut. Gerade, als ich mich bücken wollte, hörte ich Stimmen.

„Martha, bist du das? Was machst du so spät da draußen? Kannst du auch nicht schlafen?"

Wilhelmine Germascheck näherte sich zögernd. Sie trug einen Morgenmantel, an dessen unterem Rand der Saum des geblümten Nachthemdes herausguckte. Vor Aufregung schüttelte sie mehr als jemals zuvor den Kopf. Hausmeister Knülle, der dicke Ernst, Albert, Hannelore und ihre Busenfreundin Heiderose folgten ihr auf dem Fuße. Die fünf postierten sich hinter und neben ihr wie die heldenhafte Crew von Raumschiff Enterprise.

Knülle preschte vor und half mir, das K.o.-Spray, Schlüssel, Portemonnaie, Cremeproben und den anderen Kram einzusammeln.

Halblaut schimpfte er: „Nicht mal in Ruhe fernsehen kann man! Nachts sollte man sie alle einsperren! Andauernd verläuft sich einer oder schlafwandelt, oder was weiß ich. Und wer bezahlt mir das? Krieg ich dafür etwa einen Extra-Bonus? Nen Nachtzuschlag? Nee – nen Scheißdreck krieg ich!"

Wilhelmine kriegte das Gemecker gar nicht mit und erklärte den Anwesenden: „Ich konnte mal wieder nicht schlafen und bin die Treppen rauf- und runtergelaufen. Plötzlich hab ich komische Geräusche gehört."

„Ich hab nichts gehört!" rief die schwerhörige Heiderose.

„Du hast ja auch tief und fest geschlafen", sagte Wilhelmine laut, dicht an ihrem Ohr.

„Stimmt."

„Und dann waren da Stimmen. Und dann ein Schrei!"

„Ein Schrei?" krähte Heiderose.

„Ja, und dann hab ich schnell Herrn Knülle geholt. Zum Glück war er noch wach. Er hat vorm Fernseher gesessen und sich einen Ringkampf angesehen."

„Wrestling? Das guck ich auch gern", bekannte der dicke Ernst. Er war trotz der Kälte mit nichts als seiner Doppelrippunterwäsche bekleidet. Ein traumhafter Anblick.

Endlich war die Tasche wieder komplett, und ich richtete mich auf.

„Ja, und Herr Knülle hat dann das Licht angemacht. Hattest du dich verlaufen, Martha? Und warum hast du geschrien?"

Sechs fragende Gesichter warteten auf eine plausible Erklärung für die Störung zu nachtschlafender Zeit.

„Weil mir die Tasche runtergefallen und ausgekippt ist, ich im Dunkeln nichts wiederfinden konnte und total sauer geworden bin."

„Typisch Martha!" meinte Albert lachend.

„Aber warum läufst du überhaupt nachts draußen mit deiner Handtasche herum?" wollte Wilhelmine wissen.

„Ich hatte die Tasche auf dem Gepäckträger vergessen. Das fiel mir eben erst ein, und so bin ich schnell raus und hab sie geholt."

Ein heißes Wortgefecht drohte zu entbrennen. Es bildeten sich sofort zwei Lager: Die einen hätten genauso gehandelt wie ich, die anderen hätten angesichts der Uhrzeit und der Dunkelheit lieber einen Diebstahl der Handtasche in Kauf genommen. Ich verspürte nicht das geringste Bedürfnis, halbnackt und diskutierend in der Kälte zu verweilen, deshalb marschierte ich zur Eingangstür. Der Tross folgte mir, aufgeregt debattierend. Im warmen, miefigen Eingangsbereich bedankte ich mich förmlich bei allen Beteiligten. Vermutlich hatte Wilhelmine mir heute Nacht, ohne es zu ahnen, das Leben gerettet. Hoffentlich würde auch mein nächstes Zusammentreffen mit Lonzo Zacharias so glimpflich ausgehen! Beim Gedanken daran, dass er jederzeit wiederkommen könnte, wurde mir angst und bange.

Ich stiefelte nach oben, schloss die Tür ab und legte das erste Mal in meinem Leben die Kette vor. Dann kontrollierte ich jedes Fenster und zog die Vorhänge zu. Heino und Elfriedes Geflüster war verstummt, sie schliefen Arm in Arm auf meinem Sofa. Als ich endlich im Bett lag, hörte ich Heinos nervenaufreibendes Schnarchen trotz geschlossener Schlafzimmertür, und ich zog mir die Bettdecke über die Ohren.

Nur wenige Stunden später sprang ich aus den Federn. Im Wohnzimmer roch es penetrant nach Schnaps und Pups. Wahrscheinlich war Heinos Magen diese Alkoholmengen nicht gewohnt und protestierte auf seine eigene Art. Meine Gäste schliefen noch selig, doch der Geruch war so streng, dass ich zum Wohnzimmerfenster eilte, den Vorhang beiseite schob und das Fenster weit aufriss.

Eine strahlende Spätherbstsonne tauchte die umstehenden Häuser und Grünflächen in goldenes Licht und spiegelte sich in den Windschutzscheiben der geparkten Autos. Ich atmete tief die klare Seeluft ein und erwiderte das Winken der vollbusigen Ursel von gegenüber, die sogar zu dieser frühen Stunde ihrem Hobby frönte. Elfriede und Heino blinzelten mich aus kleinen Augen an, als ich mich umwandte. Mit heiseren Stimmen erwiderten sie meinen Morgengruß.

„Lasst euch nur Zeit mit dem Wachwerden. Ich koche Kaffee und mache uns ein schönes Frühstück." Gerade hatte ich es ausgesprochen, da fiel mir ein, dass ich außer Kaffee und Margarine nichts im Haus hatte. Und es wäre mir sehr unangenehm, schon wieder Annemarie Rübensand zu überfallen.

Sicher, ich bräuchte nur die vier auf dem Tastenfeld des Haustelefons betätigen und hätte den Essen-Service am Draht. Da ich mir aber geschworen hatte, diese Dienste niemals in Anspruch zu nehmen, verwarf ich den Gedanken schnell wieder. Der Essen-Service war nur etwas für Gehbehinderte und geistig Verwirrte, die die Tür des Einkaufsladens nicht fanden.

Einkaufen, gute Idee! Ich startete die Kaffeemaschine, trug Tassen, Teller und Besteck ins Wohnzimmer und stellte alles auf dem Tisch ab. Dann überprüfte ich den Inhalt meines Portemonnaies und verließ die Wohnung.

Auf dem Flur, knappe zwei Meter von meiner Tür entfernt, stand ein weißer Campingklappstuhl. Darauf hockte Klaus-Jürgen und bohrte in der Nase. Als er mich erblickte, wischte er seine Beute rasch an der braunen Cordhose ab und lächelte. Er hatte sich die Haare schneiden lassen, war anständig rasiert und hatte sich anscheinend mehr Mühe bei der Auswahl seiner Garderobe gegeben. Doch auch die schönste Kleidung würde seine Heißluftballon-Figur nicht kaschieren können. Ein intensiver Duft nach Irish Moos umgab ihn.

„Wie geht's?" fragte er auf die lockere Tour.

„Weshalb sitzt du hier im Flur statt unten bei den anderen?" rätselte ich.

„Ich warte auf dich!" verkündete er und warf sich wie ein Ritter in die Brust.

Auf einmal fielen mir Annemaries Mutmaßungen bezüglich Klaus-Jürgens Ambitionen ein, und meine Alarmglocken schrillten.

„Und warum?"

Er biss sich auf die Unterlippe, mied meinen Blick und rutschte auf seinem Campingstuhl hin und her. Als ich mit der Geduld beinah am Ende war, stammelte er: „Nun, ähem … ich ... ich wollte dich fragen, äh, ob du gestern was bekommen hast."

Endlich war es heraus, und er sah statt des Fußbodens mich verlegen an. Mit seinem starren künstlichen und seinem richtigen Auge. Dann verzog er die Lippen zu einem schüchternen Lächeln.

„Die Blumen!" rief ich. „Der Riesenstrauß ist von dir!"

„I-A, I-A!" machte er kichernd.

Die Eselkarte! Ich war nur einen Moment lang sprachlos. Dann wurde ich maßlos wütend.

„Wie bist du in meine Wohnung gekommen?" fauchte ich.

„Du bist niedlich, wenn du wütend bist!" stellte er fest.

„Ich bin nicht niedlich! Wie bist du in meine Wohnung gekommen, verdammt?" Ich konnte mich gerade noch beherrschen, ihn am olivgrünen Hemdkragen zu packen.

„Geheimnis! Bevor ich Versicherungsmakler wurde, habe ich einige Jahre als Privatdetektiv in der Detektei meines Cousins gearbeitet. Deshalb hab ich so einige Tricks drauf. Ich kann übrigens nicht nur Türen öffnen ..." Er ließ mich über seine weiteren Fähigkeiten im Unklaren.

Ich war überhaupt nicht erpicht darauf, etwas über Klaus-Jürgens Talente zu erfahren, fand aber den Umstand, dass er sich jederzeit Zugang zu meiner Wohnung verschaffen konnte, äußerst beunruhigend. Ich musste umgehend den Hausmeister beauftragen, sich um ein neues Schloss für meine Tür zu kümmern. Ich bedachte Klaus-Jürgen mit einem grimmigen Schnauben und rauschte von dannen. Im Eingangsbereich vernahm ich plötzlich hinter mir ein merkwürdiges Schnaufen.

„Oh, guten Morgen, ihr zwei!" rief das Empfangskomitee wie aus einem Mund. Ich drehte mich um und prallte fast gegen Klaus-Jürgens medizinballgroßen Bauch.

„Wieso rennst du mir hinterher wie ein notgeiler Dackel?" zischte ich. Nur ungern wollte ich eine Auseinandersetzung vor den aufmerksamen Augen der Wachtposten führen. Monatelang würde darüber gesprochen werden.

„Und tust du einen kleinen Schritt, gehn meine großen Füße mit", säuselte Klaus-Jürgen dicht an meinem Ohr. Ich verdrehte die Augen und machte, dass ich aus dem Haus kam. Mit voller Absicht schmiss ich die Eingangstür vor seiner Nase zu.

Ich beschloss, die Bäckerei drei Straßen weiter aufzusuchen. Dort würde ich zumindest Brot und die notwendigsten Utensilien zum Frühstück erhalten. Im Laufschritt überquerte ich die gepflegten Rasenflächen unserer Wohnanlage und vernahm kurz vor der ersten Weggabelung wieder das mir mittlerweile nicht mehr fremde Schnaufen. Ich rammte die Hacken in den Boden und flog herum.

„Hau ab!" rief ich und wedelte mit den Armen, als wollte ich einen räudigen Köter verscheuchen. „Kschsch. Ich will nicht verfolgt werden."

„Du bist süß, wenn du wütend wirst!"

„Ich bin nicht süß!" schrie ich. Etliche Fenster wurden aufgerissen und Köpfe herausgestreckt. Kochend vor Wut wandte ich mich um und joggte los. Der Fettwanst würde niemals mit mir mithalten können!

An der nächsten Straßenkreuzung warf ich einen Blick zurück und grinste breit: Ich hatte ihn abgehängt. Nach weiteren fünf Minuten Dauerlauf hatte ich die Bäckerei erreicht und meinte noch nie so froh gewesen zu sein, ohne Begleitung vor einem Geschäft zu stehen. Ganz entspannt betrachtete ich die Herbstdekoration im Schaufenster, die aus getrockneten Ahornblättern, Kastanien, Bucheckern und einem monströsen Kürbis bestand. Ein handbeschriftetes Schild wies auf die heutigen Sonderangebote hin: Vanille-Zimt-Röllchen und Kernbeißer-Schwarzbrot.

Mit einem frohen Lächeln betrat ich den Laden und überlegte, während die beiden Kunden vor mir bedient wurden, was ich einkaufen würde. Ich schwankte zwischen Erdbeertörtchen und Marzipanrolle als i-Tüpfelchen eines gelungenen Frühstücks. Als ich endlich an der Reihe war, tauchte Klaus-Jürgen wie aus dem Nichts neben mir auf. Er keuchte wie ein Walross, und sein Irish-Moos-Duft hatte sich so gut wie verflüchtigt. Angelegentlich betrachtete er die Auslagen der Glastheke und tat, als kenne er mich nicht.

„Bitte schön?" flötete die Bäckereifachverkäuferin, ein hübsches, blondes Mädchen Anfang zwanzig. Sie trug eine weinrote Haube, auf der der Name und die Adresse der Bäckerei zu lesen stand. Ungefähr einhundert Sommersprossen tummelten sich auf ihrer Nase, und ihre Augen erinnerten mich an Bernsteine.

Ich schluckte die hässlichen Worte hinunter, die mir auf der Zunge lagen, schenkte der netten jungen Dame ein Lächeln und konzentrierte mich auf meinen Einkauf. Daheim auf meinem Sofa saßen schließlich zwei hungrige Menschen, denen ich Nahrung versprochen hatte.

Mit einer prallen Tragetasche, gefüllt mit Brötchen, sechs Eiern, einem Liter Milch, zwei Sorten Marmelade, einer abgepackten Jagdwurst und der Tageszeitung verließ ich den Laden. Ich hörte Klaus-Jürgen zwei Zitronen-Sahne-Schnitten bestellen, bevor ich den Bürgersteig erreichte. Ich hasse Zitronen-Sahne-Schnitten. Den Rückweg legte ich wegen des schweren Beutels in etwas gemäßigtem Tempo zurück. Ich warf einen scheuen Blick über die Schulter und stellte aufatmend fest, dass Klaus-Jürgen mir nicht folgte. Wahrscheinlich vertilgte er den Kuchen gleich vor Ort am Stehtisch. Vielleicht trank er auch noch eine Tasse Kaffee dazu. Warum machte ich mir überhaupt Gedanken darüber, was dieser gestörte Typ jetzt tat? Sollte er mich noch einmal verfolgen, so schwor ich mir, würde ich entweder die Polizei rufen oder mein spitzes Knie in sein Gemächt rammen. Aber volles Programm! Ich malte mir die zweite Möglichkeit in den buntesten Farben aus und kam frohgemut daheim an.

„Wo hast du denn deinen Verehrer gelassen?" fragte Albert schmunzelnd.

„Wusstest du, dass Klaus-Jürgen als junger Mann Preise im Boxen gewonnen hat? Medaillen und Pokale. Er behauptet, er weiß genau, wie man jemanden flachlegt." Ernst wollte sich bald ausschütten vor Lachen.

„Du hast wirklich Glück", schaltete sich Wilhelmine Germascheck kopfschüttelnd ein. „Den Klaus-Jürgen würd ich auch nicht von der Bettkante schubsen."

„Ich schon", erwiderte ich und verschwand im Treppenhaus.

Nach einem ausgiebigen Frühstück machten sich Elfriede und Heino auf den Heimweg. Ich riss alle Fenster auf, räumte das Nötigste zur Seite und packte den Koffer aus. Gegen halb elf rief ich Richard Knülle an und beauftragte ihn, in meine Tür ein neues Sicherheitsschloss einbauen zu lassen. Laut und deutlich versprach er, die Angelegenheit noch heute zu erledigen und die Rechnung dafür in meinen Briefkasten zu stecken.

Dann schlüpfte ich in ein metallicblaues, langärmliges Shirt und eine schwarze Jogginghose und schnürte meine schwarzweißen Laufschuhe, für die ich vor noch gar nicht allzu langer Zeit ein kleines Vermögen ausgegeben hatte. Dem Inhalt meiner Handtasche fügte ich die Utensilien hinzu, die ich möglicherweise für meinen heutigen Einsatz benötigte: Handy, Hundeleine und schwarze Perücke. Letztere hatte ich Heiderose Engelke zum Senioren-Faschingsfest ausgeliehen, weil sie sich als Eingeborene verkleiden wollte. Da ich nicht teilgenommen habe, weiß ich nicht, wie gut die Kostümierung bei den anderen Gästen ankam, doch ich war mir sicher, dass sie ihren Zweck heute erfüllen würde.

Vor dem Schlafzimmerspiegel stülpte ich die Perücke über mein Haupt und stopfte meine Haare darunter. Mein Gesicht wirkte blasser und – ich sage es nur ungern – älter als ich war unter der schwarzen Lockenpracht. Alles in allem war die Tarnung gar nicht so übel. Um wirklich jedwede

Ähnlichkeit mit meiner Person auszuschließen, stopfte ich je ein Paar dicke Wollsocken in meine BH-Körbchen, so dass ich plötzlich über eine ansehnliche Oberweite verfügte. Ich legte hellroten Lippenstift und taubenblauen Lidschatten auf und war zufrieden. Ich nahm die Perücke wieder ab und richtete mein Haar. Erst mal musste ich das Haus verlassen, bevor ich ans Verkleiden denken konnte.

Klaus-Jürgens Klappstuhl stand noch immer schräg gegenüber meiner Wohnungstür. Niemand saß dort, nur ein einsames Rätselheft lag auf der Sitzfläche. Ich atmete erleichtert auf.

Unten im Hausflur hockten Wilhelmine Germascheck und ihre Busen-freundin Heiderose Engelke, meine schwerhörige Wohnungsnachbarin. Der Rest der Belegschaft war vermutlich beim Mittagessen.

„Guck mal, Heidi, die Martha hat sich aber heute aufgedonnert!" schrie Wilhelmine ihrer Freundin kopfschüttelnd zu. Die Angesprochene musterte meine vorbeihastende Erscheinung von oben bis unten.

„Meine Güte, sieh dir nur den Busen an! Wie kriegt man bloß über Nacht so einen großen Busen? Mit Hormontabletten?" rief Heiderose.

„Steht ihr aber ganz gut. Vorher war bei ihr ja nicht viel zu holen."

„Nee, Flachland!" Beide gackerten wie Schulmädchen.

Schwupps, war ich draußen. Ich ging den mit roten Terrassenplatten gepflasterten Weg am Haus entlang bis zu den Geräteschuppen. Mit Grauen erinnerte ich mich an das Intermezzo mit Lonzo in der vergangenen Nacht. Mein Fahrrad stand im dritten Schuppen grundsätzlich ganz vorn, weil ich es nahezu täglich benutzte. Mit zitternden Fingern prüfte ich, ob noch genügend Luft auf den Reifen war, warf meine Handtasche in den Korb und trat schnell in die Pedale.

Während des Frühstücks hatte ich Elfriede ausgefragt und wusste jetzt ungefähr, wo Gerd und Veronika Günther wohnten: im nördlichen Stadtteil Speckenbüttel, etwa zwanzig Minuten Fahrtzeit in flottem Tempo. Ich radelte durch die klare, kalte Luft, die den bevorstehenden Winter ankündigte, und der für die Seestadt typische Wind zerrte an meinem Shirt. Die Parkstraße, in der Gerd und Veronika zu Hause waren, befand sich direkt am Speckenbütteler Park, der mit einer Bockwindmühle, einem Rosengarten, dem Marschenhaus, Sportanlagen, Freibad und einem Bootshaus am Teich aufwarten konnte. Ich passierte ältere, villenartige Gebäude und gepflegte Einfamilienhäuser auf der rechten Straßenseite. Nach links er-streckte sich das Parkgelände. Ein paar Kinder fuhren mit Inlinern und Skateboards auf dem Geh-weg, nur wenige Autos waren unterwegs, und aus einigen Wohnungen zog der Geruch nach gekochtem Essen auf die Straße. Der VGB-Bus rauschte an mir vorbei mit nicht mehr als einer Handvoll Leute darin.

Elfriede hatte von einem weiß gestrichenen Haus, einer blauen Gartenbank und einem Apfelbaum gesprochen. Ich fuhr die Straße auf und ab und fand mehrere weiße Häuser, aber nur vor einem stand eine blaue Holzbank. Es handelte sich um ein einstöckiges, kastenförmiges Haus aus den sechziger Jahren mit schmalen, hohen Fenstern. Das Grundstück war umgeben von einem mannshohen Zaun mit schmiedeeisernen Stäben, der oben mit angedeuteten Pfeilspitzen abschloss. Auf dem etwa fünf Meter breiten Rasenstreifen rechts neben dem Haus stand ein Apfelbaum, an dessen Ästen kaum noch Laub, aber einige gelb-rote Äpfel hingen. Auf der anderen Seite schloss eine Garage an, und diese grenzte direkt an den schmiedeeisernen Nachbarszaun, der doppelt so hoch wie der Zaun der Günthers und mit wirklich fiesen Pfeilspitzen am oberen Rand versehen war.

Gegenüber im Park standen mächtige Kastanienbäume und Eichen. Auf dem kurzgemähten Gras lagen die gelben und braunen Blätter der Kastanien, einige Eichenblätter befanden sich noch an den Bäumen. In der Ferne schimmerte zwischen den Baumstämmen das Wasser eines Teichs. Ein schmaler Kiesweg führte in den Park hinein.

Ich fuhr weiter, bis die Gegend einen belebten Eindruck machte, hielt vor der örtlichen Sparkasse und schloss mein Fahrrad an den dafür vorgesehenen Ständer. Schräg gegenüber befand sich ein Schnellrestaurant, das um diese Uhrzeit gerammelt voll war. Ich ging hinein und wurde weder von den mampfenden noch von den wartenden Gästen wahrgenommen. Gleich vorn beim Eingang befanden sich die Toiletten – Bingo! Ich schloss die Tür hinter mir und verwandelte mich vor dem leicht milchigen Spiegel in ein Busenwunder mit schier unbändiger schwarzer Mähne. Niemand der Gäste registrierte meine optische Veränderung, als ich den Imbiss wieder verließ.

Ich ließ mein Fahrrad stehen, lief zurück zur Parkstraße, steuerte das vermeintliche Grundstück der Günthers an, stieß die schmiedeeiserne Gartenpforte auf, lief den Gehweg entlang und sah auf das Namenschild. Es handelte sich um ein braunes Tonschild, auf dem in weißer Schreibschrift Hier wohnen Veronika & Gerd Günther geschrieben stand. Diese Schilder und deren Gravur wurden jedes Jahr während der Vorweihnachtszeit in der Fußgängerzone angeboten.

Ich schielte zum Nachbarhaus hinüber, das zur Hälfte von einer Hecke verborgen war, und entdeckte niemanden. Falls mich jemand zur Rede stellte, würde ich einfach behaupten, ich sei auf der Suche nach meinem Pudel Gizmo, der mir während meiner Joggingrunde durch den Park abhanden gekommen war, und dem Betreffenden die mitgebrachte Hundeleine vor die Nase halten.

Günthers Garten wirkte ordentlich, aber nicht übermäßig gepflegt. Veronika schien eine Vorliebe für Rosen zu haben, davon zeugten die Beete und das Spalier. Ein mittels Kettensägenkunst aus einem Stamm erschaffener Adler blickte streng über die kleine Rasenfläche. Jede Menge verfaulter Äpfel lagen unter dem Baum, verblühte Stauden warteten auf den Rückschnitt und Laub war zwar zusammengekehrt, die Haufen jedoch nicht weggeschafft worden.

Zuallererst musste ich überprüfen, ob die beiden Bewohner wirklich außer Haus waren. Veronika arbeitete ganztags als Therapeutin für Suchtgefährdete in einer sozialen Einrichtung der Arbeiterwohlfahrt, und ihr Mann Gerd stellte seine Arbeitskraft hoffentlich nach wie vor der Frühschicht eines Sicherheitsdienstes zur Verfügung. Ich schlenderte zur Garage und guckte unauffällig durchs Fenster. Bis auf eine Werkbank und zwei silberne Mountainbikes war das Gebäude leer. Dann ging ich die steinerne Treppe zur Haustür hinauf. An der dritten Stufe verfing sich meine Mähne in einem Spinnennetz. Ich wischte die Fäden aus meinem Gesicht, schnipste die Spinne von meinem Oberarm und drückte auf die Klingel. Auch nach dem dritten Klingeln rührte sich nichts. Martha, du hast freie Bahn! Heute war mein Glückstag – definitiv! Schnell umrundete ich das Haus und schaute kurz in jedes Fenster. Die Einrichtung wirkte gediegen, und ich sah jede Menge moderner HiFi-Geräte.

Die einfachste Möglichkeit, in dieses Haus zu gelangen, war durch das Badezimmerfenster. Zum einen lag es nach hinten raus, wo ich zwar eventuell von den Nachbarn rechts und links, nicht aber von der Straße aus gesehen werden konnte. Außerdem handelte es sich um altes, einfaches Ornamentglas, das längst nicht so stabil war wie die modernen Isolierglasscheiben. Der Nachteil war, dass das Fenster nicht besonders groß war und außerdem einen halben Meter höher lag als die übrigen.

Auf der überdachten Veranda standen massive Gartensitzmöbel. Die Dinger waren verteufelt schwer, und ich schaffte es nur mit gewaltiger Anstrengung, einen Gartenstuhl quer über den Rasen zu schleppen. Ich stellte ihn unter das Fenster und stieg darauf, dann holte ich kräftig mit meiner voll beladenen Handtasche aus und schlug damit die Scheibe ein.

Schnell kletterte ich vom Stuhl, blickte mich mit unbeteiligter Miene um und wartete ab. Niemand schien das Klirren gehört zu haben, niemand vermutete an einem stinknormalen Mittwoch im November bei strahlendem Sonnenschein zur Mittagszeit einen Einbruch in dieser beschaulichen Wohngegend.

Mein Einstieg ins Günthersche Badezimmer kam einer akrobatischen Höchstleistung gleich. Ein Dreiangel klaffte anschließend in meiner Hose, und ich riss beim Aufprall eine Deko-Palme um, doch ich landete unverletzt in einem himmelblau gefliesten Raum mit Eckbadewanne und programmierbarer Duscharmatur. In die mit Spiegeln gekachelte Decke waren runde Leuchten und kleine Lautsprecher eingelassen.

Das kaputte Glas machte grässlich knirschende Geräusche unter meinen Sohlen, als ich begann, Familie Günthers Behausung unter die Lupe zu nehmen.

Zuerst wollte ich das Erdgeschoss auf den Kopf zu stellen und mich dann der ersten Etage widmen. Systematisch durchsuchte ich Schränke, Regale und Schubladen in sämtlichen Räumen. Ich fand ein paar Geldscheine unter einem Blumentopf und ein Nacktfoto unter dem Besteckkasten einer Küchenschublade.

Die Schwarzweißfotografie zeigte einen splitternackten Gerd Günther in einer eindeutigen Position. Zugegebenermaßen verfügte der Mann über einen wirklich beeindruckenden Körperbau. Mein Interesse galt jedoch vielmehr der Dame, die auf diesem Bild das Vergnügen hatte: Das war auf alle Fälle nicht seine Ehefrau Veronika. Auf der Rückseite des Fotos prangte der Stempel der Detektei Zumer, Bremerhaven. Jetzt konnte ich auch die Rechnung zuordnen, die ich vorgestern in Honnefs Schreibtisch gefunden hatte. Sie trug neben dem Datum aus dem vergangenen Monat Zumers Firmenstempel und war adressiert an Charlotte. Hatte sie ihren Schwiegersohn überwachen und Veronika das Foto zukommen lassen? Und hatte Gerd sie deshalb umgebracht?

Ich legte das Foto zurück und betrat das angrenzende Büro, das nicht viel größer als eine Besenkammer war. Dort fand ich massenhaft Korrespondenz und Kontoauszüge, offene Rechnungen und Versicherungsunterlagen. Einer der beiden Hausbewohner schaltete regelmäßig Anzeigen in Die Welt, entnahm ich den Abbuchungsbelegen der Hausbank. Ich fragte mich, worum es in den Inseraten ging, fand aber keine Antwort.

Im Wohnzimmer befand sich eine gigantische, chromglänzende Multimedia-Anlage mit hunderttausend Reglern, außerdem ein monströser Flachbildschirm, sowie eine schneeweiße Kinoleinwand. In einem hohen Regal stapelten sich unzählige CDs und DVDs. Auf dem Wohnzimmertisch und dem Sofa lagen verstreut ein paar Zeitschriften und Zeitungen, darunter auch Die Welt. Vielleicht würde ich darin das Inserat finden.

Gerade bückte ich mich über den Tisch und nahm die Zeitung auf, als ich plötzlich direkt hinter mir ein halblautes Atmen hörte. Mir lief es eiskalt den Rücken hinunter. Wie gelähmt verharrte ich bewegungslos über den Tisch gebeugt. Es hätte nicht viel gefehlt, und ich hätte mir vor Angst in die Hose gepinkelt.

Das grauenhafte Geräusch wurde weder lauter noch leiser, noch verklang es, so sehr ich mir Letzteres auch wünschte. Umdrehen traute ich mich nicht. Ich spürte den warmen Lufthauch der Person hinter mir in meinem Nacken. Mir blieb nur noch eines: Augen schließen und beten. Herr im Himmel, bitte mach, dass ich nur wegen Einbruchs von der Polizei verhaftet werde! Bitte lass auf keinen Fall zu, dass ich das Opfer der Selbstjustiz des unsympathischen Hausbesitzers werde! Als ich fertig gebetet hatte, war ich genauso weit wie vorher, denn die Situation hatte sich nicht im Geringsten verändert. Mein Herz schlug bis zum Hals, als ich mich Millimeter für Millimeter umwandte. Verteidigungstechnisch gesehen das Dümmste, was ich machen konnte – mit einem Überraschungsschlag hätte ich meinen Gegner möglicherweise lahmlegen können. Aber erstens war ich nicht perfekt in Selbstverteidigung, und zweitens fühlte ich mich Gerd Günther aufgrund meiner unberechtigten Anwesenheit von vornherein unterlegen.

Im Zeitlupentempo richtete ich meinen Oberkörper auf und drehte mich gleichzeitig um. Bis zu dem Moment, als ich im Augenwinkel erkennen konnte, wer sich außer mir im Güntherschen Wohnzimmer befand. Dann ging alles ganz schnell.

„Klaus-Jürgen!" schrie ich auf.

„Und schwebst du in Gefahr, ist dein Retter immer nah", sang er fröhlich.

Normalerweise neige ich nicht zu roher Gewalt, aber diese Situation lag eindeutig außerhalb jeglicher Normalität. Ich war dermaßen außer mir, dass ich den Stapel Illustrierte ergriff und ihm mit voller Wucht entgegenschleuderte. Klaus-Jürgen stöhnte schmerzgepeinigt auf und presste eine Hand auf sein gesundes Auge. Für diesen Ausflug hatte mein Verehrer sich robuste braune Wanderschuhe angezogen. Dazu trug er eine figurbetonte, blaue Latzhose und ein Hemd mit unruhigem, violettem Muster. Das Ganze gipfelte in einer in gedeckten Farben gehaltenen, karierten Schirmmütze, die mich an Sherlock Holmes erinnerte und die er sich tief ins Gesicht gezogen hatte. Dummerweise hatte er heute auf seinen allgegenwärtigen Irish-Moos-Duft verzichtet, sonst hätte ich gleich gewusst, wer da hinter mir rumkeucht.

Mit einem gequälten „Herrje!" ließ er sich auf einem Sessel nieder, zog ein graues Stofftaschentuch aus der Latzhosentasche und betupfte damit das verletzte Auge. Das Gegenstück aus Glas starrte an mir vorbei ins Leere.

Ich überlegte gerade fieberhaft, wie ich mir diesen Schwachkopf möglichst schnell vom Hals schaffen konnte, um das Haus in Ruhe zu Ende zu durchsuchen, als ich ein weiteres Geräusch hörte. Es war ein seltsames Knarren, das auf alle Fälle nicht von Klaus-Jürgen ausging. Es kam von oben.

„Meio-meio-meio-mei! Du hast aber Wumm! Trifft mich so ne dumme Zeitung doch direkt im Auge ..."

„Schsch!" zischte ich und wies mit dem Zeigefinger an die Decke.

„Hä?" machte Klaus-Jürgen, nahm das Tuch vom lädierten Auge und folgte meinem Finger mit dem Blick. Um an die Zimmerdecke schauen zu können, musste er seinen Kopf ganz in den Nacken legen, weil die Mütze ihm die Sicht nach oben versperrte. Er zwinkerte eine Träne fort.

Wieder war das Knarren zu hören, diesmal lauter.

„Da ist jemand", flüsterte ich.

„Oben wird Holzfußboden sein, und jemand läuft darauf herum." Klaus-Jürgen hievte sich von der Sitzgelegenheit hoch, fasste nach meiner Hand und raunte mir in James-Bond-Manier zu: „Zeit zu verschwinden, Baby."

„Nenn mich niemals Baby!" fauchte ich wütend und schlug mit meiner Handtasche nach ihm, verfehlte ihn aber knapp.

Mit großen Schritten marschierte er voran Richtung Haustür, die merkwürdigerweise nur angelehnt war.

„Hallo? Vroni, bist du schon zurück?" hörte ich vom oberen Treppenabsatz eine Männerstimme rufen. Unverkennbar Gerd Günther! Da knarrten auch schon die ersten beiden Stufen. Durch das offene Geländer konnte ich nackte, braungebrannte Männerfüße und ebensolche Waden sehen.

Ich rannte zur Tür, die von Gentleman Klaus-Jürgen sperrangelweit aufgehalten wurde, und die Freiheit war schon zum Greifen nah, als ich auf dem kleinen Teppichläufer ausrutschte. Ich flog hin und landete unsanft mit dem Steißbein auf den harten Fliesen, während meine Handtasche mit Schwung unter die Treppe schlitterte.

Niemals in meinem Leben ist mir etwas Peinlicheres passiert: Mit vor Schmerz, Scham und Zorn gerötetem Gesicht hockte ich zu Füßen des dicken Klaus-Jürgen, der mir entgegengeeilt war und mir nun hilfsbereit und mit der Miene eines Verbündeten seine Hand zum Aufstehen reichte. Ich erwog ernsthaft, das K.o.-Spray aus meiner Handtasche zu nehmen, auf mich selbst zu richten und so lange auf den Knopf zu drücken, bis ich nie wieder aufwachte. Dummerweise lag die Tasche ein paar Meter von mir entfernt unter der Treppe.

Die Treppe! Gerd Günther! Ich sprang auf, doch es war schon zu spät. Der breitnasige, pomadisierte Stiernackentyp ragte wie ein Koloss vor mir auf.

„Einen Augenblick bitte!" zirpte ich, tauchte ab und flitzte zur Tasche. Gerd war so perplex, dass ihm nichts anderes übrig blieb, als mir blöd hinterher zu glotzen. Okay, ausgetrickst, aber was nützte mir das? Statt durch die offene Haustür ins Freie zu laufen, befand ich mich jetzt in der Falle.

Ich zwang mich zur Ruhe und sortierte meine Gedanken. Die eben noch gehegten Selbstmordpläne wichen dem puren Überlebensdrang. Irgendwie musste ich aus diesem Haus gelangen, ohne in Gerd Günthers Fänge zu geraten. Bisher hatte er mich dank meiner Kostümierung noch nicht erkannt, und ich hoffte, dass das auch so blieb.

Zur Haustür waren es zwar nur ein paar Meter, doch zwischen ihr und mir befand sich Rambo mit den Fleischhähnchen-Händen, der gerade zwei Eindringlinge erwischt hatte und sicherlich dementsprechend aufgebracht war. Zwei Eindringlinge ... Was wohl aus meinem Begleiter geworden war? Ich an Klaus-Jürgens Stelle hätte die Beine in die Hand genommen und wäre stiften gegangen. Aber Klaus-Jürgen war nicht ich. Er war ein Kavalier der alten Schule, der seiner Angebeteten den Weg frei boxte. Im wahrsten Wortsinn.

Mit einer präzisen, kurzen Geraden ließ er seine Faust auf Gerd Günthers ohnehin schon breite Nase krachen. Der Schlag saß, und Gerd ging sofort zu Boden. Mit einem Satz sprang ich über die Beine des auf den Fliesen liegenden Mannes, wobei ich darauf achtete, nicht auf dem Teppichläufer zu landen. Dann rannte ich los, so schnell ich konnte, weg von diesem Unglücksort. Klaus-Jürgen versuchte vergeblich, mit mir mitzuhalten.

„Nicht so schnell!" hörte ich ihn hinter mir rufen. „Das ist doch viel zu auffällig!"

Tatsächlich bemerkte ich ein älteres Ehepaar, das stehengeblieben war und uns kopfschüttelnd nachsah. Eine vollbusige Schwarzgelockte und ein feister Schirmmützentyp, die wie die Irren den Bürgersteig in einer gehobenen Wohngegend entlangrennen, müssen unweigerlich die Blicke der Passanten auf sich ziehen. Ich verlangsamte das Tempo auf Spaziergeschwindigkeit, hopste von einem Bein aufs andere, als würde ich Frühsport betreiben, und winkte den beiden Rentnern fröhlich zu. Klaus-Jürgen hob ebenfalls grüßend die Hand, und das Paar erwiderte den Gruß nach kurzem Zögern.

In verbissenem Schweigen ging ich neben meinem Begleiter die Straße hinunter. Der musste nach dem kleinen Sprint seine Atmung erst mal wieder in den Griff kriegen und gab nur stoßweises Hecheln von sich. Um nicht an meine peinliche Niederlage denken zu müssen, lenkte ich mich ab und sann darüber nach, ob Klaus-Jürgen womöglich zusätzlich zu seiner Leibesfülle wegen der starken Nasenbehaarung und dem damit verbundenen verminderten Luftstrom durch die Nasenlöcher gehandicapt war. Mit jedem Schritt näherte sich mein Adrenalinspiegel wieder dem Normalwert.

„Das war knapp", stellte Klaus-Jürgen fest, als er wieder in der Lage war zu sprechen.

Ich wollte nicht schon wieder ausflippen, zumal Klaus-Jürgen das ja erst recht antörnte. Deshalb bemühte ich mich um einen ruhigen Plauderton. Ich ließ die Tatsache, dass er mir schon wieder entgegen meinem ausdrücklichen Wunsch gefolgt war außen vor, und fragte nur: „Wie hast du herausgefunden, wo ich bin?"

„Donner und Doria", antwortete er lachend, „du hast es mir nicht leicht gemacht. Aber ich mag Herausforderungen! Schließlich war ich mal Privatdetektiv, bevor ich Versicherungen verkauft habe. Mir liegt's im Blut, weißt du?"

Ich ging darauf nicht ein und tat ihm auch nicht den Gefallen, meine Frage noch einmal zu stellen. Einige Meter weiter, der Schnellimbiss war schon in Sicht, konnte Klaus-Jürgen die Details seiner heldenhaften Beschattung jedoch nicht mehr für sich behalten.

„Mein Leihwagen steht auf dem Parkplatz der Sparkasse. Capito?" platzte es aus ihm heraus. Er zwinkerte mir mit seinem lädierten, gesunden Auge zu. „Auf deine Verkleidung bin ich fast reingefallen, aber nur fast! Ich hab mich zu Fuß vom Imbiss aus an deine Fersen geheftet und beobachtet, wie du in die Bude eingestiegen bist. Wenn du das nächste Mal so was vorhast, sag mir Bescheid, ich krieg jede Tür auf. Dann brauchst du nicht durch eingeschlagene Fenster klettern. Das ist gefährlich wegen der Scherben."

Er wies auf den Riss in meiner Hose.

Nichts lag mir ferner, als ihn über mein Vorhaben zu informieren. Andererseits – und ich schwöre, ich würde das nie laut aussprechen – hatte Klaus-Jürgen mich heute ganz schön rausgehauen. Ich mochte mir nicht ausmalen, was passiert wäre, wenn ich bei meiner Durchsuchungsaktion nichtsahnend nach oben gestiefelt und Gerd in die Arme gelaufen wäre.

„Warum in aller Welt war Gerd zu Hause? Er hatte doch Frühschicht! Und warum stand sein Auto nicht in der Garage?" fragte ich laut, womit ich vergeblich versuchte, meinen Irrtum zu rechtfertigen.

„Frühschicht? Na, die fängt für gewöhnlich früh an, so um fünf oder sechs. Jetzt ist es halb drei. Möglicherweise ist er von der Arbeit nach Hause gekommen und hat sich gleich ins Bett gelegt. Und das Auto? Das ist vielleicht in der Werkstatt, oder seine Frau benutzt es, oder er hat es verkauft."

Wir waren bei der Sparkasse angelangt. Ich kramte in meiner Handtasche nach dem Schlüssel für das Fahrradschloss und bemerkte dabei, dass meine Hände noch immer etwas zitterten.

„Gerade diese Unwägbarkeiten sind es, die den Detektivjob so spannend machen."

„Wenn du den Beruf so toll findest, warum bist du dann Versicherungsmakler geworden?" fragte ich.

„Die Geschäfte in der Detektei liefen nicht mehr so berauschend. Deshalb hat mein Cousin umgesattelt und ein Versicherungsbüro eröffnet. Ich wollte ihn nicht im Stich lassen, er hat auf mich gezählt."

Ich hatte das Schloss geöffnet, schob das Rad auf den Gehweg und stieg auf. Tausend Euro hätte ich gewettet, dass Klaus-Jürgen noch immer am gleichen Fleck stand und mir hinterher glotzte. Ich drehte mich um und war froh, dass ich nicht gewettet hatte. Klaus-Jürgen hielt nämlich mit großen Schritten auf den Parkplatz hinter der Sparkasse zu. Als hätte er meinen Blick auf seinem breiten Kreuz gespürt, wandte er sich urplötzlich um, tippte sich an die Sherlock-Holmes-Mütze und rief: „Wir sehen uns, Baby!"

7

Die Rückfahrt fiel mir sauschwer. Mein Steißbein tat höllisch weh und schrie nach schmerzstillender, kühlender Salbe und einer Ruhepause bäuchlings auf dem Sofa. Ich hätte weinen können vor Freude, als ich endlich den Fahrradschuppen erreichte und mein Rad abstellte. Auf meinem Weg zum Haus überlegte ich ernsthaft, ausnahmsweise mit dem Fahrstuhl in den zweiten Stock zu fahren.

„Hoppla. Na schaut euch die an!"

„Bist du's Martha? Was für eine außergewöhnliche Frisur!"

„Das ist eine Perücke, Leute. Warum trägst du eine Perücke, Martha?"

„Ich finde, der große Busen steht ihr."

„Ja, schon. Aber manchmal ist ein großer Busen eine Belastung! Ich spreche aus Erfahrung." Berta Koppstein war tatsächlich mit einem gewaltigen Vorbau gesegnet, und ich hätte nicht mit ihr tauschen mögen.

Statt mich an der Diskussion zu beteiligen, hob ich nur matt die Hand zum Gruß und beeilte mich, die Plappermäuler zu passieren. Dabei biss ich die Zähne zusammen vor Schmerz. Kurzerhand entschied ich mich doch für die Treppe, denn ich hatte noch kein einziges Mal den Lift benutzt und wollte dem geschwätzigen Haufen nicht noch zusätzlichen Stoff für Spekulationen liefern.

Der Klappstuhl vor meiner Wohnung war nach wie vor leer, auch das Rätselheft war verschwunden. Ich wertete das als gutes Omen und machte mich daran, meine Tür zu öffnen. Aber ... nein! Der Schlüssel passte nicht ins Schloss! Prompt traten mir die Tränen in die Augen, so fertig war ich – körperlich und seelisch. Jetzt würde ich wieder hinunter zum Empfangskomitee humpeln müssen und nach dem Hausmeister fahnden. Und das, obwohl jede Faser meines Körpers nach einem Entspannungsbad schrie. Ich wischte die Tränen mit dem Ärmel meines Shirts fort und stieg wie eine Schwerbehinderte die Treppe hinunter. Mit beiden Händen suchte ich Halt am Geländer.

„Willst du schon wieder los?" fragte Wilhelmine Germascheck kopfschüttelnd.

„Nee, ich such Knülle. Weiß jemand, wo er ist?" Erschöpft blickte ich in die Runde.

„Was willst du denn von ihm? Ist was kaputt in deiner Wohnung?"

„Vielleicht das Telefon? Vor ein paar Wochen war mein Telefon auch kaputt. Ich hab dann einen neuen Apparat bekommen."

„Er ist oben bei Eugen und Paula", schaltete sich Albert ein. Ich nickte ihm dankbar zu und trat den beschwerlichen Weg in die dritte Etage an.

Eugen und Paula Warnke waren ruhige, unauffällige Mitbewohner. Paula hatte einen riesigen Webstuhl in ihrer Bude stehen und webte den ganzen Tag lang, deshalb bekam man sie fast nie zu Gesicht. Wenn Eugen nicht zum Wolle auskämmen oder aufwickeln verdonnert war, saß er vorm Fernseher.

Ich war am Ende meiner Kraft, als ich bei den Warnkes klingelte. Eugen, ein kleines, dünnes Männlein mit Brillengläsern, die so dick wie Aschenbecherböden waren, öffnete.

Er starrte mich an, als käme ich vom Mond.

„Sie wünschen?"

Ich fragte mich, ob sein Sehvermögen noch mehr nachgelassen hatte. Der Mann musste so gut wie blind sein.

„Wer sind Sie?" fragte nun auch Paula, die über ihren Webstuhl hinweg zur Tür hinüber sehen konnte.

Die Perücke! Ich lief noch immer mit der schwarzen Lockenpracht durch die Weltgeschichte! Schnell riss ich mir die künstliche Mähne vom Kopf, stopfte sie in die Handtasche und wurde endlich erkannt und eingelassen. Richard Knülle bastelte im Warnkeschen Wohnzimmer am Heizkörper herum. Unter der Entlüftungsschraube stand ein kleiner Haushaltseimer und fing schwarze Wassertropfen auf. Ich hielt mich nicht mit Begrüßungsfloskeln auf, dafür fehlte mir einfach die Energie, sondern fragte Knülle nach dem Schlüssel für mein neues Wohnungsschloss. Er rappelte sich auf die Füße, wischte sich die Hände an der Arbeitshose ab und durchsuchte umständlich seine Taschen.

„Wieso hast du denn ein neues Schloss in der Tür?" erkundigte sich Eugen und betrachtete mich neugierig durch seine dicken Gläser.

Ich schluckte eine Erklärung gerade noch hinunter. Selbst bei den zurückgezogen lebenden Warnkes waren Geheimnisse nicht gut aufgehoben. Spätestens morgen früh würde das ganze Haus von meinem Verehrer Klaus-Jürgen und dessen Blumenlieferung wissen. Wenn diese Neuigkeit nicht sowieso schon die Runde gemacht hatte.

„Ist etwas mit eurer Heizung nicht in Ordnung?" lenkte ich von mir ab. Die meisten Leute sprechen sowieso lieber über ihre eigenen Probleme als über die ihrer Mitmenschen.

„Ja, die rauscht und blubbert entsetzlich. Da hat man keine ruhige Minute mehr", erklärte Paula, ohne ihre Tätigkeit zu unterbrechen. Sie legte einen überdimensionalen Kamm zur Seite und betätigte ein Fußpedal, was ein enormes Krachen ihres hölzernen Webstuhls zur Folge hatte. Anscheinend waren sie dieses Geräusch gewohnt, denn es brachte die beiden nicht im Geringsten aus der Ruhe.

Richard Knülle war zwischenzeitlich fündig geworden und überreichte mir zwei glänzende Schlüssel an einem kleinen metallenen Ring. Ich bedankte mich höflich und trat den Abstieg an.

Auf dem Klappstuhl vor meiner Tür hockte meine Schwiegertochter Ruth. Als sie mich sah, sprang sie auf.

„Na endlich!" rief sie. „Ich hab mir schon Sorgen gemacht. Die netten alten Leutchen unten im Eingang sagten, dass du auf jeden Fall zu Hause bist, und dann klingle ich an deiner Tür, und du machst nicht auf!"

„Hallo Ruth", begrüßte ich sie schlapp und steckte den Schlüssel ins Türschloss. Sesam – öffne dich!

„Wie siehst du denn aus?" rief Ruth, als wir aus dem halbdunklen Flur ins helle Wohnzimmer traten.

„Warst du zum Fasching?"

„Ja. Ich bin als Go-Go-Girl gegangen, deshalb auch der ausgestopfte BH." Um nichts in der Welt würde ich Bernds Frau den wahren Grund für meine Kostümierung verraten.

„Fasching im November?" wunderte sich Ruth.

„Das war eine dieser Veranstaltungen vom Seniorenzentrum. Die meisten Teilnehmer sind so senil, dass sie gar nicht wissen, welchen Monat wir gerade haben. Da kann man Karneval zu jeder Jahreszeit feiern."

„Schön, dass du dich endlich an den Gemeinschaftsaktivitäten beteiligst. Bisher hast du dich von den anderen Bewohnern immer so abgegrenzt."

Ich bot Ruth einen Platz an und rang innerlich die Hände. Ich brauchte dringend Salbe und Ruhe statt der Gesellschaft einer Quasselstrippe.

„Ich hab schon so oft zu Bernd gesagt: Die Martha, die hat's genau richtig gemacht mit der Wohnung in der Seniorenwohnanlage. Da hat sie alles, was sie braucht, ist immer in Gesellschaft und wenn's mal schlechter wird mit der Gesundheit, ist das Pflegeheim gleich nebenan." Ruth kramte in ihrer Handtasche und beförderte ein Päckchen Zigaretten und ein silbernes, schmales Benzinfeuerzeug zutage. Sie zündete sich eine an und inhalierte genüsslich den Rauch. Ich riss das Fenster auf und stellte eine angeschlagene Untertasse als Aschenbecher auf den Stubentisch.

Aus der Küche holte ich die übriggebliebenen Brötchen von heute Morgen, das Mineralwasser und zwei Gläser. Ich hockte mich Ruth gegen-über, ohne mich anzulehnen, zerpflückte ein trockenes Brötchen und spülte mit Wasser nach.

Die schlanken, perlonbestrumpften Beine übereinander geschlagen, betrachtete meine Schwiegertochter mich aus perfekt geschminkten, kat-zen-artigen Augen. Sie hatte kürzlich an einem Make-up-Intensiv-Kurs teilgenommen und traf sich nun einmal wöchentlich mit ihren Mitstreiterinnen zum Erfahrungsaustausch. Vor dem Kurs war sie jahrelang herumgelaufen wie Aschenputtel persönlich. Jetzt trug Ruth ihr kinnlanges, kastanienrot gefärbtes Haar in einer leichten Welle, wodurch ihr längliches Gesicht voller wirkte. An der tropfenförmigen Nase hatten die Visagisten nichts ändern können, aber alles in allem fand ich, dass meine Schwiegertochter noch nie so gut ausgesehen hatte wie heute.

„Hast du einen Liebhaber?" Die Idee war mir gerade eben in den Sinn gekommen.

Ruth ließ ihr glockenhelles Lachen hören.

„Meinst du, das würde ich dir erzählen?"

Geschickt die Antwort umschifft, dachte ich.

„Du scheinst ja eine sehr hohe Meinung von mir zu haben", stellte ich fest.

„Habe ich auch, das weißt du doch, Martha. Du bist in vielerlei Hinsicht mein Vorbild. Aber Blut ist bekanntlich dicker als Wasser."

„Ich wäre jedenfalls nicht diejenige, die Bernd Bericht erstatten würde", erklärte ich. „Er ist ohnehin schon stinksauer auf mich."

„Oh ja!" bestätigte Ruth und lachte auf. Sie schnipste ihre Asche in die Untertasse und nahm erneut einen Zug. „Du hast dich mal wieder in seine Arbeit eingemischt, und das hasst er wie die Pest."

„Hat er dir davon erzählt?"

„Natürlich! Bei wem soll er sich denn sonst über dich beschweren? Du kennst ja Bernd: Wer nur einen Funken Temperament im Blut hat, wird bei Auseinandersetzungen mit ihm wahnsinnig, denn er ist einfach immer gleichmütig und beherrscht. Immer souverän, immer gelassen. Es gibt nur eine einzige Ausnahme: Wenn du ihm bei seinem Job in die Quere kommst. Manchmal denke ich, er will dich umbringen, so sehr ist er in Rage, wenn er über dich spricht."

Ich nickte gleichgültig. Mir taten der Rücken und der Hintern weh, doch ich wollte mich nicht in Ruths Anwesenheit verarzten. Das hätte nur unnötige Fragen aufgeworfen.

„Aber jetzt hältst du dich ja fein raus, nicht wahr?" fragte Ruth und zwinkerte mir zu.

„Sicher", antwortete ich ernst.

„Also ehrlich gesagt, mir macht dieser Frauenmörder Angst. Stell dir mal vor, bei dir dringt einer ein und sticht dich tot!" Ruth schüttelte sich.

„Bei mir ist jemand eingedrungen. Er hat mir die Blumen da drüben gebracht."

Ruth blieb vor Staunen der Mund offen stehen.

„So viele Rosen?" fragte sie, als sie sich wieder gefangen hatte. „Na, da scheint sich aber einer ganz ernsthaft in dich verguckt zu haben. Das sind ja bestimmt hundert Stück."

„Willst du welche mitnehmen? Ich hab ja genug davon."

Ich stand auf und zog großzügig Blumen aus der Vase. Ihr Fehlen fiel überhaupt nicht auf. Ich legte den Strauß vor Ruth auf den Tisch.

„Danke, Martha, das ist aber lieb. Wo waren wir stehengeblieben? Ach ja, bei dem Mörder. Also Bernd glaubt ja, dass die beiden Morde von demselben Täter verübt wurden, obwohl es augenscheinlich keine Verbindungspunkte zwischen den Opfern gibt. Jedenfalls kommt er weder in dem einen noch in dem anderen Fall weiter."

„Das ist schade", sagte ich leichthin.

„Zu dumm, dass keine DNS-Spuren vorhanden sind. Sonst hätte Bernd den Täter längst hinter Schloss und Riegel gebracht."

„So?"

„Stell dir vor: Als sich die Spurenträger und Proben vom ersten Mord im Hamburger Labor zur Untersuchung befanden, gab es in dem Gebäude einen Defekt. Einen elektrischen, glaube ich. Jedenfalls brannte es dort, und Bernds Proben wurden von den Flammen vernichtet."

„Was du nicht sagst."

„Und im Fall Charlotte Honnef sind die Spuren leider durch eine andere Person verwischt beziehungsweise vernichtet worden."

Ruth räusperte sich vernehmlich. Ich erwiderte gelassen ihren Blick.

„Tatsächlich?"

„Ja. Bernd ist jetzt jedenfalls unheimlich im Stress. Zwei Morde innerhalb solch kurzer Zeit. Für Bremerhaven ist das so eine Art Super-Gau, sagt Bernd. Und so lange der Mörder nicht gefasst ist, müssen wir Frauen weiter in Angst leben. Vielleicht hat er schon die Nächste im Visier!"

Ich zuckte die Schultern.

„Meine Güte, du bist nicht gerade gesprächig heute", beschwerte sich Ruth.

„Ich bin müde. Wahrscheinlich habe ich auf der Faschingsparty zu ausgelassen getanzt."

„Na, das dürfte dir doch wohl nichts ausmachen, bei deiner Kondition. Gab's denn da auch Männer, die mitgetanzt haben? Die meisten Kerle haben ja keine Lust zum Tanzen."

„Das ist im Seniorenzentrum ganz anders", versicherte ich.

„Du machst wirklich einen erschöpften Eindruck", fand jetzt auch Ruth und zündete sich eine neue Zigarette an. Wenn sie die aufgeraucht hatte, würde sie freiwillig gehen, oder ich würde sie rausschmeißen.

„Du weißt doch, dass ich auf der Suche nach einem Job bin", setzte sie die Plauderei fort.

Bis vor kurzem hatte Ruth es strikt abgelehnt, einer geregelten Tätigkeit nachzugehen, nachdem sie vor Jahren ihre Arbeit in einer Drogerie an den Nagel gehängt hatte.

„War besser gesagt, ich war auf der Suche nach einem Job. Jetzt hab ich nämlich einen: Ich bin Versicherungskauffrau."

„Versicherungskauffrau? Ist das das gleiche wie Versicherungsvertreterin? Musst du durch die Gegend rennen und Versicherungen verscherbeln?"

„Ich renne nicht durch die Gegend", kam es beleidigt von Ruth, doch schon im nächsten Moment schäumte sie wieder über vor Euphorie. „Für jeden Abschluss krieg ich Provision. Ich hab schon dreihundert Euro in nur zwei Tagen verdient."

„Donnerwetter!" entgegnete ich ehrlich erstaunt. Ruth hatte in den letzten Jahren überhaupt nicht zu einer Verbesserung der Einkommenssituation im Hause Millers beigetragen, ganz im Gegenteil: Ihre ständig wechselnden Interessen und Hobbys verschlangen einen beträchtlichen Teil des Verdienstes ihres Mannes.

„Ja. Ich hab einfach für Bernd und für mich eine Lebensversicherung abgeschlossen. Die bringen nämlich am meisten Provision."

„Gute Idee."

„Möchtest du auch eine Versicherung haben? Ich hab ganz viele verschiedene."

„Nein danke, aber ich kenne jemanden, der sich mit Versicherungen richtig gut auskennt. Vielleicht kann ich euch mal bekannt machen, und er verrät dir ein paar Tricks."

„Das wäre toll. Sag mal, hast du schon mal was von Feng Shui gehört?"

Ich nickte, und sie drückte ihre Zigarette aus. Gleich ist's soweit, dachte ich, mein ersehnter Feierabend ist zum Greifen nah.

„Da hab ich was drüber gelesen. Wenn man seine Wohnung nach Feng Shui einrichtet, lebt man viel glücklicher. Ich habe mich für einen Kurs angemeldet, der geht schon übermorgen los."

„Wunderbar." Ich stand auf und gähnte. „Entschuldige, Ruth, aber ich bin wirklich hundemüde."

Ruth sprang auf. Plötzlich wirkte sie bestürzt.

„Soll ich dir einen Arzt rufen? Beim Friseur hab ich aufgeschnappt wie eine Frau erzählte, ihre Mutter sei gestorben, nur Minuten nachdem sie gesagt hatte, sie sei hundemüde."

„Nein, nein, ich brauche keinen Arzt. Nur ein Bett." Und Salbe.

„Na schön. Aber sag mir sofort Bescheid, wenn dir etwas fehlt!"

Ich wusste, dass es ihr wirklich ernst war mit dem, was sie sagte, auch wenn sie sonst so sprunghaft war. Hilfsbereit war Ruth, und man konnte sich in jeder Lebenslage auf sie verlassen.

Ich hatte den Badezusatz „Wohlfühlen und entspannen – Zehn Kräuter für Ihr Badevergnügen" gewählt. Jetzt lag ich im grünen, warmen Wasser, und meine fast verschwundenen Lebensgeister kehrten zurück. Ob die Morde tatsächlich zusammenhingen? überlegte ich, während ich mit dem großen Zeh Muster aus Schaum an die Kacheln malte. Dummerweise wusste ich über den ersten Mord überhaupt nichts. Und an zwei Fronten konnte ich sowieso nicht kämpfen. Sollte doch die Polizei weiter nach Anhaltspunkten für eine Verbindung suchen, die hatten schließlich jede Menge Personal, und ich war auf mich allein gestellt!

Ich musste meinen gestern gefassten Plan im Fall Charlotte weiter durchziehen, auch wenn ich heute einen herben Rückschlag erlitten hatte. Trotzdem wurde ich das Gefühl nicht los, dass ich dem Täter dicht auf den Fersen war.

Nach dem Bad schmierte ich mir fingerdick Pferdesalbe aufs Steißbein und legte mich nur in Unterhose und Top bekleidet bäuchlings aufs Sofa. Endlich kam ich dazu, die Nordsee-Zeitung durchzublättern, die ich am Morgen in der Bäckerei gekauft hatte. Der Artikel im Regionalteil trug die Überschrift „Ersticht er bald die Dritte?" Die Fotos der beiden Frauen befanden sich nebeneinander in der Mitte der Seite, so dass der Text darum herumlief. Charlottes Bild schien in einem Park oder Garten aufgenommen worden zu sein, und das von Evi Schrader, der vor vier Wochen getöteten Fünfunddreißigjährigen, stammte vermutlich aus ihrem Personalausweis. Unterhalb der Fotos stellte eine Graphik anschaulich die ermittelten Gemeinsamkeiten der beiden Mordfälle dar. Es war offensichtlich, dass die Polizei nach wie vor im Dunkeln tappte. Der Beitrag war dazu angetan, den Frauen in und um Bremerhaven ordentlich Angst zu machen. Der Redakteur riet, dass sich keine Frau nach zwanzig Uhr mehr auf der Straße herumtreiben und niemanden in ihre Wohnung lassen solle, auch keine Bekannten.

Evi Schrader war eine durchaus hübsche, aber unauffällige Frau, deren Gesicht man nach kurzer Zeit bereits wieder vergessen hat. Auf dem Foto trug sie ihr Haar kurz und ohne besondere Raffinesse, sie hatte ein schmales Gesicht, volle Lippen und weit auseinander stehende Augen.

Die Tote hatte allein in einer Zweizimmerwohnung mit Blick auf die Weser in der siebten Etage des Columbus-Centers gelebt. Von Beruf war sie Erzieherin, und in ihrer Freizeit hatte sie die Hunde des Tierheims an der Wurster Straße spazieren geführt. Evi hatte keinen festen Freund und einen überschaubaren Bekanntenkreis. Ihre letzte Beziehung lag zwei Jahre zurück, und der betreffende Mann war inzwischen glücklich verheiratet. Ihren Urlaub verbrachte Evi in Spanien oder der Türkei und zwar in Pensionen, die in der Nähe von Tierheimen lagen. Während der Dauer ihres Aufenthalts half sie beim Säubern der Käfige und der Kastration der Hunde und Katzen.

Mal abgesehen davon, dass auch sie auf ganz ähnliche Weise erstochen worden war und mit dem Rücken auf dem Fußboden gelegen hatte, fand ich keine Verbindung der beiden Fälle. Doch natürlich war es möglich, dass die beiden Frauen sich gekannt oder einen gemeinsamen Bekannten gehabt hatten. Man hatte Evis Leiche in der Küche gefunden. Der Todeszeitpunkt war auf zweiundzwanzig Uhr geschätzt worden. Die Nachbarn hatten nichts gehört und gesehen, was mit der Tat in Zusammenhang gebracht werden könnte. An der Tür fanden sich keine Einbruchspuren, was den Schluss zuließ, dass das Opfer den Täter freiwillig in die Wohnung gelassen hatte. Weitere Einzelheiten behielt die Polizei aus ermittlungstaktischen Gründen für sich.

Ich fand die Todesursache zu wenig, als dass ich automatisch auf einen gemeinsamen Mörder schließen würde. Andererseits – Bremerhaven war mit seinen einhundertfünfzehntausend Einwohnern beileibe keine Weltstadt, und Mord nicht an der Tagesordnung.

Ich war nicht der Meinung, dass das Fehlen von Einbruchspuren zwangsläufig bedeutete, dass Mörder und Opfer sich kannten. Wie oft hatte ich selbst schon die Tür aufgerissen, ohne den Spion oder die Gegensprechanlage zu benutzen?

Ich blätterte weiter, überflog die lokalen Veranstaltungen, sog die neuesten Gerüchte über einen Vereinswechsel zweier Eisbären-Spieler auf und vertiefte mich dann in die Todesanzeigen. Dabei interessierte mich hauptsächlich, ob Knuth Gellermann oder ein anderes Bestattungsinstitut genannt war. Außerdem war es möglich, dass ich den einen oder anderen Verstorbenen kannte. Knuth hatte in diesen Tagen nicht viel zu tun. Sein Institut wurde gewöhnlich von Leuten frequentiert, die in unserem Viertel zu Hause waren, und an denen war der Sensenmann anscheinend vorbeigegangen. Den meisten Bewohnern anderer Stadtteile war der Name Gellermann Bestattungen nicht geläufig. Das lag hauptsächlich daran, dass Knuth aus Pietätsgründen niemals Werbung für seinen Laden betrieb, auch nicht bei den vergünstigten Anzeigenpreisen im November zum Totensonntag. Das Telefon klingelte, und ich war heilfroh, dass der tragbare Hörer auf dem Wohnzimmertisch lag und ich mich nicht vom Sofa hieven musste. Gisela Wagenmacher war dran.

„Haben Sie schon rausgefunden, wer Charlotte auf dem Gewissen hat?" fragte sie statt einer Begrüßung. Schön wär's.

„Fast", entgegnete ich. „Haben Sie Neuigkeiten?"

Im gleichen Moment, als ich es aussprach, wusste ich, dass ich die Formulierung falsch gewählt hatte. Eine Person wie Frau Wagenmacher hat immer Neuigkeiten auf Lager. Ich stöhnte innerlich auf und schloss die Augen.

Honnef war nach wie vor ihr Verdächtiger Nummer eins, und sie erging sich in Mutmaßungen über seinen zukünftigen Reichtum. Sie hatte seine Eingangstür nicht aus den Augen gelassen und Buch darüber geführt, wer wann dort ein- und ausging. Aus der Tatsache, dass Gerd Günther zweimal dort gewesen war, schloss sie, dass er mit seinem Schwiegervater unter einer Decke steckte. Dann kam sie noch einmal auf meine Übernachtung im Hause Honnef zurück.

„Haben Sie mit ihm geschlafen und ihm dabei ein Geständnis entlockt?" fragte sie aufgeregt.

„Sie haben zu viel Phantasie", entgegnete ich müde.

Gisela Wagenmachter lachte. „Das sagt mein Mann auch immer.

Nichts für ungut, liebe Frau Millers. Ich würde wirklich gern wissen, wie weit Sie mit Ihren Ermittlungen sind. Wie wäre es, wenn ich auf einen Sprung vorbeikäme?"

„Um Gottes willen, bloß das nicht!" platzte es aus mir heraus. Plötzlich war ich wieder hellwach. Alles – nur keinen Besuch an diesem Abend!

„Schade, aber dann gewiss ein andermal. Ich lasse bald wieder von mir hören."

Aufatmend drückte ich die Aus-Taste des Telefons. Die Pferdesalbe war zum Teil eingezogen, der Rest klebte am Stoff der Unterhose und des Tops. Obwohl es draußen längst dunkel war und ich mich eigentlich gründlich ausschlafen musste, war ich zu aufgewühlt, um ins Bett zu gehen. Ich kontrollierte, ob ich die Wohnungstür abgeschlossen und die Kette richtig eingehängt hatte. Anschließend zog ich sämtliche Vorhänge zu, nachdem ich geprüft hatte, ob alle Fenster geschlossen waren. Nach einem Einbruch und einem tätlichen Angriff wird man vorsichtig.

Schließlich legte ich mich aufs Sofa, kramte die dünne Wolldecke hervor und deckte sie umständlich über mich. Die Hände unterm Kinn verschränkt und vor mich hin starrend, dachte ich an Gerd Günther. Bei meiner gescheiterten Durchsuchungsaktion seines Hauses war nicht allzu viel Brauchbares herausgekommen. Er ging fremd, und seine Schwiegereltern hatten ihm einen Privatdetektiv auf den Hals gehetzt, damit Veronika von seinem Treiben erfuhr. Grund genug, seine Schwiegermutter umzubringen? Oder hatte er tatsächlich auf den Erbteil seiner Frau beim Tod deren Mutter spekuliert? Und war dieser Plan wegen des geänderten Testaments in die Hose gegangen, so dass er jetzt sogar sein heißgeliebtes Auto wegen Geldmangel verkaufen musste?

Ich traute Gerd den Mord durchaus zu. Ihn zu verdächtigen lag rein äußerlich betrachtet auf der Hand, denn er hatte eine Visage, die jedem Bösewicht im Fernsehkrimi zur Ehre gereichte. Allerdings stand dem Täter das begangene Verbrechen im wirklichen Leben nicht ins Gesicht geschrieben. Auch die friedliebendsten Menschen sind zu unvorstellbaren Taten fähig, wenn sie unter großem Druck stehen. Diese Täter sind später fassungslos und können sich nicht erklären, wie es so weit hatte kommen können. Dieses Wissen war die eine Sache – mein Riecher eine andere. Und mit dem hatte ich in der Vergangenheit schon ziemlich oft richtig gelegen.

8

Mein Traum handelte von üblen, sadistischen Sexorgien, toten Frauen und karierten Schirmmützen. Es klingelte.

Das Geräusch passte überhaupt nicht in dieses grauenhafte Szenario, deshalb ignorierte ich es. Erst als es zum Dauerton wurde, schlug ich die Augen auf. Im Wohnzimmer war es taghell, und jemand drückte wie besessen auf meine Klingel. Ich rappelte mich vom Sofa hoch und bemerkte erfreut, dass mein Steißbein nur noch ein wenig druckempfindlich war. Damit konnte ich leben.

Barfuß tappte ich zur Tür und öffnete.

„Holla, die Waldfee! Das ist ja mal ne Aufmachung, die es in sich hat. Da wird Klein-Klaus-Jürgen ja glatt zum Stehaufmännchen."

„Hau ab, Klaus-Jürgen. Und bestell Klein-Klaus-Jürgen, dass er sich wieder hinlegen kann."

Mich gruselte bei der Vorstellung, jemals mit Klein-Klaus-Jürgen Bekanntschaft machen zu müssen und schlug grußlos die Tür zu, aber das Schloss schnappte nicht ein. Im Türrahmen lag ein geöffneter Aktenordner.

„Spaß beiseite", erklärte Klaus-Jürgen, jetzt in geschäftsmäßigem Ton. „Ich habe recherchiert. Günthers schwarzer Porsche 928 GTS steht tatsächlich zum Verkauf, und zwar bei Hoffmann & Schulze, für neunundreißigtausendsechshundert Euro. Gestern früh haben die Jungs vom Autohaus den Wagen abgeholt. Es heißt, unser gemeinsamer Freund sei ihnen ein paar Raten schuldig geblieben. Das war noch nicht alles. Darf ich reinkommen?"

Ich schwankte. Aber nur kurz. Natürlich brannte ich darauf zu erfahren, was Klaus-Jürgen über meinen Top-Favoriten in Erfahrung gebracht hatte, andererseits wollte ich meinen Verehrer auf keinen Fall in die Wohnung bitten. Am Ende wurde ich ihn nicht wieder los! Nein, ich würde mich und mein heiliges Reich nicht für ein paar lumpige Informationen verkaufen.

„Nimm die Mappe aus der Tür und setz dich so lange auf deinen Klappstuhl. Ich zieh mir was an, und wir gehen irgendwo frühstücken. Aber bild dir darauf bloß nichts ein! Ich will nur hören, was du über Gerd Günther weißt, sonst nichts."

„Alles klar, Baby", frohlockte er und salutierte wie ein Soldat. Allein für diesen Spruch hätte ich ihm eine scheuern können. Und für sein dämliches Gehabe gleich noch eine. Stattdessen knallte ich die Tür zu und begab mich ins Bad.

Wenn ich eins hasse, dann Hektik gleich nach dem Aufstehen. Und dieser Morgen verlief eindeutig zu hektisch. Ich ließ mir alle Zeit der Welt im Badezimmer, spulte ein umfangreiches Pflegeprogramm ab und probierte sogar neue Frisuren aus. Klaus-Jürgen würde da draußen bis zum jüngsten Tag sitzen und auf mich warten, dessen war ich mir sicher. So toll zurechtgemacht war ich schon lange nicht mehr unter die Leute gegangen! Ich überlegte gerade, was ich mir Flottes anziehen würde, als mir die furchtbare Erleuchtung kam: Wenn ich Klaus-Jürgen so unter die Augen trat, bildete der sich ein, dass ich mich für ihn so aufgedonnert hatte. Für ihn und Klein-Klaus-Jürgen. Für alle beide!

Alles – nur das nicht! Ich wusch die komplette Pflege und Farbe aus meinem Gesicht und brachte meine Haare durcheinander. So – schon besser! Dann ging ich zum Schrank im Schlafzimmer und suchte die unkleidsamsten Klamotten raus, die ich besaß. Es handelte sich dabei um einen geblümten, knöchellangen Glockenrock und eine ausgeblichene, altrosa Rüschenbluse, Sachen, die allein aus nostalgischen Beweggründen noch nicht längst in der Altkleidertonne gelandet waren. Dazu zog ich meine blauen Lieblingsbasketballstiefel an, denn ich wollte mich wenigstens in meinem Schuhwerk wohlfühlen. Ich betrachtete mich im Spiegel und erkannte mich selbst kaum wieder. Ich sah aus wie eine Mischung aus Marika Rökk und Vogelscheuche. Wunderbar.

In meiner Handtasche befand sich alles, was ich brauchte, also konnte es losgehen. Einem „Arbeitsessen" mit meinem „Kompagnon" stand nichts mehr im Wege. Hust, würg!

Klaus-Jürgen sprang mit einem Satz von seinem Campingstuhl auf, als er mich erblickte. Die Vorfreude auf unsere gemeinsame Unternehmung war ihm auf hundert Metern anzusehen.

„Auf geht's! Sattelt die Hühner! Ab durch die Mitte!" rief er übermütig und klemmte seinen Ordner unter den Arm. Mit dem anderen wollte er mich unterhaken, aber das wusste ich zu verhindern.

„Fahrstuhl?" fragte er einladend.

„Steig doch ein, ich nehme die Treppe."

„Ich bleib bei dir an jedem Tag, weil ich dich so besonders mag", zwitscherte er und stapfte hinter mir her die Treppe hinunter.

„Klappe!" zischte ich.

„Ich bleib bei dir, gehst du auch fort, bin ewig treu, an jedem Ort!"

Abrupt blieb ich auf dem Treppenabsatz stehen und drehte mich wutentbrannt um. Ich erkannte zu spät, wie denkbar ungünstig dieser Ort gewählt war: In Höhe meiner Augen befand sich die verchromte Schnalle von Klaus-Jürgens braunem Kunstledergürtel. Meine eindringliche An-sprache richtete ich also direkt an Klein-Klaus-Jürgen.

„Ich sag's dir nur ein einziges Mal: Niemals, hörst du, niemals, wird was aus uns! Nicht das allerkleinste Bisschen. Null! Nix! Und deshalb hör auf mit deinen bekloppten Gedichten und benimm dich wie ein normaler Mensch!"

„Wird gemacht, Baby!" Wieder salutierte Klaus-Jürgen und knallte dabei die Hacken seiner braunen Lederschuhe aneinander.

„Und nenn mich nicht Baby."

Wir passierten die Wachtposten, die an diesem Vormittag besonders zahlreich vor Ort waren: Die kleine Eingangshalle summte wie ein Bienenstock. Rolf und Edmund, zwei Rollstuhlfahrer aus dem Block nebenan, hatten sich zu der Crew aus unserem Haus gesellt. Neben Heiderose und Wilhelmine bestand die Frauenriege auch aus Berta Koppstein, Hannelore Guggenfink und Gunda Freier. Gunda war eine äußerst unangenehme Person. Einige Generationen zuvor wäre sie ohne viel Federlesen auf dem Scheiterhaufen verkohlt. Albert war ebenso von der Partie wie der dicke Ernst in seinem obligatorischen karierten Hemd. Neben Ernst hatte sich Hubert Unruh mit seinen Gehhilfen breitgemacht. Hubert hatte kürzlich zwei neue Hüftgelenke erhalten und gab jetzt seine Krankenhausstorys zum Besten. Neben Hubert saß seine Ehefrau Angelika, aus deren Spitznamen Geli im Laufe der Zeit Geili geworden war, weil sie angeblich auf alle Männer scharf war.

„Ei, ei, ei, was seh ich da, ein verliebtes Ehepaar!" sang Berta Koppstein wie ein Kind und zeigte mit dem Finger zum Treppenhaus. Ich biss die Zähne zusammen, beschleunigte den Schritt und passierte die Stuhlreihe.

Sämtliche Gespräche verstummten, alle Augen verfolgten jede unserer Bewegungen auf der Showbühne. Hannelore konnte es vor lauter Neugier nicht mehr aushalten.

„Ob sie's schon getan haben?" flüsterte sie ihrer Sitznachbarin Wilhelmine Germascheck zu. Die schüttelte wie immer den Kopf.

„Wo hast du nur die schauderhaften Klamotten aufgetan?" fragte Gunda spitz. „Ist dein Kleiderschrank abgebrannt?"

Ich verkniff mir einen Kommentar, denn ich wollte den Saal so schnell wie möglich verlassen. Nicht so Klaus-Jürgen. Der baute sich mitten im Foyer auf und hielt eine feierliche Ansprache, die mich an Statements von Politikern erinnerte, wie man sie häufig im Fernsehen sieht.

„Damit ihr Bescheid wisst, meine lieben Freunde: Martha und ich gehen jetzt gemeinsam frühstücken. In einem Lokal. Dabei werden wir geheime Dinge besprechen. Dinge, die niemanden außer uns etwas angehen. In diesem Sinne!" Er tippte sich an den imaginären Hut und stolzierte wie ein Gardeoffizier Richtung Ausgang. Die Tür war noch nicht geschlossen, da entbrannten schon die Diskussionen.

Dichte Wolken waren aufgezogen und ließen der Sonne keine Chance zum Durchkommen. Der Wind hatte aufgefrischt und scheuchte jede Menge Laub durch die Straße.

„Musste das sein?" fragte ich vorwurfsvoll und machte eine mürrische Kopfbewegung hin zur Eingangstür. Mittlerweile machte sich in mir ein Grauen breit bei der Vorstellung, eine Stunde in Klaus-Jürgens Gesellschaft zu verbringen. Informationen hin oder her – der Preis war einfach zu hoch.

„Kukuru, kukuru, das Täubchen ruft den Liebenden zu ..."

„Wir blasen das Frühstück ab, das war eine Scheiß-Idee." Ich drehte mich auf dem Absatz um und machte kehrt.

„Gerd Günther ist vorbestraft, schon gewusst?" warf Klaus-Jürgen mir einen Brocken hin.

Ich blieb stehen, wandte mich aber nicht um.

„Weswegen?" fragte ich.

„Fängt mit K an."

„Körperverletzung?"

„Vielleicht ..."

Seufzend drehte ich mich um und marschierte los, an Klaus-Jürgen vorbei.

„Okay, verdammt, wir hocken uns in irgendein Lokal. Du hast gewonnen."

„Ich darf das Lokal auswählen!"

„Meinetwegen."

Klaus-Jürgen holte auf und setzte sich dank seiner weit ausholenden Schritte an die Spitze, so dass ich in seinem Windschatten hinterher latschte. Ich kam mir vor wie eine Aussätzige in meinen hässlichen Klamotten einen halben Meter hinter diesem unmöglichen, unförmigen Kerl.

Insgeheim schloss ich mit mir selbst Wetten ab, welche Lokalität mein Begleiter ansteuern würde. Vermutlich bevorzugte er Zum Wohlsein, eine stinknormale Kneipe, in der zu jeder Tages- und Nachtzeit drei oder vier Barhocker von Spritnasen belegt waren, deren Frühstück aus Bier und Korn bestand. Oder wir frühstückten Bei Bärbel. Die Inhaberin sah aus, als hätte sie lange, harte Jahre ihr Geld in der Horizontalen verdient. Obwohl sie das bei den Senioren in unserem Viertel beliebte Lokal bereits seit einem Jahrzehnt betrieb, haftete ihr immer noch etwas, na sagen wir, Gewöhnliches an. Auf ihre raue Art ging sie jedoch herzlich mit den alten Leuten um, und ihr Frühstücksbuffet war wirklich ausgezeichnet. Trotzdem hoffte ich auf Zum Wohlsein, denn ich konnte mich eher dafür erwärmen, Alkoholikern beim Verzehr ihres Aufwachschnapses zuzugucken, als dass ich miterleben musste, wie Tischnachbarn sich gegenseitig dabei behilflich waren, Mohnkrümel aus ihren Dritten zu entfernen.

Wie erstaunt war ich, als Klaus-Jürgen erst Bärbel und dann das Wohlsein links liegen ließ und weiter flott voranschritt. Ach herrje – er würde mich in den Supermarkt schleppen! Gleich gegenüber den fünf Kassen befand sich ein Bäckereitresen, wo man Brötchen, Kuchen und Kaffee bestellen konnte, um dann ganz entspannt auf Aluminiumstühlen hockend den Lautsprecher-Durchsagen der Marktleitung zu lauschen und die vollen Einkaufswagen zu betrachten.

Doch wieder lag ich falsch. Statt nach links zum Discounter bog mein Informant rechts ab. Im Geiste ging ich mögliche Lokale durch und kam zu dem Schluss, dass es nur Stefans Schluckbude, ein Kiosk mit Ausschank und Stehtischen, sein konnte. Fragte sich nur, was man dort früh-stücken sollte. Mein Magen hing schon auf halb acht, und ich hätte wirklich gern Brötchen mit Marmelade oder Rührei gehabt. Am besten beides.

Vor Stefans Schluckbude hingen ein paar kahlrasierte Junkies rum. Ein Obdachloser schlief auf einem blauen Müllsack, und zwei ungepflegte Männer um die fünfzig beschimpften sich gegenseitig in einer Sprache, die ich nicht verstand. Urplötzlich verlangsamte Klaus-Jürgen seinen Schritt, bis er direkt neben mir war, dann ging er seitwärts und spreizte seine Arme vom Körper ab, wie es Verkehrspolizisten auf Straßenkreuzungen tun. Der Blick seines intakten Auges flog zwischen dem Gesocks vor der Kneipe und mir hin und her. Von meinem Beschützer wie von einer wandelnden Wand abgeschirmt, passierte ich die Schluckbude.

Wir nahmen die Abkürzung über den Wulsdorfer Friedhof und standen kurz darauf ... vor Elvis' Bistro! Um Gottes willen, nein! Ich hatte Elvis seit meinem Wutanfall nicht wieder gesehen, und nun kreuzte ich in Begleitung eines offensichtlich über beide Ohren in mich verschossenen Dickmopses hier auf.

„Die machen hier ein super Frühstück", erklärte Klaus-Jürgen, öffnete die Tür und ließ mich vorangehen.

„Ich weiß", hauchte ich.

„Da gibt's sogar frische Schweinskopfsülze und Heringssalat. Und Nordseekrabben zum Sattessen."

„Wunderbar."

Das Bistro war gut besucht, nur wenige Tische waren frei. Klaus-Jürgen dirigierte mich zu einem Fensterplatz, wo frische Gedecke für zwei Personen bereit standen. Wir setzten uns einander gegenüber, und mein Begleiter rieb vor lauter Vorfreude seinen Schmerbauch.

„Man kann so oft zum Buffet gehen, wie man will. Bis man pappsatt ist. Da hat man richtig was fürs Geld! Wenn man sich den Wanst reell vollschlägt, braucht man erst nachmittags wieder was zu essen."

„Aha."

Ich hielt nach Anzeichen für Elvis' Abwesenheit Ausschau. Stand Danilos Auto auf dem Parkplatz? Was war mit Elvis' schwarzem BMW? Ich bat Gott nur um einen einzigen Gefallen: dass Elvis heute seinen freien Tag hatte.

Die Wasserstoffblonde werkelte am Buffet herum. Sie verteilte Cocktailtomaten und trug Schüsseln zum Auffüllen in die Küche. Dann überprüfte sie die Thermoskannen.

Klaus-Jürgen legte seine Mappe sorgsam auf den Stuhl neben sich.

„Dann wollen wir mal happa-happa machen! Worauf warten wir noch?" rief er laut und klatschte aufmunternd in die Hände. Sehnsüchtig blickte ich auf den einzigen Beweggrund, mich mit Klaus-Jürgen in der Öffentlichkeit sehen zu lassen, und der befand sich auf dem Stuhl mir schräg gegenüber.

„Auf geht's, werte Dame! Ladies first!" Mein Begleiter hatte meinen Blick wohl richtig zu deuten gewusst. Er vermutete wahrscheinlich, dass ich mir die Unterlagen schnappen und damit über alle Berge sein würde, wenn er mit seinem voll beladenen Teller vom Buffet zurückkehrte. Er hatte recht mit seiner Vermutung.

„Mein lieber Schollie, da haben die heute aber wieder was aufgefahren. Guck dir bloß mal die gefüllten Eier an. Und den gebratenen Speck!"

Klaus-Jürgen lief an den Buffettischen auf und ab wie ein kleiner Junge, der sich an Weihnachten nicht entscheiden kann, welches Geschenk er zuerst auswickeln soll.

Mir war der Appetit vergangen.

„Kaffee?" fragte er und wedelte mit einer Tasse vor meiner Nase herum. Ich nickte abwesend.

Klaus-Jürgen balancierte die beiden Kaffeetassen zum Tisch und war schon wieder zurück. Er drückte mir einen Teller in die Hand. Um den Schein zu wahren, legte ich irgendetwas darauf. Dann ging ich zurück zum Tisch. Klaus-Jürgen folgte mir auf dem Fuße.

„Alle Leute gucken dich an, weißt du das?" fragte er, und es war unverkennbar Stolz, der da in seiner Stimme mitschwang.

„Tatsächlich?" fragte ich und blickte mich um. Es stimmte: einige Blicke folgten uns. Ich würde aber nicht mit Bestimmtheit behaupten wollen, dass ich es war, die die Aufmerksamkeit auf sich lenkte. Möglicherweise waren die Leute auch erstaunt, wie hoch mein Begleiter Lebensmittel auf seinen Teller schichten konnte.

„Oh, hallo Bella!" hörte ich eine mir wohlbekannte Stimme. Elvis! Schnell stellte ich meinen Teller auf dem Tisch ab, bevor er noch abstürzte.

Schon lag ich in seinen Armen.

„Tut mir leid, was ich über Knuth gesagt habe. Ich bin nur grässlich eifersüchtig, weil du so viel Zeit bei ihm und seinen Leichen verbringst", flüsterte er in mein Ohr. „Schön, dass du wieder hier bist!"

Er roch nach Teig, irgendetwas Gebratenem und nach seinem männlich herben Eigengeruch, als er mich festhielt und mir einen satten Kuss auf die Stirn drückte. Ich wünschte, seine Lippen würden zwölf Zentimeter tiefer wandern, oder vielleicht auch dreizehn ...

Ich schwankte leicht, mir war ein wenig schwindelig. Schon ließ er mich jedoch wieder los und trat einen Schritt zurück. Was hatte ein Kuss auf die Stirn zu bedeuten? Gar nichts. Elvis war einer von diesen Umarmen-und-küssen-Typen. Der verteilte Küsse wie andere Leute Visitenkarten. Und warum war mir so schwummrig? Weil ich auf Entzug war! Weil mein Liebesleben nicht existierte. Weil ich allein in einer kleinen Wohnung in einer Seniorenwohnanlage lebte. Andererseits hätte es auch noch schlimmer sein können. Ich hätte mit Klaus-Jürgen verheiratet sein können. Und mit Klein-Klaus-Jürgen gleich dazu.

„Geile Klamotten!" lobte Elvis grinsend.

Ich sah verwirrt an mir herab, und das Blut schoss mir ins Gesicht. Scheiße nein – ich hatte ja diese grausamen Klamotten an!

„Das ist der neue Betty-Barclay-Look", entgegnete ich möglichst würdevoll.

„Betty Barclay?" schaltete sich die Blonde ein, die plötzlich wie aus dem Nichts neben Elvis auftauchte, besitzergreifend ihren Arm unter seinen schob und mit ihren katzenartigen Krallen seinen Handrücken kraulte. „Sind das nicht diese vollkommen uneleganten Sachen aus dem Versandhaus, das kurz vor der Pleite steht?" zirpte sie.

„Ich finde, bei Klamotten ist nur wichtig, was drunter ist", schaltete sich Klaus-Jürgen mit vollem Mund ein. Er war bereits mitten im ersten Gang, einer Cholesterindosis für vier Wochen.

Elvis sah erstaunt von mir zu Klaus-Jürgen und schnallte erst jetzt, dass wir gemeinsam erschienen waren. Die Blondine rieb währenddessen mit einer eindeutigen Geste ihre Hüfte an seiner.

„Was ist mit den Mixed Pickles? Hast du die Schälchen aufgefüllt?" fragte Elvis sie patzig und machte sich grob von ihr los.

Mit schmollend vorgeschobener Unterlippe und wackelndem Popo schob die Blonde ab.

„Dein Bekannter?" fragte Elvis gestelzt.

„Klaus-Jürgen Engel, freut mich." Klaus-Jürgen wischte den Butterrest von seinem Zeigefinger an der Papierserviette ab und reichte Elvis quer über den Tisch die Hand.

Elvis sah mich fragend an, als warte er auf weitere Erklärungen. Ich guckte zurück und bemühte mich um ein unverbindliches Lächeln. Schließlich hatte ich ihn auch nicht über seine Blondine ausgequetscht, obwohl die Dinge bei den beiden vermutlich anders lagen als zwischen mir und Klaus-Jürgen. Sollte er denken, was er wollte, von mir würde er jetzt keine Informationen erhalten.

„Nun nimm doch endlich Platz, Martha. Ich hab die erste Ladung gleich schon aufgegessen! Möchten Sie sich zu uns setzen? Ich hol Ihnen gern einen Kaffee", sagte Klaus-Jürgen jovial, an Elvis gewandt.

„Nein, nein, ich hab zu tun. Guten Appetit noch." Sekunden später klapperte die hölzerne Schwingtür.

„Dein Ex?" fragte Klaus-Jürgen zwischen zwei Bissen Sülzwurst in einem Ton, als würde er sich nach der Wettervorhersage erkundigen.

„Das geht dich gar nichts an", schnappte ich.

„Okay, okay", wehrte er ab. „Saure Gurken, Paprika und Tomaten?

Was ist denn das für ein Frühstück?" fragte er mit Blick auf meinen Teller.

„Heute ist mein Gemüsetag. Nun lass hören, deshalb sind wir schließlich hier!"

Klaus-Jürgen wischte sich beide Hände an der Serviette ab, an der mittlerweile kaum noch eine saubere Faser war, legte seine Mappe auf den Tisch und öffnete sie.

„Würdest du mir bitte aus der Pfanne dort drüben einen großen Teller voll füllen? Die ganz rechts mit dem gestreiften Speck und der Knoblauchwurst. Ich lese mich mal eben kurz ein."

Herr Wichtig musste sich einlesen! Von wegen! Er wollte mich nur nicht mit der Mappe allein lassen.

Meine Nerven lagen blank. Ich wollte endlich alles Wissenswerte über Gerd Günther hören und dann die Biege machen. Schnell ging ich zum Buffet hinüber, häufte einen Berg fettige Sachen auf einen Essteller und stellte diesen meinem Begleiter vor die Nase.

„Hmm, danke! Okay, kommen wir zur Sache, Schätzchen. Ich hab meine Fühler ausgestreckt und ein paar frühere Informanten angezapft. Gerd Günther ist tatsächlich wegen Körperverletzung vorbestraft. Und jetzt kommt's: er war vor vier Jahren deutscher Vizemeister im Gewichtheben! Was sagst du nun? Aber damit nicht genug. Er hat's bisher in keinem Job länger als zwei Monate ausgehalten. Meistens wird ihm gekündigt, weil er weder pünktlich noch arbeitsam ist.

Momentan ist er beim Sicherheitsdienst Star Security beschäftigt. Er hat den Auftrag, seine Runden auf einem Fabrikgelände zu drehen und aufzupassen, dass nichts wegkommt."

Mit den Fingern nahm er eine kleine, braune Wurst vom Teller und schob sie sich in einem Stück in den Mund. Währenddessen hatte er den Blick nicht von seinen Notizen genommen. Ich reichte ihm meine Serviette, damit das Papier keinen Schaden nahm.

„In seiner jetzigen Firma ist er nicht besonders beliebt. Eine Mitarbeiterin hat sich über ihn beschwert, sie behauptet, er hätte ihren Hintern angefasst. Bei den männlichen Kollegen ist er wegen seiner großen Schnauze schon ein paarmal angeeckt."

In schneller Folge landeten zwei weitere Würste in Klaus-Jürgens Mund. Ich knabberte an einem Paprikastreifen und wartete gespannt.

„Gerd Günther ist ein Spieler. Einen Großteil seiner Abende verbringt er im Casino. Dass er ständig in Geldnot ist, ergibt sich darum von selbst. Er hat überall Schulden, und die Bankkonten der beiden sind überzogen bis zum Limit. Ich habe gehört, dass er plant, ein Bordell zu eröffnen, aber dieses Gerücht ließ sich nicht bestätigen."

Klaus-Jürgen hatte eine Liste dabei, auf der Gerds bevorzugte Spielhöllen und seine Lieblingsautomaten verzeichnet waren. Ich holte Kaffee für Klaus-Jürgen und für mich ein Glas frisch gepressten Orangensaft. Die Zeit meiner Abwesenheit nutzte er, um ganz schnell ganz viel zu essen. Als ich mich wieder hinsetzte, stopfte er das letzte Stück Speck in sich hinein. Dann fuhr er fort: „Am vergangenen Montagmorgen war Gerd Günther nicht zu Hause. Angeblich war er zur Frühschicht, die um fünf Uhr beginnt. Allerdings ist er an jenem Tag nicht bei der Arbeit erschienen."

„Und wo war er?"

„Wenn ich das wüsste! Er fehlte unentschuldigt und hat deshalb eine Abmahnung kassiert. Auf jeden Fall ist es denkbar, dass er Charlotte umgelegt hat."

„Und warum war er gestern Mittag zu Hause?"

„Frühschicht, Schätzchen! Er hat um dreizehn Uhr dreißig Schluss. Vermutlich hat er sich gleich nach Feierabend ins Bett gelegt."

„Und wie fährt er zur Arbeit, wenn er kein Auto mehr hat?"

„Mit dem Bus, dauert nur zehn Minuten. Er könnte auch das Fahrrad nehmen."

Er wies auf den Auszug des Stadtplans, der sich als Kopie in der Mappe befand. Günthers Wohnhaus und sein Arbeitsplatz waren rot einge-kreist.

Ich geb's nicht gern zu, aber ich war doch ein bisschen erstaunt, dass Klaus-Jürgen so viele Informationen in so kurzer Zeit zusammengetragen hatte. Und das, obwohl er Günthers Haus gar nicht mit durchsucht hatte.

„Nun?" fragte er und warf sich in die Brust.

„Nicht schlecht! Du hast eine Menge herausgefunden."

Mein Gegenüber schmolz bald dahin bei meinem sparsamen Lob. „Kein Problem. Hat mir Spaß gemacht. Ich schwör dir: Wir knacken den Fall. Das wär doch gelacht! Wie gehen wir weiter vor?"

„Halt!" rief ich und hob abwehrend beide Hände. „Nicht wir. Ich mache allein weiter."

„Och nö. Schade! Denkst du noch mal drüber nach? Bisher war ich dir doch sehr hilfreich."

Da hatte er nicht ganz Unrecht. Trotzdem lag mir nichts ferner, als Klaus-Jürgen zu meinem Partner zu ernennen.

„Ich will nicht, dass du mich weiter verfolgst. Hast du das kapiert?"

„Ich bin ja nicht blöd", entgegnete er beleidigt.

Plötzlich tat er mir leid. Er hatte sich meinetwegen fast ein Bein ausgerissen, und ich zeigte kein bisschen Dankbarkeit.

„Ich werde dir Bescheid sagen, wenn ich Hilfe brauche, okay?" lenkte ich ein.

„Okay", stimmte Klaus-Jürgen zu, wischte seine fettige Hand an meiner Serviette ab und reichte sie mir. „Abgemacht!"

Ich zögerte kurz, bevor ich einschlug.

„Ich werde mich bemühen herauszufinden, wo Gerd am frühen Montagmorgen war, wenn es dir recht ist."

Ich nickte. Es konnte nichts schaden, wenn Klaus-Jürgen sich bei seinen ominösen Informanten weiter umhörte. Ich selbst konnte an der Gerd-Front momentan nicht mehr viel ausrichten, deshalb wollte ich als Nächstes Charlottes Büro in der Wohnungsgesellschaft inspizieren. Dafür sprach die Dokumentensammlung, die ich in ihrem Sekretär gefunden hatte und die sich seitdem in meiner Handtasche befand.

„Falls du mich heute Nachmittag brauchen solltest, muss ich dir leider einen Korb geben. Ich habe einen Arzttermin."

In Gedanken war ich bereits an Charlottes Arbeitsplatz und überlegte, wie ich mir dort am besten Einlass verschaffte. Geistesabwesend fragte ich: „Bist du krank?"

„Ich hab Probleme mit Hämorrhoiden."

Ich dachte an die Nahrungsmengen, die Klaus-Jürgen eben vertilgt hatte, und bereute, nachgefragt zu haben.

„Na dann ...", sagte ich. Ein besserer Kommentar fiel mir beim besten Willen nicht ein.

9

Für meinen Besuch der Wohnungsgesellschaft HavenBau musste ich andere Klamotten anziehen. Ich stiefelte vor meinem Kleiderschrank auf und ab und entschied mich schließlich für ein dunkelrotes, elegantes Kostüm und glänzend schwarze Schuhe mit hohen Absätzen. Letztere Wahl sollte ich schnell bereuen. Das Büro der Wohnungsgesellschaft hätte ich nämlich in zwanzig Minuten mit dem Fahrrad erreicht, wenn ich nicht diese damenhaften Schühchen an den Füßen gehabt hätte. Dauernd rutschte ich von den Pedalen ab und wäre einmal sogar beinah gestürzt. Zudem hatte ich mit starkem Gegenwind zu kämpfen, der mein sorgfältig aufeinander abgestimmtes Outfit durcheinanderbrachte – vor allem meine Frisur. Abgekämpft stellte ich mein Fahrrad hinter dem Gebäude ab und brachte mein lädiertes Äußeres so weit es möglich war in Ordnung.

HavenBau war in einem flachen Backsteinbau untergebracht, dessen Form mich an eine Kaserne erinnerte. Die Fenster in der unteren Etage waren mit verzinkten Eisenstäben vergittert. Das Grundstück bestand aus einer Asphaltfläche, auf der etwa ein Dutzend Autos parkten; hier und da war der Beton aufgebrochen, und an diesen Stellen bahnte sich die Natur ihren Weg in Form von dicken Büscheln Unkraut. Ein zwei Meter hoher Maschendrahtzaun und ein geöffnetes, automatisches Tor umgaben das Gelände.

Am rückwärtigen Eingang, der mit einem Vordach versehen war, befand sich ein großer Haufen Blätter, die der Wind wie eine Schneewehe in eine Ecke gefegt hatte. Ich entdeckte keinen einzigen Baum oder Busch auf dem Grundstück, deshalb vermutete ich, dass die Blätter von der anderen Straßenseite herübergeweht waren. Diese Tür schienen hauptsächlich die Angestellten zu benutzen. Ein großer Aschenbecher mit Standfuß befand sich gleich neben dem Eingang, und in der Durchgangsschleuse hing ein schwarzes Brett für hausinterne Mitteilungen.

Neugierig blieb ich davor stehen. Neben einem Gebäudegrundriss mit rot eingezeichneten Fluchtwegen und Notausgängen sowie einer Liste der Durchwahlen sämtlicher im Hause Beschäftigter befand sich ein schwarz umrandeter Nachruf auf Charlotte Honnef als kompetente und allseits geschätzte Kollegin. Umso makaberer wirkte die Stellenausschreibung gleich daneben. Wegen eines Todesfalls, stand dort, müsse ein Arbeitsplatz im Hause neu besetzt werden. Ich las mir die Stellenbeschreibung durch und machte mich sodann auf die Suche nach Herrn Udo Löding, der als An-sprechpartner für Bewerber genannt wurde. Da hätte ich mir vorher gar keine Gedanken über einen Vorwand für meinen Besuch machen müssen, dachte ich, als ich den Wegweisern in die erste Etage folgte. Manche Dinge ergeben sich ganz von allein. Ein Flur mit zehn oder zwölf Büroräumen lag vor mir. Die Tür nahe der Treppe stand offen. Ich las das Schild Anmeldung Frau Madita Wünsche und trat ein.

Frau Wünsche war eine stabil gebaute, attraktive Frau in den Vierzigern. Sie empfing mich mit einem freundlichen Lächeln.

„Sie kommen mir bekannt vor!" grübelte sie laut, gleich nachdem sie guten Tag gesagt hatte.

„Ich habe vor ein paar Jahren die Post in Ihrem Wohnviertel ausgeteilt."

Sie überlegte einen Moment lang. „Oh ja, richtig, ich erinnere mich. Suchen Sie eine Wohnung?"

„Nein. Ich interessiere mich für den Job."

„Job? Ach so ..." Ihre Augen umwölkten sich dunkel, und das Lächeln verebbte. Dumpf starrte sie auf ihre Computertastatur. „Es ist nur ...", sagte sie nach einem Moment entschuldigend und hob wieder den Blick, „es war ein ganz schöner Schock, als das Stellenangebot da heute Morgen ausgehängt wurde. Das macht die Sache mit Charlotte so endgültig, verstehen Sie? Irgendwie hab ich wohl immer noch gehofft, sie kommt wieder und alles war nur ein großer Irrtum."

„Ich verstehe Sie. Wenn Menschen sterben, ist es schwer, ihr Fehlen als Tatsache zu akzeptieren. Man sucht immer wieder nach Möglichkeiten, Geschehenes ungeschehen zu machen, und man sucht nach Erklärungen. Und manchmal denkt man, es ist nur ein böser Traum und nach dem Aufwachen wird alles so sein, wie es immer war."

Madita Wünsche machte zwei tiefe Atemzüge und sah mich dann an. „Sie sprechen mir aus der Seele. Wer Charlotte gekannt hat, der hat sie gemocht. Sie fehlt uns allen sehr."

„War sie wirklich bei allen beliebt? Es gibt doch in jedem Betrieb Querelen oder kleine Intrigen", hakte ich in leutseligem Ton nach.

In Maditas Augen trat für Sekunden ein erschreckter Ausdruck. Dann hatte sie sich wieder im Griff. Sie blickte in das harmlose Gesicht einer älteren Dame, die einfach nur ein wenig Konversation betreiben wollte. „Natürlich gibt es hier so etwas auch. Aber Charlotte hat sich aus diesen Dingen herausgehalten. Ich habe noch nie einen so geradlinigen, gewissenhaften und ehrlichen Menschen kennengelernt. Und dabei war sie auch noch immer gleichbleibend freundlich. Eine durch und durch liebe Person."

Niemand ist durch und durch lieb, dachte ich bei mir, jeder von uns hat auch seine weniger netten Züge. Der eine ein paar mehr, der andere weniger. Ich sah Madita aufmerksam an und hoffte, sie würde weitersprechen.

„Aber ich bin unfair. Erzähle Ihnen, was für ein unfehlbarer Mensch den Arbeitsplatz innehatte, auf den Sie sich bewerben möchten. Wie war noch gleich Ihr Name? Warten Sie – irgendwas mit M ... Meier? Müller?"

„Martha Millers." Ich hatte erst erwogen, einen falschen Namen anzugeben, doch da Frau Wünsche mich kannte, unterließ ich das.

„In der Ausschreibung wird ein Herr Udo Löding als Ansprechpartner erwähnt."

„Herr Löding, ja ..." Sie zögerte.

„Ist er wohl im Hause?"

„Ja, das ist er. Wenn Sie möchten, melde ich Sie an. Einen Moment ..." Das Lächeln der Sekretärin wirkte mechanisch, als sie Herrn Löding per Telefon über meine Anwesenheit in Kenntnis setzte. Dann legte sie auf und sagte: „Herr Löding holt Sie in ein paar Minuten hier bei mir ab."

Ich bedankte mich für ihre Mühe.

„Ist Herr Löding der Personalchef in Ihrem Hause?" fragte ich.

„Nein. Er ist der technische Leiter. Die Einstellung seiner Mitarbeiter nimmt er grundsätzlich persönlich vor. Ich ... ich wünsche Ihnen viel Glück, dass es klappt mit dem Job."

„Danke, das ist sehr nett von Ihnen."

Ich hatte den Eindruck, als wäre sie unschlüssig, ob sie noch etwas sagen wolle, und ich war gerade im Begriff nachzufragen, da hörte ich Schritte auf dem Korridor. Kurz darauf erschien ein Mann im Raum.

Als Erstes fielen mir seine Augen auf: Sie wirkten wie kleine, schwarze, harte Knöpfe. Er trug eine modisch eckige Brille, die sein gerötetes, ohnehin kantiges Gesicht rechteckig erscheinen ließ. Sein volles Haar war dunkel und zeigte erste graue Strähnen. Er hatte einen Bürstenhaarschnitt und einen sauber gestutzten Schnurrbart. Die unteren Enden seiner Koteletten waren exakt quadratisch geschnitten. Sein Anzug war vermutlich maßgeschneidert, und er trug eine Fliege aus reiner Seide an Stelle eines Schlipses. Mein Blick fiel auf seine Manschetten. Sie waren blütenweiß, frisch gestärkt und mit dezenten Manschettenknöpfen aus Silber und schwarzem

Onyx geschlossen.

Mit ausgestreckter Hand und einem gewinnenden Lächeln ging er auf mich zu. „Frau ...?"

„Millers, Martha Millers."

„Wunderbar!" rief er, als hätte ich eine besondere Leistung vollbracht, indem ich ihm meinen Namen verraten hatte. „Ich bin Udo Löding, der technische Leiter hier bei HavenBau." Er strahlte in die Runde wie ein Handelsvertreter, und ich beobachtete, dass Madita verkrampft zurücklächelte. „Dann kommen Sie mal mit durch in mein Reich. Dort können wir uns ungestört unterhalten."

Ich tat schüchtern und ein wenig gehemmt, weil ich das Gefühl hatte, dass Löding zurückhaltende Frauen bevorzugte und diese gern gängelte.

„Nur keine Scheu!" sagte er denn auch übertrieben aufmunternd. „Ich hab hier noch niemandem den Kopf abgerissen, nicht wahr, Frau Wünsche?"

„Aber nein", entgegnete sie gestelzt.

Ich folgte Löding den Gang hinunter in sein Büro, das in glänzendem Ebenholz eingerichtet und mit einem dicken Teppich ausgelegt war. An den Wänden hingen impressionistische Drucke in Großformat. Er bot mir einen Platz auf einem der tiefen Ledersessel vor einem etwa drei Meter breiten Aquarium an.

„Mögen Sie Fische?" fragte er.

Am liebsten gegrillt, hätte ich beinah geantwortet, aber ich hatte mich ja für die Rolle des schüchternen Mäuschens entschieden.

„Aber ja!" piepste ich und bewunderte ehrfürchtig die bunte Pracht in dem beleuchteten Schwimmbecken.

„Umso besser. Sollte ich mich für Sie entscheiden, wäre eine Ihrer Aufgaben, die Fische zu füttern."

„Das würde ich gern übernehmen", sagte ich.

„Wunderbar!" Löding musterte mich einen Moment, strich über seinen Bart und begann, wie ein Schulmeister auf und ab zu gehen, während er sprach. „Nun, Sie wissen vielleicht, dass HavenBau, die größte Wohnungsgesellschaft in Bremerhaven ist? Uns gehören fast siebentausend Wohnungen in dieser Stadt. Die wollen vermietet, verwaltet und instand gehalten werden. Und da sind wir schon bei meinem Part in diesem Unternehmen: Ich bin technischer Leiter für Umbau-, Bau-, Reparatur- und Sanierungsmaßnahmen aller Art."

Er hört sich selbst gern reden, dachte ich bei mir, als er mir in einem nicht enden wollenden Vortrag die Betriebsstruktur der Firma auseinandersetzte. Ich an seiner Stelle hätte mir erst einmal ein Bild vom Bewerber gemacht, bevor ich diese Ansprache womöglich ganz umsonst hielt. Endlich kam er auf das Aufgabengebiet der neu einzustellenden Mitarbeiterin zu sprechen.

„Hand in Hand, das ist meine Devise. Ich gebe Ihnen Rechnungen, auf denen die Adressen der Baustellen notiert sind. Ihre Aufgabe ist es, diese Rechnungen zu sammeln, zu ordnen und die Bauvorhaben abzurechnen, wenn sie abgeschlossen sind. Dann legen Sie mir Ihre Abrechnung vor, und ich kontrolliere sie. Ganz einfach."

Also mehr oder weniger Ablage mit ein bisschen Rechnerei. Plus Fische füttern.

„Können Sie mir ein Beispiel nennen?" fragte ich kleinlaut.

„Aber sicher!" rief er aus. „Nehmen wir die Thunstraße. Wir von der HavenBau vermieten dort mehrere Wohneinheiten, zumeist an sozial schwache Mitbürger, aber das ist ja jetzt zweitrangig. Nun soll in einem Wohnblock in der Thunstraße eine neue Briefkasten- und Klingelanlage und ein Haustürvordach montiert werden. Ich besorge Angebote von den Handwerksbetrieben, mit denen wir für gewöhnlich zusammenarbeiten. Und jetzt kommen wir zu Ihnen!" Er legte eine dramatische Kunstpause ein, und ich demonstrierte absolute Aufmerksamkeit, indem ich wie gebannt an seinen Lippen hing. „Sie sichten die Angebote und suchen das günstigste heraus. Dann beauftrage ich die entsprechende Firma, und schon nimmt die Baumaßnahme ihren Lauf. Wenn alles fertig ist, gebe ich Ihnen Bescheid und Sie rechnen ab. Bei größeren Bauvorhaben, zum Beispiel bei der Sanierung ganzer Häuser, erfolgt die Auftragsvergabe im Rahmen von Ausschreibungen. Das läuft letzten Endes aber ganz ähnlich. Hin und wieder nehmen Sie ein Telefongespräch an, wenn ich mal nicht im Hause bin. Nun – das wär dann so ziemlich alles, was Sie für mich tun können."

Mir kam dieser Job wie ein Scheinarbeitsplatz vor. Wenn Löding sowieso alles selbst machte, wozu brauchte er dann eine Mitarbeiterin? Vermutlich, damit sie ihm das Gefühl gab, hochwichtig zu sein, indem sie den ganzen Tag brav hinter ihm her dienerte.

„Das hört sich ja hochinteressant an", hauchte ich.

„Ganz recht."

„Wo wäre denn dann mein Platz? Hier an diesem Schreibtisch?" fragte ich und zeigte auf Lödings blanke Arbeitsfläche samt ledernem Chefsessel.

„Aber nein", schmunzelte er, „das Büro meiner Mitarbeiterin befindet sich gleich nebenan. Damit jeder in Ruhe arbeiten kann."

„Dürfte ich wohl einen Blick hineinwerfen?" bat ich. Er schaute mich einen Moment lang verwundert an, dann lächelte er milde, wie man das bei kleinen Kindern tut, wenn diese etwas besonders Hirnrissiges gesagt oder getan haben.

„Aber selbstverständlich!" rief er aus und sprang auf.

Wir verließen sein Refugium und gingen in den Raum nebenan. Es war ein helles, sauberes Büro mit Aktenschränken, offenen Regalen, Computerschreibtisch, Telefon und Fax und ein paar Grünpflanzen auf der Fensterbank. Nicht ein einziger Zettel lag herum, alle Stifte steckten ordentlich in einem Souvenirbecher, alle Akten standen fein säuberlich aufgereiht nebeneinander in den Regalen. An den Wänden befanden sich Elektroheizkörper. Die Luft war sehr warm und roch schwach nach Reinigungsmittel. Auf den ersten Blick fand ich keine persönliche Hinterlassenschaft von Charlotte: kein Foto auf dem Schreibtisch, keine Haftnotiz auf dem Bildschirm, keine Box mit Papiertaschentüchern, kein origineller Aufkleber auf dem Tesafilmabroller. Ich vermutete, dass man diese Dinge bereits in einen Karton verpackt und Walter Honnef überreicht hatte.

„Darf ich?" fragte ich und wies auf den Schreibtischstuhl.

Lödings Lächeln fiel aus, als hätte er es mit einem Kleinkind zu tun, dem er seinen Willen durchgehen ließ. „Natürlich. Nur zu!"

Ich ließ mich auf dem Stuhl nieder und drehte mich einmal um die eigene Achse. Direkt vor der Schreibtischunterlage kam der Stuhl wieder zum Stehen.

In Lödings Büro klingelte das Telefon.

„Wenn Sie mich einen Moment entschuldigen würden?"

Jawoll, gerne doch!

Löding ging nach nebenan, und ich nutzte die Zeit, sämtliche Aktenschränke aufzureißen und den Inhalt zu überfliegen. Eine handgeschriebene Telefonliste und eine mehrseitige Kurzbeschreibung der Bauvorhaben der letzten drei Monate verschwanden in meiner Handtasche. Zwischendurch horchte ich, ob Löding noch telefonierte. Ich tastete das Holz unter der Schreibtischplatte ab und zog die Schubläden aus dem Schreibtisch. Juhu! Ich hatte mal wieder den richtigen Riecher gehabt. Unter der mittleren Schreibtischschublade hatte ich ein dicht beschriebenes Blatt gefunden, das dort fein säuberlich mit Klebestreifen befestigt worden war. Ich löste das Blatt vorsichtig vom Sperrholz ab und legte es ebenfalls in meine Handtasche.

Ich horchte ... Und hörte Löding nicht mehr! Hatte er das Telefongespräch beendet? Und wenn ja – wie lange schon? Ich war so aufgeregt über meinen Fund gewesen, dass ich gar nicht mehr an ihn gedacht hatte. Ich hob den Blick vom Fußboden, wo sich die Schubladen in einem wilden Durcheinander befanden – und sah Löding mit vor der Brust verschränkten Armen im Türrahmen stehen. Mir wurde heiß und kalt, und ich spürte, wie mein Gesicht rot anlief.

„Na, Sie scheinen sich ja schon ganz wie zu Hause zu fühlen!" ließ er sich vernehmen. Seine harten Augen hinter der eckigen Brille straften die milden Worte Lügen. Das Lächeln war in seinem Gesicht zu einer Maske gefroren.

„Oh, entschuldigen Sie, wenn ich neugierig erscheine. Ich wollte nur ein Gespür für die Aufgaben bekommen, die mich hier erwarten." Eine bescheuerte Erklärung für mein unmögliches Verhalten, doch was Schlaueres fiel mir so schnell nicht ein.

„Hervorragend. Ich schätze Mitarbeiter, die sich gleich voll reinknien", entgegnete er gepresst. Er trat zwei Schritte näher und ragte bedrohlich über mir auf. „Sie haben nicht zufällig etwas gesucht? Sind Sie vielleicht wegen Charlotte Honnef hier? Um zu schnüffeln? Kommen Sie von der Polizei? Dann weisen Sie sich aus, wenn ich bitten darf."

„Nein, nein, Sie irren sich", beteuerte ich. Ich merkte, wie mir der Schweiß den Rücken hinunterlief. „Ich wollte wirklich nur schauen, wie umfangreich mein Tätigkeitsfeld hier sein wird. Schließlich bin ich nicht mehr die Jüngste und traue mir nicht zu, ein großes Arbeitsaufkommen zu bewältigen." Mit fliegenden Händen begann ich, die Schubladen wieder in den Schreibtisch zu schieben. Die letzte wollte partout nicht in ihre Schiene zurück und hing auf halb acht zur Hälfte draußen. Ich hockte nach wie vor auf dem Schreibtischstuhl und machte Anstalten, aufzustehen.

Bleib mit deinem Gegner Auge in Auge! hörte ich Jonnys Warnung.

„Und das soll ich Ihnen glauben? Ich will Ihnen was sagen: Sie sind eine alte Schnüfflerin, und weiß der Teufel, wer Sie geschickt hat, aber Sie sind wegen Charlotte hier. Und? Haben Sie was gefunden? Hä?" Er trat jetzt ganz dicht an mich heran, so dicht, dass ich sein Aftershave riechen konnte.

„Geben Sie mir Ihre Handtasche!" verlangte er eisig.

Unter gar keinen Umständen! Ich hielt die beiden Ledergriffe so fest umklammert, als würde mein Leben davon abhängen. Ich hätte ihm mit

Bernd drohen können, wollte aber vermeiden, dass der von meinen Aktivitäten erfuhr. An mein K.o.-Spray kam ich so schnell nicht ran, aber irgendwie musste ich mir diesen Mann vom Leib schaffen. Kurzentschlossen holte ich mit meiner Handtasche aus, um ihm diese um die Ohren zu hauen, hielt jedoch im letzten Moment inne. Es hatte an der Tür geklopft.

Schon war Madita Wünsche eingetreten und sah beunruhigt von Udo Löding zu mir.

„Kann ich ... oh ... ich wollte nicht ...", stammelte sie.

Löding wandte sich um und fixierte Madita Wünsche, meinen rettenden Engel, wie ein Raubtier seine Beute.

„Was wollen Sie?" knurrte er. Madita Wünsche zuckte bei jedem Wort zusammen wie bei einem Peitschenschlag.

Ich packte die Gelegenheit beim Schopf und machte mich dünne. Ohne den beiden Beachtung zu schenken, rannte ich aus dem Büro. Im Flur schleuderte ich die hochhackigen Schuhe von den Füßen, damit ich schneller laufen konnte.

„Frau Millers!" brüllte Löding. „Bleiben Sie sofort stehen!" Und etwas gemäßigter, wahrscheinlich, damit Madita Wünsche keine Lunte roch: „Wir haben noch nicht alles geklärt."

Ich hielt jedoch bereits auf die Treppe zu und war in ein paar Sätzen unten. Schnell durch den Hintereingang und nach draußen. Wundersamerweise fand ich meinen Schlüsselbund auf Anhieb und hatte bereits Sekunden später das Gelände verlassen.

Der Wind hatte gedreht und wehte mir nun auch auf dem Heimweg entgegen. Auf halber Strecke fing es an zu regnen, und es dauerte nur wenige Minuten, bis die dicken Tropfen mein Kostüm durchnässt hatten und meine Haut sich eiskalt anfühlte. Bei solchem Wetter barfuß unterwegs zu sein, war alles andere als ein Hauptgewinn. Dank diesem kräftigen Gegenwind würde ich noch mindestens zehn Minuten bis nach Hause brauchen – und bis dahin wäre ich klatschnass. Deshalb bog ich zweimal links ab und stand schon vor Knuths Bestattungsinstitut. Als ich die schwere, braune Eichentür hinter mir schloss, empfing mich die Wärme des Empfangsraums wie eine alte Freundin.

Absolute Stille umgab mich, und mein Blick fiel wie immer auf das Bildnis der Jungfrau Maria, welches irgendein italienischer Künstler in Öl gemalt hatte. Es zierte die Wand oberhalb der Kaminattrappe. Meiner Meinung nach wirkte Maria sehr frivol in ihrem über die Schulter gerutschten Kleid und ihrem wissenden Lächeln. Knuth war jedoch anderer

Meinung: Für ihn war sie das reine Abbild der Keuschheit.

Durch die offene Tür des Rosenzimmers sah ich eine Handvoll schwarz gekleideter Menschen, die einen offenen Sarg umringten. Man hielt die Köpfe gesenkt und sprach in leisem Ton. Eine Frau schluchzte verhalten. Das Rosenzimmer war einer der beiden Abschiedsräume, in denen die Angehörigen sich mit dem Toten für die Zeit der Abschiedszeremonie aufhielten. Die Wände waren mit einer altmodischen und stellenweise vergilbten Tapete mit Rosenmotiven versehen. Das Eichenholzparkett auf dem Fußboden war im Laufe der Jahre an einigen Stellen unansehnlich geworden. Auf einem niedrigen Tisch neben einer zeitlosen Sitzgruppe standen Kaffee, Tee, Säfte und verschiedenes Gebäck.

Der zweite Aufbahrungsraum wurde wegen seines orangegelben An-strichs der Sonnenraum genannt. Ich ging weiter und passierte auch den größten Raum des Instituts, in dem die Trauerfeiern abgehalten wurden. Am Ende des Ganges stand ich vor einer schweren, braunen Feuerschutztür, auf der Privat in schrägen Klebebuchstaben geschrieben stand.

Knuth saß am Schreibtisch in seinem winzigen Büro, grübelnd über einen Stoß Papiere gebeugt. An einer Wand befand sich ein mit Aktenordnern angefülltes Regal, unter dem Fenster stand der Schreibtisch, und ein Stuhl passte noch hinein. Damit war der Raum proppenvoll. Ich kannte Knuth schon seit einem halben Jahrhundert. Mit seinen tiefblauen Augen, breiten Schultern und langen Beinen war er der absolute Mädchenschwarm in Wulsdorf gewesen, doch er hatte sich mit keinem einzigen eingelassen. Was die Mädels nur noch verrückter gemacht hatte, so dass einige sogar soweit gegangen waren, ihre Schlüpfer in Gellermanns Briefkasten zu werfen. Er versprühte noch immer seinen jungenhaften Charme, wenngleich sein Gesicht mit den Jahren einen leicht melancholischen Ausdruck bekommen hatte. Er war nie verheiratet gewesen und hatte sich fast sein ganzes Leben lang mit seiner grauenhaften Mutter herumgeplagt. Vor drei Jahren war diese gestorben und das alteingesessene Familienunternehmen nun unter seiner Alleinherrschaft.

Dass er homosexuell war, wussten außer ihm selbst nur ich und vielleicht ein oder zwei Freunde. Knuth hatte seine Neigung fast ein Leben lang vor sich selbst geleugnet. Seine Mutter hatte wie die meisten Menschen in seinem Umfeld nichts geahnt und ihm dauernd irgendwelche Frauen auf den Hals gehetzt. Ich selbst war auch nur deshalb im Bilde, weil ich ihm meine Vermutung vor etlichen Jahren auf den Kopf zugesagt hatte und er daraufhin in Tränen ausgebrochen war. Ich hatte eine ganze

Nacht bei ihm gesessen und ihm hoch und heilig versprechen müssen, niemals irgendjemandem von seinem Geheimnis zu erzählen. Am nächsten Tag hatte Knuths Mutter freudestrahlend in der Nachbarschaft unsere Verlobung bekanntgegeben, weil ihr Sohn endlich eine Nacht lang Damenbesuch gehabt hatte.

„Ach, Gott sei Dank, Martha, du bist's. Jetzt hab ich einen Grund, eine Pause einzulegen." Er nahm seine Lesebrille ab, steckte sie in die Hemdtasche und erhob sich. Henriette, die dreifarbige, arthritische Katze, sprang murrend von seinem Schoß und verkrümelte sich unterm Schreibtisch.

Knuths rotblondes Haar schimmerte nur noch sporadisch zwischen den weißgrauen Strähnen hindurch. Er trug einen fransigen Kinnbart, der im Laufe der Jahrzehnte zu seinem Markenzeichen geworden war.

„Martha, du siehst mal wieder umwerfend aus! Das Kleid steht dir! Aber – barfuß bei dem Wetter? Wo hast du denn deine Basketballstiefel gelassen?" Er schmunzelte.

„Zu Hause, leider. Die zu dem Kleid passenden Schuhe habe ich unterwegs entsorgt. Knuth, ich brauche deine Hilfe!"

„Scheint dringend zu sein. Warte noch, bis wir in der Küche sind, meine Liebe, ich brauche jetzt unbedingt eine Tasse Kaffee." Seufzend schob er seinen Stuhl unter den Schreibtisch. „Du glaubst gar nicht, wie ich diesen Papierkram verabscheue. Anträge, Rechnungen, Lieferscheine, Steuererklärung – das Leben wäre so viel einfacher ohne Bürokram. Hast du schon gehört, bei Vinnisch bieten sie jetzt auch Luftbestattungen an", sagte er und tippte sich an die Stirn.

Vinnisch war der Name eines jungen Konkurrenzunternehmens in der Innenstadt. Die hatten Särge im Angebot, die von den Angehörigen nach Wünschen bemalt oder angesprayt werden konnten, und sie boten an, dass die Hinterbliebenen beim Herrichten des Verstorbenen helfen konnten. Ich fand Vinnisch' Konzept „Wir geben der Trauer Raum" recht gelungen, doch der durch und durch konservative Knuth war da anderer Ansicht.

„Wegen des Friedhofzwangs ist die Luftbestattung in Deutschland nicht erlaubt, deshalb weichen sie auf die Niederlande aus. Die fliegen mit der Urne in einem Leichtflugzeug vom Flughafen Luneort aus rüber. Mir wäre das viel zu kompliziert."

Knuth war zeitlebens nicht vom geraden Weg abgewichen, deshalb war Innovation für ihn ein Fremdwort.

Wir kamen in der altmodischen Küche an, wo es statt Mikrowelle,

Toaster und Wasserkocher eine handbetriebene Kaffeemühle, einen uralten, dreiflammigen Gasherd ohne Backofen und einen überdimensionalen Warmwasserboiler gab. Ich setzte mich auf einen der einfachen Holzstühle dicht an den Rippenheizkörper.

„Hast du schon den Auftrag für Charlotte Honnef?"

Knuth schenkte Kaffee aus einer glänzenden Aluminium-Thermoskanne ein, die nicht so recht zu dem übrigen Mobiliar passte. Ich hatte sie ihm letztes oder vorletztes Jahr zu Weihnachten geschenkt.

„Ja, hab ich. Die Todesanzeige ist schon fertig, aber wann die Beerdigung sein wird, steht noch nicht fest."

„Die Leiche muss erst freigegeben werden. Wahrscheinlich wird jede Faser und jedes Staubkörnchen an und in ihr unter die Lupe genommen."

„Ist ja auch richtig so. Wir können nur hoffen, dass die Polizei dem Täter diesmal auf die Spur kommt."

„Meinst du etwa auch, dass die beiden Morde zusammenhängen?"

„Selbstverständlich. Du nicht?"

„Ich habe das Gefühl, dass Charlotte von jemandem aus ihrem unmittelbaren Umfeld ermordet wurde. Warum sollte derjenige ein paar Wochen zuvor auch Evi Schrader umgebracht haben?"

Knuth grinste und fragte interessiert: „Wie kommst du darauf?" Er hatte längst aufgegeben, sich über mein untrügliches Gespür zu wundern und stellte es mittlerweile nicht mehr in Frage.

Ich nippte an meinem Kaffee – er war höllisch heiß. Schnell stellte ich die Tasse zurück auf den Tisch. „Die Art, wann und wie sie umkam, und die Reaktion einiger ihrer Mitmenschen. Ich bin sehr aktiv seit dem Mord an Charlotte und habe meine Fühler weit ausgestreckt."

Knuth lachte auf. „Ach, so läuft der Hase! Ein neuer Fall für M.! Nun wird mir auch klar, weshalb du gestern nicht hier warst."

„Gestern?" rätselte ich. „Waren wir etwa verabredet?"

„Du warst mit Olga Trumpitz verabredet. Nun, sie musste letztendlich mit mir vorlieb nehmen. Alfons war zwar zum Helfen hier, aber du weißt ja, dass ihm das nötige Fingerspitzengefühl fehlt."

Alfons war das Urgestein des Gellermannschen Instituts. Er musste an die hundert sein.

„Ach herrje, tut mir leid, ich hab's total vergessen!"

„Ist nicht so schlimm. Im Moment ist sowieso nicht viel los, und ich denke, ich hab Olga ganz gut hingekriegt. Ich finde sogar, sie sieht jetzt besser aus als zu Lebzeiten."

„Tatsächlich? Dann hast du wohl nicht mit Farbe gegeizt."

„Gewiss nicht, du kennst mich doch. Wenn du dich überzeugen willst, zeige ich sie dir gern."

„Später vielleicht. – Wie sieht denn Charlottes Todesanzeige aus?"

„Moment, ich hole sie." Knuth stand auf und ging Richtung Büro. Kurz darauf kehrte er mit einem bedruckten Blatt Papier zurück und drückte es mir in die Hand. „Ist ne Kopie, kannst du behalten."

Er verließ erneut die Küche, diesmal Richtung Schlafzimmer.

Wer im Gedächtnis seiner Lieben lebt, der ist nicht tot, der ist nur fern; tot ist nur, wer vergessen wird. Ich kannte dieses Zitat von Immanuel Kant und wusste, dass es in Knuths abgegriffenem Verse-Katalog von anno dazumal nicht enthalten war. Das hieß, jemand aus der Familie hatte sich selbst Gedanken gemacht. Ich studierte die Namen der Angehörigen. Es gab ein paar Anverwandte, die ich noch nicht kannte.

Knuth kehrte mit einem Paar dicker Wollsocken zurück.

„Hier, du musst ja eiskalte Füße haben."

„Hast du ihre Familie kennengelernt?" fragte ich, während ich in die Socken schlüpfte.

„Ja, komischer Haufen. Bei den meisten Hinterbliebenen geht der Streit erst nach der Beerdigung los, doch die Honnefs haben sich jetzt schon in der Wolle. Dabei wurde Charlotte noch nicht mal aufgebahrt."

„Worum ging es denn?"

„Geht es nicht letztendlich immer ums Geld? Der Mann ist total ausgeflippt, hier in meinem Institut. Der schrie und tobte, so dass ich einschreiten und ihn ermahnen musste. Schließlich verkehren auch noch andere Menschen in diesem Gebäude, und dies ist nun wirklich nicht der geeignete Ort für Wutausbrüche."

„Obwohl er eine kaputte Nase hat, tobt er hier herum?" wunderte ich mich.

„Der Mann, der das Theater veranstaltet hat, sah kerngesund aus, seine Nase schien völlig in Ordnung. Es war der Ehemann der Verstorbenen."

Walter Honnef! Dreht im Bestattungsinstitut durch? Dann hatte die Klatschtante Wagenmacher wohl recht mit ihrer Behauptung, dass er ein Choleriker war. Ob ihre Vermutung hinsichtlich Charlottes Treue beziehungsweise ihrer Untreue ebenfalls den Tatsachen entsprach?

„Warum hat er sich denn derart aufgeregt? Und wer war außer ihm hier?"

„Sie waren zu dritt: der Ehemann, die Tochter und der Schwiegersohn.

Die beiden jungen Leute waren ganz ruhig, aber der Ehemann hat ein großes Trara veranstaltet. Erst war er mit dem Anzeigentext nicht einverstanden, und dann ging er auf seinen Schwiegersohn los. Der hatte irgendwas zu ihm gesagt, aber ich weiß nicht was, weil ich gerade ins Büro gegangen war, um die Formulare zu holen. Als ich wiederkam, musste ich die beiden trennen wie zwei Streithähne auf dem Schulhof."

„Und dann hat Walter Honnef sich wieder beruhigt?"

„Nein. Er hat sich auf dem Absatz umgedreht und ist rausgestürmt. Seine Tochter saß dann noch eine Weile hier. Sie hat geweint und geweint. Und der Schwiegersohn hockte daneben und hat pausenlos auf sein Handy eingetippt."

„Hhhmmm", machte ich nachdenklich. Ich sah zum Fenster, an dem dicke Regentropfen hinab liefen.

Knuth leerte seine Tasse, überprüfte, ob auch ich ausgetrunken hatte, und schenkte nach. „Du wolltest meinen Rat in einer bestimmten Sache", erinnerte er mich.

Ich wandte mich ihm zu. „Stimmt. Es geht um HavenBau."

„Die Städtische Wohnungsgesellschaft? Inwiefern soll ich dir helfen?"

„Du kennst doch Gott und die Welt in dieser Stadt. Außerdem bist du ein kluger Kopf."

„Du doch auch."

„Danke. Es geht mir hauptsächlich um einen Mann, Udo Löding, ungefähr Mitte vierzig, Technischer Leiter bei HavenBau."

Knuth legte die Stirn in Falten. „Sagt mir nichts, der Name, tut mir leid."

„Der Typ hat was zu verbergen, sag ich dir."

„Meinst du, er hat mit Charlotte Honnefs Tod zu tun?"

„Weiß ich noch nicht. Ich habe hier verschiedene Papiere, vielleicht wirfst du mal einen Blick darauf."

„So lange es nicht meine Buchführung ist, mach ich das gern."

Ich kramte die Zettel aus meiner Handtasche. Die Dokumentensammlung aus Charlottes heimischem Sekretär, die Telefonliste, die Kurzbeschreibungen der Bauvorhaben der letzten drei Monate und das Schriftstück, welches unter der Schublade geklebt hatte. Wir steckten die Köpfe zusammen und studierten die Blätter.

Draußen war es stockdunkel, als ich schließlich die Papiere zusammenlegte. Knuth nahm seine Lesebrille ab und massierte mit Daumen und Zeigefinger seinen Nasenrücken.

„Wenn es wahr ist, was wir meinen herausgefunden zu haben, und du es auch beweisen kannst, dann rollen in dieser Stadt etliche Köpfe", stellte er nüchtern fest.

„Du sagst es."

„Aber warum ist die Polizei nicht auch darauf gekommen? Warum haben sie Charlottes Büro nicht genauso gründlich durchsucht wie du?" fragte er sich.

„Ganz einfach: Bernd hat sich wahrscheinlich von Udo Löding bei einer Tasse Kaffee mit Belanglosigkeiten abspeisen lassen. Er und seine Mannschaft sind doch ausschließlich auf die Zusammenhänge zwischen dem Tod von Evi Schrader und Charlotte fixiert."

„Dann musst du herausfinden, warum", sagte Knuth weise.

„Warum sie einen Zusammenhang vermuten? Und die HavenBau-Geschichte?" fragte ich verdutzt.

„Die läuft dir nicht weg. Es ist gleichgültig, ob du die Bombe heute, morgen oder an irgendeinem anderen Tag hochgehen lässt."

10

Als ich zu Hause ankam, war es halb elf. Eine gute Zeit, um aktiv zu werden. Ich schüttelte die orangefarbenen Gummistiefel, die Knuths verstorbener Mutter gehört hatten, von den Füßen und warf meine Handtasche aufs Sofa. Barfuß tappte ich Richtung Küche und kam dabei am Telefon vorbei. Der Anrufbeantworter blinkte. Die Stimme auf dem Band klang heiser und war nicht viel mehr als ein Flüstern.

„Frau Millers, hier ist Madita Wünsche. Ich … ich wollte Ihnen sagen, dass mir sehr leid tut, was heute im Büro passiert ist. Es ist Herr Löding, also, er …" Frau Wünsche räusperte sich und sprach dann so leise, dass ich sie kaum noch verstehen konnte. „Ich rate Ihnen: Suchen Sie sich lieber eine andere Arbeit. Frau Honnef, meine verstorbene Kollegin, hatte vorgehabt zu kündigen. Sie hat es mir ganz im Vertrauen gesagt, niemand wusste etwas davon. An dem Tag, als sie starb, wollte sie kündigen. Irgendetwas ist faul …" Ihre Stimme brach, und kurz danach ertönte der Besetztton. Sie hatte aufgelegt.

Ich griff zum Hörer. Bei Millers junior klingelte es nur zweimal, dann wurde abgehoben. Ruth war dran.

„Martha, ist irgendetwas passiert?" fragte sie bestürzt. „Du bist doch hoffentlich nicht krank? Sonst rufst du nie an." Sie hatte recht. Regelmäßig erkundigte sie sich nach meinem Befinden, und ich meldete mich so gut wie nie bei ihr. Jetzt war jedoch nicht die Zeit für schlechtes Gewissen.

„Ist Bernd da?" fragte ich.

Ruth zögerte kurz, bevor sie antwortete. „Nein, er ist mit Heiko Krawisch zum Angeln. Warum fragst du?" Ihr musste mein Anruf wirklich sonderbar vorkommen.

„Um diese Zeit? Es ist stockdunkel."

„Nachtangeln – im Dunkeln beißen die Fische besser, sagt Bernd. Jetzt will ich aber endlich wissen, was los ist!"

„Nichts Weltbewegendes, mach dir keine Gedanken", sagte ich in beruhigendem Ton. „Ich wollte Bernd nur erzählen, dass ich heute Werner Rosenkranz getroffen habe, der war in der Grundschule in Bernds Klasse. Er lässt schön grüßen."

Ruth war baff, sie brachte keinen Piep mehr heraus.

„Nun ja, wenn er nicht da ist, kann man nichts machen. Er bleibt wohl die ganze Nacht weg?" fragte ich scheinheilig.

Endlich hatte sie ihre Sprache zurückgewonnen. „Keine Ahnung, wann er wiederkommt. Und du bist wirklich sicher, dass bei dir alles in Ordnung ist? Soll ich vorbeikommen? Ich fahre sofort los."

Um Gottes willen, nur das nicht!

„Nein, nein, das lass mal bleiben. Ich bin gleich weg – eine Hausbewohnerin veranstaltet ein Mitternachtsbuffet. Ich wollte vorher nur die Grüße loswerden, bevor ich's noch vergesse."

Ruth schien nicht restlos überzeugt. „Na, wie du meinst ... Aber wenn irgendetwas ist, dann rufst du an, ja? Ich wünsche dir viel Spaß beim Buffet. Prima, dass du endlich Anschluss gefunden hast."

Als ich auflegte, plagten mich dann doch Gewissensbisse. In den vergangenen Tagen hatte ich gelogen, was das Zeug hielt. Und nun belog ich auch noch meine eigene Familie – schlimmer ging's nun wirklich nicht mehr! Ich nahm mir fest vor, am Sonntag zur Kirche zu gehen. Die hatte ich in diesem Jahr noch nicht von innen gesehen.

Die Abenteuerlust kribbelte auf meiner Haut wie eine Horde Ameisen – ich war nicht mehr zu halten. Ich rannte ins Schlafzimmer und schleuderte das damenhafte Kleid aufs Bett. Im geringelten Pullover, schwarzen, verwaschenen Jeans und meinen Lieblingsbasketballstiefeln war ich endlich wieder ich selbst. Knuth hatte mir für die Fahrt nach Hause außer den Gummistiefeln auch einen knallgelben, mindestens drei Nummern zu großen Regenmantel geliehen. Den zog ich jetzt wieder über, weil er mich so schön trocken gehalten hatte.

Freie Bahn – ich begegnete auf meinem Weg nach draußen niemandem! Die Bewohner hatten um diese Zeit längst ihre Nachtmützen aufgesetzt und lümmelten nicht mehr im Eingangsbereich herum. Auch von Wilhelmine Germascheck keine Spur. Vielleicht sollte ich meine Aktivitäten generell auf nachts verlegen, überlegte ich, dann müsste ich mir beim Rein- und Rausgehen nicht die nervtötenden Kommentare anhören.

Im Schein der Pseudo-Gaslaternen, die um diese Uhrzeit Gott sei Dank noch an waren, kramte ich mein Fahrrad wieder aus dem Schuppen hervor. Es war noch feucht von meiner letzten Fahrt, und ich fragte mich, warum ich es nicht griffbereit neben der Haustür abgestellt hatte. In den Schuppen war nämlich leider kein Licht, weil niemand nachts einen Ersatzrollstuhl benötigte.

Irgendwo hatte sich das rechte Pedal festgehakt, und ich ruckelte und riss ich an meinem Rad, als sich plötzlich eine große, fleischige Hand auf meinen Mund legte. Sie war weich, feucht und warm. Und roch nach Fisch.

Lonzo Zacharias! Jetzt war ich in seiner Gewalt! Und diesmal würde er kurzen Prozess mit mir machen. Ich hatte solche Angst, dass ich wie am Spieß schrie, doch durch die große Hand auf meinen Lippen drang nur ein leises Quieken. Der Schweiß brach mir aus – ich wollte noch nicht sterben! Lonzo würde mich genauso zurichten wie seine Mutter, die arme, alte, zuckerkranke Luise. Aufgeschlitzt von einem Ohr zum anderen und von oben bis unten.

Und jetzt war dieser gehirnamputierte Mörder gekommen, um sich an mir zu rächen. Dafür, dass ich meine Pflicht getan hatte. Jawohl – ich hatte nichts als meine Pflicht getan, als ich ihn im Bürgerpark in die Falle gelockt und zwei Stunden lang im Toiletten-Container gefangen gehalten hatte! Meine Erstarrung schwand, der Kampfgeist kehrte zurück.

Ich ließ mein Fahrrad fallen, denn jetzt brauchte ich beide Hände. Und meine Füße. Wie eine Irre haute und trat ich um mich. Ich boxte mit den Fäusten und kratzte mit den Fingernägeln. Mit dem Hacken kickte ich nach hinten gegen sein Schienbein, dann stampfte ich auf seinen Fuß, dann wieder gegen das Schienbein. Treffer! Lonzo lockerte seinen Griff um meinen Mund, und ich biss ihm so kräftig in die Finger, als würde ich von einem zähen Kotelett abbeißen. Ein Hoch auf meine gute Zahnpflege! Hätte ich Dritte, wie die allermeisten Mitbewohner, wären die entweder abgebrochen oder das Gebiss komplett rausgefallen.

Ich trat erneut nach hinten und traf seine Kniescheibe. Er stöhnte gepeinigt auf. Dieses Überraschungsmoment nutzte ich aus, tauchte behände unter seinem Arm hindurch, konnte mich endlich umdrehen und holte aus, um mein spitzes Knie mit voller Wucht in sein Heiligtum zu rammen. Doch halt! Es war zwar dunkel im Schuppen, doch die Umrisse dieses Mannes hätte ich auch in finsterster Nacht erkannt: Klaus-Jürgen. Entsetzt hielt ich in der Bewegung inne, deshalb traf mein Knie ihn nicht allzu hart. Trotzdem schlug er beide Hände vor seine Männlichkeit wie ein Fußballer beim Freistoß und knickte in den Knien ein.

„Donnerlüttjen!" keuchte er.

„Du Idiot! Du bekloppter, behämmerter Oberidiot!" schrie ich mir die Anspannung aus dem Leib.

„Psst, nicht so laut. Sonst kriegen die Nachbarn was mit." Schwer atmend betastete er Klein-Klaus-Jürgen und untersuchte ihn auf etwaige Schäden.

„Ist mir scheißegal, was die Nachbarn mitkriegen. Im Gegenteil: sollen sie doch alle wissen, dass du nachts alleinstehende Frauen im Fahrradschuppen überfällst."

„Ich hab dich doch nicht überfallen, ich wollte dich nur überraschen. Dir zeigen, dass ich mich quasi unsichtbar machen kann und plötzlich, simsalabim, auftauche."

„Du hast sie nicht alle – simsalabim! Wenn du das mit Berta oder Hannelore gemacht hättest, die wären glattweg am Herzinfarkt gestorben." Mein Adrenalinpegel pendelte sich langsam auf einen mittleren Wert ein.

„Wieso sollte ich die denn überraschen wollen?" fragte er verständnislos.

Ich haute mir mit der flachen Hand gegen die Stirn, schluckte einen fiesen Kommentar hinunter und fahndete auf der Erde nach meinem Fahrrad.

„Was hast du jetzt vor? Wo willst du um diese Zeit noch mit dem Rad hin?"

Ich hatte die Nase mehr als gestrichen voll und wollte nur noch eins: mir Klaus-Jürgen vom Hals schaffen! Deshalb bediente ich mich einer dicken, fetten Lüge.

„Zu meinem Freund. Ich schlafe heute Nacht bei ihm, weißt du?"

„Dein ... dein Freund?" stammelte er und schluckte hörbar.

„Etwa dieser Itaker vom Bistro?"

„Nein, er ist Russe und heißt Dimitri. Ein Riesentyp mit einem Rieseneumel."

Klaus-Jürgens Stimme klang, als würde er gleich anfangen zu heulen. Er tat mir kein bisschen leid. Menschen wie ihm kann man nur auf die harte Tour kommen, die verstehen keine andere Sprache.

„Und ... macht er ... macht er dich glücklich?"

„Glücklich ist gar kein Ausdruck, ich bin im siebten Himmel", erwiderte ich jauchzend und ließ ihn stehen. Ich hoffte, dass er sich in seiner Verzweiflung nicht ebenfalls ein Fahrrad schnappte und die Verfolgung aufnahm, um seinen Nebenbuhler auszuschalten, aber dann fiel mir sein Hämorrhoidenleiden ein, welches ihm zurzeit den Radsport unmöglich machte. Ich radelte so schnell ich konnte die Straße hinunter und war bald um die nächste Kurve verschwunden. Bloß weg von diesem Irren!

Bernds Büro befand sich in Lehe, was etwa zwanzig Minuten Radfahren bedeutete, wenn man flott unterwegs war. Ich fuhr an einer großen

Menschenansammlung festlich gekleideter, türkisch-stämmiger Mitbürger vorbei, die vor der Tür eines Saals an der Weserstraße standen, wo vermutlich eine Hochzeit stattfand.

Auf der tagsüber viel befahrenen Georgstraße überholten mich höchs-tens ein Dutzend Autos – hier wirkte die Stadt wie ausgestorben. Diese Straße war seit Jahren eine Baustelle, und immer wenn die Fahrbahndecke gerade zubetoniert war, wurde sie an anderer Stelle wieder aufgerissen. Einige Geschäfte standen leer, Zu vermieten-Schilder hingen in blinden Schaufensterscheiben. Ich umfuhr im Slalom rot-weiße Absperrbarrikaden und einen Stapel orangefarbene Abflussrohre aus Kunststoff. An der Elbestraße befand sich eine Tanzschule, deren Standard- und Lateintänzer-Formationen mehrmals Weltmeisterschaften gewonnen hatten. Auch hier waren schon die Lichter aus, denn die Tanzkurse endeten gegen zweiundzwanzig Uhr. Gegenüber an der Marineortungsschule stand ein einsamer Wachtposten in Uniform am Schlagbaum. Gleich hinter der Stadtverwaltung bog ich links ab, schloss mein Fahrrad an den dafür vorgesehenen Ständer und blickte an dem alten, viergeschossigen, rot geklinkerten Backsteinbau empor. In den meisten Rundbogenfenstern brannte kein Licht, schließlich war es fast Mitternacht, und wer nicht gerade zur Nachtschicht verdonnert war, lag zu Hause im Bett. Oder hockte mit der Angel am Teich.

Der Nieselregen klebte wie eine kalte zweite Haut in meinem Gesicht. Der Wind frischte auf und wirbelte die Blätter am Straßenrand durcheinander. Ich ging am Gebäude entlang, bog links ab und sah durch das Metallgitter auf den Parkplatz dahinter: fünf oder sechs Privatautos befanden sich auf dem Parkplatz neben einigen Dienstwagen und Mannschaftsbussen. Ich wandte mich um und ging zurück zum Eingang. Ein paar Jugendliche liefen auf dem Bürgersteig vorbei und unterhielten sich lautstark. Einige hatten Bierdosen in der Hand, ein Mädchen lachte schrill. Sie kamen vermutlich vom nahegelegenen Discounter, der seit ein paar Monaten rund um die Uhr geöffnet hatte.

Wie um Himmels willen sollte ich es nur anstellen, an die Akten zu kommen? Die Ermittlungen liefen unter Bernds Regie, also hortete er die Unterlagen mit Sicherheit in seinem Büro. Er selbst war mit seinem Kumpel zum Fischen, stellte also kein Hindernis dar. Aber entweder war sein Büro abgeschlossen oder ein Kollege wachte davor. Oder beides. Wie also sollte ich hineingelangen und in seinen Unterlagen stöbern? Ich war zwar einigen seiner Mitarbeiter bekannt, aber würde man mich deshalb allein in

Bernds Büro lassen? Oder gerade nicht, eben weil sie mich kannten? Hatte überhaupt jemand Zugang zu Bernds heiligem Reich, außer ihm selbst? Fragen über Fragen, doch Fakt war, dass ich die Akten durchsehen musste.

Plötzlich hatte ich eine phantastische Idee, und es dauerte etwa drei Sekunden, bis ich aufhörte zu grübeln und mich in Bewegung setzte. Alles was ich brauchte, war eine gute Portion Glück, dann hatte ich eine echte Chance auf Erfolg. Über ein Leben nach dieser Aktion machte ich mir vorerst lieber keine Gedanken: Bernd würde mich höchstwahrscheinlich erschießen, wenn er erfuhr, was ich angestellt hatte.

Ich marschierte die Straße entlang zum Discounter. Ein Wachmann in marineblauer Kleidung mit dem Aufdruck Star Security auf dem Rücken stand im Eingangsbereich nahe den Kassen. Seine Anwesenheit erinnerte mich an Gerd Günther, der ja ebenfalls für diese Firma tätig war. Einen Einkaufswagen vor mir herschiebend, ging ich schnell durch die Gänge des Supermarktes. Außer mir war nur ein weiterer Kunde im Laden: ein Mann in Nadelstreifenanzug, der sich vor dem Spirituosenregal herumdrückte. Ich warf Kaffee, Schokolade, Bonbons, einen runden Kuchen, eine Flasche Sekt, Luftschlangen, Girlanden, Luftballons und Überraschungseier in den Wagen, steuerte die Kasse an und legte die Artikel aufs Band. Die Kassiererin sah aus, als hätte sie seit geraumer Zeit weder geschlafen noch einen Blick in den Spiegel geworfen. Ihr Haar glänzte fettig, sie hatte violette Ringe unter den Augen und eine schuppige Gesichtshaut. Mit monotoner Stimme verlangte sie 37,43 Euro für die Sachen inklusive einer Papiertüte.

Ich trug die Tüte mit beiden Händen vor mir her und machte mich auf den Weg zurück zum Stadthaus 6, dem Polizeigebäude. Das neue, automatisch öffnende Türelement aus Glas war geschlossen. Ein Schild wies auf die Klingel, die außerhalb der Öffnungszeiten in Notfällen zu benutzen sei. Forsch drückte ich auf den Knopf, wobei mir beinah meine Fracht runtergefallen wäre. Ein Summen ertönte, und die Tür öffnete sich. Ich stand einem grauhaarigen Beamten gegenüber, der sich die Nacht in der Pförtnerbude um die Ohren schlug, erklärte ihm mein Vorhaben, und er winkte mich gutmütig lächelnd durch.

Ich durchquerte eine glatt verputzte, in hellem Beige gestrichene Eingangshalle mit kuppelartigem Gewölbe. Dieser Bau verfügte über eine ehrwürdige Atmosphäre mit hohen Decken und massiven, breiten Holztüren von der Art, wie man sie aus alten Schulgebäuden kennt. Der Fußboden war durchweg mit schwarzen, glänzenden Fliesen belegt. Auch die Treppenstufen waren schwarz gefliest. Oben angekommen, passierte ich den Tagungsraum, in dem die Zusammenkünfte der Sonderkommissionen stattfanden. Der Raum war mindestens so groß wie ein Klassenzimmer und zu dieser Stunde menschenleer. Ich vermutete, dass Bernd und seine Mannen hier in diesen Tagen häufig beisammen saßen, doch sie hatten leider überhaupt nichts hinterlassen. Kein Protokoll, keine an die Tafel gemalte Graphik, noch nicht mal ihre Kaffeetassen. Ein paar Schritte weiter erwarteten mich die Polizeihauptmeister Heribert Pankoke und Dorothea Kilian im Vorzimmer zu Bernds Büro. Sie saßen über Papiere gebeugt, griffen mechanisch in eine Schüssel mit Studentenfutter und kauten, ohne das Lesen zu unterbrechen. Auf drei Computermonitoren liefen verschiedene Bildschirmschoner: ein galoppierendes Nilpferd, ein niemals endendes Labyrinth und ein auf Hochglanz polierter Oldtimer.

Ich klopfte zaghaft an die geöffnete Tür, und beide sahen gleichzeitig auf.

„Hallöchen!" rief ich fröhlich in die Runde und schnaufte, als sei ich völlig außer Atem nach dem Treppenaufstieg. „Einen wunderschönen guten Abend Ihnen beiden!"

Heribert, der schon seit Jahren mit Bernd zusammenarbeitete, stutzte. „Frau Millers? Was treibt Sie denn zu dieser späten Stunde zu uns?"

Ich ließ mich erschöpft hechelnd auf den nächsten Stuhl fallen und stellte die Tüte vorsichtig daneben. Die Handtasche behielt ich auf dem Schoß. Ich hoffte inständig, dass Bernd seinem Kollegen nicht regelmäßig sein Leid klagte bezüglich seiner Mutter und deren Lieblingsbeschäftigung. Aber nein – Bernd würde auf der Arbeit doch wohl keine privaten Dinge breittreten, oder? Dazu war er viel zu professionell.

„Mein Sohn Bernd", antwortete ich. Eine Hand auf mein Herz legend tat ich, als überprüfte ich, ob es noch funktionierte.

„Der ist nicht hier", schaltete sich Dorothea ein. Sie war eine gertenschlanke Frau mit raspelkurzen, dunklen Haaren und dem Schatten eines Damenbartes. Ihre Stimme klang energisch, als dulde sie keinen Widerspruch.

„Das weiß ich, deshalb bin ich ja jetzt gekommen. Ich möchte ihn überraschen, und das kann ich nur, wenn er nicht da ist."

„Das verstehe ich nicht", sagte Heribert. Dorothea warf ihm einen fragenden Blick zu und zuckte mit den Schultern.

„Ich habe mir etwas ganz Besonderes für meinen Bernie ausgedacht", erklärte ich geheimnisvoll und wies theatralisch auf die Papiertüte zu meinen Füßen. Wenn Bernd wüsste, dass ich den Kollegen seinen verhassten Spitznamen verraten hatte, würde er mich steinigen.

Dorothea und Heribert kicherten in sich hinein. Sie hielten mich vermutlich für eine etwas wunderliche, ältere Dame, und das sollten sie ruhig. Wahrscheinlich freuten sie sich auch darüber, den Kosenamen ihres Vorgesetzten erfahren zu haben.

„Der Bernie hat morgen Namenstag und früher, als er noch zu Hause wohnte, haben wir diesen Tag immer ganz groß gefeiert."

„Namenstag? Der hat doch in unserer Region gar keine Bedeutung", wunderte sich Dorothea.

„In unserer Familie schon. Der Namenstag ist für die Millers wichtiger als Geburtstag und Weihnachten zusammen."

Die beiden nickten schweigend und warteten interessiert auf weitere Details aus Bernds Privatleben.

„Am Namenstag haben wir wahre Tortenschlachten veranstaltet! Es gab die tollsten Geschenke, und das ganze Haus war voller Besuch. Erst spät in der Nacht war die Feier zu Ende, und wir fielen lachend in unsere Betten."

„Beneidenswert", fand Dorothea, „bei uns zu Hause gab's niemals solche tollen Feste. Bei dir?"

Kollege Heribert schüttelte stumm den Kopf.

Als ich mir der Aufmerksamkeit der beiden wieder sicher war, senkte ich dramatisch die Stimme und sagte in die Stille hinein: „Und dann kam Ruth!"

Der Satz hörte sich an wie ein Donnerschlag, ähnlich einem Todesurteil. Jedem in diesem Raum musste klar sein, dass mit Ruths Erscheinen sämtliche Feierlichkeiten und Vergnügungen der Familie Millers der Vergangenheit angehörten.

Ich senkte meine Stimme auf Grabestiefe. „Bernie hat seinen Namenstag seit vielen Jahren nicht mehr feiern dürfen. Doch in diesem Jahr wird es anders sein, denn ich habe mir etwas Besonderes ausgedacht. Wenn er morgen zur Arbeit kommt, soll er sich an die alten Zeiten und unsere vergnüglichen Feste erinnern. Ich möchte ein paar Süßigkeiten bereitstellen und den Raum schmücken, ganz so wie früher. Wer weiß, wie lange ich noch lebe", fügte ich leise hinzu, „und Bernd soll doch noch einmal in seinem Leben den Namenstag feiern dürfen."

Verstohlen wischte Dorothea sich die Augenwinkel.

„Wie rührend!" sagte sie mit belegter Stimme.

„Nur brauche ich Ihre Unterstützung: Darf ich Bernds Büro festlich herrichten und mich darauf verlassen, dass Sie ihm nichts verraten?"

„Natürlich."

„Aber klar! Soll ich Ihnen beim Schmücken helfen?"

„Oh nein danke, gewiss nicht. Ich möchte das ganz in Ruhe allein erledigen, so wie früher am Abend vorm Namenstag. Sie wissen wohl, dass Bernie ohne Vater aufgewachsen ist? Er hatte eine sehr schwere Kindheit."

Beide schüttelten sichtlich geschockt den Kopf. Wahrscheinlich sahen sie ihren Chef jetzt in einem ganz anderen Licht.

Heribert sprang auf. „Ich finde, Sie haben da eine ganz großartige Idee. Wo soll ich die Tüte hinstellen? Auf den Schreibtisch?"

Er hob die Einkaufstasche an und öffnete mit dem Ellbogen die Tür zum Reich seines Vorgesetzten. Dorothea eilte hinterdrein und knipste die Deckenbeleuchtung an. Vorsichtig stellte Heribert die Tüte auf Bernds vollgekritzelte Schreibtischunterlage und warf einen vorsichtigen Blick hinein. Auch Dorothea konnte ihre Neugier nicht verhehlen.

„Ein Kuchen mit Schokolinsen drauf! Und kleine Autos aus Schokolade, wie niedlich!" rief sie aus.

„Girlanden und Luftschlangen!" staunte Heribert. „Wenn ich Ihnen beim Aufblasen der Ballons behilflich sein soll, müssen Sie's nur sagen!"

„Danke, danke, aber wie gesagt: Am liebsten wäre es mir, ich könnte ganz für mich allein diesen Raum herrichten. Ich würde mich zurückgesetzt fühlen in damalige Zeiten, als der kleine Bernd friedlich in seinem Bettchen schlief und ich auf Zehenspitzen durch das Haus schlich, um es zu schmücken."

Dorothea berührte sanft meinen Arm und strich scheu darüber. „Wir lassen Sie jetzt allein, ganz wie Sie es sich wünschen. Aber seien Sie versichert, dass wir Ihnen gern bei den Vorbereitungen helfen, wenn Sie es sich doch noch anders überlegen sollten."

Dankbar nickte ich den beiden zu und begann, den Inhalt der Tüte auf dem Schreibtisch aufzureihen. Heribert und Dorothea zogen sich so geräuschlos zurück, als würden sie bei einer heiligen Handlung stören. Die Bürotür lehnten sie an.

In Windeseile spannte ich zwei Girlanden quer durch den Raum, so dass sie sich über Bernds Schreibtisch kreuzten. Ich warf ein paar Luftschlangen darüber und schmiss die Bonbons so großzügig durchs Büro, als säße ich auf einem Karnevalswagen. Ruck-zuck glich der Fußboden einem Minenfeld aus Süßigkeiten. Ich entschuldigte mein Tun und die damit für Bernd zweifellos verbundene Peinlichkeit mit der festen Überzeugung, der Gerechtigkeit zu dienen. Bernd würde ebenfalls meiner Meinung sein, wenn der Mörder dank meines Engagements hinter Gittern saß. Das hoffte ich zumindest.

An der Wand hinter dem Schreibtisch waren von der Decke bis zum Fußboden Regale angebracht. Auf vier Ordnern stand der Name Evi Schrader, sie befanden sich neben dreien mit der Aufschrift Charlotte Honnef. Ich rollte Bernds Bürosessel neben das Regal, zog den Ordner Honnef I heraus und legte ihn auf meinen Schoß. Bernd und sein Mordkommission-Gefolge waren nicht untätig gewesen, klar. Aber die erhoffte Erleuchtung bekam ich durch das Studium der Schriftstücke nicht. Ich überflog die Einzelheiten zu den angeordneten gerichtsmedizinischen Untersuchungen, die zum Teil noch nicht abgeschlossen waren. Den Todeszeitpunkt hatte der Fachmann auf die Stunde von halb sieben bis halb acht am Montagmorgen eingegrenzt.

Der Täter war groß, zwischen einem Meter siebzig bis einem Meter achtzig, kräftig und Rechtshänder, wie ich bereits vermutet hatte. Aufgrund der Beibringung der Stiche ging man von einem Anfänger aus, der die Tat jedoch sehr wohl geplant hatte, also nicht im Affekt handelte. Ein Profi hätte gewusst, wohin er stechen muss, damit das Opfer schnell stirbt. Zur Tatwaffe konnte man bisher nur vage Angaben zu Breite, Länge und Form machen. Eine Stichwaffe lässt sich nun mal anhand von Verletzungen nicht eindeutig identifizieren. Aufschlussreiche DNS-Spuren gab es bei Charlotte nicht. Es stand zu lesen, dass keine eindeutigen Identifizierungen möglich seien, weil die Spuren durch andere Personen verwischt beziehungsweise vernichtet worden waren. Nun, das war mir bereits bekannt.

Man hatte verschiedenen Leuten auf den Zahn gefühlt, darunter auch Gerd Günther, Heino Hansen, Walter Honnef und Udo Löding. Herausgekommen war dabei nicht viel Brauchbares. Einen Tatverdächtigen hatte die Kripo nicht zu bieten. Es gab einige Verweise auf den Mord an Evi Schrader, wie zum Beispiel die gleiche Tötungsweise und eine ähnliche Art der Platzierung der Opfer. Man hatte herausgefunden, dass Charlotte im Wohnzimmer vor dem Esstisch und Evi Schrader in ihrer Küche ermordet worden war.

Weil ich mit Charlotte nicht weiterkam, griff ich nach dem ersten Ordner zu Evis Fall. Ich hatte mich etwa eine Viertelstunde damit beschäftigt, als es mir plötzlich eiskalt den Rücken hinunterlief. Es gab eine eindeutige Verbindung zwischen den beiden Morden – der Täter musste ein und dieselbe Person sein! Während die Polizei noch nach möglichen Zusammenhängen fahndete, war ich mir hundertprozentig sicher, denn ich hatte einen eindeutigen Beweis. Und ich war der einzige Mensch, außer dem Mörder selbst, der davon wusste!

Mein Atem ging stoßweise, als ich die Fotos betrachtete, die die tote Evi auf dem Fußboden ihrer Küche liegend darstellten. Ihr rechter Arm war ausgestreckt, der Zeigefinger gerade, die übrigen Finger gekrümmt. Deutlich war zu erkennen, dass Evi in eine Richtung zeigte, zumal auch ihr Gesicht mit den offenen Augen in diese Richtung gedreht war. Und jetzt endlich ging mir auf, dass auch Charlottes Hand in eine Richtung gezeigt hatte. Das war es, was mir die ganze Zeit so suspekt gewesen und nicht klar geworden war: Der Mörder hatte Charlotte so platziert, als zeige sie auf etwas. Ich überflog erneut die lange Liste der in Evi Schraders Küche gefundenen Dinge, doch nur eine einzige Zeile war tatsächlich von Bedeutung: eine in silber und rotes Zellophan eingewickelte Marzipan-Amaretto-Praline mit dem Aufdruck „Je t'aime" in verschnörkelter Schrift. Man hatte diese einzelne Praline rechts von Evi auf der Küchenarbeitsplatte gefunden.

Opfer Nummer eins: Evi Schrader. Eine Praline.

Opfer Nummer zwei: Charlotte Honnef. Zwei Pralinen.

Wenn es ein drittes Opfer geben sollte, würde der Mörder drei Pralinen dort hinlegen und die Tote darauf zeigen lassen. Aus welchem Grund auch immer.

Ich erinnerte mich noch gut daran, wie zart die Schokolade in meinem Mund zerronnen war. Die Haselnuss in der Mitte war von Schnapsgetränktem Marzipan umhüllt gewesen. Das Papier der beiden Pralinen befand sich vermutlich noch in der Hosentasche meines roten Jogginganzugs. Ich hatte die beiden Süßigkeiten doch nur vertilgt, weil mein Frühstück schon lange zurückgelegen und mein Magen so geknurrt hatte, rechtfertigte ich mich im Stillen. Leider konnten mich meine Argumente nicht überzeugen, im Gegenteil: In diesem Moment verstand ich sehr gut, warum Bernd es hasste, wenn ich einen Tatort aufsuchte.

11

Stinksauer auf mich selbst knüllte ich die Einkaufstüte des Supermarktes zusammen und pfefferte sie in den Mülleimer. Was hatte ich bloß angerichtet!? Ich fühlte mich wie ein Ballon, aus dem die Luft entwichen war, und sank matt auf den Schreibtischstuhl. Möglicherweise bewaffnete sich der Mörder in diesem Augenblick mit drei Je t'aime-Pralinen und schickte sich an, die nächste Frau zu töten. Und nur, weil ich mich am Tatort benommen hatte, als sei ich dort zu Hause, hatte die Polizei wichtigen Spuren nicht nachgehen können. Warum war ich bloß jedes Mal wie von Sinnen, wenn ich auf einen Mord stieß? Im Fall des ermordeten Bäckergesellen Julius Strölinski war ich sogar so weit gegangen, die Tatwaffe mit nach Hause zu nehmen, mit dem Ansinnen, den Besitzer ausfindig zu machen. War es der pure Egoismus, der mich zu solchen Handlungen trieb? Nach dem Motto: Hurra, es ist ein Mord passiert, und ich kläre ihn ganz allein auf! Ihr nicht, ätsch, bätsch!

In meinem Wahn machte ich alle Spuren zunichte, so dass die mittlerweile hoch entwickelte DNS-Sicherung und Analyse samt der beim Bundeskriminalamt geführten DNS-Analyse-Datei nicht herangezogen werden konnten. Traute ich der Bremerhavener Kriminalpolizei etwa nicht zu, der Aufklärung von Verbrechen mächtig zu sein? Meine Güte, das waren gut ausgebildete Staatsdiener, von denen man annehmen sollte, dass sie wussten, wie man einen Mordfall löst. Ich hingegen war nur eine ehemalige Postbotin – zwar die erste weibliche Briefträgerin in Bremerhaven überhaupt –, doch hatte ich nicht viel mehr zu bieten als meine Neugier, die Beharrlichkeit eines Terriers, meine Intuition und manchmal eine Portion Glück. Ich konnte mein Verhalten nur mit dem eines Drogensüchtigen vergleichen: war ein Mord in meiner Umgebung passiert, geriet ich in einen Rausch. Plötzlich lag die Führung meines Körpers, meiner Gedanken und meiner Sinne nicht mehr in meinen Händen. In solchen Zeiten war ich zu allem fähig, ich machte vor keiner Schandtat halt und verriet sogar meine eigene Familie.

Ruth hatte mir kürzlich einen Vortrag über Reinkarnation gehalten. Sie hatte an einem Wochenendseminar mit dem Titel „Wer war ich damals? Über dein Leben vor deinem Leben" teilgenommen. Sie erzählte von Kursteilnehmern, die früher als Minnesänger, Raubritter oder Indianerhäuptling existiert haben sollten. Sie selbst hatte mit Hilfe der Lehrgangsleiterin herausgefunden, dass sie mehrere Vorleben hatte: als römischer Kaiser, als gehörloser Waisenknabe und als Dirne. Ruth war nach diesen Enthüllungen mehrere Tage lang mit den Nerven total zu Fuß gewesen. Wenn unsere heutigen Verhaltensweisen tatsächlich auf Schicksale in früheren Leben zurückzuführen sind, dann hatte ich möglicherweise als zu Unrecht verurteilter Mörder oder als Sherlock Holmes gelebt, oder ich war ermordet worden und niemand hatte eine Ahnung gehabt, von wem.

Doch zurück zu meinem vordringlichen Problem: Was sollte ich nur tun in dieser verfahrenen Situation? War es besser, den Pralinendiebstahl zu gestehen, oder sollte ich lieber schweigen? Beim Gedanken an Bernds Reaktion auf eine solche Enthüllung drehte sich mir der Magen um. Und: In welche Richtung sollte ich selbst weiter ermitteln? Die Karten waren völlig neu gemischt, meine Spürnase hatte mich das erste Mal in meinem Leben betrogen. Der Mörder war jemand, der gerne Frauen abmurkste und ihnen zum Abschied Pralinen schenkte. Aber warum tat er das? Die Frauen waren weder sexuell missbraucht worden, noch war Diebstahl das Motiv.

Ich ging den Tathergang in Gedanken noch einmal der Reihe nach durch: Der Täter klingelt, die Frau öffnet. Arglos lässt sie ihn ein, schließt die Tür hinter ihm, geht voran in die Küche beziehungsweise ins Wohnzimmer. Dort angekommen, macht der Mörder kurzen Prozess. Er ist schnell und nutzt das Überraschungsmoment, sticht zu, sticht noch mal zu und noch mal. Weder Evi noch Charlotte hatten mit einem Angriff gerechnet, sonst wären sie auf der Hut gewesen und hätten eine Chance zur Gegenwehr gehabt. Als sein Opfer tot ist, legt er es auf den Rücken und platziert den rechten Arm so, dass die Hand auf die Pralinen zeigt, die er auf den Schrank beziehungsweise Tisch legt. Charlotte hatte er dazu angehoben und ein Stück verrückt, deshalb musste er über ein gewisses Maß an körperlicher Kraft verfügen. Er verstaut sein Messer, und dann verschwindet er durch die Haustür.

Warum tut ein Mensch so etwas? Es steckte eine Methode dahinter, eine Art Ritual, welches für den Mörder eine besondere Bedeutung hatte: Tod durch Messerstiche – Lage auf dem Rücken mit abgespreiztem Arm – Je t'aime-Pralinen. Es ging ihm um Frauen, aber warum? Und warum ausgerechnet Evi Schrader und Charlotte Honnef, die augenscheinlich keine Gemeinsamkeiten hatten?

Ich schnappte mir noch einmal den Ordner I im Fall Schrader und las das Todesdatum nach. Es lag auf den Tag genau vier Wochen vor dem

Charlottes. War dieser Zeitabstand gewollt? Tötete er in etwas mehr als drei Wochen wieder? Oder wurden die Zeitabstände kürzer? Vier-drei-zwei-eins?

Es klopfte dreimal kurz an der Tür. Heribert steckte seinen Kopf herein.

„Na hier sieht's ja schon prächtig aus!" staunte er. „Kommen Sie zurecht, oder soll ich vielleicht doch die Ballons aufpusten? Ich puste für mein Leben gern Ballons auf."

„Dann machen Sie das bitte", sagte ich müde. „Ich hab mir da wohl doch zu viel vorgenommen."

Das ließ Heribert sich nicht zweimal sagen und blies bereits kräftig in einen roten Ballon, während ich nach meiner Handtasche fahndete. Mir war ein wenig schwindelig, und meine Glieder fühlten sich so schwer wie Blei an. Wie betäubt wandelte ich durch das Büro, trat aus Versehen auf ein kleines Schokoladenauto und schlich gesenkten Hauptes an Dorothea vorbei. Den Kuchen, die Kekse, die Sektflasche und den Rest der Dekoration ließ ich achtlos auf dem Schreibtisch zurück. Der Pförtner verfolgte gebannt einen Boxkampf in einem Pocket-Fernseher, als ich an seiner Bude vorbeiging.

„Nun hau doch drauf!" brüllte er, als ich gerade durch die Tür treten wollte. Ich schreckte zusammen und begriff erst im zweiten Moment, dass er nicht mich, sondern einen der Kontrahenten im Fernseher meinte.

Schneidender Wind trieb mir die Tränen in die Augen, als ich draußen war. Es war lange nach Mitternacht, und die Straßen lagen dunkel und ausgestorben da. Mein Fahrrad stand treu und brav dort, wo ich es abgestellt hatte. Doch wo war Knuths Regenmantel? Den hatte ich doch vorhin zusammengerollt auf den Gepäckträger geklemmt! Besaß denn kein Mensch auf dieser Welt einen Funken Anstand? Konnte man heutzutage nicht mal gelbe Regenmäntel unbeaufsichtigt liegen lassen? Die Kälte kroch mit tausend Tentakeln durch die feinen Maschen meines Rollkragenpullovers. Ich befreite mein Fahrrad von dem Schloss, hängte die Handtasche über den Lenker und stieg auf. Nach Hause?

Obwohl ich jeden einzelnen Knochen in meinem Körper spürte, erbärmlich fror und eine tonnenschwere Müdigkeit auf mir lastete, sträubte sich alles in mir, jetzt nach Hause zu radeln. Der Gedanke an meine kleine, heimelige Wohnung bereitete mir Magenschmerzen. Ich musste etwas unternehmen, ich konnte mit meinem neugewonnenen Wissen nicht einfach ins Bett steigen und den Schlaf der Gerechten schlafen!

Meine erste Station war der Discounter. Ich lehnte mein Rad an die Scheibe, an der ein Schild mit der Aufschrift Fahrräder anlehnen verboten klebte und betrat den hell erleuchteten und geisterhaft leeren Laden. Schnell war ich beim Regal mit den Süßigkeiten angelangt und suchte nach „Je t'aime"-Pralinen. Ich fand sie um die Ecke auf einem schmalen Extra-Regal, wo besondere Knabbereien namhafter Hersteller feilgeboten wurden. „Je t'aime"-Pralinen gab es in einem hübschen Karton mit einer rot-silbernen Schleife und einem Inhalt von zwölf Stück oder in einem in Klarsichtfolie eingepackten Riegel zu sechs Stück. Der Karton kostete 6,45 Euro und der Riegel 3,25 Euro. Diese Pralinen waren zwar ziemlich teuer, andererseits aber auch keine erlesene Delikatesse. Sonst wären sie nicht im Supermarkt zu haben gewesen.

Je t'aime – Ich liebe dich. War der Name der Pralinen als Hinweis zu verstehen? Hatte der Mörder Evi und Charlotte geliebt? War er Franzose? Brachte er jetzt nacheinander alle Frauen um, in die er verknallt war? Weil sie seine Liebe nicht erwiderten? War Liebe die Verbindung zwischen den Frauen?

Ich nahm einen Karton aus dem Regal und trug ihn zur Kasse. Die Angestellte döste mit halbgeschlossenen Augen vor sich hin und erschrak, als ich ihre Dienste benötigte. Sie hatte Mühe, das Wechselgeld aus den Fächern der Kasse zu fischen. Ich ließ die Schachtel in meine Handtasche fallen und stieg wieder aufs Rad. Wohin nun?

Am besten zu jemandem, von dem ich annahm, dass er zumindest eines der Opfer, und zwar Charlotte, geliebt hatte. Walter Honnef, ihr Ehemann, fiel mir da als Erster ein. Ich radelte durch die schlafende Stadt und spürte den kalten Ostwind wie Nadelstiche auf meiner Haut. Nur vereinzelt waren beleuchtete Fenster zu sehen, selbst die Straßenlaternen brannten zu dieser Uhrzeit nur hier und da. Meine Nase und Ohren fühlten sich an, als würden Eiszapfen an ihnen hängen, und ich machte während der Fahrt Bewegungsübungen mit den Fingern, damit sie nicht erfroren.

Endlich kam ich beim Honnefschen Haus an. In dieser Wohngegend brannte nachts nur jede dritte Laterne und sorgte damit für die allernötigste Beleuchtung. Die Rollläden waren heruntergelassen, und im Haus schien alles ruhig zu sein. In der Nachbarschaft bot sich genau das gleiche Bild. Morgen war Freitag, und die meisten mussten früh raus.

Ich lehnte mein Rad an die Hecke zum Nachbargrundstück und begab mich auf die Pirsch rund um den Bungalow. Zur Straße hin und an den

Seiten waren die Außenjalousien geschlossen, und es gab keinen Spalt, durch den ich hätte ins Haus hineinschauen können. Das Küchenfenster jedoch, das hinten zum Garten hinausging, wurde als einziges nicht verdeckt. Vielleicht klemmte der Rollladen, oder Walter hatte vergessen, ihn zu schließen. Ich stapfte durch ein Rosenbeet, blieb mit der Hose an Dornen hängen und gelangte schließlich zum Fenster, dessen Sims sich etwa in Höhe meiner Brust befand. Ich stellte mich auf die Zehenspitzen, drückte die Nase am Fenster platt und legte zusätzlich beide Hände wie ein Dach an die Augenbrauen, damit das Glas nicht spiegelte und ich besser hindurchsehen konnte.

Im Innern der Küche war es dunkel bis auf ein kleines, rundes, grünes Licht, das vermutlich von der Ladestation eines tragbaren Telefons herrührte. Ich meinte, auf dem Tisch eine Kaffeetasse und eine Thermoskanne zu sehen, außerdem eine Zeitschrift oder einen Katalog. Ich bahnte mir meinen Weg durch die Rosen zurück zum Gartenweg und schaute durchs Fenster der Garage. Schemenhaft sah ich die Umrisse zweier Autos. Ich rüttelte an der Seitentür zur Garage, doch sie war verschlossen. Auf einmal wurde es taghell.

Ich erstarrte und hielt den Atem an. Ein Bewegungsmelder! Warum war der nicht schon vorher angegangen? – Weil er vermutlich irgendwo an der Garage angebracht war, damit die Honnefs heil vom Auto zum Haus gelangten. Wenn ich hier stehen blieb, würde das Licht vermutlich gar nicht mehr ausgehen, deshalb lief ich los und verschwand um die Hausecke. Es dauerte eine Minute, bis es wieder dunkel wurde. Alles blieb ruhig, Walter schlief vermutlich tief und fest. Was hatte ich hier überhaupt geglaubt zu entdecken? Was sollte bei einem Mann, der vor ein paar Tagen Witwer geworden war, mitten in der Nacht schon Großartiges zu sehen sein? Nun, es hätte ja sein können, dass die Rollläden oben gewesen wären und ich Walter in flagranti mit seiner Geliebten erwischt hätte. Oder über einen Koffer voller Geldscheine gebeugt und den Inhalt zählend. Oder ich belauschte ihn, wie er telefonisch ein Flugticket nach Malibu bestellte.

Oder ich hatte einfach zu viel Phantasie ...

In trübe Gedanken versunken, ging ich den Gartenweg entlang, um das Haus herum, und nahm mein Rad. Ich überquerte den Bürgersteig und hörte plötzlich quietschende Bremsen und einen gellenden Aufschrei. Im gleichen Moment riss sich mein Rad von mir los und fiel krachend auf die Straße. Ich strauchelte und fing meinen Sturz mit den Handflächen auf dem Asphalt ab. Im trüben Schein der nächsten Straßenlaterne erkannte ich ein menschliches Wesen in einer neongelben Warnweste, ein Fahrrad und einen Fahrradanhänger.

„Verdammte Scheiße!" Die fluchende Stimme hörte sich männlich an und kam mir irgendwie bekannt vor. Während ich noch überlegte, woher ich sie kannte, rappelte sich die Gestalt vom Gehsteig auf und humpelte auf mich zu.

„Haben Sie meine Fahrradbeleuchtung nicht gesehen?" schrie der Mann mich an. Er war außer sich vor Zorn. Jetzt sah ich ihn im Profil und erkannte ihn wieder. Es war der gewaltlose Papi.

„Nein, tut mir leid."

„Sind Sie blind oder besoffen, oder so was?"

„Weder noch. Soll ich Ihnen behilflich sein? Haben Sie sich verletzt? Andernfalls würde ich nämlich gern weiterfahren." Ich fühlte mich äußerst unwohl in der Gegenwart dieses Kerls.

„Sie kenne ich doch!" Der Papi trat bedrohlich nahe an mich heran, und plötzlich traf mich der gleißende Strahl einer Taschenlampe im Gesicht.

„Ach, Sie sind's ...! Bei unserer letzten Begegnung habe ich mich schon maßlos über Sie aufgeregt, aber heute schlägt's doch echt dem Fass den Boden aus. Was treiben Sie hier mitten in der Nacht?"

„Das geht Sie gar nichts an. Ich frage Sie ja auch nicht, warum Sie jetzt unterwegs sind."

„Ich trage die Nordsee-Zeitung aus. Von morgens um drei bis um sechs, jeden Tag außer sonntags. Das ist kein Geheimnis."

„Schön für Sie. Und nun nehmen Sie bitte die Lampe weg und lassen mich fahren."

Aber der Papi dachte gar nicht daran. „Ich wette, Sie haben wieder rumgeschnüffelt! Glotzen Sie mitten in der Nacht in unschuldiger Leute Fenster? Geilt Sie das auf, hä?"

Ich reagierte nicht auf seine Anschuldigung, sondern wendete mein Rad, um im großen Bogen an ihm vorbeifahren zu können. Doch der Papi mit seiner Taschenlampe klebte an mir wie eine Schmeißfliege.

„Zum letzten Mal, machen Sie ne Biege!" warnte ich ihn.

„Nen Teufel werd ich tun. Erst erklären Sie mir, was Sie morgens um viertel nach drei in unserer Straße zu suchen haben!"

Wegen der Dunkelheit hatte er keine Chance. Meine lederne Handtasche traf ihn ohne Vorwarnung mitten im Gesicht. Weil sich wie immer allerlei Kram darin befand, konnte ich mit der Tasche einen mittelmäßigen Schaden anrichten, wenn ich kräftig genug ausholte.

Es schepperte, und die Taschenlampe, die mich eben noch aufdringlich angeleuchtet hatte, knallte ebenso auf den Asphalt wie mein eben erst aufgesammeltes Fahrrad. Der junge Vater hielt sich fluchend das Gesicht. Bevor er durchdrehte und auf mich losging, wozu auch gewaltfreie Menschen durchaus fähig sein können, sah ich zu, dass ich aus seiner Reichweite verschwand. Schnell hob ich mein Fahrrad auf, verließ in Windeseile das Wohnviertel und radelte erst wieder in normalem Tempo, als ich die Weserstraße erreichte. Mein Fahrrad machte einen Höllenlärm in den nachtschlafenden Straßen, weil irgendetwas an seinem Hinterteil schleifte und schepperte.

Nach meiner Begegnung mit dem Papi stand mir nicht mehr der Sinn danach, Gerd Günthers Haus aufzusuchen. Für diese Nacht hatte ich endgültig die Nase voll und schlug den Weg zur Seniorenwohnanlage ein. Ein kleines bisschen freute ich mich jetzt sogar auf meine Wohnung. Dort war es wenigstens warm, so dass meine steif gefrorenen Glieder wieder auftauen würden. Außerdem fragte sich mein Bett bestimmt schon, wann ich endlich zustieg.

Ich stellte mein Fahrrad im grünen Schuppen ab und schaute dabei unentwegt über die Schulter – die unfreiwilligen Begegnungen mit Lonzo und Klaus-Jürgen saßen mir noch in den Knochen. Ich schlug die Schuppentür zu und hastete den Gehweg entlang Richtung Haustür.

Gleich würde ich mir eine Tasse heißen Kakao machen, sofern ich welchen im Hause hatte. Ansonsten musste ich eben Kaffee trinken. Ein heißes Bad wäre schön, mit ganz viel Schaum. Ich würde meine Wärmflasche mit kochendem Wasser füllen und sie unter die Bettdecke legen. Und nachdem ich gebadet hatte, würde ich ein Nachthemd anziehen. Jawohl, ein Nachthemd!

Ich trug niemals Nachthemden und besaß nur ein einziges. Ruth und Bernd hatten mir das gute Stück einmal geschenkt, als ihnen kein Weihnachtsgeschenk für mich eingefallen war. Heute würde ich es einweihen und zwar nur, weil es langärmlig, beinah bodenlang und aus dickem, flauschigen Stoff gemacht war. Nach all der Gewalt der letzten zwanzig Stunden stand mir der Sinn nach einem züchtigen, soliden Nachthemd.

In der überheizten Eingangshalle begannen meine Finger grausam zu kribbeln. Meine Nase lief, und meine Glieder waren so steif, dass ich mich die Stufen bis zur zweiten Etage nur noch mit allergrößter Anstrengung hinaufschleppen konnte. Leise, um niemanden zu wecken, tappte ich den Flur zu meiner Wohnung entlang. Alles war friedlich und still, selbst der Fernseher meiner schwerhörigen Nachbarin schwieg. In meiner Handtasche musste sich irgendwo der Schlüssel befinden. Ich kramte darin herum und wurde endlich fündig, doch als ich ihn ins Schloss stecken wollte, bemerkte ich, dass die Tür nur angelehnt war. Hatte ich sie bei meinem eiligen Aufbruch vorhin etwa nicht richtig geschlossen? Ich konnte mich nicht mehr daran erinnern.

Ich tippte gegen das Türblatt und schaltete das Licht ein. Und prallte entsetzt zurück. Meine Wohnung sah aus wie nach einem Bombenangriff: Möbel waren umgeworfen, Regale leergefegt und Schubladen ausgekippt worden. Der schöne ovale Spiegel mit dem goldenen, reich verzierten Rahmen lag zertrümmert auf dem Fußboden. Und die feinen, geschliffenen Weingläser, Erbstücke meiner ostpreußischen Großtante Tilda, die einzigen Gegenstände, die ich vor den Flammen gerettet hatte, lagen in Scherben gleich daneben. Nur ein einziges war noch heil geblieben, es war unter den Tisch gerollt und dort von der Zerstörungswut des Eindringlings verschont geblieben.

Die hellen Tapeten waren mit Obszönitäten in roter Farbe beschmiert. Die unterschiedlichsten Ausdrücke für das weibliche Geschlechtsorgan waren ebenso dabei wie Wandmalereien, wie man sie zumeist in Schul- oder Bahnhofstoiletten vorfindet.

Ich schluckte einen dicken, salzigen Kloß im Hals hinunter und betrat zögernd die Wohnung, bückte mich nach dem Weinglas und untersuchte es. Vorsichtig stellte ich es auf dem Tisch ab und hörte plötzlich ein leises Geräusch. War der Vandale etwa noch in der Wohnung? Bekritzelte er just in diesem Moment die Wände im Schlafzimmer? Eine unkontrollierbare Wut erfasste mich und statt zu fliehen, was wohl die vernünftigere Reaktion gewesen wäre, holte ich mein K.o.-Spray aus der Handtasche. Die Handtasche streifte ich über meinen rechten Arm, entsicherte das Spray und hielt es mit beiden Händen und durchgedrückten Ellenbogen fest wie ein Scharfschütze in einem schlechten Film.

Die Schlafzimmertür war nur angelehnt, und ich trat mit der vollen Wucht meines Absatzes dagegen. Die Tür schlug um und knallte gegen die Wand. Der Lichtkegel vom Wohnzimmer erhellte nur das Fußende meines Bettes, der Rest des Raumes lag im Dunkeln. Ich behielt die Dunkelheit im Auge und knipste mit dem linken Ellenbogen die Deckenbeleuchtung an. Auch mein Schlafzimmer war im Chaos versunken. Ähnliche Schmierereien an den Tapeten wie zuvor, der große Spiegel am Schrank lag in tausend Scherben zerschmettert auf dem Teppich, und sämtliche Klamotten waren rausgerissen und im Raum verteilt. Auf dem Bett waren meine BHs und Slips zu einem Berg aufgeschichtet und mit roter Farbe übergossen worden. Den Schöpfer dieses Kunstwerks entdeckte ich nicht.

Das Geräusch, das ich vorhin gehört hatte, rührte wohl von dem Mobile aus Muscheln her, das sich im Wind, der durch das offene Fenster hereinwehte, leise klingend bewegte. Mich wunderte, dass der Eindringling dieses Andenken an einen Kurzurlaub auf Borkum nicht von der Decke gerissen und zertreten hatte. Ich ließ das Spray langsam sinken und betrat das Badezimmer.

Die Badewanne war ein Meer aus blutrotem Wasser, welches sich stetig auf dem gefliesten Fußboden ausbreitete. Man hatte den Wasserhahn einfach angelassen, jedoch zum Glück nicht voll aufgedreht. Nur gut, dass der Ablauf der barrierefreien Dusche der tiefste Punkt in diesem Raum war und das meiste der roten Brühe dort verschwand. Auf dem Spiegel über dem Waschbecken fand sich wieder eine perverse Malerei, diesmal hatte der Künstler dazu meinen Lippenstift benutzt. Der Toilettendeckel war hochgeklappt, und ich fand einen Teil meiner Schminkutensilien in der Schüssel. Zur Krönung hatte man die Toilettenbürste gleich mit hineingestellt.

Die Küche war am wenigsten in Mitleidenschaft gezogen. Zwar befand sich an der freien Wand gegenüber der Küchenzeile in riesengroßen Lettern ein unfeiner Begriff aus dem Bereich des Geschlechtsverkehrs, aber zumindest war das Geschirr in den Schränken unversehrt geblieben.

Die unbändige Wut hielt mich fest in ihren Klauen. Ich wollte Rache! Ich verlangte nach Vergeltung! Ich brannte darauf, dem Menschen, der diese Schweinerei veranstaltet hatte, in die Augen zu sehen, während ich Dinge mit ihm tat, vor denen selbst Folterknechte zurückschrecken würden. Zumindest in meiner Phantasie – in der Praxis würde der Kerl wohl zuvor betäubt und an eine Heizung gekettet werden müssen, bevor ich ins Spiel kam.

Meine Tür war aufgebrochen, Tante Tildas schöne Gläser kaputt, meine Wohnung war verwüstet und Widerwärtigkeiten an meine Wände geschmiert worden – welcher Irre war dazu imstande und warum? Mir fielen spontan nur zwei Personen ein: Lonzo Zacharias und ... Klaus-Jürgen! Er konnte Türen aufbrechen, hatte eine schmutzige Phantasie, und irre war er auch. Wahrscheinlich war er wegen meines Märchens bezüglich Dimitri und dessen Riesenkörperteil durchgedreht. Hatte ich ihm etwa durch das gemeinsame Frühstück signalisiert, dass ich seine Gefühle erwiderte? Nein, hatte ich nicht. Aber wer weiß schon, was in einem kranken Hirn vorgeht?

Schäumend vor Wut rannte ich den Flur hinunter und hämmerte mit beiden Fäusten gegen Klaus-Jürgens Tür. Ich schürfte mir die Fingerknöchel dabei auf, doch ich spürte keinen Schmerz. Ich brüllte seinen Namen in dem totenstillen Flur, und meine Stimme überschlug sich.

So ein Radau blieb in unserem Haus, dessen Wände etwa so dick wie Presspappe waren, selbstverständlich nicht ungehört. In Windeseile öffneten sich die Türen, nur bei Klaus-Jürgen tat sich nichts. Spärlich bekleidete Senioren drängten sich auf dem Gang und verlangten eine Befriedigung ihrer Neugier. Wilhelmine Germascheck hatte sich, obwohl sie im vierten Stock wohnte und damit den längsten Anreiseweg hatte, durch die Menschenansammlung gekämpft und baute sich nun kopfschüttelnd neben mir auf.

„Was tust du da?" rief sie über meine Fausthiebe und das aufgeregte Gemurmel des Publikums hinweg.

„Ich schlage die Tür ein, wenn das Schwein nicht freiwillig aufmacht." Eine großspurige Behauptung. Die Türen der Seniorenwohnanlage waren um einiges solider als die spiddelige Kellertür zu Heinos Musikzimmer.

Plötzlich ging ein Raunen durch die Menge. Jemand hatte meiner halb offenen Wohnungstür einen Schubs gegeben und einen Blick in mein Wohnzimmer geworfen. Wie nach dem Startschuss zum Winterschlussverkauf leerte sich plötzlich der Flur, und alles drängte in meine Räume.

„Klaus-Jürgen ist nicht in seiner Wohnung, der ist oben bei Albert. Ernst, Rolf und Werner sind auch da. Die gucken versaute Videos."

Der Schweiß rann mir in Strömen den Rücken hinunter, mein Kopf stand kurz vor der Explosion, meine Fingerknöchel pochten. Ich hielt einen Augenblick inne, während Wilhelmines Information langsam durch die verschlungenen Pfade meiner Gehirnwindungen glitt.

„So ein perverser Sack!" fluchte ich. „Erst tobt er sich in meiner Wohnung aus, und dann holt er sich ganz gepflegt vor dem Fernseher einen runter!"

Wilhelmine machte einen langen Hals, um wie die anderen einen Blick in meine Zimmer werfen zu können, doch sie konnte sich wohl nicht dazu durchringen, mich allein zurückzulassen.

„Was ist denn mit deiner Wohnung passiert?" fragte sie.

Ein durchdringender Klagelaut enthob mich einer Antwort. Hannelore stürzte auf den Flur, kreideweiß im Gesicht. Die Perücke saß ein wenig schräg auf ihrem Kopf, so dass ihr rechtes Auge komplett hinter den glatten, glänzend schwarzen Haaren verborgen war.

„Was für eine Schande! Alles durcheinander und mit Farbe voll geschmiert!" Schwer atmend ließ sie sich auf den Campingstuhl fallen und bekreuzigte sich.

Wilhelmine konnte ihre Neugier nun doch nicht mehr bezähmen und stürzte davon. Kurz darauf kehrte sie zurück, während die anderen weiterhin mit offenen Mündern die Kunstwerke an den Wänden bestaunten.

„Und das soll Klaus-Jürgen gewesen sein?" fragte sie mit fliegenden Löckchen.

„Hundert pro", entgegnete ich. „Vorher hat er mir im Fahrradschuppen aufgelauert und Simsalabim gemacht."

„Na so was!" entrüstete sie sich.

Wenig später war auch der letzte Bewohner aus den Federn und fand sich am Brennpunkt ein: Die schwerhörige Heiderose von nebenan trat mit verklebten Augen barfuß auf den Flur. Sie trug auf dem Kopf eine Nachthaube mit Rüschen, die mich an Rose in Das Haus am Eaton Place erinnerte, und ein hellgelbes, durchscheinendes Nachthemd. Verwirrt blinzelte sie nach rechts und links.

Wilhelmines Entrüstung konzentrierte sich nun kurzfristig auf die Freundin. „Heidi! Man kann ja deine Brustwarzen sehen!" rief sie empört.

Heiderose überhörte den Ordnungsruf ihrer Freundin und tappte schlaftrunken in meine Wohnung. Der Männerriege aus dem vierten Stock war der Tumult ebenfalls nicht verborgen geblieben. Sie hatten Video Video sein lassen und waren dem Menschenstrom gefolgt, der sich mittlerweile bis ins Treppenhaus ergoss. Auch Bewohner aus den Nachbarhäusern hatten sich auf den Weg zu meiner Wohnung gemacht. Es herrschte ein heilloses Durcheinander von Morgenmänteln, nackten Füßen, Pantoffeln und ausgeleierten Schlafanzughosen. Jeder wollte einen Blick auf die Wandmalereien in meinem Zimmer erhaschen, und jeder wusste mehr als der andere.

Obwohl der Flur gnadenlos verstopft war, bahnte sich Klaus-Jürgen einen Weg hindurch. Rücksichtslos schubste er seine Kameraden zur Seite und drohte jedem mit der Faust, der es wagte, sich darüber zu beschweren. Dabei ließ er den Blick nicht von mir, als wäre er Leonardo DiCaprio und ich Kate Winslet auf der sinkenden Titanic.

Ich empfing ihn mit Augen, die nicht mehr waren als schmale Schlitze. Mein Körper war gespannt wie ein Bogen und meine Hände zu Fäusten geballt. Klaus-Jürgen trug noch immer das Outfit, in dem er sich abends unsichtbar gemacht, sprich, mir aufgelauert hatte: braune Breitcordhose, lila Hemd mit Sechzigerjahrekragen und cremefarbener Pullunder. Seine Füße steckten in dunkelbraunen, ausgetretenen Halbschuhen. Endlich hatte er auch den letzten Mitbewohner beiseite gedrängelt und langte bei mir und seiner Wohnungstür an.

„Möchtest du zu mir?" frohlockte er. Sein gesundes Auge zwinkerte mir spitzbübisch zu. In seiner Phantasie befand er sich wahrscheinlich noch mitten in einem der schweinischen Filme, mit denen er sich während der letzten Stunden zugedröhnt hatte.

Meine Faust schnellte vor, zielte auf seine Nase und landete in seiner Pranke.

„Klaus-Jürgen hat Medaillen im Boxen gewonnen", belehrte mich Wilhelmine ernst.

„Und Pokale!" fügte Klaus-Jürgen stolz hinzu und ließ meine Hand wieder los.

Ich war mit den Nerven am Ende, jetzt wurde ich wahnsinnig: Wieder und wieder donnerte ich meine Stirn gegen Klaus-Jürgens Türrahmen.

„Hilfe!" kreischte Wilhelmine kopfschüttelnd. „Martha verletzt sich selbst. Wir brauchen einen Arzt."

„Ich kannte mal eine junge Frau, bei der hat man das Borderline-Syndrom festgestellt. Die hat sich selbst die Haut aufgeritzt", berichtete Berta Koppstein.

„Martha hat kein Syndrom, die will nur auf sich aufmerksam machen und im Mittelpunkt stehen", verkündete Gunda Freier gehässig. „Seht euch nur um, sie hat's mal wieder geschafft."

„Klaus-Jürgen, Martha glaubt, du hättest ihre Wohnung versaut."

„Marthas Wohnung ist versaut? Na, das werde ich mir ansehen. Und wehe dem, der das angerichtet hat!" Klaus-Jürgen stapfte los und quetschte sich wieder durch die Seniorenschar. Wenig später hörte ich ihn „Mein lieber Scholli!" brüllen.

„Wahrscheinlich hat sie selbst ihre Bude verwüstet. Nur um ihre Schau abzuziehen", zischte Gunda böse. Ihre schwarz gefärbten Haare waren vom Schlaf zerzaust, und ihre Augen leuchteten wie glühende Kohlen im Dämmerlicht des Hausflurs.

Wilhelmine löste mich und meinen dröhnenden Schädel sanft vom Türrahmen. „Klaus-Jürgen war das nicht. Hör doch nur, wie aufgebracht er ist!" sagte sie.

Wieder und wieder hörten wir ihn „Mein lieber Scholli!" brüllen.

„Was soll das eigentlich sein, ein Scholli?" rätselte Berta.

„Ich glaub, das ist das Gleiche wie Charlie. Man sagt doch auch: Mein lieber Charlie, nicht wahr?" vermutete Hannelore. Ihr Gesicht hatte wieder die ursprüngliche Farbe angenommen, und sie hielt sich wacker auf den Beinen. Den Campingstuhl belegten nun abwechselnd andere Mitbewohner für kurze Verschnaufpausen.

„Ich kenne nur: Mein lieber Herr Gesangverein", sagte Berta.

„Nun guckt euch bloß mal die Geili an!" rief Gunda laut.

Angelika Unruh erschien nach ihrem Rundgang durch meine Räume im Flur. Sie trug auf ihrer bemerkenswert sonnengebräunten Haut nichts außer einem sandfarbenen Negligé, das ihr bis zum Bauchnabel reichte, und einem knappen Slip. Das rot gefärbte Haar wallte über ihre Schultern, ihre Fuß- und Fingernägel waren dunkelrot lackiert, und zahllose goldene Ringe glänzten an ihren Fingern.

„Sie hat sich die Achselhaare entfernt", staunte Berta.

„Geht die mit all den Ringen ins Bett?" zischte Gunda.

Selbst Richard Knülle, den irgendjemand informiert haben musste, starrte Angelika Unruh auf den Popo. Klaus-Jürgen bereitete dem Glotzen kurzerhand ein Ende, indem er den Hausmeister am Schlafittchen packte und ihn in meine Wohnung zerrte. Kurz nach Knülle erschien die Polizei in der Seniorenwohnanlage.

12

Sobald die Polizisten unsere verwandtschaftliche Beziehung spitz kriegten, hatten sie nichts Besseres zu tun, als Bernd anzufunken. Ehe ich mich versah, stand er in olivgrüner Angelkluft auf der Matte. Ich war mir nicht sicher, ob ich mich freuen sollte, ihn hier zu sehen. Er würde viel zu viele Fragen stellen – andererseits hoffte ich, dass er mit Klaus-Jürgen kurzen Prozess machte. Seine erste Amtshandlung war glücklicherweise die Anweisung, sämtliche Bewohner zurück ins Bett zu schicken. Die Nachtwache, eine drahtige Altenpflegerin mit gelblichem Teint, half den Polizisten dabei. Protestierend, murrend und achselzuckend schob die Seniorenschar im Schneckentempo ab.

Wilhelmine meinte, den Status meiner besten Freundin innezuhaben und deshalb an meiner Seite verweilen zu dürfen, doch Bernd wusste das zu verhindern. Ich selbst hatte keinen Mumm mehr, und mir dröhnte der Schädel von den Schlägen gegen Klaus-Jürgens Türrahmen. Froh über den Campingstuhl im Flur ließ ich mich darauf nieder und kämpfte gegen aufsteigende Übelkeit.

Richard Knülle bekam den Auftrag, sich nach Abschluss der Untersuchungen sofort um die makellose Wiederherstellung meiner Räumlichkeiten und das Einsetzen eines neuen Türschlosses zu kümmern.

Sodann forderte Bernd Verstärkung in Form von einer Spurensicherungseinheit und seiner Ehefrau Ruth an. Den Einsatz ersterer hielt er nicht für sonderlich vielversprechend, weil sämtliche Mitbewohner einer Elefantenherde gleich durch meine Räume getrampelt waren.

„Deine Ermittlungen kannst du dir sparen, das ist Klaus-Jürgens Werk", murmelte ich.

„Wer ist Klaus-Jürgen?"

„Der wohnt am Ende des Flurs, letzte Tür rechts. Er ist in mich verknallt."

Bernd kriegte große Augen. „Und deshalb verwüstet er deine Wohnung?"

„Jawohl. Klaus-Jürgen ist total gestört."

Nachdem er eine kurze Lagebesprechung abgehalten hatte, rückten Bernd und seine Kollegen Klaus-Jürgen auf die Pelle. Er öffnete ihnen in langer Unterhose und Sechzigerjahrehemd; wahrscheinlich war er im Begriff gewesen, ins Bett zu gehen. Die Männer drängten sich in seine Wohnung und verschwanden aus meinem Blickfeld. Kurz darauf kam Ruth. Sie hatte sich einen pinkfarbenen Freizeitanzug aus wasserabweisendem Stoff übergeworfen, die Haare flüchtig durchgekämmt und die Lippen nachgezogen. Auf der Fahrt hierher musste sie geraucht haben, denn sie roch nach Qualm.

„Martha, was machst du bloß für Sachen!" rief sie und fiel vor mir auf die Knie. Ihre Augen waren vor Schreck geweitet; sie nahm meine Hände in ihre und drückte sie innig an ihr Herz.

„Hör auf mit dem Theater!" maulte ich und machte mich von ihr los. Mittlerweile hatte sich mein Akku wieder ein wenig aufgeladen, und der ganze Zirkus ging mir fürchterlich auf die Nerven. Ruth biss sich gekränkt auf die Unterlippe, richtete sich auf und warf mir einen unsicheren Blick zu, bevor sie einen schnellen Rundgang durch meine Räume unternahm.

„Mein Gott, das war ein Verrückter!" stöhnte sie, als sie wieder vor mir stand. „Gut, dass du ihm nicht in die Hände gefallen bist. Stell dir bloß mal vor, du wärst nicht beim Mitternachtsbüffet, sondern daheim im Bett gewesen. Das perverse Schwein hätte dich womöglich vergewaltigt."

Das Mitternachtsbüffet hatte ich total verdrängt. Mir fiel ein, wofür ich diesen Vorwand benötigt hatte, und ich spürte ein unangenehmes Ziehen im Bauch beim Gedanken an Bernds geschmücktes Büro.

„Bernd hat gesagt, ich soll dich mit zu uns nehmen. Du kannst auf der Gästecouch schlafen. Am besten, wir packen jetzt gleich ein paar Sachen für dich ein und verschwinden."

Mich gruselte die Vorstellung, bei Ruth und Bernd zu übernachten. Ruth würde mich stundenlang mit ihren Geschichten unterhalten, und wenn Bernd erst heimkam, war ich ihm hilflos ausgeliefert. Andererseits war ich hundemüde und sehnte mich nach nichts mehr als nach ein paar Stunden Schlaf. In Gedanken ging ich alternative Übernachtungsplätze außerhalb dieses Irrenhauses unter Berücksichtigung der späten Stunde durch.

„Okay", gab ich schließlich klein bei. Wenn ich ausgeschlafen hatte, würde ich sofort das Haus meines Sohnes verlassen und mein Lager bei Knuth aufschlagen, bis meine Wohnung wieder in Ordnung war.

Ruth zog mich sanft vom Klappstuhl und führte mich erst ins Schlafzimmer und dann ins Bad, wobei sie mich stützte wie eine gehbehinderte Neunzigjährige. Grob schüttelte ich sie ab, während ich ein paar Sachen in einen Rucksack warf. Als ich mein Gesicht im Spiegel über dem Waschbecken erblickte, gab ich einen erstickten Laut von mir. Schnell warf ich die wenigen Kosmetikartikel, die mir geblieben waren, hinterher.

Auf dem Flur begegneten wir Klaus-Jürgen, Bernd und den Polizisten.

„Ich war das nicht", beteuerte Klaus-Jürgen. „Ich hab noch nie eine Tür kaputtgemacht, wenn ich sie aufgebrochen habe."

Mein Blick fiel auf das zerstörte Holz zwischen Rahmen und Schließzylinder. „Das beweist gar nichts", entgegnete ich.

„Frag mal bei dem Itaker nach, der ist doch in dich verschossen wie nichts Gutes. Oder bei dem Russen mit dem Rieseneumel!"

Bernd starrte mich an, als käme ich von einem anderen Stern. Solch ein reges Sexualleben hätte er mir wohl nicht zugetraut.

„Wie viele Eisen hast du denn im Feuer?" fragte mich Ruth überrascht und kicherte mädchenhaft.

„Außerdem hatte ich gar keine Gelegenheit. Nach unserem Stelldichein im Fahrradschuppen bin ich gleich hoch zu Albert und hab mit ihm, Ernst, Rolf und Werner Videos angeguckt. Die ganze Zeit!"

„Das werden wir überprüfen", versprach Bernd mit belegter Stimme. Die Vorstellung eines Stelldicheins im Fahrradschuppen zwischen dem schwergewichtigen Mann und seiner Mutter bereitete ihm sichtliche Probleme.

Ruth zog mich mit sich zum Aufzug. Erneut schüttelte ich sie ab und marschierte stoisch die Treppe hinunter, obwohl bei jedem Schritt kleine, grelle Sterne vor meinen Augen tanzten. Ein Trupp Polizisten, mit Koffern und Lampen ausgerüstet, kam mir entgegen und eilte, zwei Stufen auf einmal nehmend, in den zweiten Stock.

Wir gingen durch die gespenstisch leere Eingangshalle und traten vor die Tür. Es war stockdunkel, kein Stern war zu sehen, und ich entdeckte noch nicht mal den Mond. Ein rauer Wind ließ mich fröstelnd die Schultern hochziehen. Im Halteverbot vor dem Eingang standen Polizeiautos mit Blaulicht. Ich entdeckte Bernds silbernen VW Passat Kombi. Er befand sich auf einem der wenigen hauseigenen Parkplätze, die nicht für Behinderte ausgewiesen waren. Ruth hatte ihren steinalten, roten Fiat Panda einfach quer auf dem Bürgersteig direkt vor einer Parkbank abgestellt und vergessen, das Licht auszuschalten und das Auto abzuschließen.

Der Geruch nach abgestandenem Zigarettenrauch schlug mir entgegen, als ich die Autotür öffnete. Ich nahm auf dem Beifahrersitz Platz, der nur unwesentlich bequemer als ein Gartenstuhl war, und nahm meine Handtasche auf den Schoß. Ruth warf den Rucksack auf den Rücksitz und glitt hinter das Steuer. Kaum dass der Wagen lief, beschlugen alle Scheiben. Ich kurbelte mein Fenster hinunter, denn vom Gestank im Auto wurde mir erneut übel. Aus den Lüftungsschlitzen strömte kalte Luft, und das Röhren der Belüftungsanlage machte jedes Gespräch unmöglich. Ruth zündete sich eine Zigarette an, klemmte sie zwischen die Lippen und fuhr im Schritttempo rückwärts den Kantstein hinunter.

Während der Fahrt schloss ich die Augen. Das Desaster des heutigen, beziehungsweise gestrigen Tages zog an mir vorüber, und mir wurde noch elender zumute. Mein Magen krampfte sich zusammen, und in meinem Kopf drehte ein Karussell wilde Runden. Ruth schaltete die Belüftung aus und berichtete mir über die Motor- und Fahrgeräusche hinweg von ihrer früheren Klassenkameradin Anette, die sie heute nach etlichen Jahren wieder getroffen hatte.

„Nun stell dir bloß mal vor, Martha, sie ist einundvierzig Jahre alt, seit fünfzehn Jahren verheiratet, und plötzlich wird sie schwanger!"

„Na und?"

„Nun, sie hat keinen blassen Schimmer, wer der Vater ist. Ihr Mann jedenfalls nicht, der liegt seit einem Vierteljahr im Krankenhaus."

Ich kannte Anette nicht, und ihr Schicksal ging mir, gelinde gesagt, am Hintern vorbei.

„Die hat's aber auch wild getrieben! Tja, sie dachte, sie wäre unfruchtbar und hat auf Verhütungsmittel verzichtet. Dabei nimmt der Mann doch heutzutage wenigstens eine Mütze, wegen der Aids-Gefahr, oder nicht? Aber nein, Anette hat sich munter drauf los vergnügt. Nun, wenn ich's recht bedenke, war sie noch nie ein Kind von Traurigkeit."

„Hhmm, hhmm", machte ich abwesend. Ich dachte an Evi Schrader und Charlotte Honnef und die bedauernswerte Frau, die dem Pralinen-Mörder als Nächstes zum Opfer fallen würde. Das musste ich verhindern, mit allen Mitteln: Ich schlug die Augen wieder auf und starrte in die Dunkelheit.

„Ich hab sie glatt gefragt, wer denn der Vater des Kleinen sein könnte. Und bin bald vom Stuhl gefallen: Thomas Peters, der Optiker, kennst du den? Puuh, der sieht wirklich gut aus, sehr gepflegt, immer nach der neuesten Mode gekleidet, und er trägt jeden Tag eine andere Brille. Aber ich bitte dich!"

Ich reagierte nicht. Wo war die Verbindung zwischen Evi, Charlotte und dem Pralinen-Mann? Ich musste mit Walter Honnef sprechen, da ging kein Weg dran vorbei.

„Der treibt's mit jeder, die ihm über den Weg läuft, das weiß doch jedes Kind! Nee, da wär' ich mir zu schade für. Und jetzt kommt's: Der nächste Kandidat ist Volker Golly!"

Volker Golly, wer immer das auch sein sollte, war mir ebenfalls herzlich egal. Ruth steckte sich eine neue Zigarette zwischen die Lippen, zündete sie an und inhalierte den Rauch.

„Volker Golly hat die Tankreinigungsfirma seines Vaters übernommen, unten an der Autobahnzufahrt Stadtmitte. Ein Riesenladen. Der Mann hat keine Haare, stell dir das vor! Weder auf dem Kopf, noch Augenbrauen, noch Wimpern. Anette hat erzählt, dass er auch unten rum kahl ist." Ruth schnipste ihre Asche in den übervollen Aschenbecher und nahm neuerlich einen tiefen Zug. „Wenn's nur das wär, würd ich ja nichts sagen. Aber Volker Golly ist pervers, einer von der übelsten Sorte! Der hat's schon mit Schweinen gemacht, mit einer Kuh und mit Hühnern."

Nun wurde ich doch kurzzeitig aufmerksam. „Mit Hühnern? Geht das denn überhaupt?"

„Muss wohl, keine Ahnung. Vielleicht hat er ja auch nur ein ganz kleines Ding. Bah, wie eklig!" Ruth schüttelte sich.

„Der dritte im Bunde ist Udo Löding. Mich würde wirklich interessieren, wie Anette das terminlich auf die Reihe gekriegt hat, schließlich arbeitet sie ganztags. Drei Lover, du meine Güte! Jeden Tag einen anderen, das mag ja aufregend sein, ist aber bestimmt allein schon wegen der Koordination total anstrengend!"

Plötzlich war ich hellwach. „Udo Löding? Der Technische Leiter von HavenBau?"

Ruth sah mich erstaunt von der Seite an. „Woher kennst du den denn?"

„Eine Freundin von mir hat eine der HavenBau-Wohnungen gemietet. Sie hatte ein Problem mit ihrem Abfluss", sog ich mir aus den Fingern.

„Na, dafür ist aber der Hausmeister zuständig", entgegnete sie skeptisch.

„Der hat's aber nicht hingekriegt", behauptete ich.

„Dann bestellt er eine Sanitär-Firma. Um solche Sachen kümmert sich Udo Löding nicht. Der ist für die Planung größerer Baumaßnahmen zuständig, das weiß ich ganz genau."

„Das war ja auch eine größere Baumaßnahme. Aus dem Abfluss in ihrer Dusche sprudelte das Abwasser heraus. Zwei Tage später lief auch das Klo nicht mehr ab, und sämtliche Brocken der Nachbarn tauchten bei ihr in der Duschwanne auf."

„Pfui, das ist ja widerlich!"

„Jawohl. Das Ende vom Lied war, dass im ganzen Haus neue Wasser- und Abwasserleitungen verlegt werden mussten und sämtliche Bäder saniert wurden. Im Zwanzig-Parteien-Haus. Und nun erzähl du mir noch, dass das keine größere Baumaßnahme ist." Ich tat beleidigt, weil sie mir nicht geglaubt hatte.

„Schon gut, ich wusste ja nicht, dass die Sache mit dem Abfluss solch weitreichende Folgen hatte. Nun, wenn du Udo Löding schon mal gesehen hast, brauche ich ihn dir ja nicht näher beschreiben. Ich hab mich jedenfalls sehr gewundert, dass er's mit Anette gemacht hat."

„Warum?"

„Nun, er hat diese Wahnsinns-Villa gebaut, und alle dachten, die baut er für seine Prinzessin. Der ist dieser Frau hörig, in ihrem Beisein sagt er nicht mal Piep, sondern streichelt nur artig ihre Hand und himmelt sie an."

„Wo ist die Villa, und wer ist die Frau?" fragte ich aufgeregt.

Ruth guckte mich verwundert an. „Verzeih mir, Martha, aber manchmal weiß ich wirklich nicht, woran ich bei dir bin. Erst denke ich, du langweilst dich zu Tode bei meiner Erzählung, und plötzlich willst du alles ganz genau wissen."

„Ich war zwischenzeitlich ein wenig müde."

Ruth tätschelte entschuldigend mein Bein. „Und ich wollte dich doch nur auf andere Gedanken bringen nach den schrecklichen Ereignissen in deiner Wohnung. Also: Die Villa ist fast fertig, da fehlen noch ein paar Kleinigkeiten, und ich weiß gar nicht, ob Löding mit seiner Braut inzwischen eingezogen ist, oder ob er noch in der Wurster Straße über der ehemaligen Fleischerei seiner Eltern wohnt. Der Bau ist gleich bei uns um die Ecke in der Walter-Delius-Straße. Beste Lage, direkt am Bürgerpark. Ein Prunkhaus mit einem Riesenturm und vielen kleinen Türmen, mehreren Balkonen und, und, und."

Ruth verlangsamte und hielt am Straßenrand vor einem gelb gestrichenen, einstöckigen Reihenhaus.

„So, wir sind da! Jetzt aber ab in die Heia! Es ist schon halb sechs." Ruth schnappte sich den Rucksack, verschloss die Autotüren und marschierte voran. „Eine oder zwei Stunden werde ich auch noch schlafen, aber dann muss ich mich fertig machen. Ich treffe mich mit Roswitha Schneider zum Frühstück im Café Bohne. Du ruhst dich inzwischen fein aus und schläfst so lange du magst. Zum Mittag bin ich wieder da und koche uns was Schönes."

Ich gruselte mich erneut. Wenn Ruth eines überhaupt nicht konnte, dann war das kochen. Wir betraten den schmalen Flur, und Ruth schaltete das Licht an. Auf dem Fußboden standen unzählige Paare Schuhe herum, und ich wunderte mich, dass die Garderobenhaken noch an der Wand hielten bei den Mengen von Jacken, die daran hingen.

Ruth stieg die Treppe voran in die erste Etage und öffnete die Tür zum Gästezimmer, das eher den Namen Abstellraum verdient hatte. Außer einer karierten Couch befand sich in diesem Raum nur Gerümpel neben Körben voller Wäsche, die auf das Bügeleisen wartete.

„So Martha, nun mach's dir fein bequem und fühl dich ganz wie zu Hause. Ich besorge dir nur schnell Bettzeug."

Sie stellte meinen Rucksack auf einer antiken, verstaubten Tischnähmaschine ab und kehrte zwei Minuten später mit einer leicht vergilbten Steppdecke und einem Kopfkissen zurück. Ich durchwühlte die Wäschekörbe und fand ein frisches, zerknittertes Laken, das ich auf die Couch legte. Ich trat ans Fenster und kippte es auf. Im Haus gegenüber brannte Licht, und ich sah eine Frau im Morgenmantel in der Küche hantieren. Ich zog die Vorhänge zu und dachte an Charlotte im Hausanzug, die an einem ganz gewöhnlichen Montagmorgen das Opfer einer Bestie geworden war, und bezweifelte, dass ich zur Ruhe kommen würde.

Irgendwann fiel ich doch in einen unruhigen Schlaf. Die Couch war auf einer Seite durchgesessen und so war mir, als würde ich an einem Berghang liegen. Ein paarmal robbte ich wieder zurück zum Kopfende. Ich hörte Ruth hin und her laufen, Treppe rauf und wieder runter und Türen zuschlagen. Als Ruhe im Karton war, döste ich noch einmal ein.

Trübes Licht fiel durch das Fenster, als ich aufwachte. Ich rappelte mich vom Sofa hoch, schob die Vorhänge beiseite und sah tiefhängende Regenwolken am Himmel und Pfützen auf der Straße. Die Frau im Haus gegenüber konnte ich nirgends entdecken. Ein Blick auf mein Handy verriet mir, dass der Akku restlos leer war. Das Ladekabel lag hoch und trocken daheim in der Küchenschublade. Ich streckte mich, machte zehn Kniebeugen, zehn Liegestütz und zehn Sit-ups und beschloss, damit der Fitness für heute genüge getan zu haben.

Im Rucksack befanden sich ein paar Kleidungsstücke, die ich vom Schlafzimmerfußboden aufgesammelt hatte. Meine gesamte Unterwäsche war der roten Farbe zum Opfer gefallen, und so würde ich mir heute einen Satz neuer zulegen müssen.

Ich trat aus dem Zimmer und überquerte den Flur. Das altrosa geflieste Badezimmer beherbergte Waschbecken, Toilette und eine Dusche mit weißem Plastik-Duschvorhang, auf dem ein grauer Elefant abgebildet war, aus dessen Rüssel Wasser spritzte. Auf sämtlichen waagerechten Ablageflächen standen dicht an dicht Kosmetikartikel in allen erdenklichen Größen und Ausführungen. Ich entschied mich für eine Katzenwäsche am Waschbecken, putzte mir gründlich die Zähne und nahm mir viel Zeit zum Schminken. Bei näherem Hinsehen entdeckte ein paar graue Haare und nahm mir vor, noch heute einen Friseurtermin zu vereinbaren. Zuvor hatte ich aber Wichtigeres zu erledigen. Halbwegs zufrieden mit meinem Spiegelbild wandte ich mich ab, warf meine Utensilien in den Rucksack, trat aus dem Bad und rannte in Bernd hinein.

„Hallo!" rief ich betont munter und drängelte mich an ihm vorbei. „Und tschüss!" Bloß weg hier, bevor es ungemütlich wurde.

Bernd wusste genau, was ich vorhatte, denn er war schneller bei der Treppe als ich und stellte sich mir in den Weg.

„Warst du zur Toilette? Alles erledigt?" fragte er.

Ich nickte mehr aus Reflex, denn ich war baff, weshalb er mir eine solch persönliche Frage stellte. Nur wenig später sollte ich erfahren, warum.

Mit dem Zeigefinger wies Bernd auf das Gästezimmer.

„Rein da!" befahl er.

„Wie bitte? Ich hab mich wohl verhört!" protestierte ich.

Ohne Umschweife fasste er mich bei den Schultern, drehte mich um wie eine Puppe und dirigierte mich in die Rumpelkammer. Bernd war gut und gern anderthalb Köpfe größer und mindestens vierzig Kilo schwerer als ich. Er hätte mich wahrscheinlich auch einfach über die Schulter werfen können.

„Lass mich los!" herrschte ich ihn an, wobei ich einen Ton anschlug, der Bernd an die gelegentlichen Donnerwetter in seiner Kindheit erinnern sollte. Leider zog mein autoritäres Gehabe nicht, Bernd setzte mich einfach aufs Sofa. In einer fließenden Bewegung griff er hinter sich an seinen Hosenbund, beförderte ein Paar solide Handschellen zutage und ging in die Hocke. Bevor ich noch den Mund aufgesperrt hatte, um ihn zu fragen, was das ganze Theater solle, schnappte eine Handschelle um mein rechtes Fußgelenk. Das Gegenstück schloss Bernd um das schnörkelige Eisenbein der uralten Tischnähmaschine.

Ich erstarrte. Ich konnte nicht fassen, was mir da gerade passiert war. An Bernds wild entschlossenem Blick erkannte ich, dass es sich weder um Spaß noch um ein lustiges Spiel handelte. Ich hoffte trotzdem, ihn mit meinem mütterlichen Charme von diesem Unsinn abbringen zu können.

„Bernielein", schmeichelte ich ihm, „du wirst doch nicht so grausam zu deiner Mama sein. Sieh mal, was du angerichtet hast, nun kann ich ja gar nicht mehr laufen!"

Bernds Augenbrauen wurden zu einem durchgehenden Strich – ein sicheres Zeichen für Zorn.

„Sei froh, dass ich dich nur an die Nähmaschine gekettet habe. Nach dem, was du in den vergangenen Tagen angerichtet hast, verdienst du eine Sammelzelle im Frauengefängnis." Er stand auf und funkelte mich wütend aus schwarzen Augen an. „Übrigens: ein paar meiner Kollegen haben gefragt, ob sie mich jetzt Bernie nennen dürfen. Herzlichen Dank."

Damit verließ er das Zimmer, knallte die Tür hinter sich zu und polterte böse fluchend die Treppe hinunter.

Ich betastete ungläubig die Handschelle an meinem Fußgelenk und ruckelte und zog daran. Anschließend tat ich das gleiche am gusseisernen Bein der Nähmaschine, aber ohne Erfolg. Das waren Qualitäts-Handschellen aus guter deutscher Fabrikation für die Festnahme von Verbrechern durch die deutsche Kriminalpolizei. Und die verwendete keinen Schund. Mir wäre die Plastik-Ausführung, wie sie auf Jahrmärkten und in Spielzeugabteilungen zu haben ist, in meinem Fall deutlich lieber gewesen. Ich stand auf und versuchte zu laufen. Es ging tatsächlich, ich musste nur diese dämliche uralte Nähmaschine hinter mir herziehen wie ein Sklave seine Eisenkugel. Der Aufsatz der Nähmaschine reichte mir bis zur Mitte meiner Oberschenkel, und um mich vorwärtsbewegen zu können, musste ich mit meinem rechten Fuß kräftig ziehen und gleichzeitig mit den Händen den Tisch festhalten, damit die Maschine nicht umkippte. Ich versuchte, das antike Stück anzuheben, und schätzte sein Gewicht auf fünfzig Kilo. Zu schwer für einen Spaziergang, zumal ich im Leben nicht die Treppe damit hinuntersteigen konnte. Das eiserne Ding würde hinuntersausen und ich gleich hinterher. Mit ein bisschen Geschick war es möglich, die Toilette zu erreichen. Ich würde mich auch zum Schlafen auf die Couch legen können, wenn ich den rechten Fuß raushängen ließ.

Verdammt noch mal, warum setzt man Kinder in die Welt und müht sich jahrelang ab, vernünftige Menschen aus ihnen zu machen? Damit man im Alter abgeschoben wird. Aus dem Weg geräumt wie ein ausgedienter Gegenstand. Wie eine alte Nähmaschine zum Beispiel.

Ich machte mich auf den Weg zum Fenster. Es waren nur zwei Meter bis dorthin, aber sie wurden zur Tortur. Das Metall der Handschelle bohrte sich in das bisschen Fleisch über dem Knöchel und schnitt schmerzhaft in meine Haut. Ich nahm mir fest vor, Bernd wegen vorsätzlicher Körperverletzung zu belangen.

Verzweifelt, als wäre ich in einer brennenden Wohnung gefangen, riss ich das Fenster auf und lehnte mich hinaus. Ich winkte mit beiden Armen, um auf mich aufmerksam zu machen, doch niemand sah zu mir hoch. Es war überhaupt kein Mensch auf der Straße! Ich sehnte mich nach meiner eigenen Wohnung. Wenn mir dort dieses Malheur passiert wäre, hätte Busen-Ursel von gegenüber längst Hilfe organisiert. Eine Schar aufgeregter Senioren würde sich sodann in meine Räume ergießen, und mein Schicksal wäre die Sensation des Tages. Nicht so in diesem verlassenen Reihenhauskomplex. Hier gab es keine einzige anständige Hausfrau, die den Vormittag mit Fensterputzen verbrachte, oder sich zum Einkaufen anschickte. Keinen Frührentner, der seinen Dackel spazieren führte.

Ich stellte das Winken ein und wartete. Dicke Tropfen fielen vom bleigrauen Himmel und landeten auf dem nassen Asphalt. Ein Auto mit eingeschalteten Scheibenwischern fuhr rasant durch eine Pfütze, und das Wasser spritzte bis auf den Gehweg. Obwohl ich mich so weit hinauslehnte, wie es eben ging, und hektisch nach Anhaltermanier den Daumen auf und niedersausen ließ, war der Wagen in Sekundenschnelle außer Sichtweite.

Als ich die Hoffnung aufgegeben hatte, an diesem Tag überhaupt noch irgendeinen Menschen zu Gesicht zu bekommen, entdeckte ich einen blau-weißen Regenschirm. Der Schirm bewegte sich auf dem Gehweg und kam näher. Gott sei dank, endlich erschien meine Rettung!

Ich winkte und winkte, aber der Mensch unter dem Schirm schaute nicht nach oben. Deshalb schrie ich um Hilfe. Endlich kippte der Schirm zurück, und ich sah das Gesicht eines jungen Mannes. Er trug eine runde Brille und einen Dreitagebart.

„Was ist los?" rief er. Seine Brille hatte einige Regentropfen abgekriegt, und nun positionierte er den Regenschirm so, dass er zu mir hochgucken konnte und trotzdem nicht nass wurde.

„Helfen Sie mir! Ich wurde an eine Nähmaschine gekettet!"

„Wie bitte?"

„Ich habe eine Nähmaschine am Fuß! Sie ist furchtbar schwer! Bitte helfen Sie mir!"

Der junge Mann tippte sich an die Stirn.

„Wohl nicht ganz dicht, was?" murmelte er und ging weiter.

„Bitte!" schrie ich panisch hinter ihm her. Meine Stimme überschlug sich. „Glauben Sie mir! Ich phantasiere nicht! Mein Sohn hat mich mit Handschellen an eine Nähmaschine gekettet!"

Doch ich ward ungehört, und der Regenschirm entfernte sich immer weiter.

„Idiot!" fluchte ich. Wo sollte das nur hinführen, wenn kein Mensch mehr dem anderen half? Ich konnte nichts anderes tun, als weiter zu warten. Der nächste Passant würde hoffentlich nicht so egoistisch wie sein Vorgänger sein. Er würde mich von meiner Fußfessel befreien. Aber wie? Nun, mit einem Werkzeug natürlich. Und wie würde mein Retter ins Haus gelangen? Durch die Tür. Er müsste die Tür aufbrechen.

Bisher hatte ich einfach nur wie selbstverständlich auf Hilfe gewartet, aber bei genauerer Betrachtung musste ich mir eingestehen, dass meine Chancen schlecht standen. Niemand würde aufgrund der haarsträubenden Geschichte einer aus dem Fenster lehnenden älteren Dame eine Haustür aufbrechen. Jeder halbwegs klardenkende Mensch würde in einem solchen Fall die Polizei rufen.

Die Polizei, na herzlichen Dank! Vermutlich hatte Bernd an sämtliche diensthabenden Beamten den Befehl ausgegeben, dass ein Hilferuf aus seinem Eigenheim zu ignorieren sei. Oder der Notruf wurde an ihn weitergeleitet, und er rückte selbst an. Ich schluckte, trat zurück und schloss schweren Herzens das Fenster. Was konnte ich nur tun?

Da sah ich ein kleines, rotes Auto die Straße heraufkommen. Ich verrenkte mir fast den Hals und betete, dass Ruth in dem Wagen saß. Und tatsächlich, kurz darauf stieg Ruth aus, sah trotz des Regens hoch zu meinem Fenster, winkte mir fröhlich zu und sprintete zur Haustür. Noch niemals zuvor hatte ich mich so gefreut, sie zu sehen.

Ich drehte mich und die Nähmaschine um, so dass ich die Tür im Blick hatte. Schon hörte ich es auf der Treppe poltern, und eins, zwei, drei stand Ruth in meinem Zimmer. Sie trug einen marineblauen, figurbetonten Hosenanzug und ein burgunderfarbenes, seidenes Halstuch. Sie war perfekt geschminkt und eine Parfumwolke umgab sie.

„Hallo Martha! Hast du fein ausgeschlafen?"

Entweder sie war blind, oder ... Ich zeigte anklagend mit dem Finger auf mein Handicap. „Bernd hat mich an die Nähmaschine gekettet!"

Ruth nickte und sagte im Plauderton: „Ich weiß, er hat mich auf dem Handy angerufen, als ich mit Roswitha gerade im allerschönsten Plausch war. Bernd sagt, dass du auf jeden Fall an der Nähmaschine dranbleiben sollst. Ich werde dir einfach das Essen nach oben bringen, nicht wahr?"

„Es geht nicht ums Essen, Ruth", knurrte ich mit zusammengebissenen Zähnen.

„Du kannst doch damit zur Toilette gehen, oder etwa nicht?" fragte sie besorgt.

„Ja, ich kann auch zum Klo. Aber mein Leben besteht nicht nur aus Essen und Scheißen!"

Ruth zuckte zusammen, als hätte ich sie geschlagen. „Martha, meine Güte, was für eine gewöhnliche Ausdrucksweise du manchmal hast. Bernd kann dir heute Abend den tragbaren Fernseher in diesem Zimmer installieren, wenn du möchtest. Bis dahin könntest du lesen. Da sind ganz viele Bücher drin."

Sie zeigte auf einen verstaubten Umzugskarton, der in der Zimmerecke hinter den Bergen Wäsche und dem Bügelbrett stand.

„Willst du's nicht kapieren, oder was ist los mit dir? Ich will raus hier, ich hab tausend wichtige Dinge zu tun, und das kann ich nicht mit einer verdammten Nähmaschine am Fuß!"

„Nichts ist so wichtig, dass es keinen Aufschub duldet. Das sagte schon meine Oma. Und mal ehrlich, Martha: Ich glaube, es tut dir ganz gut, wenn du mal zur Ruhe kommst. Du bist doch dauernd auf Achse. Lass dich einfach fallen, lass deine Gedanken fließen, höre deinem Atem zu. Du wirst sehen, das Leben wird sich dir von einer ganz anderen Seite zeigen, wenn du mal eine Weile in dich hineinhorchst."

„Verschone mich mit den Weisheiten irgendeines dahergelaufenen Gurus aus einem deiner bekloppten Kurse. Sieh zu, dass du einen Bolzenschneider besorgst und mich befreist, wenn wir Freunde bleiben wollen."

Ruth zog die Stirn in Falten, sah mir in die Augen und entgegnete fest: „Tut mir leid, ich werde Bernd nicht in den Rücken fallen, da kannst du dich auf den Kopf stellen. Ich verpflege dich, und dir soll es gewiss an nichts fehlen. Aber du bleibst, wo du bist: In der ersten Etage unseres Hauses."

„Sonst bist du Bernd doch auch nicht hörig", stieß ich wütend hervor. Ruth hatte noch nie im Befehlston mit mir gesprochen, und ich fühlte mich gekränkt und in meiner Eitelkeit verletzt.

Ruth zuckte die Achseln und wandte sich zum Gehen. „Das stimmt schon, aber ausnahmsweise kann ich Bernd sehr gut verstehen. Er hat mir erzählt, was du angestellt hast, und ich finde, du bist mit der Nähmaschine noch ganz gut weggekommen. So – und jetzt koche ich uns etwas Schönes!"

Während Ruth im Erdgeschoss werkelte, dachte ich fieberhaft über meine Optionen nach. Ich humpelte Richtung Badezimmer, und es schepperte laut, als ich die Türschwelle überquerte. Das Fußpedal der Maschine hatte sich dort verkantet und war an der flachen Erhebung hängengeblieben. Allein durch pure Geistesgegenwart konnte ich das Gerät gerade noch am Umfallen hindern. Im Badezimmer suchte ich fieberhaft nach einem geeigneten Werkzeug und fand schließlich in der Schublade unter dem Spiegelschrank eine Nagelfeile aus rostfreiem Stahl. Ich sperrte die Tür ab, hockte mich auf den geschlossenen Toilettendeckel und begann mit der Feilarbeit. Es mochte gut und gern eine halbe Stunde vergangen sein, und zu sehen war nur eine minimale Rille in der Handschelle an meinem Fuß. Verdrossen feilte ich weiter, obwohl Geduld noch nie zu meinen Stärken gezählt hatte.

Plötzlich klopfte es dreimal an der Tür. „Martha, bist du da drin?"

„Wo soll ich denn sonst sein?" gab ich patzig zurück.

„Das Essen ist fertig, es gibt gemischtes Allerlei. Beeil dich, sonst wird's noch kalt."

Seufzend ließ ich die Feile in der Gesäßtasche meiner Hose verschwinden und machte mich auf den mühevollen Weg zurück zur Rumpelkammer.

„Warte, ich helfe dir", erbot sich Ruth eifrig, als ich aus dem Bad trat. Sie fasste unter den Tisch und hob die Maschine an. Sofort setzte sie wieder ab. „Meine Güte ist das Ding schwer und unhandlich", stöhnte sie.

„Was du nicht sagst."

Ruth stand mir mehr im Weg, als dass sie eine Hilfe war, als ich über den Flur rumpelte. Diesmal war ich vorgewarnt, denn als es über die Türschwelle ging, sicherte ich das gute Stück rechtzeitig mit beiden Händen. Ruth sprang herbei, fasste unbeholfen mit an und klemmte sich dabei die Finger zwischen Türrahmen und Riemenscheibe.

„Aua!" rief sie, verzog schmerzhaft das Gesicht und begutachtete die lädierte Hand.

Das Zimmer war erfüllt von einem undefinierbaren Geruch. Ruth hatte zwei Wäschekörbe samt Inhalt umgedreht und die glatte Unterseite der Körbe zur Abstellfläche umfunktioniert. Dort befanden sich zwei mit

Deckeln verschlossene Töpfe, zwei Teller und Besteck. Ich schlurfte zum Sofa und ließ mich darauf nieder. Mit großem Gehabe servierte Ruth das Mahl. Praktischerweise hatte ich ja bereits den Nähmaschinentisch vor der Nase, und sie stellte meinen Teller darauf. Ihren eigenen Teller platzierte sie auf dem Bügelbrett.

„Das ist ja direkt ein bisschen abenteuerlich. Wie bei den Pfadfindern", kicherte sie.

„Fehlt nur noch das Lagerfeuer."

Großzügig klatschte sie eine Suppenkelle voll hellbrauner, dampfender Pampe auf meinen Teller.

„Halt!" rief ich erschrocken. „Was ist das?"

„Gemischtes Allerlei, hab ich doch schon gesagt." Sie selbst begnügte sich mit einer Miniportion. „Ich habe reichlich gefrühstückt. Roswitha und ich waren im Café Bohne. Die hatten da ein Buffet, das war der reine Wahnsinn."

Im zweiten Topf befand sich ein Klumpen Reis. Ruth zerteilte ihn mühselig und legte ein Bruchstück neben die Pampe.

„Guten Appetit!" wünschte sie herzlich.

Ich entgegnete nichts, sondern betrachtete skeptisch den braunen Haufen. Hatte der sich eben nicht bewegt? Ich piekste vorsichtig mit der Gabel hinein und schnüffelte. Es roch nach angebranntem Fisch und schalem Wein.

„Ich will dir ja nicht zu nahe treten, aber verrate mir doch bitte mal, was du in dieses Allerlei gemischt hast", sagte ich.

„Nun, warte mal ..." Sie zog ihre Stirn kraus und versuchte zu rekonstruieren, welche Speisereste sie in dem silbernen Topf entsorgt hatte. Ich begann mich ernsthaft nach dem Frauenknast zu sehnen, zumindest was die nahrungstechnische Seite anging.

„Zerkleinerte Hähnchenschnitzel, Wurzelgemüse, eine Stange Zimt, eine kleine Dose rote Bohnen und ein Glas Brühe. Das Ganze raffiniert gewürzt und voilà – schon eine nahrhafte Mahlzeit gezaubert."

„Und was ist mit dem Fisch? Und dem Wein?"

„Martha, du fragst zu viel. Nun lass es dir munden, sonst ist's wirklich gleich kalt."

Ruth pickte in ihren Reiskörnern herum wie ein kleiner Spatz – sie schien tatsächlich reichlich gefrühstückt zu haben. Ich schob ein paar Gabeln Reis in meinen Mund; die Pampe rührte ich nicht an. Mein Magen knurrte erbost, er hatte seit gestern früh nichts Vernünftiges mehr zur

Verarbeitung bekommen.

„Wir sind letzte Nacht bei Lödings Freundin stehengeblieben. Du wolltest mir noch von ihr erzählen", erinnerte ich Ruth in freundlicherem Ton.

Sie starrte mich an, als hätte ich etwas Unanständiges von mir gegeben. „Wie kommst du denn jetzt darauf? Und warum in aller Welt interessierst du dich für Brigitte?" Ruth kaute konzentriert auf einem Reiskorn und ließ mich nicht aus den Augen. Ah! Jetzt hab ich's! Es geht um diesen Mordfall, nicht wahr? Die Tote war Udo Lödings Mitarbeiterin. Aber was hat seine Freundin damit zu tun?"

„Reine Neugierde, denk dir nichts dabei", sagte ich und winkte ab, als würde ich eine Nebensächlichkeit abtun.

Ruth lachte auf. „Du kannst es nicht lassen, nicht wahr? Da bist du mit dem Fuß an eine Nähmaschine gekettet und denkst trotzdem über den Mord nach."

„Eben weil ich von Bernd aufs Abstellgleis geschoben wurde, könntest du wenigstens ansatzweise auf meiner Seite sein, indem du mir was über Löding erzählst. Ich kann doch sowieso nichts ausrichten, es bleibt alles Theorie."

Sie zögerte nur sekundenlang, dann lächelte sie und hob mahnend den Zeigefinger. „Aber erst isst du dein Allerlei auf!"

Warum musste ich dauernd für den Erhalt von Informationen erniedrigende oder abscheuliche Gegenleistungen erbringen?

Ruths Blick haftete nach wie vor auf mir, und so stach ich mutig meine Gabel in die braune Masse. Ich hielt die Luft an, kaute nicht und schluckte den Bissen schnell ohne Einsatz meiner Geschmacksnerven runter.

„Lecker", sagte ich. Ruth wirkte zufrieden. Ich rammte meine Gabel erneut in die Pampe und lächelte ihr aufmunternd zu.

„Udo Löding und Brigitte Rosenholz sind das Thema überhaupt", begann sie eifrig. Glücklicherweise wartete sie nicht ab, bis ich den Matsch aufgegessen hatte, wie sie angekündigt hatte. „Du müsstest Brigitte eigentlich vom Sehen kennen, ihre Eltern wohnen in deinem ehemaligen Zustellbezirk."

„An der Allee? Das Mädchen kann doch noch nicht älter als zwanzig sein."

„Ganz recht, sie ist neunzehneinhalb. Und Udo ist sechsundvierzig!"

„Soll vorkommen", sagte ich achselzuckend. Ich hatte mich als junges Mädchen unsterblich in Heinz Rühmann verliebt, mit dem Unterschied, dass dieser von seinem Glück nichts ahnte.

„Brigitte sieht aus wie einem Modekatalog entsprungen und ist eine grässliche Zicke. Sie stolziert über den Bau wie eine Königin, putzt die Handwerker runter und hat sich schon mit sämtlichen Nachbarn angelegt. Ich habe sie kürzlich in der Apotheke getroffen, da hat sie die Angestellte angeschnauzt, frag nicht nach Sonnenschein! Der Grund war, dass sie trotz der dort gekauften Tabletten noch immer Kopfschmerzen hatte."

„Was macht sie denn beruflich?"

„Nichts, so weit ich weiß. Sie hat ihre Ausbildung zur Friseurin abgebrochen, als sie Udo kennenlernte. Du kannst unmöglich schon satt sein, schließlich hattest du kein Frühstück."

Tapfer kratzte ich mit der Gabel ein Stückchen vom Haufen, der jetzt kalt und sehr hart geworden war. Ruth wartete, bis ich geschluckt hatte.

„Udo hat seine Frau Irene vor einem Jahr wegen Brigitte verlassen, und die hat die Trennung noch immer nicht ganz verwunden. Ich kenne Irene noch aus meiner Zeit als Hutmacherin bei Uselers. Ihre Eltern wohnten über Uselers Geschäft."

Ruth hatte nach dem Schulabschluss eine Lehre als Hutmacherin gemacht. Kurz danach war der Beruf ausgestorben.

„Dann ist sie bestimmt nicht gut auf ihren Ex-Mann zu sprechen."

„Du sagst es. Ihr persönlicher Rachefeldzug besteht darin, satte Unterhaltszahlungen von ihm zu kassieren. Vermutlich hat sie einen besseren Anwalt als er."

„Wie viel mag ein Technischer Leiter verdienen?" überlegte ich laut.

„Udo verdient dreitausendachthundert Euro netto, das weiß ich von Irene. Sie bekommt davon tausendneunhundert. Der Rest geht vermutlich für Brigittes extravagante Klamotten drauf."

„Und du sagst, er hat ihr ein Traumhaus gebaut."

„Ja, ein Schloss für seine Prinzessin, wie er selbst gesagt hat."

„Und wovon bezahlt er das? Und warum betrügt er Brigitte mit Anette?"

Ruth zog die Schultern hoch. „Ich weiß nicht, wie er das Haus finanziert hat, vermutlich auf Pump. Und was Anette angeht: Ich bin mir gar nicht mehr so sicher, ob die nicht maßlos übertrieben hat. Roswitha Schneider meinte heute beim Frühstück, Anette hätte seit Monaten was mit dem haarlosen Tankreiniger und mit niemandem sonst. Vermutlich wollte sie sich nur wichtig machen, weil sie ja jetzt schwanger ist."

Merkwürdige Art, auf eine Schwangerschaft zu reagieren, fand ich, aber die Menschen sind nun mal verschieden. Ich konnte mir nach Ruths Erzählungen andererseits aber auch nicht vorstellen, warum Udo die Beziehung zu seiner attraktiven Freundin wegen eines alternden Flittchens aufs Spiel setzen sollte.

Ruth stand auf und begutachtete meinen Teller. „Nun, viel hast du ja nicht gegessen. Einen Nachtisch habe ich leider nicht."

„Macht überhaupt nichts", entgegnete ich erleichtert.

13

Ich verbrachte eine weitere Stunde damit, an der Handschelle herumzufeilen, während ich Ruth in der unteren Etage werkeln hörte. Meine Gedanken sprangen zwischen Charlotte und Evi hin und her, und ich wurde das Gefühl nicht los, dass ich den entscheidenden Punkt übersah. Schnell ließ ich die Feile verschwinden, als ich Ruth auf der Treppe hörte.

„Ich habe dir eine Flasche Mineralwasser mitgebracht, damit du nicht verdurstest", sagte sie und stellte das Getränk auf die Nähmaschine. „Hoffentlich macht es dir nichts aus, dass ich dich noch einmal allein lassen muss."

„Geh nur, ich bin ja schon groß."

„Heute Nachmittag findet in der Stadtbibliothek ein Diavortrag über afrikanische Beduinen statt."

„Sehr interessant."

„Bernd hat vorhin angerufen. Er wird gegen siebzehn Uhr zu Hause sein. Dann könnt ihr zwei es euch ja gemütlich machen."

„Gute Idee."

Ruth winkte mir über die Schulter zu, sprang die Treppe hinunter und kurz darauf hörte ich schon die Wohnungstür zufallen. Ich stand auf, machte einen langen Hals und beobachtete, wie der rote Fiat die Straße hinunter fuhr.

Die Rille in der Handschelle war nur unwesentlich tiefer geworden. Wenn ich mich weiter aufs Feilen verließ, würde ich übermorgen noch immer hier sitzen. Ich musste jemanden um Hilfe bitten, den ich kannte, und der mich nicht an Bernd verraten würde. Wie ich denjenigen von meiner Notlage in Kenntnis setzen sollte, war mir allerdings noch schleierhaft. Mir fielen nicht viele handwerklich begabte Kandidaten ein. Es mangelte ihnen entweder an Mumm oder am geeigneten Werkzeug, und sie würden spätestens an der Haustür scheitern. Genau genommen wusste ich nur von einem einzigen Menschen, dass er Spezialist im widerrechtlichen Öffnen von Türen war, und dieser Mann war der Letzte, den ich sehen wollte.

Da klingelte es an der Haustür. So schnell ich konnte schleppte ich mich samt Maschine zum Fenster, öffnete es und lehnte mich hinaus, um einen Blick auf den Besucher werfen zu können. Und traute meinen Augen kaum: Es war Elvis.

Mein Herz klopfte bis zum Hals und dröhnte in meinen Ohren. Elvis erblickte mich im selben Moment wie ich ihn.

„Fall nicht runter, Rapunzel!" rief er lachend, den Kopf in den Nacken gelegt.

„Was machst du hier?"

„Ich habe von dem unglückseligen Vorfall in deiner Wohnung gehört und mich auf die Suche nach dir gemacht. Lass mich rein, dann können wir reden."

„Ich kann nicht. Ich bin nicht allein", entgegnete ich.

„Na und? Du kannst Bernd und Ruth ja rausschicken."

„Die sind nicht da."

Elvis kniff misstrauisch die Augen zusammen. „Wer ist denn bei dir?"

„Ich bin mit dem rechten Fuß an eine Nähmaschine gekettet. Mit Handschellen."

„Das kann aber auch nur dir passieren!" Elvis kriegte sich bald nicht wieder ein vor Lachen, während die Regentropfen stetig auf ihn hinabtropften. Beleidigt zog ich einen Flunsch.

„Wärest du vielleicht so gütig, mich zu befreien? Ich brauche einen Bolzenschneider oder eine Eisensäge."

„Eine Eisensäge, bist du verrückt? Damit sägst du dir noch den Fuß ab. Warte nur einen Augenblick, dann ist dein Held wieder bei dir! Lass du inzwischen dein Haar hinunter, damit ich das rettende Werkzeug daran festbinden kann."

Er sprang in seinen schwarzen BMW und fuhr so rasant an, dass die Räder quietschend durchdrehten. Wie ein Superheld im Film. Nach nur fünf Minuten kam er zurück.

„Du bist schnell", lobte ich.

Er nickte selbstgefällig, in der Hand eine nagelneue, knallgelbe Riesenzange mit schwarzen Griffen. Ich war in der Zwischenzeit auch nicht untätig gewesen, sondern hatte in der Nähmaschine ein Fach entdeckt, welches in den Tisch eingelassen und mit einem Holzdeckel verschlossen war. Dort hatte ich gefunden, was ich suchte: Nähgarn. Elvis' Idee mit Rapunzels Haar war wirklich genial! Ich entschied mich wegen seiner Reißfestigkeit für Zwirn und rollte Meter um Meter ab. Schließlich langte das Ende unten bei Elvis an, der dann den Bolzenschneider daran befestigte und mir mit dem Daumen das Okay-Zeichen gab. Ich zog das Werkzeug, das ich mir deutlich handlicher und leichter vorgestellt hatte, nach oben, während mir der Faden schmerzhaft in die Hände schnitt. Endlich hatte ich es geschafft und hielt das Tor zur Freiheit in den Händen. Sofort hockte ich mich hin, schob das Hosenbein ein Stück hoch und setzte die kalte Metallzange zwischen meiner blassen Haut und der glänzenden Handschelle an. Es knirschte und knackte, und dann war die Handschelle entzwei.

„Ich bin erlöst!" rief ich jubelnd nach draußen, suchte in Windeseile meine Klamotten zusammen und lief die Treppe hinab. Ich ballerte die Haustür hinter mir zu und fühlte mich so vogelfrei wie bei der Entlassung aus einer lebenslänglichen Haftstrafe.

Elvis empfing mich lächelnd mit einem Kuss auf die Wange und einer freundschaftlichen Umarmung. Ziemlich sparsam nach einer Rettung aus Lebensgefahr. Ich spürte seinen harten Brustkorb an meinem Busen und hätte mich ihm am liebsten hier an Ort und Stelle hingegeben. Glücklicherweise währte dieses Bedürfnis nur ein paar Sekunden.

„Du riechst nach Wein und Fisch", murmelte er liebevoll in mein Ohr. „Seit wann kann Ruth kochen?"

Ich machte mich von ihm los. „Die Formulierung ist falsch. Es muss heißen: Wann wird Ruth je kochen können? Und die Antwort lautet: Nicht in diesem Leben."

Elvis grinste und öffnete den Kofferraum. Ich warf meinen Rucksack und den Bolzenschneider hinein, nahm die Handtasche mit nach vorn auf den Sitz und fahndete nach meinem Handy. Es begann fröhlich zu blinken, als Elvis' Freisprecheinrichtung ihm neues Leben einhauchte.

„Dann werde ich dich mal als Erstes mit zum Bistro nehmen und dich nach allen Regeln der Kunst verwöhnen. Kleine Schnitzelchen in Muskat-Sahnesoße?" schlug er mit samtweicher Stimme vor, während er den Wagen startete.

Als er von Verwöhnen sprach, hatte ich mir einen Moment lang etwas anderes vorgestellt, aber der Gastronom in Elvis dachte natürlich vorrangig an Kulinarisches.

„Nein, nicht zum Bistro, ich muss zu Lödings Haus."

„Hä? Das muss ich jetzt nicht verstehen, oder?"

„Udo Löding war Charlottes Vorgesetzter."

„Charlotte ist die ermordete Frau, richtig?"

„Ganz recht. Und ich muss sehen, ob ich noch mehr über ihn herausfinden kann. Es ist hier ganz in der Nähe."

Wir kurvten durch die Straßen, bis ich schließlich einen riesigen Neubau entdeckte. Jede Hausecke wurde von einem halbrunden Turm gebildet, dessen Spitze das eigentliche Dach und die mittige gläserne Kuppel überragte. Das Haus war aus weißen Emsländer Klinkern gemauert, besaß ovale, dunkelblaue Fenster und glasierte Dachpfannen. Ich stieg aus und machte eine Runde um den Bauplatz. Elvis, der keinen Sinn in dieser Unternehmung sah, blieb im Auto sitzen und telefonierte mit Danilo.

Kabel hingen dort aus den Wänden, wo vermutlich Lampen installiert werden sollten, und ein paar Bretter ersetzten einen Fußweg über das Grundstück, das noch gärtnerisch angelegt werden musste. Ansonsten sah das Haus von außen aus, als sei es zum Einzug bereit.

Zwei Kleintransporter parkten am Straßenrand. Beim ersten handelte es sich um einen weißen geschlossenen Kastenwagen mit der Aufschrift Heizung, Sanitär, Elektro Tollkühn, und der andere war ein Doppelkabiner mit Pritsche, auf dessen Türen Kunstschmiede und Metallbau Latteck stand. Beide Firmen waren mir aus Charlottes Unterlagen bekannt – sie steckten mit Löding unter einer Decke und schoben nach Herzenslust fingierte Aufträge und nette Überweisungen hin und her.

Die doppelten Flügel der Haustür standen offen, und der Lärm einer Schlagbohrmaschine war zu hören. Ein Mann in blauer Latzhose und kariertem, kurzärmligem Hemd trat heraus. Er fasste in seine Brusttasche und beförderte ein Päckchen Zigaretten heraus. Gleichgültig sah er zu, wie meine Reeboks im Matsch versanken, bis ich die rettenden Holzbohlen erreicht hatte.

„Sind wir wieder mal zu laut, oder was ist es diesmal?" fragte er mit monotoner Stimme. Ich trat auf ihn zu und konnte den Aufdruck der Schlosserei auf seiner Latzhose entziffern.

„Meinetwegen machen Sie soviel Krach, wie Sie Lust haben", entgegnete ich freundlich.

Er nahm einen Zug und kniff die Augen zusammen, weil der Wind ihm den Qualm ins Gesicht blies. „Ich dachte, Sie wären eine der Nachbarn, die dauernd angelaufen kommen und mit der Polizei oder dem Bauamt drohen."

„Nein, ich wohne nicht hier. Ich bin Udo Lödings Großtante aus Amerika. Ist mein Großneffe wohl hier, ich würde mir gern das Haus ansehen?"

„Nein, ist er nicht." Er zögerte. „Aber, wenn Sie die Tante sind, können Sie ja mal durchgehen."

Das ließ ich mir nicht zweimal sagen.

Der Innenausbau war noch nicht ganz abgeschlossen, aber es war mehr als deutlich zu erkennen, dass in diesem Haus nicht gespart wurde. Ich hatte nicht mitgezählt, aber ich schätzte die Anzahl Zimmer auf zwölf und bewunderte das kunstvoll verlegte Mosaik in der Diele, die Buntglasfenster in den Türmen und den italienischen Marmor in der riesigen Wohnküche.

„Mein Großneffe scheint ein reicher Mann zu sein. Bei uns in Amerika wohnen in solchen Häusern Industrielle oder Filmstars", staunte ich ehrfürchtig. Die beiden Schlosser, die mit dem Aufbau eines verschnörkelten, bronzefarbenen Geländers beschäftigt waren, sahen erst sich und dann mich an.

„Löding ist vom Fach und hat gute Kontakte", sagte der eine grinsend.

„Kontakte allein finanzieren dieses Prunkhaus aber nicht", wandte ich ein.

Schulterzuckend sahen die beiden sich an und werkelten weiter am Geländer herum.

„Gehört das Haus meinem Großneffen allein, oder hat Brigitte auch einen Anteil?" fragte ich.

„Keine Ahnung. Da müssen Sie Herrn Löding schon selbst fragen."

Ich schlenderte weiter und sah den Elektrikern bei der Arbeit zu. Etwas irritiert ließen sie Bohrmaschine und Schraubendreher sinken. Ich stellte mich vor und fragte: „Welche Firma hat denn das Haus gebaut? Ich habe draußen gar kein Bauschild gesehen."

„Mal die, mal die", nuschelte der Ältere, ein grauhaariger Typ mit auffallend vorstehenden Schneidezähnen.

„Hat das nicht Schlupinski gemauert?" gab der Jüngere, den ich für den Lehrling hielt, eifrig Auskunft.

„Hat dich jemand nach deiner Meinung gefragt? Halt die Klappe und arbeite weiter!" Der Ältere warf ihm einen durchdringenden Blick zu, eine leichte Röte überzog das Gesicht des Jungen, und er hielt den Mund.

Schlupinski – noch einer aus der korrupten Meute!

Demonstrativ schaltete der Ältere die Schlagbohrmaschine ein, und der Höllenlärm machte weitere Unterhaltungen unmöglich.

„Das ist ein Schloss wie im Märchen!" berichtete ich, als ich wieder neben Elvis im Wagen saß. Er fummelte am Radio herum und suchte einen Sender, der etwas anderes brachte als Werbung.

„Hhmm hhmm", murmelte er.

„Wieso gibt es hier keinen Generalunternehmer? Oder ein Bauunternehmen, das für den Rohbau verantwortlich ist?" fragte ich mich.

„Kann doch sein, dass die kein Schild aufstellen wollten."

„Bauunternehmer stellen immer ihr Schild auf, schon allein für Werbezwecke. Und bei so einem pompösen Kasten erst recht."

„Oder es wurde geklaut."

„Wer klaut denn ein Bauschild?"

„Okay, du hast recht. Ich weiß wirklich nicht, warum es wichtig sein sollte, wer diesen Schuppen gemauert hat."

Weil dieses Märchenschloss mit Sicherheit spottbillig erbaut wurde, denn die Kosten für seine Erstellung waren durch fingierte Reparaturen an HavenBau-Wohnungen abgerechnet worden. So sanierten sich die Mitglieder der Bande gegenseitig, und HavenBau war die Kuh, die kräftig gemolken wurde.

Elvis startete den Wagen und fuhr den Weg zurück, den wir gekommen waren.

„Fahr nicht bei Bernd vorbei! Vielleicht ist er schon zu Hause", warnte ich.

„Okay, Engelchen, darf ich dich jetzt zum Bistro kutschieren, oder musst du noch wo hin?"

„Ich brauche Unterwäsche. Und anschließend muss ich zu Walter Honnef."

„Das mit der Unterwäsche halte ich für eine sehr gute Idee", sagte er. „Wie wär's, wenn ich dir bei der Anprobe helfe?"

Ich ging darauf nicht ein.

„Wie kommt es eigentlich, dass du so viel Tagesfreizeit hast?" wollte ich wissen.

„Danilo schmeißt heute den Laden zusammen mit seiner Freundin. Die ist ziemlich clever, und hübsch ist sie auch."

„Prima. Und wo ist das blonde Busenwunder hin?"

„Die hab ich an die Luft gesetzt. Konnte nicht rechnen."

Ich verkniff mir die Frage, ob sie auch auf anderen Gebieten versagt hatte. Mein Handy klingelte, und eine mir unbekannte Nummer erschien auf dem Display.

„Martha? Hier ist Klaus-Jürgen."

Ich hatte den Daumen bereits auf der Aus-Taste.

„Leg nicht auf!" rief er. „Ich habe dir etwas Wichtiges zu sagen. Was glaubst du, wer deine Wohnung verwüstet hat?"

„Du!"

„Falsch. So etwas würde ich niemals tun. Es war der Mörder."

„Was sagst du da?" rief ich. Elvis sah mich mit gerunzelter Stirn von der Seite an.

„Du musst da irgendetwas herausgefunden haben, weswegen der Typ hinter dir her ist. Entweder, er hatte es auf dich abgesehen und hat die Bude aus Frust umgekrempelt, weil du nicht da warst, oder er hat was gesucht."

„Wie kommst du darauf?"

„Logische Kombination. Ich war's nicht, und wer soll's sonst gewesen sein? Ein verschmähter Liebhaber? Das glaube ich nicht. Ich denke, dass es genau so aussehen sollte: wie das Werk eines gekränkten Liebeshungrigen. Die obszönen Schmierereien und die übergossene Unterwäsche auf dem Bett. Der Mörder wollte mit dem Schweinkram sein eigentliches Motiv überdecken, in deine Wohnung einzubrechen."

Meine Handflächen wurden feucht. Ich stellte mir vor, was wäre, wenn Klaus-Jürgen tatsächlich die Wahrheit sagte und mit seiner Vermutung richtig lag. War der Pralinen-Mörder mitten in der Nacht in meine Wohnung eingedrungen, um mich zur Strecke zu bringen? Ein Glück, dass ich die Idee mit der Namenstag-Aktion in Bernds Büro hatte! Andernfalls würde ich jetzt mit Löchern im Bauch auf meiner Auslegeware liegen.

„Der Typ ist ein Idiot! Der hat das Schloss mit einem Stemmeisen geöffnet, und dabei die halbe Tür zerlegt. Scheint das noch nicht oft gemacht zu haben."

„Hast du die Polizisten auch von deiner Theorie überzeugen können?"

„Der Gedanke kam mir erst, als sie schon weg waren. Sie haben mein Alibi überprüft. Rolf, Werner, Ernst und Albert bestätigen, dass ich die ganze Zeit mit ihnen vorm Fernseher saß, und deshalb gibt's an meiner Unschuld sowieso keinen Zweifel. "

Wenn ich auch dem Rest der Horde nur bedingten Glauben schenkte – auf Albert konnte ich mich verlassen. Der würde Klaus-Jürgen niemals decken, wenn er mir damit schadete.

Elvis parkte auf dem Seitenstreifen vor Munkemöller, einem Fachgeschäft für gediegene Unterwäsche. Im Schaufenster standen langbeinige, spärlich bekleidete Puppen.

Ich tippte eine Nummer in mein Handy und warf Elvis einen Blick zu. „Kauf du für mich ein, ja? Das Geld geb ich dir gleich wieder. Vier oder fünf Garnituren dürften fürs Erste reichen, meine Größe hat sich nicht geändert. Ich hab im Augenblick überhaupt keinen Kopf für so was."

Elvis grinste scheel. „Kein Problem. Dann müssen wir zu Hause aber ausprobieren, ob's passt."

Ich beachtete ihn nicht weiter, sondern lauschte dem Tuuut im Telefon. „Harry? Hallo, hier ist Martha."

„Hallo Martha, wo brennt's? Du möchtest doch hoffentlich nicht, dass ich wieder jemanden für dich checke?"

„Doch. Es geht um Walter Honnef, Gerd Günther und Udo Löding. Ich möchte wissen, wie sie finanziell aufgestellt sind." Ich gab meinem alten Bekannten Harry, der gleichzeitig Filialleiter der Sparkasse Bremerhavens war, die mir bekannten Daten durch.

„Gleich drei? Meine Güte Martha, du weißt, dass ich deinetwegen in Teufels Küche kommen kann."

„Ach was, du bist doch der Boss von eurem Schuppen, oder etwa nicht? Du hast einen gut bei mir."

„Darauf komm ich zurück. Du könntest mal wieder mit Sophie zur Wassergymnastik ins Bad2 gehen. Allein traut sie sich nicht."

„Klar, gerne. Grüß sie schön von mir, ja? Wann rufst du mich wieder an?"

„Im Laufe des Tages. Hier ist momentan der Teufel los, wir kriegen ein neues Computerprogramm."

Gerade hatte ich aufgelegt, da klingelte das Handy erneut.

„Bernd!" rief ich.

„Wo steckst du, Mama? Soll ich etwa eine Fahndung nach dir einleiten?"

„Nee, lass mal. Ich muss noch ein paar Dinge erledigen, und anschließend kannst du mich wieder an die Nähmaschine binden."

„Wem willst du diesmal auf den Wecker gehen, vielleicht Evi Schraders Nachbarn oder Freunden? Die hab ich schon angewiesen, nicht mit dir zu sprechen. Außerdem kannst du dir die Mühe sparen. Wir haben Heino Hansen erneut einkassiert. Jetzt sieht es gar nicht mehr gut für ihn aus."

„Lass ihn laufen. Er war's nicht."

„Was weißt denn du schon?" schimpfte er. „Hansen ist das einzige Verbindungsglied zwischen Mordopfer eins und zwei. Er kannte beide."

Das war mir neu. Trotzdem war er nicht der Täter. „Dann hat er bei der ersten Vernehmung gelogen?"

„Richtig. Deshalb meine eindringliche Bitte an dich: Hör auf mit dem, was du gerade tust und überlass uns den Abschluss der Ermittlungen. Wir sind fast am Ziel! Du machst dich und uns nur lächerlich."

Ich warf einen Blick hinaus und betrachtete Elvis' Hinterkopf durch die Schaufensterscheibe. „Momentan kaufe ich gerade Unterwäsche ein, wenn's erlaubt ist. Meine hat ja irgendein Irrer unbrauchbar gemacht."

Bernd schwieg einen Moment. Dann sagte er entschuldigend: „So hab ich das nicht gemeint. Ich konnte ja nicht ahnen, dass du dich ausnahmsweise einmal mit alltäglichen Dingen beschäftigst."

„Da siehst du mal, wie man sich täuschen kann."

„Wenn du deine Einkäufe erledigt hast, kommst du zurück zu uns. In deine Wohnung kannst du sowieso noch nicht, und ich will dich im Auge behalten."

„Selbstverständlich."

„In einer Stunde? Sonst werde ich dich suchen lassen, ich schwör's dir!" Bernd war wieder ganz der Alte. Ich legte grußlos auf.

„Sehr knapp, sehr sexy und hundert Prozent reine Seide", verkündete Elvis und legte eine silberne Plastiktüte auf meinen Schoß.

„Baumwolle hätt's auch getan", meinte ich.

„Ich habe blau gewählt, das passt zu deinen Augen."

„Aha."

„Und nun zu Honnef?" fragte Elvis geduldig.

„Nee, der muss noch warten. Erst mal zu Elfriede."

Elvis nickte ergeben, startete und fädelte sich in den Verkehr ein. Es hatte endlich aufgehört zu regnen, und er schaltete die Scheibenwischer aus. Gedankenverloren sah ich auf den regennassen Asphalt und den dunkel werdenden Himmel. Der Tag neigte sich bereits dem Ende, und ich hatte noch so viel vor.

Elfriede erwartete mich mit verweinten Augen und fiel mir um den Hals wie eine Ertrinkende. Sie nahm Elvis, der sich diskret etwas abseits hielt, gar nicht wahr.

„Martha, wie gut, dass du endlich da bist. Bestimmt hast du schon einen Plan, wie du Heino wieder freibekommst."

„Ich will den Mörder finden. Dann kommt Heino von ganz allein wieder frei."

„Wie soll ich bloß zurecht kommen ohne meinen Mann? Er fehlt mir schon jetzt, obwohl er erst ein paar Stunden fort ist. Aber zum Glück bist du jetzt bei mir!" Ihre violett geäderte, schmale Hand zitterte, als sie sich eine Haarsträhne aus dem Gesicht strich.

„Meine Wohnung ist noch nicht wieder bewohnbar. Wenn du möchtest, übernachte ich bei dir." Aus dem Augenwinkel bemerkte ich, wie Elvis' Gesicht immer länger wurde.

„Das wäre wunderbar! Ich würde sonst kein Auge zukriegen."

„Vorher habe ich allerdings noch etwas zu tun, ich komme später wieder", versprach ich.

„Nein!" protestierte Elfriede. „Ich bleib hier nicht allein. Nimm mich mit, egal wohin!"

Elfriede als Klotz am Bein – nein danke! Ich war kein bisschen scharf darauf, meine zartbesaitete Freundin mitzuschleppen.

„Kannst du nicht zu einem deiner Nachbarn gehen, bis ich wieder zurück bin? Oder eine Freundin einladen?" schlug ich vor.

„Gott bewahre! Die Nachbarn reden schon über uns, und meine beste Freundin bist du."

Elfriede klammerte sich an meinen Arm wie ein Äffchen. Elvis verdrehte genervt die Augen und wandte sich zum Gehen. Auf halbem Weg zum Auto rief er grollend: „Was ist mit deinen Sachen?"

Ich folgte ihm im Gleichschritt mit Elfriede, die mich nicht mehr losließ. Mit mürrischem Gesichtsausdruck öffnete Elvis den Kofferraum und überreichte mir den Rucksack. Der gelbe Bolzenschneider sprang mir ins Auge und erinnerte mich daran, wo ich in diesem Augenblick ohne Elvis' Hilfe säße. Er knallte den Kofferraumdeckel wieder zu und angelte im Auto nach der Plastiktüte mit der seidigen Unterwäsche. Mit spitzen Fingern hielt er sie vor meine Nase.

„Tut mir leid, aber ich kann Elfriede in dieser Situation nicht allein lassen, das verstehst du doch, oder?"

„Klar doch." Sein Blick strafte seine Worte Lügen. Wortlos glitt er hinters Steuer und fuhr mit schnurrendem Motor davon.

14

„Wo wollen wir denn hin?" erkundigte sich Elfriede zaghaft, nachdem sie die Haustür abgeschlossen und sich bei mir untergehakt hatte.

Ich ging mit langen Schritten den Gehweg entlang, und sie tippelte eilig neben mir her. Die Luft roch frisch und kühl nach dem stundenlangen Regen und zauberte ein wenig Farbe auf Elfriedes blasses Gesicht. Hinter einigen Fenstern sah ich den blauen Schein von flimmernden Fernsehern.

„Zu Walter Honnef. Ich muss ihn ein paar Dinge fragen."

„Ach", seufzte Elfriede. „Ich hab ihn noch nicht wiedergesehen, seit ..."

„Woher kennt Heino Evi Schrader?"

„Evi ist die Tochter von Hanni Schrader, geborene Wiegand. Und Hanni war Heinos Jugendliebe."

„Kannten sie sich gut? Ich meine Evi und Heino?"

„Nein, ich glaube nicht. Es waren eher zufällige Begegnungen."

„Und warum hat Heino die Polizei angelogen?"

Elfriede ruckelte an meinem Arm und zwang mich stehenzubleiben. Sie schnappte nach Luft. „Warum rennst du nur so? Da komme ich gar nicht mit."

Ich wiederholte meine Frage.

„Ich weiß es nicht. Wahrscheinlich wollte er vermeiden, dass man ihn für den Mörder hält. Es ist ja ein seltener Zufall, wenn man beide Opfer kennt und trotzdem nichts mit der Sache zu tun hat."

„Da hast du recht, aber Heinos Verhalten war total bescheuert. Jetzt sitzt er richtig in der Scheiße."

Elfriede zuckte erschreckt zusammen. „Benutze doch nicht solche scheußlichen Wörter, Martha! Vielleicht war es dumm von Heino, aber ich bin sicher, er wollte nur das Beste."

„Bestimmt", murmelte ich und zog sie weiter.

Als ich Walter Honnefs Haus sah, wiederholte sich plötzlich vor meinem inneren Auge die Szenerie von Charlottes Abtransport im Leichenwagen. Ich bekam eine Gänsehaut auf den Unterarmen, und mein Mund fühlte sich auf einmal ganz trocken an. Ich dachte an die Kripo-Fotos von Evi Schrader, die tot auf dem Küchenfußboden lag, und plötzlich traten meine Bedenken, Walter Honnef nach meinem peinlichen Auftritt mit dem Badelaken wieder zu begegnen, in den Hintergrund. Beherzt betätigte ich den Löwenkopf-Türklopfer. Elfriede hatte meinen Arm auf dem Gehweg zum Haus losgelassen und befand sich zwei Schritte hinter mir. Wie ein zur Flucht bereites Kaninchen stand sie mit flackerndem Blick auf dem Gartenweg.

Die Tür öffnete sich, und ich stand Walter gegenüber.

„Sie? Die Seelsorgerin?" fragte er und konnte sich ein Schmunzeln nicht verkneifen. „Ich hätte nicht damit gerechnet, dass Sie so dreist sind und sich noch mal hierher trauen."

„Nun, jetzt wissen Sie's", entgegnete ich und lächelte ihn treuherzig an. „Entschuldigen Sie, dass ich Sie bei unserer letzten Begegnung in Verlegenheit gebracht habe."

„Schon gut", winkte er ab. Er wurde wieder ernst. „Ich glaube aber kaum, dass Sie deswegen hier sind."

„Richtig. Ich habe meine Freundin Elfriede Hansen dabei, und wir möchten mit Ihnen sprechen. Frau Hansen hat ein Problem, bei dessen Lösung Sie uns möglicherweise helfen können."

Die Idee zu dieser Einleitung war mir gerade gekommen. Vielleicht stellte es sich nun doch als gar nicht so nachteilig heraus, Elfriede mitgebracht zu haben.

„Oh, Frau Hansen!" Walter Honnef trat aus der Tür und begrüßte Elfriede, die aus meinem Schatten auftauchte, mit einem freundlichen Handschlag. „Ich wollte Sie ohnehin bald einmal anrufen. Bisher war ich dazu nur noch nicht in der Lage."

„Das verstehe ich sehr gut", entgegnete Elfriede im Flüsterton. Jetzt hielt sie den Blick gesenkt.

Walter ging voran und bat uns hinein. Vor der Tür zum Wohnzimmer zögerte er und führte uns dann in die Küche, die mir vom Saufgelage noch in bester Erinnerung war. Elfriede setzte sich in den Winkel der Eckbank, ich nahm am Kopfende auf einem Stuhl Platz.

„Sie haben mich neugierig gemacht. Um welches Problem geht es, bei dem ich Ihnen behilflich sein kann?" fragte er, nachdem er sich ebenfalls gesetzt hatte.

„Heino Hansen war zufälligerweise mit beiden Opfern bekannt, und die Kripo glaubt deshalb, dass er der Täter ist."

„Ihr Mann?" fragte Walter überrascht, an Elfriede gewandt. „Das kann ich mir überhaupt nicht vorstellen. Warum sollte er Charlotte ... Nein!" Er schüttelte überzeugt den Kopf. Elfriede ahmte ihn wortlos nach.

„Deshalb sind wir hier, Herr Honnef. Sie wissen sicher inzwischen, dass ich nicht der Polizei angehöre, aber ich habe trotzdem ein großes Interesse daran, den Mord an Ihrer Frau aufzuklären. Ich möchte meiner besten Freundin und ihrem Ehemann helfen."

„Und welchen Grund haben Sie sonst noch?" Honnef war nicht blöd.

„Hmm, nennen wir es persönliche Motivation."

„Ich habe schon gehört, dass Sie eine Hobby-Detektivin sind. Der leitende Kripo-Beamte deutete so etwas an."

„Mein Sohn, ja. Ihm sind meine, äh, Aktivitäten, nicht ganz recht."

Honnef schmunzelte. „Nun, ich war zuerst ganz schön wütend, als ich erfuhr, dass ich Ihnen auf den Leim gegangen bin. Aber seit Gerd eine lädierte Nase hat, ist mein Ärger wie weggeblasen."

Ich räusperte mich, denn ich war mir nicht sicher, was ich darauf entgegnen sollte.

„Das waren doch auch Sie, oder? Eine ältere Dame mit Perücke? Wer war denn der Typ, der Gerd eins drauf gehauen hat?"

„Ich weiß nicht, wovon Sie sprechen", entgegnete ich mit unbewegter Miene. Schließlich ging es um Einbruch und Körperverletzung.

Walter lachte auf. „Ach, lassen wir's gut sein. Wie kann ich Ihnen denn nun helfen?"

„Ich muss alles wissen über die Verbindung zwischen Ihrer Frau und Evi Schrader. Auch über Charlottes Verhältnis zu ihrem Schwiegersohn, Vorgesetzten, Bekannten und Ihnen selbst. Im Grunde genommen müssen Sie Charlottes ganzes Leben vor mir ausbreiten."

Er kratzte sich am Kinn. „Diese Dinge habe ich mit der Kripo schon x-Mal durchgekaut. Es ist nichts Brauchbares dabei herausgekommen."

„Ich weiß, ich kenne die Akte. Aber die Jungs müssen was übersehen haben."

Honnef zog die Augenbrauen hoch und sah mich belustigt an. „Ja, wenn Sie die Akte kennen, was soll ich Ihnen dann noch erzählen?"

„Das, was Sie der Polizei nicht erzählt haben. Zum Beispiel, wie Veronika reagiert hat, als sie erfuhr, dass Sie nicht ihr Vater sind." Ihm fiel die Kinnlade runter, und sein Gesicht bekam die Farbe von Käse. „Wie kommen Sie denn jetzt darauf? Und was hat das mit Charlottes Tod zu tun?"

„Das wird sich noch herausstellen. Wie hat Veronika reagiert, als sie es erfuhr?"

Walter schluckte hart und starrte zu Boden. „Das war der schlimmste Tag meines Lebens. Veronika ist ausgerastet, sie hat ihre Mutter und mich aufs Übelste beleidigt. Als sie herausfand, dass auch ich all die Jahre nichts geahnt habe, richtete sie ihren geballten Zorn auf Charlotte. Sie sagte, sie wolle nie wieder etwas mit ihr zu tun haben.“

„Hat sie ihre Drohung wahr gemacht?“

Walter nickte wie in Zeitlupe. Sein Blick verharrte noch immer im Nichts.

„Veronika hat nicht mehr mit ihrer Mutter gesprochen? Bis zu deren Tod? Und Gerd?“

Walter lachte bitter auf. „Der hat getan, als ob nichts wäre und sie weiterhin um Geld angebettelt. Für sein neues Unternehmen.“

Ich sah hinüber zu Elfriede, die wie ausgestopft dasaß. Ich glaube, sie blinzelte nicht einmal. Walter stand auf und schenkte sich aus der Cognacflasche ein, die auf der Küchenarbeitsplatte stand. Er leerte das Glas in einem Zug. Dann begann er, die Hände auf dem Rücken verschränkt, in der Küche auf und ab zu laufen. Seine Haltung und sein Gang erinnerten mich an den Lehrer, der er ja auch war.

„Meine Gefühle für Veronika haben sich nicht geändert. Sie ist und bleibt meine Tochter.“

„Und die Gefühle für Ihre Frau?“

„Nun, da gab es einen tiefen Riss, den wir bis zu ihrem Tode nicht kitten konnten. Wir haben kaum noch ein vernünftiges Gespräch miteinander geführt, und Zärtlichkeiten gab’s gar keine mehr. Charlotte behauptete steif und fest, dass sie immer geglaubt habe, Veronika sei von mir. Aber eine Frau muss doch wissen, von wem sie ein Kind bekommt, oder etwa nicht? Tatsache ist jedenfalls, dass sie damals außer mir noch einen anderen Mann im Bett hatte. Und was für einen! Krasser kann der Gegensatz ja wohl nicht sein.“

„Vielleicht wollte Charlotte gar nicht mit Lonzo Zacharias schlafen.“

Elfriede räusperte sich peinlich berührt und lief puterrot an. Walter schien ähnlich zu empfinden. „Na, nun hören Sie aber auf, das geht mir jetzt entschieden zu weit.“

„Charlotte wurde von Lonzo vergewaltigt. Sie hat nie darüber gesprochen, weil sie sich so sehr schämte. Und sie befürchtete, dass Sie sie nicht mehr lieben würden, wenn Sie wüssten, was passiert ist. Deshalb hat sie Lonzo damals auch nicht angezeigt.“

Walter machte auf dem Absatz kehrt, war mit einem Sprung bei mir, packte mich hart am Oberarm und starrte mich aus kohlschwarzen Augen zornig an. Drohend ragte er vor mir auf, sein Gesicht färbte sich vor Zorn dunkelrot.

„Was soll das? Wollen Sie mir ein schlechtes Gewissen einreden mit Ihren Märchen? Sehen Sie zu, dass Sie verschwinden, ich hätte Sie gar nicht reinlassen sollen. Raus mit Ihnen, raus!"

Seine Stimme überschlug sich, während er grob an meinem Arm zerrte. Ich bewahrte Ruhe und blieb auf dem Küchenstuhl sitzen.

„Als es passierte, waren Sie nicht in Bremerhaven. Sie verbrachten vier Wochen in Freiburg. Dort fand eine Fortbildung für Referendare statt", beharrte ich.

Walter ließ mich los und fiel mehr auf seinen Stuhl, als dass er sich setzte. Er legte eine Hand auf die Brust, als wolle er seinen Herzschlag beruhigen. Seine Gesichtsfarbe wechselte auf kreideweiß.

„Mein Gott, woher wissen Sie das alles? Das können Sie sich unmöglich ausgedacht haben. Ich ... ich war in Freiburg ... damals ... Ein paar Wochen später sagte mir Charlotte, dass wir ein Kind bekommen", keuchte er.

„Ihre Frau hat sich ihren Kummer von der Seele geschrieben. Sie hasste sich selbst für ihr damaliges Verhalten, und sah all die Jahre keinen Ausweg aus der einzigen, aber dafür umso schwerer wiegenden Lüge ihres Lebens."

„Wenn es tatsächlich stimmt, was Sie sagen ...", stammelte Walter. Ich sah, wie in ihm ein innerer Kampf tobte: Die wachsende Erkenntnis gegen die Angst vor der Wahrheit. „Das wäre der blanke Horror. Das wäre ... Die letzten Wochen vor ihrem Tod waren so ... Wir hätten doch ... Wenn ich nur geahnt hätte ..." Er stockte. Plötzlich schlug seine Hilflosigkeit in abgrundtiefen Hass um: „Zu seinem Glück sitzt das Schwein im Gefängnis, sonst würde ich ihn umbringen, das schwöre ich!"

„Zacharias sitzt nicht mehr im Gefängnis. Ich bin ihm in den letzten Tagen zweimal begegnet."

Walter sprang auf. „Er läuft frei herum? Das ... das gibt's doch gar nicht! Ich dachte, der muss noch wer weiß wie viele Jahre absitzen!"

„Anscheinend gab es Verfahrensfehler, und sein neuer Anwalt hat einen Freispruch erwirkt", klärte ich ihn auf.

„Er hat einen neuen Anwalt?"

Vielleicht täuschte ich mich, denn das Licht der Küchenlampe war ziemlich grell, aber ich meinte, dass Honnef um mindestens zwei weitere Nuancen blasser wurde.

„Und wer bezahlt den? Der Staat nicht, der hat doch schon den

Pflichtverteidiger ...", überlegte er laut.

Ich sah ihm an, dass ihm bereits dämmerte, wer das Geld für die erneute Verteidigung bereitgestellt hatte.

„Charlotte?" fragte ich.

Walter schreckte auf, als hätte ich ihn aus dem Schlaf geweckt. „Charlotte? Nein, sie nicht. Das war Veronika! Ich habe vor kurzem etwas aufgeschnappt, worauf ich mir erst jetzt einen Reim machen kann."

„Warum haben Sie der Polizei nichts von Zacharias und der Vaterschaft erzählt?" fragte ich.

„Warum sollte ich? Das ist eine reine Privatangelegenheit und hat mit dem Mord an meiner Frau nicht das Geringste zu tun. Die Folge wäre nichts als hässliches Gerede der Leute gewesen."

Niemand sagte etwas. Das ging eine oder zwei Minuten so. Plötzlich schlug Honnef mit der Handfläche auf den Tisch. Elfriede zuckte bei dem Knall zurück, als hätte sie einen Stromschlag bekommen. Ich blieb ungerührt sitzen.

„Und wenn nun Lonzo Zacharias meine Frau getötet hat?" Aufgebracht lief er durch die Küche und rang die Hände. „Stellen Sie sich das nur mal vor: Die Tochter bezahlt einen Anwalt für den Vater, und der bringt die Mutter um. Gott im Himmel!"

„Beruhigen Sie sich, Zacharias war's nicht."

Mittlerweile wusste ich ja, dass Charlottes Mörder auch Evi Schrader auf dem Gewissen hatte. Und zum Zeitpunkt des ersten Mordes saß Zacharias definitiv noch hinter Gittern. Schade eigentlich.

„Wenn Sie's sagen ...", murmelte Honnef mit sarkastischem Unterton.

„Was ist mit Evi Schrader? Kannten Sie sie?" wechselte ich das Thema.

Walter schien froh darüber, das gab ihm Gelegenheit, die Tragödie zu verdrängen, mit der ich ihn konfrontiert hatte. Er antwortete spontan in sachlichem Ton: „Die junge Frau, die vor ein paar Wochen im Columbus-Center getötet wurde? Ich habe davon gehört, aber ansonsten sagt mir der Name gar nichts."

„Und Charlotte hat auch nie von ihr gesprochen?"

„Nein."

Ich kramte in meiner Handtasche, holte die Je t'aime-Pralinen hervor und legte drei Pralinen nebeneinander auf den Tisch. Dabei ließ ich Walter Honnef nicht aus den Augen.

Der hockte sich erschöpft auf den Küchenstuhl. Er streifte die Pralinen mit einem flüchtigen Blick. Unter seinen rot geäderten Augen zeichneten sich dunkle Schatten ab. Hilflos hob er die Hände und wandte sich damit an Elfriede.

„Ich kann Ihnen nicht weiterhelfen, beim besten Willen nicht. Bitte ...“ Ein feiner Schweißfilm erstreckte sich von seiner Stirn komplett über die Halbglatze.

Ich schob jedem eine Praline hin, wickelte meine aus und biss genüsslich hinein. Elfriede betrachtete das Geschenk eingehend, rührte es aber nicht an, und Walter schien es gar nicht wahrzunehmen.

„Was wissen Sie über die Probleme, die Charlotte zuletzt bei ihrer Arbeitsstelle hatte? Wie war ihr Verhältnis zu ihrem Vorgesetzten Udo Löding?“

Er sah mich fragend an und hob die Schultern. „Probleme? Darüber kann ich Ihnen keine Auskunft geben. Charlotte hat sechs Jahre dort gearbeitet. Sie ist ... war ... sehr pflichtbewusst und korrekt in allem, was sie tat. Grundehrlich, ich habe nie erlebt, dass sie lügt. Sie hasste Lügen. Deshalb war es ja auch solch ein Schock für mich zu erfahren, dass Veronika ...“ Er räusperte sich. „Um auf Charlottes Arbeit zurückzukommen: Ich denke, ihr Chef war zufrieden mit ihr.“

„Sie wollte kündigen“, sagte ich.

„Tatsächlich?“ Mit einer Geste der Verzweiflung rieb er sich die Augen.

„Wir haben einfach zu wenig miteinander gesprochen in der letzten Zeit. Keiner hat dem anderen gesagt, was ihn bedrückt. Das ist nicht gut in einer Partnerschaft, man entfernt sich voneinander ... Das müssen große Probleme gewesen sein, wenn Charlotte vorhatte zu kündigen. Und ich wusste nichts davon ...“

Honnefs Blick verlor sich im zarten Blümchenmuster der Küchentapete. Elfriede gab mir mit einem zaghaften Kopfnicken in Richtung Tür zu verstehen, dass wir aufbrechen sollten.

„Wie ist Ihr vergangenes Wochenende verlaufen? Bitte erzählen Sie mir jedes kleinste Detail, selbst wenn es Ihnen unwichtig erscheint.“

„Auch das hat mich die Polizei bereits gefragt, da gibt's nichts Besonderes zu berichten. Ich war von Samstagmorgen bis Sonntagmittag aufgrund einer Tagung nicht zu Hause. Die Veranstaltung fand in Hamburg statt und hatte verhaltensauffällige Kinder und Jugendliche zum Thema. Als ich heimkam, war ich hundemüde und legte mich für eine oder zwei Stunden aufs Sofa ins Gästezimmer. Anschließend saß ich vorm Fernseher und schaute mir das Handballspiel Deutschland gegen Ungarn an. Danach habe ich mit Charlotte zu Abend gegessen, wir haben gemeinsam den Tatort im Fernsehen angeguckt und dann sind wir ins Bett gegangen."

„Sie haben Charlotte also am letzten Wochenende nur am Sonntagabend gesehen und gesprochen?"

„Ja. Wie es leider in der letzten Zeit so üblich war, unterhielten wir uns über Belanglosigkeiten. Ich erzählte ein wenig von der Tagung, und sie berichtete, dass Hugo Wagenmacher unser Gartenhaus fast fertig gebaut hatte."

„Hugo Wagenmacher, Ihr Nachbar?"

„Richtig. Er ist handwerklich sehr geschickt, und erledigt hin und wieder Arbeiten an unserem Haus oder in unserem Garten. Im Frühjahr hatten Charlotte und ich beschlossen, ein Gartenhaus aufzustellen und konnten diesen Plan dank Hugo nun endlich in die Tat umsetzen. Mir war es zugegebenermaßen zu teuer, eine Firma damit zu beauftragen."

„Welchen Eindruck hat Charlotte am Sonntagabend auf Sie gemacht? War sie nervös? Gestresst? Traurig?"

Walter Honnef schüttelte den Kopf. „Tut mir leid, aber mir ist überhaupt nichts aufgefallen. Sie war wie immer in der letzten Zeit: höflich, freundlich, abwartend. Ich denke, sie wünschte sich, dass ich die Sache mit Veronika akzeptierte und alles wie früher wurde, und übte sich bis dahin in Geduld."

Mir fiel nichts mehr ein, was ich Walter hätte fragen können, obgleich ich nicht das Gefühl hatte, meinem Ziel deutlich näher gekommen zu sein. Alle Energie war aus dem Witwer gewichen. Er blieb zusammengesunken auf dem Küchenstuhl sitzen und machte keine Anstalten, uns zur Haustür zu geleiten, als wir uns von ihm verabschiedeten. Als ich die schwere Eichentür hinter mir zuzog, fiel mein Blick auf das Haus gegenüber, und ich beschloss, mein Glück bei Familie Wagenmacher zu versuchen. Die Frau des Hauses öffnete, noch bevor ich den Klingelknopf berührt hatte. Überschwänglich bat sie uns in ihr altdeutsch eingerichtetes Wohnzimmer. Ich ließ mich auf dem wuchtigen, blattgrünen Sofa nieder. Elfriede setzte sich neben mich, presste die Ellenbogen an ihre Taille und umfasste ihre Knie, als wolle sie möglichst wenig Platz für sich beanspruchen. Gisela Wagenmacher trug eine modisch karierte Bundfaltenhose und eine akkurat gebügelte weiße Bluse, durch deren Stoff ein breiter, weißer Spitzen-BH schimmerte. Aufgeregt befeuchtete sie ihre orange-rot geschminkten Lippen.

„Und? Was haben Sie Neues erfahren? Hat Walter gestanden? Sich in einem Lügennetz verstrickt?"

„Nein, nein", nahm ich ihr den Wind aus den Segeln. „Ich würde gern Ihren Mann sprechen, ist er wohl da?"

Gisela Wagenmacher machte große Augen, ihre Nasenflügel bebten. „Meinen Mann? Was hat der damit zu tun? Haben Sie jetzt etwa meinen Hugo in Verdacht?"

„Natürlich nicht. Aber er war am vergangenen Wochenende drüben und hat dort ein Gartenhaus aufgestellt. Vielleicht ist ihm irgendetwas aufgefallen."

Plötzlich erstarrte Gisela Wagenmachers grell geschminktes Gesicht zu einer Maske. Sie hielt ihre Lippen fest aufeinander gepresst, und ich sah einen Muskel in ihrem Kiefer zucken. Sekunden später löste sich plötzlich die Starre, und sie schenkte Elfriede und mir ein strahlendes Lächeln.

„Sie haben Glück, Hugo ist tatsächlich zu Hause. Kommt ja nicht so oft vor, meistens treibt er sich in der Weltgeschichte herum."

Ihr schriller Tonfall klang aufgesetzt fröhlich, und ich meinte, Bitterkeit darin mitschwingen zu hören. Ich hegte jedoch keinerlei Ambitionen, das Eheglück der Familie Wagenmacher zu analysieren.

Ein paar Minuten später kehrte Gisela in Begleitung ihres Mannes zurück. Hugo Wagenmacher war eine imposante Erscheinung. Als er im Türrahmen auftauchte, blieb mir für einen Augenblick glatt die Spucke weg. Er war Anfang fünfzig und wirkte durchtrainiert bis in die Haarspitzen. Sein graumeliertes Sportshirt spannte etwas über seinem breiten, muskulösen Brustkorb, und die ausgeblichene Jeans brachte seine schmalen Hüften und den knackigen Hintern perfekt zur Geltung. Ein Rest Sonnenbräune überzog seine Haut bis hin zu einem attraktiven Gesicht mit leuchtend blauen Augen samt Dreitagebart.

Hugo hatte eine sympathische Ausstrahlung. Sein Lächeln wirkte echt, als er Elfriede und mich mit einem festen Händedruck begrüßte.

„Ob mir drüben bei Honnefs was aufgefallen ist?" wiederholte er meine an ihn gerichtete Frage. Er schob die Ärmel seines Shirts hoch und entblößte muskulöse Unterarme. „Nee, gar nichts. Walter war nicht da, und Charlotte hat sich nur zwei- oder dreimal sehen lassen, während ich am Werkeln war."

„Nur?" fragte ihn seine Frau spitz, bevor sie sich uns mit einem Augenzwinkern zuwandte, als wären wir Frauen Verbündete.

„Was soll das schon wieder, Gisela? Ja, sie war zwei- oder dreimal draußen und hat gefragt, ob ich Kaffee möchte oder Bier oder irgendwas. Schließlich stellte sie eine Flasche Mineralwasser für mich hin."

„Hat sie mit Ihnen gesprochen?" lenkte ich Hugos Aufmerksamkeit wieder auf mich.

Hugo zuckte die Schultern. „Nichts Erwähnenswertes. Über die Qualität des Holzes, die Stabilität des Fundaments und unser Glück mit dem Wetter, so'n Zeugs halt."

Frau Wagenmacher beobachtete ihren Mann mit Argusaugen.

„War Charlotte anders als sonst?" wollte ich wissen.

„Nein, mir ist wirklich nichts an ihr aufgefallen."

„Erledigen Sie oft handwerkliche Arbeiten in der Nachbarschaft?"

„Nur bei den Honnefs, und das auch nur hin und wieder. Ich bin Tischlermeister und in meinem Job ziemlich eingespannt. Überstunden sind in unserem Betrieb eher die Regel als die Ausnahme."

Frau Wagenmacher schürzte die Lippen.

„Haben Sie dem noch etwas hinzuzufügen?" fragte ich sie.

Sie beeilte sich, den Kopf zu schütteln. Ihre Unruhe war jedoch unübersehbar. Anscheinend brannte ihr etwas unter den Nägeln.

„Was ist denn nun mit Walter? Er war's doch, oder?" platzte es aus ihr heraus.

„Walter Honnef?" Hugo fiel aus allen Wolken und tippte sich an die Stirn. „Du denkst, dass Walter seine Frau ermordet hat? Ich glaub, du spinnst!"

Seine Frau zog einen beleidigten Flunsch. „Du bist ja nie zu Hause und hast nicht mitgekriegt, wie er sie beschimpft hat. Viola meint auch ..." Sie brach ab und biss sich auf die Lippen, als sei ihr etwas herausgerutscht, was sie nicht hatte sagen wollen.

Hugos leuchtend blaue Augen blickten plötzlich hart. „Deine Freundin Viola Hünerfus sollte mal lieber vor ihrer eigenen Tür kehren! Und du solltest dich besser von ihr und ihrem bösartigen Geschwätz fernhalten, aber das hab ich dir ja schon hundertmal gesagt."

Es war bereits dunkel, als wir aus dem Haus der Wagenmachers traten. Der Asphalt glänzte nass im schwefelgelben Licht der Laternen, doch zum Glück machte der Regen gerade eine Pause. Die Luft war kalt, und dünne Nebelschwaden zogen über die Straße. Elfriede hakte sich bei mir unter und zog fröstelnd die Schultern hoch.

„Ich hätte nie gedacht, dass Veronika nicht Walters leibliches Kind ist. Charlotte hat das nicht gewusst. Sie war eine durch und durch ehrliche

Person, davon bin ich überzeugt. Wie scheußlich, die ... Sache mit Lonzo Zacharias. Und dass sie all die Jahre mit diesem Geheimnis lebte. Walter ist so ein aufrichtiger Mann, er hätte bestimmt ..."

„Kann ich mir euren Mercedes noch mal ausleihen?" unterbrach ich sie.

„Natürlich, wo wollen wir denn hinfahren?"

„Zur Familie Günther. Und anschließend zu Evi Schraders Wohnung."

„Muss das sein? Ich möchte gar nicht gern zu Veronika und ihrem unfreundlichen Mann."

„Dann bleib doch zu Hause", riet ich frohlockend.

„Nie und nimmer bleib ich allein. Dann fahre ich lieber mit."

Das Auto der Hansens hatte nach wie vor Beulen. Heino war vermutlich noch nicht dazu gekommen, eine Werkstatt zu beauftragen. Prima, dann würde es auf einen weiteren Kratzer auch nicht ankommen! Ich war noch nicht mal die Auffahrt ganz runter, schon schrammte das Hinterteil des Silberpfeils am Betonpfeiler entlang, der überflüssigerweise dort herumstand. Das Blech knirschte so grässlich auf dem rauen Mauerwerk, dass ich Zahnschmerzen davon bekam. Elfriede steckte sich die Zeigefinger in die Ohren und kniff die Augen zusammen. Endlich war ich auf der Straße und hatte gerade den ersten Gang eingelegt, als mein Handy klingelte. Schnell schaltete ich in den zweiten Gang und fischte mit der freigewordenen Hand das Gerät aus der Handtasche.

Harry war dran. Er war einer dieser seriösen Bankmenschen, die niemals einen Laut der Überraschung hervorbringen, auch dann nicht, wenn jemand so immens hohe Schulden hat, dass er sein Lebtag nicht wieder froh wird. Mit gewohnt sachlich-nüchterner Stimme verlas er die Soll- und Haben-Stände der Bankkonten der drei Herren samt weiterer Vermögen und Verbindlichkeiten.

Souverän fädelte ich mich schließlich auf der Weserstraße nahtlos in den fließenden Verkehr ein.

Harrys Bericht enthielt keine großartigen Neuigkeiten für mich: Walters Finanzsituation war solide, Gerd Günthers Kreditrahmen bis zum Limit ausgeschöpft, und von Udo Lödings Konto gingen zwar regelmäßige Unterhaltszahlungen, aber erstaunlich wenige Ausgaben für den Hausbau ab. Auf seinem Baugrundstück an der Walter-Delius-Straße lastete keine Hypothek. Hatte er über so viel Erspartes verfügt, oder das Grundstück dank Schmiergeldzahlungen erworben? Möglicherweise hatte er auch eine größere Erbschaft gemacht.

Ich bedankte mich bei Harry und versprach, seine Frau nächste Woche zur Wassergymnastik abzuholen. Ich warf das Telefon aufs Armaturenbrett. Im gleichen Augenblick wurde ich rücksichtslos von einem Fahrzeug überholt und ausgebremst. Und das mitten auf der vielbefahrenen Weserstraße! Ich belegte den Fahrer mit derben Schimpfworten, die hauptsächlich mit seiner Mutter und deren vermeintlicher Tätigkeit im horizontalen Gewerbe zu tun hatten. Per Seitenblick stellte ich fest, dass Elfriede sich krampfhaft an den Kanten ihres Sitzes festklammerte und ihre Lippen so fest aufeinanderpresste, dass diese weniger als ein bleistiftdünner Strich waren. Als ich wieder geradeaus schaute, erblickte ich einen Balken, auf dem mit roten Leuchtbuchstaben „Halt! Polizei!" zu lesen stand.

Der Wagen fuhr im Schneckentempo vor mir her und zwang mich zum Bremsen, doch alles in mir schrie nach Gasgeben und Überholen. Es sprachen weitaus mehr Gründe für Flucht, als dafür, mich Bernds Kollegen zu stellen. Warum auch immer sie mit mir sprechen wollten, es konnte nichts Gutes dahinterstecken. Und ehe ich mich versah, würde ich wieder in Bernds Rumpelkammer festsitzen

Elfriede, wahrlich keine Blitzmerkerin, musste meine Gedankengänge aufgefangen haben.

„Halt an, Martha!" kreischte sie. „Sonst rasen die mit Tatütata hinter uns her, stellen Straßensperren auf, und am Ende erschießen sie uns."

Doch ich fürchtete die Nähmaschine mehr als den Tod. Sie erschien in ihrer ganzen scheußlichen Pracht vor meinem geistigen Auge: alt, verstaubt, klobig und furchtbar schwer. Ich dachte mit Grauen an die roten Schwielen an meinem Fußgelenk, die das kalte Metall hinterlassen hatte, und trat aufs Gaspedal, schmiss den Blinker links raus und warf zum Überholen einen kurzen Blick in den Außenspiegel.

Diesen Moment nutzte Elfriede, beugte sich herüber, drehte flink den Zündschlüssel, zog ihn heraus und schob ihn im Bruchteil einer Sekunde unter ihren Hintern. Am liebsten hätte ich sie gewürgt. Verdutzt glotzten die beiden Streifenpolizisten zu uns herüber: Sie erblickten zwei Damen reiferen Jahrgangs in einem ramponierten Silberpfeil mit voller Beleuchtung und ausgeschaltetem Motor auf der Gegenfahrbahn.

Ich war außer mir vor Wut auf Elfriede, die wie eine verschreckte Henne auf ihrem Ei saß und am ganzen Leib zitterte. Ihr Gesicht war blutleer, ihre Augen huschten hin und her, und sie stammelte sinnlose

Laute wie Bä-bä und Pu-pu. Vermutlich hatte sie sich vor ihrem eigenen Schneid erschreckt, und nun war sie in eine Art Schockzustand gefallen. Ich schaltete das Warnblinklicht ein und beobachtete die beiden Polizisten, wie sie hektisch einen Arm voll rot-weißer Verkehrsleitkegel auf meiner Straßenseite verteilten. Schon klopfte es an die Scheibe.

Ein altgedienter Hüne mit breitem, flachem Gesicht, das mich an einen Pfannkuchen erinnerte, wünschte mir einen guten Abend. Sein Kollege war ein Jungspund mit auffallenden O-Beinen. Fußball oder Bullenreiten, ich tippte auf Ersteres.

„Allgemeine Fahrzeugkontrolle. Ihren Führerschein und Ihre Fahrzeugpapiere, bitte!"

Der Atem des Pfannkuchenmannes roch intensiv nach Knoblauch und Zwiebeln. Wahrscheinlich hatten die beiden eine türkische Imbissbude überfallen, bevor sie mich ausbremsten.

„Einen Moment", bat ich und kramte in meiner Handtasche. Weil ich seit Jahren keinen Führerschein benötigt hatte, schleppte ich selbstverständlich auch keinen mit mir herum. Er war zusammen mit meinem Haus verbrannt, und ich hatte es bisher noch nicht als wichtig erachtet, ein Ersatzmodell zu beantragen.

Papiere für den Silberpfeil hatte ich auch keine, und Elfriede zu fragen war sinnlos, denn sie stotterte noch immer ihre Bä-bäs und Pu-pus vor sich hin wie eine Geistesgestörte. Ich durchforstete mein Portemonnaie nach einem brauchbaren Ersatz und entschied mich für meine Edeka-Rabattkarte. Alternativ hätte ich noch die EC-Karte der Bank und eine Berechtigungskarte für die kostenlose Bücherausleihe in der Stadtbibliothek zur Hand gehabt. Die Rabattkarte hatte jedoch den Vorteil, dass darauf meine Adresse geschrieben stand.

Der junge Kollege war näher getreten, und nun beugten sich beide über meine Edecard. Verwundert sahen sie erst sich und dann mich an.

„Wir sind hier nicht im Supermarkt, Verehrteste!" belehrte mich Teiggesicht. „Ich hätte gern Ihre Fahrerlaubnis gesehen."

„Und den Fahrzeugschein", schnarrte Jungspund.

„Hab ich leider nicht dabei. Dies ist ein Notfall, und ich hatte keine Zeit mehr, solcherlei Dinge zusammenzutragen. Hier steht meine Adresse drauf, und das muss Ihnen für heute genügen."

Pfannkuchen war es nicht gewohnt, dass irgendjemand ihm sagte, was ihm genügen müsse und was nicht. Das merkte ich ihm an.

„So geht das aber nicht, werte Dame!" Seine Stimme klang eine Spur ungehaltener als gerade eben noch. „Sie gefährden den Straßenverkehr, indem Sie während der Fahrt ohne Freisprecheinrichtung telefonieren. Anschließend machen Sie Anstalten, unsere Weisung zu missachten, und schließlich händigen Sie uns eine Rabattkarte statt der erforderlichen Papiere aus."

Ich hoffte inständig, dass Bernd noch keine groß angelegte Fahndung nach mir eingeleitet hatte, sonst würde mich die Gendarmerie in Kürze festnehmen. Ich holte tief Luft, setzte alles auf eine Karte, sah Pfannkuchen durchdringend an und entgegnete streng: „Genug geplaudert! Ich bin Martha Millers, die Mutter von Kriminaloberkommissar Bernd Millers. Mein Sohn verlangt meine Anwesenheit in einer dringenden Angelegenheit, und deshalb bin ich unterwegs zu ihm. Schicken Sie die Rechnung für meine Verkehrsvergehen bitte zu seinen Händen, er wird für alles aufkommen. Und nun lassen Sie mich weiterfahren, ich hab's eilig!"

Vielleicht war es ein bisschen unfair, Bernds Titel für meine Zwecke herhalten zu lassen, aber ich redete mir ein, dass er ohnehin schon sehr erbost war und es deshalb auf ein weiteres Ärgernis nicht ankam. Die beiden Beamten sahen sich verwirrt an. Ich betete im Stillen, dass sie sich nicht über Funk bei Bernd rückversicherten.

„Nun machen Sie schon! Geben Sie mir meine Rabattkarte zurück, und machen Sie Platz! Sonst wird mein Sohn Ihnen die Hölle heiß machen, darauf können Sie Gift nehmen."

Der Pfannkuchen wisperte dem Jungen etwas zu. Dieser wich erschreckt zurück, wahrscheinlich weil Pfannkuchen so herbe aus dem Mund roch. Dann beugte sich der Ältere hinab zu mir und reichte mir das gelbe Kärtchen durchs Fenster. Er setzte ein breites Lächeln auf, das seine Augen allerdings nicht erreichte.

„Tut mir leid, wenn wir Ihnen Unannehmlichkeiten bereitet haben, Frau Millers. Und bestellen Sie Ihrem Sohn recht schöne Grüße."

Pfannkuchen und Jungspund tippten zum Gruß an die Dienstmützen und beeilten sich, die rot-weißen Kegel von der Straße zu sammeln. Ich fahndete indes unter Elfriedes spitzen Gesäßknochen nach dem Schlüssel. Als die beiden Polizisten samt ihrem Dienstfahrzeug im Rückspiegel kleiner wurden, atmete ich erleichtert auf.

Elfriedes sinnloses Gestammel ging in stupides Summen über. Nach ein paar Minuten verstummte sie. Konzentriert fuhr ich durch die Straßen und bemühte mich, sämtliche Verkehrsregeln zu beachten.

Den Wohnsitz der Günthers fand ich auf Anhieb wieder. Ich stellte den Wagen am Straßenrand ab, schaltete die Beleuchtung aus und sah zum Haus rüber. Die beiden Fenster im oberen Stockwerk waren erleuchtet, und im Wohnzimmer brannte ebenfalls das Licht. Auch die Außenbeleuchtung war eingeschaltet und das Garagentor geschlossen. Die Vermutung lag nahe, dass jemand daheim war.

Ich hoffte, Veronika anzutreffen – auf Gerds Anwesenheit war ich überhaupt nicht scharf. Ich mochte mir gar nicht ausmalen, was dieses muskelbepackte Ungeheuer mit mir anstellte, wenn er mich in die Finger bekam. Glücklicherweise hatte ich Elfriede dabei, die zwar keinen Piep sagte, aber immerhin als Zeugin fungierte, so dass Gerd hoffentlich vernünftig sein würde.

„Okay, die Party kann losgehen", rief ich betont munter und öffnete die Wagentür. Die Innenbeleuchtung ging an, und ich ergriff meine Handtasche. Neben mir regte sich nichts. Elfriede schlief den Schlaf der Gerechten. Ihr Mund war leicht geöffnet, und ihre Augenlider flatterten, als träumte sie. Als ich vorsichtig an ihrer Schulter rüttelte, schnappte sie nach Luft, stieß einen Schnarchlaut durch die Nase aus und schlief weiter.

In Heinos Handschuhfach fand ich neben einer Mundharmonika, einer Parkscheibe, einer Taschenlampe und einer Broschüre des Deutschen Schifffahrtsmuseums einen Kugelschreiber und einen Vordruck der Versicherung für die Schadensmeldung bei Verkehrsunfällen. Auf die Rückseite des Blattes schrieb ich eine Nachricht für Elfriede und hinterließ diese auf meinem Sitz. Mit einem mulmigen Gefühl im Bauch überquerte ich die Straße und betrat das Grundstück der Günthers. Außer dem leisen Geräusch meiner Sohlen auf dem Gartenweg war es rundherum totenstill. Vor der Haustür durchwühlte ich meine Handtasche, bis ich die K.o.-Spraydose gefunden hatte. Ich schloss meine linke Faust fest um das kühle Gehäuse und redete mir ein, für alle Eventualitäten gewappnet zu sein. Mit der rechten Hand drückte ich auf die Klingel und atmete tief in meinen Bauch hinein. Ich hatte die Klingeltaste gerade betätigt, da wurde die Tür schon aufgerissen, und eine aufgelöste Veronika Günther stand mir gegenüber. Ich war heilfroh – hatte ich mich gedanklich doch voll und ganz auf ihren Gatten eingestellt.

Veronika wirkte gehetzt und konfus. Ihre Augen glänzten fiebrig, und ein Schweißfilm schimmerte auf ihrer blassen Gesichtshaut. Nach ihrem Gebaren zu urteilen hätte ich vermutet, es sei etwas noch Schlimmeres als die Ermordung ihrer Mutter geschehen.

„Guten Abend, Frau Günther, entschuldigen Sie die Störung, darf ich wohl einen Augenblick eintreten?" fragte ich höflich.

„Äh ... äh ... nein, also, ich weiß nicht. Im Augenblick ist es eher ... ungünstig", stammelte sie. Ihr Blick flog zwischen der dunklen Auffahrt und mir hin und her.

„Ist denn wohl Ihr Mann zu Hause? Den hätte ich nämlich gern gesprochen. Es dauert auch nicht lang."

„Oh, äh ... nein. Das ist ja das Problem..." Sie brach ab und biss sich auf die Lippe.

„Wo ist er denn?"

„Er ... er ... sollte längst wieder hier sein!" Verzweifelt rang Veronika die Hände, ihre Augen füllten sich mit Tränen.

„Kommen Sie, mein Kind, und sprechen Sie mit mir über Ihre Sorgen. Ich werde Ihnen helfen, das versichere ich Ihnen. Und ich werde niemandem ein Sterbenswörtchen verraten."

Forsch trat ich auf sie zu, fasste sie am Arm, schloss die Haustür hinter uns und führte sie ins Wohnzimmer. Willenlos ließ Veronika sich auf das Sofa plumpsen. Tränen rannen ihr wie Sturzbäche über die Wangen.

„Ich hoffe nur, dass er keine krummen Geschäfte macht", schluchzte sie.

„Was hatte er denn vor?" fragte ich sanft.

„Er wollte sich mit jemandem treffen. Ist mit meinem Auto losgefahren und hat gesagt, er ist spätestens in zwei Stunden zurück. Und nun sind schon zweieinhalb Stunden um, und er ist immer noch nicht da." Veronika fischte ein Taschentuch aus ihrer Hosentasche und schnäuzte sich geräuschvoll die Nase.

„Hmmm", machte ich mitfühlend. „Und mit wem trifft er sich?"

„Wenn ich das nur wüsste. Er wollte mir partout nichts sagen. Aber ich hab ein ganz, ganz ungutes Gefühl. Gerd war so euphorisch, völlig übergedreht, bevor er losfuhr. ‚Bald sind wir reich, bald sind wir reich!' hat er immerzu gesungen."

„Vielleicht hat er eine Spielbank angesteuert", sagte ich.

„Nein, nein. Gerd ist dauernd in Spielotheken und führt sich nie so auf, wenn er dorthin geht."

„Haben Sie eine Idee, wo der Treffpunkt sein könnte?"

Veronika zuckte die Schultern. „Nein. Ich habe keinen blassen Schimmer."

„Gerd wollte sich also mit jemandem treffen und war überzeugt, anschließend viel Geld zu besitzen, ist das richtig?" vergewisserte ich mich.

Veronika nickte zögernd. „Ich glaube schon."

„Alles andere hielt er geheim, also kann man davon ausgehen, dass das Geschäft zwischen ihm und dem Unbekannten nicht ganz legal ist."

Veronikas Augen weiteten sich. „Meinen Sie?"

„Gehen wir doch einfach mal davon aus", spann ich weiter. „Wo könnte der Treffpunkt für solch eine Übergabe oder ein Gespräch sein? Versetzen Sie sich in Ihren Mann: Er kennt sich dort gut aus und möchte unbeobachtet sein. Welchen Ort würde er wählen? Lassen Sie sich ruhig Zeit mit der Antwort."

Veronika nickte, schloss die Augen und schwieg. Als sie mich wieder ansah wusste ich, dass sie eine Idee hatte. „Das Fabrikgelände. Er kennt dort jeden Winkel und hat mir erzählt, dass es riesengroß und teilweise völlig unbeleuchtet ist. Der Wachmann kommt pro Schicht nur zweimal herum, und ins Außengelände geht er gar nicht."

„Gute Idee", lobte ich. „Und jetzt machen wir Folgendes: Sie bleiben im Haus und warten hier. Höchstwahrscheinlich machen Sie sich grundlos Sorgen, und es wäre doch schön, wenn Sie Ihren Mann bei seiner Heimkehr empfangen könnten. Ich fahre derweil zum Fabrikgelände und schaue mich dort um."

„Das würden Sie tun? Ich möchte ungern die Polizei einschalten, denn wenn Gerd tatsächlich etwas Unrechtes getan hat ..."

„Von mir erfährt niemand ein Sterbenswörtchen", versprach ich erneut.

„Gut, danke." Veronika erklärte mir, wo das Fabrikgelände zu finden war und dass es sich bei ihrem Auto um einen dunkelblauen VW Golf handelte.

Ich versicherte ihr, sie sofort anzurufen, wenn ich etwas herausfinden sollte. Außerdem schrieb ich ihr meine Handynummer auf, damit sie mich informieren konnte, wenn Gerd unversehrt daheim anlangte. Als ich aus der Haustür trat und den Gartenweg zum Auto zurückging, war mein mulmiges Gefühl im Magen mindestens ebenso präsent wie bei meiner Ankunft. Ich hoffte nur, dass sich meine Befürchtungen nicht bewahrheiteten. Elfriede schlief noch immer und wachte auch nicht auf, als ich den Wagen startete und ein umständliches Wendemanöver einleitete. Grübelnd fuhr ich durch die Straßen Speckenbüttels, passierte die Stadtgrenze und erreichte nach etwa drei Kilometern ein Gewerbegebiet. Das Areal war nur zum Teil erschlossen. Rundherum befand sich nicht enden wollendes Niemandsland, das nur von der Bundesstraße auf der einen und auf der anderen Seite in einigen Kilometern Entfernung durch die Autobahn eingerahmt wurde.

Vor einem Heimwerkermarkt befand sich eine Endhaltestelle der Bremerhavener Buslinie. Ich kam an einer Autolackiererei und einer Großbäckerei vorbei und bemerkte kurz darauf, dass das von Veronika beschriebene Fabrikgelände neben mir auftauchte. Die Ausmaße des Grundstücks waren in der Dunkelheit nicht zu erkennen. Nur hier und da warf eine Laterne einen matten Lichtschein auf den Asphalt. Mehrere riesige Hallen aus grauem Wellblech wurden von Strahlern in helles Licht getaucht. Es handelte sich um die Lagergebäude einer europaweit agierenden Spedition. Rechts davon lag eine stillgelegte Fabrik, deren Eingänge mit Brettern vernagelt waren. Es gab weder ein Tor noch einen Zaun. Ich fuhr direkt auf die Lagerhallen zu. Die Parkplätze waren leer, die Gebäude machten einen gespenstisch verlassenen Eindruck. Ein Schild wies Lastwagen den Weg zur Anlieferung. Ich folgte dem Hinweis und fuhr an der äußersten linken Halle vorbei bis zur Rückseite der Gebäude. Hier befanden sich hell beleuchtete Laderampen, große Rolltore und mehrere Müllcontainer, aber auch dieser Teil des Geländes erschien wie ausgestorben.

Elfriede gab ein schmatzendes Geräusch von sich, schlummerte aber nach wie vor selig wie ein Baby. Ich trat aufs Gaspedal und umrundete die Hallen, bis ich wieder zur Einfahrt gelangte. Nichts. Kein Golf, kein Gerd. Ich folgte noch einmal dem Anlieferungsschild, fuhr diesmal jedoch an den Hallen vorbei und ließ sie hinter mir. Der Asphalt ging in einen festgefahrenen Schlackeweg über. Zu meiner Rechten befand sich eine Ansammlung von Schrottfahrzeugen. Gabelstapler waren dabei, ein Traktor mit Frontlader, und ich meinte, das Chassis eines Lkw zu erkennen. Der Schotterweg teilte sich, geradeaus erstreckte sich eine ungemähte Wiese. Ich entschied mich, links abzubiegen, weil ich vermutete, dass der Weg rechts im Halbkreis zu den Hallen zurückführte.

Eine zerfallene Holzscheune tauchte im Scheinwerferkegel auf. Ich ließ meinen Blick schweifen: nichts. Allmählich begann ich zu bezweifeln, dass Veronika mit ihrer Vermutung richtig lag. Bisher hatte ich noch keinen einzigen Wachmann gesehen, und ich war mir nicht sicher, ob ich mich überhaupt noch auf dem fabrikeigenen Gelände befand. Ich trat etwas zu forsch aufs Gaspedal und hörte, wie kleine Steinchen unter die Radkästen geschleudert wurden. Der Weg beschrieb einen Bogen, führte an Gestrüpp vorbei und nach weiteren dreihundert Metern sah ich mehrere Lkw-Container, die vermutlich ausgemustert und hier in der Prärie abgestellt worden waren.

Ich gähnte herzhaft. Die Suche hatte sich als ergebnislos erwiesen, und ich beschloss, jetzt eine Möglichkeit zum Wenden zu suchen und in die Zivilisation zurückzukehren. Vermutlich war Gerd inzwischen heimgekehrt und saß längst händchenhaltend mit seiner Frau auf dem Sofa, während ich hier in der Dunkelheit rumkurvte. Plötzlich trat ich voll in die Bremse. Was war denn das?

Hektisch suchte ich nach dem Rückwärtsgang und ruckelte an dem Kompass-Gangknüppel herum wie eine Verrückte, bis das Getriebe endlich laut knirschte. Ich setzte zurück bis zu den Containern, fuhr an dem letzten vorbei und ...

Das hohe Gras war in Autospurbreite plattgefahren worden. Ich verließ den geschotterten Weg. Geisterhaft durchschnitten die Scheinwerfer den dunklen Urwald, meterhoch ragten Unkraut und Gestrüpp neben mir auf. Der Wagen rumpelte und holperte über den unebenen Untergrund, und ich warf einen Seitenblick auf Elfriede. Sie schlief immer noch. Ich folgte der Spur im Gras, die jetzt eine Neunziggradkurve beschrieb. Plötzlich hatte ich die beängstigende Vision eines tiefen Matschlochs, gut getarnt durch das lange Gras. Nie im Leben würden meine schlafende Freundin und ich die Karre dort herausbekommen. Womöglich war ich der Autospur eines Jägers gefolgt, die benutzten Geländewagen mit Allradantrieb.

Vorsichtig fuhr ich weiter, mir blieb keine andere Wahl. In diesem unwegsamen, unüberschaubaren Gelände zu wenden, wäre keine gute Idee gewesen. Minuten kamen mir vor wie Stunden auf dieser Fahrt ins Ungewisse. Und dann sah ich das Auto. Zuerst reflektierte das Glas der Rücklichter die Strahlen der Mercedes-Scheinwerfer. Mein Herz klopfte vor Aufregung bis zum Hals, als ich mich näherte und erkannte, dass dort ein dunkler VW Golf parkte. Der Untergrund wurde plötzlich ebener, und ich entdeckte links von mir ein kleines Gebäude. Ich ließ den Wagen ausrollen und parkte direkt neben dem VW. Die Beleuchtung ließ ich an.

Schnell durchsuchte ich meine Handtasche, fand das Spray und verstaute es in meiner Hosentasche. Dann nahm ich Heinos Taschenlampe aus dem Handschuhfach und stieg aus. Grabesstille umgab mich. Die Luft war feucht und schwer vom Regen. Es roch nach Kuhmist und ... nach Blut! Die Härchen auf meinen Unterarmen stellten sich auf, ein Kribbeln unter der Haut erfasste meinen ganzen Körper.

Ich drehte mich langsam um die eigene Achse und leuchtete. Leider war Heinos Taschenlampe alles andere als eine Maglite, und ihr trüber Schein erhellte gerade mal einen oder zwei Meter. Ich tat ein paar Schritte und leuchtete fortwährend rund um mich herum. Das Gras unter meinen Schuhen war weitaus kürzer als auf dem Weg hierher. Irgendjemand hatte hier vor nicht allzu langer Zeit gemäht.

Bei dem Gebäude handelte es sich um einen Viehunterstand. Ich trat näher, und der Geruch nach Kuhdung wurde intensiver. Direkt neben dem Unterstand befand sich ein Misthaufen. Unter dem Dach stand ein alter Heuwender, dem die Hälfte der Zinken fehlte, ein verrostetes Wasserfass auf Rädern zum Tränken von Vieh und ein niedriger, unordentlich aufgeschichteter Stapel weißer Folie, wie sie zum Abdecken von Silagehaufen benutzt wird.

Ich bückte mich und zog die obere Lage zur Seite, um hinter den Stapel leuchten zu können. Und schrie gellend auf, als Leben in die Folie kam. Es quiekte und raschelte, und ich spürte, wie ein kalter, öliger Pelz mein Hosenbein streifte. Unzählige Ratten schwärmten aus, eine quietschende Flut von Nagern.

Fast jeder Mensch hegt ja eine Abneigung gegen ein bestimmtes Ungeziefer. Den meisten Menschen sind Spinnen ein Gräuel, dicke Käfer, Schlangen oder Frösche, doch all diese Tiere sind absolut harmlos. Für mich sind Ratten der reinste Horror. Ich kriege schon Alpträume, wenn ich nur an diese Viecher mit ihren glatten, langen Schwänzen denke. Das blanke Entsetzen packte mich, und ich rannte kopflos davon. Die Taschenlampe blitzte bei meinem Tempo wilde Punkte in die dunkle Nacht. Ich hätte sie lieber auf den Boden richten sollen!

In vollem Lauf stolperte ich über ein Hindernis und landete auf dem Bauch im nassen Gras. Die Taschenlampe flog im hohen Bogen davon. Das Erste, was ich spürte, war, dass etwas Feuchtes, Glibberiges an meiner rechten Hand klebte. Ich stieß einen markerschütternden Schrei aus. Mein einziger Gedanke galt den Ratten und dass sie mich jetzt hilflos auf der Erde liegend vorfänden.

Panisch rappelte ich mich auf, registrierte unbewusst, dass ich unverletzt war, wischte mir flüchtig die nassen Hände an den Hosenbeinen ab und holte die Taschenlampe aus dem Gestrüpp. Ich schwor mir, mich sofort ins Auto zu setzen und schnurstracks nach Hause zu fahren. Veronikas Auto und Ehemann waren mir jetzt piepegal. Ich machte kehrt und beleuchtete diesmal sorgfältig den Boden vor meinen Füßen, um nicht wieder über das Hindernis zu fallen. Und leuchtete direkt in eine blutrote, undefinierbare Masse. Für einen Moment stockte mir der Atem, und ich vergaß sogar die Anwesenheit der Ratten.

Dass es sich um Gerd Günthers Gesicht handelte, wurde mir erst klar, als ich das große, goldene Kreuz an der Panzerkette sah, welches er um den Hals trug. Ich hockte mich neben das Gebilde aus Blut, Knochensplittern und Gehirnmasse und versuchte mich zu erinnern, was Jonny mir über Projektile und deren Wirkungsweise beigebracht hatte.

Dann beleuchtete ich den Rest seines Körpers. Gerd hatte seine schwarze Lederjacke an, deren Ärmel er bis zu den Ellenbogen hochgeschoben hatte. Ich sah seine kurzen, dicken Unterarme, die Fleischhähnchen-Hände und erkannte die merkwürdige Totenkopf-Tätowierung. Zur schwarzen, hautengen Jeans trug er schwarze Cowboystiefel mit metallverstärkter Spitze. Ich durchsuchte gerade die Innentaschen seiner Jacke, da hörte ich es leise piepen. Ein zartes, grausames Piepen. Die Ratten!

In Todesangst rannte ich zum Wagen, sprang hinein, knallte die Tür hinter mir zu und ließ den Motor an. Das Blut rauschte in meinen Ohren, und meine Handflächen waren schweißnass. Ich gab Vollgas, dass die Reifen durchdrehten.

Zum Glück schlief Elfriede immer noch – sie hätte die Ereignisse dieser Nacht vermutlich nicht ohne einen Herzinfarkt oder einen Nervenzusammenbruch überstanden. Ihr Oberkörper rutschte ein wenig hin und her wegen des unebenen Untergrunds und meiner rasanten Fahrweise, wurde jedoch vom Sicherheitsgurt auf dem Sitz gehalten.

Endlich konnten wir den Ort des Grauens verlassen. Der Wagen rumpelte über eine Unebenheit, und ich hoffte, dass ich nicht aus Versehen Gerd Günther überfahren hatte. Ich war mir ziemlich sicher, wer ihn so übel zugerichtet hatte. Ein skrupelloser Kerl, der vor gar nichts zurückschreckte: Udo Löding. Es war an der Zeit, ihm einen Besuch abzustatten!

Die Lagerhallen hoben sich dunkel vom Nachthimmel ab. Mit achtzig Sachen brauste ich über das Betriebsgelände, als ich plötzlich ein kleines, helles Licht wahrnahm. Ohne die Geschwindigkeit zu verringern, fuhr ich weiter und kapierte erst, dass ich dem Wachmann begegnet war, als ich längst an ihm vorbei war. Ich rief mir das Gespräch mit Ruth in Erinnerung, das wir nach der Verwüstung meiner Wohnung in ihrem Fiat geführt hatten. Was hatte sie über Lödings Wohnung gesagt? Plötzlich fiel es mir wieder ein: Er wohnte über der ehemaligen Fleischerei seiner Eltern in der Wurster Straße. Glücklicherweise kannte ich mich in der Gegend einigermaßen aus, denn ich hatte dort ein paarmal die Post ausgetragen, als

206

der zuständige Kollege in Urlaub war.

Einen Moment lang überkamen mich Zweifel. Sollte ich wirklich allein und nur mit einer Spraydose bewaffnet mitten in der Nacht mit einer schnarchenden Seniorin auf dem Beifahrersitz einen kaltblütigen Mörder aufsuchen? Wäre es nicht klüger, Bernd einzuschalten? Dagegen sprach, dass Bernd Udo Löding bereits unter die Lupe genommen und sich gnadenlos von ihm einwickeln lassen hatte. Ansonsten wäre er längst im Bilde über dessen korrupte Spielchen und auch darüber, dass Charlotte und augenscheinlich auch Gerd von den Machenschaften gewusst hatten. Wenn ich Bernd um Hilfe bat und der sich erneut von Löding Honig um den Bart schmieren ließ, war alles für die Katz. Nein, ich musste das jetzt selbst durchziehen! Ich würde Löding überwältigen und ein Geständnis aus ihm herauspressen ... Ha, ha, selten so gelacht! Der Mann war mit einer Pistole bewaffnet und ich mit einer Handtasche. Ich dachte an die breiige Masse, die einmal Gerd Günthers Gesicht gewesen war, und meine Euphorie legte sich ein wenig. Nun gut: Ich würde schauen, ob er zu Hause war und ich etwas Brauchbares herausfinden konnte.

Ich fuhr die ehemalige Bundesstraße 6 zurück in die Stadt und kachelte mit unverminderter Geschwindigkeit durch die nachtschlafenden Straßen. Die meisten Ampeln blinkten glücklicherweise trübe vor sich hin, so dass ich nicht auf sie zu achten brauchte. Ein Gefühl von Freiheit und schier grenzenloser Macht überkam mich, als ich spürte, wie sich der starke Motor des Silberpfeils für mich ins Zeug legte und mich in Blitzgeschwindigkeit durch die Weltgeschichte beamte.

Irgendwelche oberschlauen Köpfe hatten in den vergangenen zwei Jahren jede noch so harmlose Kreuzung in der Stadt durch den Bau eines Kreisels „entschärft", und ein solches Verkehrshindernis zwang mich jetzt zum Bremsen. Die Räder jaulten protestierend auf, als sie sich in die Straße krallten, und das Hinterteil des Wagens wackelte wie der Stert einer Ente. Souverän fuhr ich rein ins Rondell und wieder raus und entdeckte kurz darauf eine Ampel, an der man vergessen hatte, das gelbe Blinklicht einzuschalten. Stattdessen leuchtete sie rot. Eigentümliche Art, Stromkosten zu sparen, dachte ich bei mir: die Straßenbeleuchtung knipsen sie aus, und Ampeln lässt man die ganze Nacht an.

Ein Taxi kam aus der Straße von rechts angeschossen und legte unvermittelt eine Vollbremsung hin. Die Räder hatten wohl nicht so viel Biss wie die des Silberpfeils, jedenfalls drehte sich die beige Karre auf dem nassen Asphalt um die eigene Achse und kam quer zur Fahrtrichtung zum

Stehen. Ich kannte solche Szenen bisher nur aus amerikanischen Action-filmen und wunderte mich, dass sie sich auch in Bremerhaven zutrugen.

Die Wurster Straße zog sich ellenlang hin. Man hatte ihr das raue Kopfsteinpflaster aus früheren Jahren gelassen; selbst die Schienen der Straßenbahn waren noch vorhanden, obwohl deren Betrieb vor mehr als fünfundzwanzig Jahren eingestellt wurde. Ich rumpelte über die Steine und hielt in der Reihe ein- bis zweistöckiger Häuser nach der ehemaligen Fleischerei Ausschau.

Es handelte sich um ein großes, mit gelben Klinkern versehenes Wohnhaus, in dessen Erdgeschoss sich ein Ladengeschäft befand. Die ehemals beleuchteten Buchstaben Fleischerei Löding verliefen in Schreib-schrift unterhalb der Fenster im ersten Stock. Das Geschäft schien schon seit Längerem geschlossen zu sein, denn die Schaufensterscheiben waren von innen mit brauner Pappe beklebt und hinter die gläserne Ladentür hatte man eine Sperrholzplatte gestellt. Alle Fenster im Obergeschoss waren erleuchtet. Es gab keine Garage, dafür aber vier markierte Parkplät-ze vor dem Haus. Ich entdeckte einen neongrünen Jaguar, der mir bereits bei HavenBau ins Auge gefallen war und vermutete, dass es sich um Lödings Auto handelte. Ein dunkler, bulliger Mercedes GL mit mächtig breiten Reifen stand daneben, vermutlich Lödings Zweitwagen. Ich parkte neben Silberpfeils großem Bruder und verschloss die Türen, damit nie-mand Elfriede zu nahe kommen konnte. Dann machte ich mich auf den Weg.

Die Eingangstür zur oberen Wohnung befand sich seitlich links am Gebäude. Ich wandte mich nach rechts und schlich dicht am Haus ent-lang. In den Wänden des Erdgeschosses befanden sich drei große Ventila-toren. Wie die Schaufensterscheiben waren auch die rückwärtigen Fenster von innen mit Pappe verkleidet. In dem kleinen Garten standen hier und da ein paar Solarleuchten auf Erdspießen. Sie warfen trübe Kreise bläuli-chen Lichts auf einen mit Holzschnitzeln angelegten Weg. Ich hörte das Plätschern eines künstlichen Wasserlaufs oder Springbrunnens. Der Duft der Koniferen erinnerte mich an Friedhöfe. Wie Wachtposten standen die mannshohen Lebensbäume in Reih und Glied entlang des Zauns zum Nachbargrundstück. Ein solides Gartenhaus im schwedischen Stil wurde dezent von einem Halogenstrahler angeleuchtet, der in einem Busch ver-borgen war. Auf der Veranda vor dem Holzhäuschen standen vier wuch-tige Stühle um einen massiven, runden Gartentisch.

Ich wog die Vor- und Nachteile ab, einen Blick in die Gartenbude zu werfen. Es bestand die Möglichkeit, dass ich etwas Interessantes darin entdeckte – einen Stapel geheimer Dokumente, ein Waffenarsenal oder eine Folterkammer beispielsweise. Andererseits war das Risiko, aus einem der oberen Fenster im Licht des Halogenstrahlers gesehen zu werden, nicht von der Hand zu weisen. Doch wer guckte nachts schon aus dem Fenster? Niemand. Vermutlich nicht mal die vollbusige Ursel von gegenüber.

Der schmale Weg zum Gartenhaus bestand aus grob behauenen Steinplatten. Er war uneben, feucht und sehr glatt. Eben war mir die Beleuchtung gar nicht so hell erschienen, aber als ich jetzt die gepflasterte Terrasse betrat, fühlte ich mich wie auf einer Showbühne. Trotzdem schickte ich mich an, einen Blick ins Fenster zu werfen. Gerade hatte ich die Stirn an die Scheibe gelegt, da ging das Theater los. Ein riesiger Köter sprang von innen am Fenster hoch, bellte wie verrückt und schleuderte dabei seinen Geifer gegen das Glas. Das war ein Ungeheuer mindestens vom Kaliber eines Dobermanns! Falls Löding in seinem Gartenhaus etwas Brisantes lagerte, dann wurde es gut bewacht. Gezwungenermaßen trat ich den Rückzug an.

Elfriede rührte sich nicht, ihr Hinterkopf ruhte an der Beifahrerscheibe. Der Köter in der Gartenlaube bellte sich noch immer die Seele aus dem Leib, und ich hoffte, dass er keinen erbosten Nachbarn auf den Plan rief. Ich schaute mich ein wenig um.

Der bullige Geländewagen war verriegelt. Ich drückte meine Nase an der Scheibe platt und entdeckte zwei Paar Gummistiefel auf der Ladefläche hinter den Rücksitzen, einen dunklen Regenmantel auf dem Beifahrersitz, ein Navigationsgerät, eine gefüllte Plastiktüte des Männerbekleidungsgeschäfts Citymen im Fußraum und einen Ausweis hinter der Windschutzscheibe, der dem Fahrer dieses Wagens gestattete, überall in Bremerhaven zu parken, egal ob's dort erlaubt war oder nicht.

In Lödings Jaguar lag eine Menge Krimskrams herum, von der Werkzeugkiste über Haarspray, McDonalds-Verpackungen und einer karierten Wolldecke bis hin zu einer angebrochenen Kiste Halbliter-Coca-Cola-Flaschen. Eine Pistole sah ich darin nicht. Das brachte mich auf eine Idee. Ich legte meine Hände auf die Motorhaube – das Blech fühlte sich kalt an. Also ging ich zurück zum Geländewagen und siehe da: Der Wagen war noch warm, also war er vor kurzem benutzt worden. Ich befühlte die Reifen und fand lange Grashalme, welche zwischen Blech und den Schmutzfängern der Hinterräder eingeklemmt und hängengeblieben waren.

Auf dem Parkplatz war weiter nichts zu entdecken, also schlich ich zur Haustür. Dort angekommen wurde mir schlagartig bewusst, dass ich noch gar keinen Plan hatte, wie ich Udo Löding gegenüber treten sollte. Zwei Klingelknöpfe gab es neben dem Briefkasten. Der untere war nicht beschriftet, auf dem anderen stand Löding. Als ich den Namen schwarz auf weiß vor mir sah, wurde mir ein wenig flau. Dieser Bastard hatte gerade eben kaltblütig das Gesicht eines Mannes in Mus verwandelt. Möglicherweise war er noch immer in Schießlaune und knallte mich auch gleich ab!

Meine Hand schwebte zögernd über dem Klingelknopf. Was sollte ich sagen? Wie meine Anwesenheit erklären? Bei unserer letzten Begegnung hatte Löding mir hinterhergebrüllt, als ich aus seinem Büro getürmt war, und nun wollte ich ihm mitten in der Nacht einen Besuch abstatten? Das war bestimmt keine gute Idee!

Obwohl Vernunft wahrlich nicht zu meinen Stärken zählte, ließ ich in diesem besonderen Fall doch meine Hand sinken. Ich seufzte frustriert auf und wandte mich um, als sich plötzlich ein eiserner Griff um mein Handgelenk legte. Innerhalb von Sekundenbruchteilen wurde ich herumgeschleudert, mein Arm auf den Rücken gedreht und gleichzeitig meine Hand bis zum Nacken hochgerissen. Ich schrie auf vor Schmerz.

Grob wurde ich durch die offene Haustür gestoßen, dann hörte ich die Tür ins Schloss fallen. Der Flur war nur spärlich beleuchtet, aber ich erkannte meinen Peiniger ganz genau: Es war Udo Löding höchstpersönlich. Ihm zur Seite stand ein anderer Mann, der jetzt den Schlüssel herumdrehte und in seine Hosentasche fallen ließ. Dann nahm er mir die Handtasche weg und stellte sie auf die untere Treppenstufe.

Der Schmerz war so heftig, dass ich Mühe hatte, zu atmen. Es war, als würde mir der Arm bei lebendigem Leib abgerissen werden.

„Immer schön locker bleiben, liebes Großtantchen aus Amerika!" zischte Löding in mein Ohr.

Der zweite Typ ging voraus. Wir durchquerten den halbdunklen Flur und den ehemaligen Verkaufsraum. Es lag ein schwacher Geruch nach Fleischwaren in der Luft. Aus dem angrenzenden Zimmer fiel Licht in den Geschäftsraum. Verschwommen nahm ich Glasvitrinen und ein Sonderangebotsschild wahr, auf dem Schweinemettwurst im Leinendarm, 100 g = 2,10 DM geschrieben stand. Augenscheinlich war der Laden schon vor Einführung des Euros geschlossen worden. Fußboden und Wände des nächsten Raumes waren gefliest. Auf den Chromglänzenden Arbeitsplatten hatte man früher vermutlich das Gulasch klein geschnitten und den Fleischsalat hergestellt. Schneidemaschinen und ein metallener Fleischwolf, große Schneidbretter, Blechschüsseln und Messer in allen erdenklichen Größen fielen mir ins Auge.

Der zweite Typ öffnete die Verriegelungen einer schweren Eisentür, und schon stieß Löding mich weiter. Hier gab es ebenfalls durchweg Fliesen. An der Decke waren Aluminiumschienen montiert, an denen große, spitze Fleischhaken baumelten. Dies musste der Kühlraum sein, denn es gab hier statt eines Fensters nur zwei in die Wände eingelassene runde Lüfter. Die Temperatur in diesem Raum war alles andere als angenehm. Neonröhren sorgten für kaltes, weißes Licht.

Erst jetzt sprach Löding wieder, und seine Stimme troff vor Sarkasmus. „Was für eine wunderbare Überraschung, Frau Millers! Sie sind gewiss hergekommen, um mir die Unterlagen wiederzubringen, die Sie aus meinem Büro geklaut haben."

Ich schluckte. Wie so oft in Krisensituationen bat ich Jonny still um Hilfe. Halt die beiden hin, lenk sie ab! raunte der mir zu. Ich holte tief Luft und bemühte mich um einen gelassenen Tonfall. „Die Papiere müssen Ihnen ja sehr am Herzen liegen."

„Ganz recht. Gerd Günther, der Schwachkopf, besaß nur Charlottes Kopien und meinte, mich damit erpressen zu können. Aber Sie, mein Täubchen, haben sich doch glatt die Originale unter den Nagel gerissen."

„Mussten Sie deswegen meine ganze Wohnung auf den Kopf stellen? Sie hätten mich doch nur zu fragen brauchen ..." Trotz des Schmerzes arbeitete mein Gehirn auf Hochtouren. Ich musste fliehen, bevor die beiden Sadisten mich erledigten. Zwei kräftige Kerle gegen eine Frau? Jonny, wie befreit man sich aus diesem Griff?

„Pah!" machte Löding ärgerlich und zog meinen Arm noch zwei Zentimeter höher. Ich biss die Zähne zusammen.

„In ihrer Handtasche sind sie nicht!" rief der zweite Mann quer durchs Haus.

„Wo sind sie dann?" raunte Löding in mein Ohr.

„Ihre Dokumente? Die hab ich sicher verwahrt. Schließlich spaziert man mit solch brisantem Material nicht einfach so durch die Weltgeschichte."

Jetzt kam der andere Mann zurück. Er trug eine große Rolle stabilen, braunen Bindfadens vor sich her und stellte sie neben mich auf den gelb gefliesten Fußboden. Dieses Band hatte ehemals zum Aufhängen der Mettwürste und des Schinkens gedient, vermutete ich. Wollten sie mich etwa damit fesseln? Ich besah mir den zweiten Typen näher und stutzte. Wieso kam er mir so bekannt vor? Wer war er? Er trug schwarze, glänzende Lederschuhe, eine Anzughose aus dunkelgrauem Stoff und ein feingestreiftes Seidenhemd. Sein Alter schätzte ich auf Anfang fünfzig, er war einen halben Kopf kleiner als ich, sonnengebräunt, hatte ein Hohlkreuz und einen leichten Bauchansatz. Seine Fingernägel waren manikürt, er trug an jedem Ringfinger einen Siegelring, und ich sah eine goldene Uhr und ebensolche Manschettenknöpfe aufblitzen. Das Gesicht des Mannes war schwammig und aufgedunsen mit wulstigen Lippen, deren Farbton ich als lila definieren würde. Die Augen waren irgendetwas zwischen blau und grün und wirkten wie blasse Punkte unter den buschigen Augenbrauen. Er hatte ein paar Muttermale im Gesicht, wovon eines besonders auffiel, weil es größer als die übrigen war und sich mittig auf dem Kinn befand. Die Frisur erinnerte mich an Günter Netzer, das Fußballkommentator-Urgestein im deutschen Fernsehen – dunkelblond mit Seitenscheitel –, und er war tadellos glattrasiert.

Plötzlich lenkte Löding meine Aufmerksamkeit wieder auf sich, denn er verpasste mir mit dem Knie einen solch kräftigen Kick in den Rücken, dass ich auf der Stelle zusammensackte und nach Luft schnappte. Ruckzuck riss er meine Arme vor meinen Körper und begann, meine Handgelenke mit dem groben Band so stramm zu umwickeln, dass mir der Faden schmerzhaft in die Haut schnitt. Wenn er so fleißig weiterwickelte, war ich in Kürze bewegungsunfähig.

Ich ahnte, dass dies meine allerletzte Möglichkeit zur Flucht war. Der Seitenscheitel-Mann war nach nebenan gegangen und ich noch nicht komplett aus dem Verkehr gezogen. Und Löding war dermaßen in seine Wickelkunst vertieft, dass er nicht weiter auf mich achtete. Ich spannte alle Muskeln von den Schultern bis zu den Fingern an und konzentrierte meine gesamte Kraft auf meine übereinanderliegenden Hände. Im Stillen zählte ich rückwärts von fünf bis eins. Bei null schnellten sie plötzlich wie ein Wurfgeschoss empor und trafen voll in Lödings Gesicht. Ich nutzte das Überraschungsmoment, warf mich herum und verpasste ihm einen kräftigen Fußtritt. Nun musste ich schnell auf die Beine kommen, doch das war mit zusammengebundenen Händen nicht so einfach. Ich rappelte mich auf die Knie, die Hände auf die Fliesen gestützt und hatte mich fast aufgerichtet, als ein harter Fußtritt in die Rippen mich zurück auf die Erde warf. Ich landete auf dem Bauch und dem Kinn. Ein höllischer Schmerz durchzuckte meinen Körper und breitete sich bis zu den Eingeweiden aus.

Grelle Sterne auf schwarzem Grund erschienen vor meinen Augen, mein Atem ging kurz und stoßweise. Und dann übermannte mich der wahre Horror, denn plötzlich musste ich würgen. Der kalte Schweiß brach mir aus, und ich bekam Todesangst. Ich würde an meinem eigenen Erbrochenen ersticken! Hatte ich nicht immer geahnt, dass es eines Tages so kommen würde?

„Verdammte Kacke! Wir sollten sie gleich umlegen, wozu noch diese dämliche Fesselei?" schimpfte Löding und warf mich auf den Rücken. Ich schloss die Augen und stellte mich tot.

„Die Alte hat deine Papiere, schon vergessen? Warum hast du die bloß im Büro deiner Mitarbeiterin gelassen? Stell dir nur mal vor, die Bullen hätten den Scheiß gefunden. Also: Erst müssen wir die Zettel wiederhaben, dann kannst du die alte Schachtel umlegen. Aber denk dran: Sie ist die Mutter vom Kripo-Obermotz, und der wird sich schön ins Zeug legen, den Schuldigen zu finden. Deshalb musst du um einiges sorgfältiger zu Werke gehen als vorhin bei dem Vollidioten."

„Schlaues Gerede! Du hast ja nur Schiss um deinen dämlichen Stadtverordnetenstuhl! Aber wenn's darum geht, dir die Taschen vollzustecken, dann stehst du ganz vorne in der Reihe. Die Papiere waren bis dato gut aufgehoben. Kann ich ahnen, dass da ne Oma reinschneit und in Windeseile das ganze Büro auf den Kopf stellt? Und nun zu Gerd Günther: Da hättest du ja rechtzeitig nen besseren Lösungsvorschlag machen können."

„Nee, ist schon okay", lenkte der Seitenscheitel-Mann ein. „Der wusste einfach zuviel. Wie oft er seine Schwiegermutter wohl gevögelt hat, um so genau über unsere Geschäfte informiert zu sein?"

Die beiden lachten blechern. Löding fuhr fort, meine Handgelenke einzuschnüren. „Der Typ, der die Honnef umgelegt hat, müsste eigentlich einen Orden verpasst kriegen. Da hat er uns nen Haufen Ärger erspart."

„Ich hab echt erst gedacht, du warst das", kicherte der Mann, den ich jetzt tatsächlich als einen von Bremerhavens Stadtverordneten erkannte. Ich hatte ihn auf Bildern in der Zeitung und Wahlplakaten gesehen, wo er das vertrauenerweckende Grinsen seiner Zunft präsentierte.

„Bin ich etwa ein Schlachter?" konterte Löding und kriegte einen Lachkrampf. Der Stadtverordnete wies glucksend zur Decke auf die Fleischerhaken und schüttelte vehement den Kopf.

Japsend kriegte Löding sich nach und nach wieder ein, wischte sich die Lachtränen aus den Augen und erklärte schließlich in ernsterem Ton: „So'n Fiasko passiert mir nicht noch mal! Charlottes Job werde ich zukünftig mit einer Doofen besetzen. Und die kriegt nur ein paar saubere Sachen zur Ablage, sonst nix."

„Warum stellst du überhaupt wieder jemanden für's Büro ein? Dein Appetithäppchen hast du doch daheim, oder brauchst du bei der Arbeit auch noch eins?"

„Nee, mein Bedarf an Betthäschen ist allemal gedeckt."

Die beiden warfen sich wissende Männerblicke zu und grienten.

„Order vom Chef", beantwortete Löding die Frage, „ich kann unmöglich die ganze Arbeit allein bewältigen, deshalb muss ich ne Tippse beschäftigen."

„Ach so. Dann nimm doch ne Schrulle, die kurz vor der Rente steht. Die kennt sich wenigstens nicht mit Computern aus. Kannst ihr ja dann und wann was zum Abheften geben, und ansonsten gießt sie die Blumen und füttert die Fische."

„Genauso hab ich mir das auch vorgestellt. Gib mir mal ein Messer!"

Ich kniff die Augen zusammen. Wollten sie mich jetzt abstechen? Die polierten Schuhe des Stadtverordneten klackerten über die Fliesen in den Raum nebenan, klackerten zurück und machten neben meiner rechten Schulter halt.

„Hier."

Ich vergab mir alle Sünden, überantwortete mich Gott und murmelte: „Friede sei mit dir." Dann wartete ich auf den tödlichen Stich. Doch Löding hob nur meine Hände an und schnitt den Faden ab.

„So", sagte er und legte das Messer auf die Fliesen. „Das hält."

Er hatte das Band so oft und so stramm um meine Handgelenke gewickelt, dass ich meinte, mir müssten die Hände abfallen. Die Schmerzen waren schier unerträglich. Aber es sollte noch schlimmer kommen.

„Los, Lothar, pack mal eben mit an!"

Bremerhavens Stadtvater und der Technische Leiter der HavenBau-Wohnungsgesellschaft fassten unter meine Achseln und stellten mich auf die Füße. Ich atmete auf: Endlich war ich den beiden nicht mehr hilflos ausgeliefert! Sofort startete ich eine Blitzattacke und wehrte mich mit allen Mitteln, die mir zur Verfügung standen: meinen zusammengebundenen Händen, meinen Zähnen und meinen wild tretenden Füßen. Aber leider hatte ich nicht den Hauch einer Chance.

Löding packte meine zusammengeschnürten Hände, riss mit einem Ruck meine Arme in die Luft, warf mich mit des Stadtvaters Unterstützung ein Stück in die Höhe, und ehe ich mich versah, lernte ich eine grausame mittelalterliche Foltermethode kennen: Ich hing wie ein Stück Fleisch an einem Haken von der Decke und meine Füße baumelten etwa zwanzig Zentimeter über dem Fußboden. Tränen brannten in meinen Augen, meine Schultergelenke krachten, und ich hatte das Gefühl, dass meine Hände von den Armen abreißen würden. Noch nie in meinem Leben hatte ich so höllische Qualen erlitten. Gepeinigt schluchzte ich auf und gab einen erstickten Schmerzenslaut von mir.

„Na, wie haben wir das hingekriegt?" fragte Löding seinen Freund lachend und haute ihm kumpelhaft auf die Schulter.

„Hundertprozentig! Sag mal, wo kommt eigentlich der Fleischbeschauungsstempel hin, auf den Oberschenkel?" scherzte der Politiker.

„Ganz genau. Wenn du ihr einen verpassen willst, zieh ihr die Hose runter", schlug Löding gutgelaunt vor.

„Nee, lass mal gut sein." Der Stadtverordnete schüttelte sich und setzte eine angewiderte Miene auf. „Ich steh nur auf junges Frischfleisch."

„Da geht's dir wie mir. Nimm sie, solange sie zart sind, sag ich immer. Alt und zäh werden sie von allein. Das ist meine Devise!"

Es kostete mich schier übermenschliche Anstrengung, genügend Speichel im Mund zu sammeln und Löding ins Gesicht zu spucken. Befriedigt beobachtete ich, wie er sich das linke Auge rieb.

„Du ekelhafte, alte Hexe, wart's ab: Ein paar Minuten noch, dann wirst du mich anflehen! Alles wirst du für mich tun, nur damit ich dich wieder vom Haken nehme. Und du wirst mir freiwillig verraten, wo du die verdammten Papiere versteckt hast, glaub's mir!"

Ich konnte mir nicht einmal vorstellen, diese Qualen eine Minute lang auszuhalten, deshalb glaubte ich ihm aufs Wort.

„Geh'n wir solange nach oben und trinken einen?" schlug Lothar vor.

„Gute Idee. Die Alte läuft uns ja nicht weg. Was meinst du, woll'n wir die Kühlung anstellen? Dann wird das ganz fix kalt hier drin."

Und noch mal herzlich gelacht!

Sie gingen zur Tür. Ich biss mir auf die Zunge, sonst hätte ich sie zurückgerufen und ihnen erzählt, wo sich ihre dämlichen Schriftstücke befanden, nur damit diese furchtbaren Schmerzen aufhörten. Aber noch hatte ich einen klitzekleinen Funken Stolz im Leib. Ich stellte mir vor, wie die beiden mitten in der Nacht in Knuths Institut stürmten, und welchen Schrecken er bekommen würde – und schloss meine tränenblinden Augen. Da gab es einen ohrenbetäubenden Knall.

Udo und Lothar blieben stehen und sahen sich fragend an. Schon polterte es, man hörte schwere Stiefel die Treppe hinauf ins obere Stockwerk trampeln und gleichzeitig – durch den Verkaufsraum, den Nebenraum und ... in den Kühlraum! Gott schickte mir seine Engel in Form eines bis an die Zähne bewaffneten Sondereinsatzkommandos.

Ruckzuck wurden die beiden Spaßvögel einkassiert. Ein junger Polizist fasste mich um die Taille und hob mich hoch, während ein anderer flink meine Hände aus dem Fleischhaken löste. Als ich mit zitternden Knien auf der Erde stand, klappten meine Retter ihre Visiere hoch und präsentierten mir ein breites Grinsen. Ich weinte vor Erleichterung.

„Da war die Nähmaschine wohl doch die bessere Lösung, nicht wahr?" ließ sich Bernd vernehmen.

Er war im Türrahmen aufgetaucht, nachdem seine Vorhut die Gefahrensituation entschärft hatte. Sein Hemd war falsch zugeknöpft, und ich bemerkte, dass er keine Socken trug. Wahrscheinlich hatte man ihn aus dem Bett geklingelt. Meine Tränen versiegten, ich schluckte und antwortete: „Nee, in deiner Rumpelkammer ist nicht halb so viel Action." Das ganze Sondereinsatzkommando lachte. Bernd kam auf mich zu, und ich meinte, Erleichterung in seinem Blick zu erkennen.

„Nun steh nicht so nutzlos rum, Junge, befrei deine Mutter lieber von diesen grässlichen Wurstbändern!" sagte ich und zwinkerte ihm grinsend zu.

15

„Und als ich deine Nachricht las, hab ich sofort das Handy genommen und die Polizei angerufen!" erklärte Elfriede stolz. Sie fühlte sich als Heldin des Abends, weil sie vorhin von Bernd über den grünen Klee gelobt worden war. Wir lagen nebeneinander in einem Dreibettzimmer im siebten Stockwerk des Bremerhavener Zentralkrankenhauses, und ich starrte verzweifelt an die grauen Deckenpaneele. Obwohl ich mich mit Händen, Füßen und sehr bösen Worten gewehrt hatte, war es Bernd gelungen, mich aus dem Verkehr zu ziehen. Von welcher Nachricht sprach Elfriede? Ach ja, jetzt erinnerte ich mich: Ich hatte sie angewiesen, für den Fall, dass ich nicht binnen einer halben Stunde wieder aufkreuzte, die 110 zu wählen, weil ich Manschetten vor Gerds Muskelpaketen gehabt hatte. Mir kam es vor, als läge mein Besuch bei der aufgelösten Veronika Tage zurück. Dabei waren erst ein paar Stunden vergangen.

„Du hast mir das Leben gerettet", bekannte ich.

„Ist doch selbstverständlich", erwiderte Elfriede feierlich.

Ärzte und Schwestern hatten mich gleich nach meiner Ankunft von Kopf bis Fuß radioaktiv bestrahlt. Anschließend teilten sie mir mit, dass eine meiner Rippen gebrochen war, ich eine leichte Gehirnerschütterung hatte und meine Handgelenke übel zugerichtet worden waren. Nun trug ich ein weißes, gestärktes Leichenhemd, eine dicke Nadel steckte in meinem Unterarm, und meine Hände waren bis über die Handgelenke bandagiert. Am Ende guckten gerade eben noch die Fingerspitzen aus dem Verband raus.

Weil Elfriede sich partout nicht von mir trennen wollte, hatte man sie mit der Diagnose Verdacht auf Schock kurzerhand mit aufgenommen. Im Gegensatz zu mir wirkte meine Freundin ausgesprochen entspannt und gelöst. Ich hatte Beklemmungen in der Brust und nervöse Zuckungen von den Zehenspitzen aufwärts. Mein ganzer Körper stand unter Hochspannung. Mich bewegte nur ein einziger Gedanke: Ich musste hier raus!

Ich hasse Krankenhäuser wie keinen anderen Ort auf der Welt und setze niemals einen Fuß über die Schwelle eines Hospitals. Da mache ich nicht mal für kranke Angehörige oder Freunde eine Ausnahme. Bernd wusste über meine Krankenhausphobie ganz genau Bescheid und hatte mir auf diese Weise schön eins ausgewischt. Aber eben weil er mich so gut kannte, hätte ihm eigentlich klar sein müssen, dass ich bei der nächstbesten Gelegenheit abhauen würde. Leider ließ sich Elfriede von meinen Fluchtgedanken nicht anstecken, und zurücklassen konnte ich sie auch nicht. Sie hätte ein Heidentheater veranstaltet, mindestens von der Größenordnung wie jenes, das sie bei meiner Einlieferung vom Zaun gebrochen hatte. Da mussten andere Patienten verlegt werden, nur damit wir beide ein gemeinsames Zimmer bekamen.

Dieser Raum war so unwohnlich eingerichtet, wie es Krankenhauszimmer an sich haben: weiße Wände, braune Vorhänge, orangefarbene Einbauschränke, viereckiger Tisch mit Resopalplatte und vier Stühle mit Beinen aus Stahlrohr. Neben jedem Bett befand sich ein metallener Nachtschrank auf Rollen mit ausklappbarem Tisch in einer Farbe, die irgendwo zwischen grau und beige angesiedelt war. Farblich dazu passend das Bettgestell auf feststellbaren Rollen. Die Matratze war viel zu weich und das Kissen so prall und hart, dass ich es nicht wie gewohnt unter meinem Kopf zusammenknüllen konnte. Der gestärkte Bettbezug knisterte bei jeder Bewegung.

Unter der Zimmerdecke hing ein Fernseher, der über die Telefone, die auf jedem Nachttisch standen, eingeschaltet werden konnte. Neben meinem Apparat lag ein laminiertes Blatt, auf dem der Vorgang der Anmeldung des Telefons und dessen Bedienung erklärt wurden. Ich warf einen Blick darauf und las, dass die Anmeldung täglich zwischen neun und zehn Uhr vormittags am Informationsschalter im Erdgeschoss zu geschehen hatte. Ich hob den Hörer ab und hörte nichts. Die Leitung war tot.

Die Nachtschwester war so freundlich, uns die spärliche Beleuchtung über der Tür zuzugestehen, weil Elfriede sich im Dunkeln fürchtete. Mehr Licht durften wir nicht einschalten aus Rücksicht auf unsere Zimmergenossin Herta Mennicke, die mindestens hundert war und zusammengerollt wie ein Igel in ihrem Bett am Fenster lag. Sie schnarchte wie ein betrunkener Holzfäller und hatte von unserer Ankunft nichts mitbekommen. Auf ihrem Nachtschrank stand ein kleiner, verwelkter Blumenstrauß in einem Trinkglas neben einer Genesungskarte.

Durch die Beklemmungen in der Brust bekam ich Atemnot. Ich strampelte die raschelnde Bettdecke zur Seite und schwang die Beine aus dem Bett. Geflissentlich ignorierte ich das leichte Schwindelgefühl und die hämmernden Kopfschmerzen.

„Elfriede, ich muss hier weg", keuchte ich.

Elfriedes Daumen verharrte bereits über dem Klingelknopf, auf dem eine Frau in Schwesterntracht abgebildet war. „Nein, Martha, du hast doch gehört, was dieser nette Doktor gesagt hat: Du musst zur Beobachtung hier bleiben."

„Ist mir sch..., es ist mir egal, was die Ärzte sagen. Komm, Elfriede, wir fahren zu dir nach Hause und machen es uns dort gemütlich", versuchte ich sie zu überreden.

„Nein, nein und nochmals nein! Es ist jetzt vier Uhr in der Früh, da verlässt man kein Krankenhaus." Elfriede strich ihre Bettdecke glatt und legte die gefalteten Hände darauf. „Ich war zuletzt wegen meiner Gallensteine im Krankenhaus, und da gab es ein ganz leckeres Frühstück. Ich bin sehr neugierig, ob es immer noch so gut ist. Leider wird ja jetzt überall gespart."

Herta gab ihren Kommentar in Form eines plötzlichen, lauten Rülpsers dazu, der nahtlos in neuerliches Schnarchen überging.

„Gott sei Dank sitzt Charlottes Mörder jetzt hinter Gittern! Wer von den beiden Herren war's eigentlich? Der mit der eckigen Brille, oder der Kleinere mit dem adretten Seitenscheitel?"

„Weder noch", antwortete ich, während ich ruhelos die Beine hin und her schwang.

„Was sagst du da?" rief Elfriede bestürzt. „Keiner von beiden? Und was wird aus meinem lieben Heino? Muss der etwa im Gefängnis bleiben?"

„Nee, da mach dir mal keine Sorgen. Der ist bald wieder draußen."

Elfriede sah mir forschend ins Gesicht, wohl um herauszufinden, ob ich sie anschwindelte. Ich nickte ihr zu und setzte dabei ein zuversichtliches Lächeln auf.

„Das verstehe ich nicht! Die beiden Herren da in der Fleischerei hätten dich beinah zu Tode gequält. Und keiner von ihnen ist Charlottes Mörder? Aber wer ist es denn dann?"

„Wenn ich das wüsste. Ich stehe praktisch wieder ganz am Anfang", stöhnte ich.

Mein Hauptverdächtiger war nur ein Möchtegern-Erpresser und außerdem tot, und Charlottes Chef ein mieser Schurke, aber trotzdem nicht ihr Mörder. Zwar hatte ich dafür gesorgt, dass seine korrupte Bande aufflog, aber in der Mordsache blieb mir nur mehr Walter Honnef als Verdächtiger.

Hatte ich den Fehler gemacht und den Täterkreis zu eng gefasst? Ich hatte bisher weder die weitere Verwandtschaft, noch Freunde oder Bekannte aufs Korn genommen. Zwar hatte ich deren unspektakuläre Aussagen in den Polizeiberichten überflogen, aber wie gut man auf Bernds Ermittlungen vertrauen konnte, war mir ja hinlänglich bekannt. Mit Vorwürfen und Grübeleien kam ich nicht weiter. Denke in Lösungen statt in Problemen, hatte Jonny immer gesagt. Nur wie sollte ich den Fall lösen, wenn ich in diesem gottverdammten Krankenhaus liegen musste? Nun, ich konnte die Zeit nutzen, um die perfekte Strategie meines weiteren Vorgehens festzulegen. Sollte ich Walter noch einmal unter die Lupe nehmen oder mich doch intensiver mit Evi Schraders Umfeld auseinandersetzen? Was war der eigentliche Grund für die beiden Morde, und wozu dienten die Pralinen? Fragen über Fragen ...

„Die gute, gute Charlotte", seufzte Elfriede. „Wer macht nur so was Abscheuliches? Sticht eine wehrlose Frau tot?"

Walter hätte es einfacher haben können, überlegte ich. Wenn man unbedingt seine Ehefrau aus dem Weg räumen will, muss man nicht wild mit dem Messer auf sie einstechen, sondern kann die Tat mit ein bisschen Raffinesse leicht wie einen Unfall aussehen lassen. Und wozu dann das Theater mit den Pralinen? Nun, Walter hätte erst Evi Schrader und vier Wochen später seine Frau auf die gleiche Weise umbringen können, um es nach einem Serientäter aussehen zu lassen und die Polizei auf die falsche Fährte zu locken. Wenn es sich so zugetragen hatte, war Walters Plan sogar beinah aufgegangen. Aber traute ich dem seriösen Schulleiter die beiden Morde zu?

„Ich erinnere mich noch gut an meinen allerersten Arbeitstag bei den Honnefs. Du liebe Zeit, war ich aufgeregt. Nie zuvor hatte ich woanders gearbeitet als in meinem eigenen Haushalt. Ich war so durcheinander, dass ich den WC-Reiniger an den Spiegel sprühte, weil ich ihn mit dem Glasreiniger verwechselt habe."

„Hhmm."

Ich rief mir meine Begegnungen mit Honnef ins Gedächtnis und ließ ihn vor meinem inneren Auge erscheinen. Er nahm ein Messer in die Hand und rammte es in Charlottes Leib, zog es blutverschmiert wieder heraus und ... Mein Phantasiefilm geriet ins Stocken, wurde zum Standbild und erlosch. Nein! Walter hatte seine Frau nicht erstochen. Seine Gefühlswelt war durcheinander, und er mochte cholerisch oder jähzornig sein, aber der für eine solche Tat nötige abgrundtiefe Hass fehlte ihm.

„Charlotte konnte meine Aufregung gut verstehen. Sie sagte, ich solle mir Zeit lassen, mich an meine neuen Aufgaben zu gewöhnen. Alle Zeit der Welt hätte ich, sagte sie. Ich glaube nicht, dass es irgendeine andere

Chefin gibt, die einem alle Zeit der Welt einräumt, du?"

„Hhmmhhmm", bestätigte ich.

Warum hatten beide Frauen auf dem Rücken gelegen und auf diese verdammten Pralinen gezeigt?

„Als ich dann nach einigen Wochen ein wenig Routine hatte, nahm Charlotte an dieser Tagesfahrt teil. Walter war zur Arbeit und Veronika in der Schule. Da war ich zum ersten Mal ganz allein im Haus."

„Hhmm."

Charlotte hatte ihren Mörder ins Wohnzimmer gebeten, Evi ihren in die Küche. Beide mussten den Täter gekannt oder zumindest für vertrauenswürdig gehalten haben.

„Ich begann wie immer im ersten Stock mit dem Schlafzimmer, dann hab ich mir das Badezimmer vorgenommen, dann Veronikas Zimmer, das jetzt das Gästezimmer ist, und urplötzlich kamen Walter und Charlotte nach Hause. Himmel, das war ein Schreck! Charlotte war völlig aufgelöst, und ich war froh, dass ich das Schlafzimmer schon sauber gemacht hatte, denn sie legte sich sofort ins Bett und weinte, und weinte! Walter lief indes ratlos den Flur auf und ab."

Ich erinnerte mich an einen Fall, der viele Jahre zurücklag: Es ging um einen flüchtigen amerikanischen Soldaten, den Jonny, seines Zeichens Militärpolizist, aufspüren sollte. Ich hatte Jonny auf dieser Fahrt begleitet, was natürlich strengstens verboten war. Ich liebte solche Unternehmungen, denn ich hatte großen Spaß an Verfolgungsfahrten, Festnahmen, Schlägereien, Mord und Verbrechen aller Art. Wir fanden den Soldaten in dessen Wohnung und zählten fünfzehn Messerstiche in seinem Körper. Fünfzehn Mal hatte jemand auf ihn eingestochen, und ich weiß noch, dass ich mich fragte, wie viel Wut oder Hass man auf jemanden haben muss, damit man fünfzehn Mal auf ihn einsticht. Rupert hieß der Soldat, wenn ich mich recht erinnerte.

„Ich konnte mich gar nicht mehr auf das Saubermachen konzentrieren, denn die ganze Zeit hörte ich Charlotte weinen. Als ich gerade dabei war, die Treppe zu wischen, kam Walter und holte mich. Er war mit seinen Nerven am Ende und hoffte, dass ich als Frau Charlotte vielleicht besser trösten könne. Ich merkte ihm an, dass er die Gefühle seiner Gattin nicht nachvollziehen konnte. Also ging ich und setzte mich zu Charlotte ans Bett, nahm ihre Hand und sprach beruhigend auf sie ein. Sie schilderte mir den Unfall in allen Einzelheiten. Tragischerweise hatte sie ganz vorn gesessen und alles genau mit angesehen."

„Hhmm."

Rupert Myers, ein hübscher Bengel von noch nicht mal zwanzig Jahren. Sein Tod hatte irgendetwas zu tun gehabt mit …

„Charlotte sprach immer wieder von dem jungen Mann. Der war schier wahnsinnig gewesen vor Trauer und so voller Zorn, dass er jedem einzelnen Fahrgast den Tod prophezeite."

„Nun, irgendwann sterben wir alle", stellte ich nüchtern fest.

„Du weißt schon, was ich meine. Der Mann wollte Rache. Er drohte den Fahrgästen sozusagen, dass er sie töten würde. Charlotte hatte er damit furchtbare Angst eingejagt. Noch lange Zeit nach dem Unfall litt sie regelmäßig unter Alpträumen."

„Er drohte, alle Fahrgästen umzubringen?" rief ich.

„Ja. Aber er hat seine Drohung glücklicherweise nicht wahrgemacht, das Ganze ist ja schon zehn Jahre her."

„Exakt zehn Jahre. Wie viele Leute waren denn im Bus?"

„Das weiß ich nicht. Charlotte sagte, dass der Unfall quasi gleich nach dem Start passierte, direkt vor dem Bahnhofsgebäude. Und der Hauptbahnhof war die erste Sammelstelle, danach folgten noch ein paar andere."

„Dann waren zu diesem Zeitpunkt vermutlich nicht viele Leute im Bus. Wohin ging die Reise denn?"

„Es war eine Tagesfahrt in die Lüneburger Heide."

„Eine von diesen Kaffeefahrten für alte Omis?"

„Nein, nein. Es hatte mit Sport zu tun. Schnell laufen oder lange laufen, irgendetwas in der Art. Das weiß ich nicht mehr genau."

Eine Idee keimte in mir auf wie ein zarter Spross. Es bestand nur der Hauch einer Chance, aber … Das mir wohlbekannte Kribbeln breitete sich von den Fingerspitzen bis über die Schultern in den Rücken hinein aus, ein sicheres Zeichen dafür, dass ich eine viel versprechende Fährte aufgenommen hatte. Da klopfte es leise an der Tür. Vermutlich die Nachtschwester, die Temperatur und Blutdruck messen wollte.

„Heino! Was für eine wunderbare Überraschung!"

„Oh, Ellie, dor bis du jo, miene söde Piepmaus!"

Heino stapfte ins Krankenzimmer und fiel seiner Frau um den Hals. Sie bedachten sich mit unglaublichen Kosenamen und küssten sich hingebungsvoll. Ich konnte vor Aufregung nicht mehr stillsitzen und mich nur mühsam beherrschen, die Begrüßungszeremonie der beiden nicht zu unterbrechen. Endlich, endlich ließ Heino von Elfriede ab und begnügte sich damit, ihre Hand zu streicheln. Er räusperte sich und verkündete feierlich: „Nu bin ick endlich fertich bi de Polizei. Dor bruk ick ok nich noch mal woller hin. De hebt sich bannich entschuldigt för den Irrtum!"

„Oh Heino, das ist aber schön!"

„Un di nehm ick nu mit noh hus hen, ick heb all frocht."

Heino begann, den Inhalt der Krankenhausplastiktüte, die am Fußende von Elfriedes Bett hing, auf der Bettdecke auszubreiten. Meine Freundin sah verzweifelt von mir zu ihrem Gatten und wieder zurück.

„Ich hab kein Wort verstanden", sagte ich.

„Heino sagt, er will mich jetzt mit nach Hause nehmen, er hat die Stationsleitung gefragt ..."

„Na denn man zu!" frohlockte ich. Maximal fünf Minuten später würde auch ich die Biege machen, allerdings ohne vorher zu fragen.

„Ich muss hier bei dir bleiben, Martha. Aber mit Heino muss ich auch mit. Ich kann mich doch nicht durchteilen." Elfriede war hin und her gerissen.

„Das brauchst du auch nicht. Fahr du nur ruhig mit deinem Mann nach Hause, und mach dir um mich keine Gedanken. Ich hab ja Gesellschaft." Munter wies ich auf Herta Mennicke, die nach wie vor pennte.

„Wenn du meinst ..."

„Nu mok to, Ellie, wi wöd noh Bett hin!"

Zögerlich begann Elfriede, in die bereitgelegten Socken zu schlüpfen. Genau der richtige Moment, mir Heino vorzuknöpfen.

„Heino, du kennst ja Evi Schrader", begann ich.

„Geih mi bloß los dormit!" antwortete er und winkte ab.

„Bitte auf Hochdeutsch", erinnerte ich ihn. „Ich habe ein wichtiges Anliegen, und du bist der Einzige, der mir bei der Lösung helfen kann."

„Ich? Na denn schieß mal los!"

„Es ist ganz wichtig für mich zu wissen, ob Evi vor zehn Jahren in einem Bus saß, der vor dem Hauptbahnhof eine Frau überfahren hat."

„Hä?" Heino kratzte sich die Stirn. „Woher soll denn ich das wissen? So gut kenne ich sie nun auch wieder nicht."

„Aber die Mutter, wie hieß sie noch gleich?"

„Hanni Wiegand, äh Schrader." Heino räusperte sich erneut und warf Elfriede einen flüchtigen Blick zu, doch diese hatte sich schamhaft von ihm abgewandt, weil sie mit dem Anziehen ihres Unterhemdes beschäftigt war.

„Ruf diese Hanni an und frag sie nach dem Busunfall", bat ich.

„Hhmm, das könnte ich wohl machen. Wenn ich ausgeschlafen hab, dann ...“

„Nein, Heino: Jetzt!“

„Jetzt? Weißt du, wie viel Uhr es ist? Jeder normale Mensch schläft um diese Zeit. Außerdem hab ich gar kein Telefon dabei.“

Ich angelte nach meiner Handtasche, die zusammen mit der Krankenhaustüte am Fußende des Bettes hing. Die Pralinen fielen mir in die Hände, das Portemonnaie, die Hundeleine und all der andere Schnickschnack, aber das Handy war nicht dabei. Und mein K.o.-Spray auch nicht! Ich durchsuchte die Krankenhaustüte und die Taschen meiner Jeans und fand darin zumindest das Spray. Das Telefon musste demzufolge noch in Heinos Wagen liegen.

Ich wollte dabei sein, wenn er Hanni Schrader anrief. Und es musste jetzt sofort sein! Mein Blick flog durch das Krankenzimmer, streifte das nutzlose Telefon auf meinem Nachtschrank, und schon im nächsten Moment sprang ich aus dem Bett. Die Zipfel meines Totenhemdes wehten hinter mir her wie der Schleier einer Braut.

„Donnerlüttjen! Ich dachte, du bist schwerverletzt“, wunderte sich Heino.

„Leg dich sofort wieder hin!“ schimpfte Elfriede.

„Gleich ...“, sagte ich und war bereits bei Herta Mennickes Nachtschrank angelangt. Ich riss ihren Hörer von der Gabel und hörte – das Freizeichen!

„Hier! Das Telefon funktioniert.“ Hektisch winkte ich Heino heran.

Dieser fühlte sich offensichtlich gar nicht wohl in seiner Haut. Skeptisch blickte er auf den schnarchenden Igel.

„Hat das nicht Zeit, bis ...“, setzte er an.

„Nein, hat's nicht.“

„Aber was soll Hanni denken? Die schläft bestimmt ...“

„Dann weckst du sie eben.“

„Na gut, aber nur, weil du Elfriedes beste Freundin bist und dich um sie gekümmert hast. Oh, nee, das ist mir ganz gewaltig unangenehm ...“

Ich drückte ihm den Hörer in die Hand und stellte mich mit vor der Brust verschränkten Armen erwartungsvoll direkt neben ihn.

Plötzlich lächelte er breit.

„Geht nicht. Ich hab ihre Nummer gar nicht.“ Er schickte sich an, den Hörer zurück auf die Gabel zu legen.

„Dann ruf die Auskunft an!“ befahl ich. Ich flitzte zur Tür, drückte auf den erstbesten Lichtschalter und der Raum war taghell erleuchtet. Dann lief ich zurück zu Hertas Bett, durchsuchte ihre Nachtschrankschublade und fand dort einen Kugelschreiber. Ich schloss die Lade und griff nach der Genesungskarte, deren Rückseite unbeschrieben war. Beides legte ich auf Hertas ausgeklapptes Bett-Tischchen und wies mit einer einladenden Geste darauf.

„Lass dich gleich weiterverbinden, aber schreib die Nummer trotzdem auf. Könnte ja sein, dass Hanni nicht ran geht."

„Das hoffe ich sehr", stöhnte Heino.

„Na los, nun mach schon!" drängte ich ungeduldig.

Er seufzte gequält auf und tippte im Zeitlupentempo die Nummer der Auskunft in den Apparat. Kurz darauf notierte er eine Bremerhavener Telefonnummer auf der Genesungskarte. Während es an seinem Ohr tutete, strich er sich nervös den Bart. Dann zuckte er leicht zusammen.

„Hallo Hanni, hier ist Heino. Entschuldige, dass ich ..." Er brach ab und lauschte einem Redeschwall. Eine dunkle Röte überzog sein Wetter-gegerbtes Gesicht. „Nein, es ist nichts ... Ich meine, natürlich ... Also ..."

Ich stieß ihm kräftig mit dem Ellenbogen in die Rippen, um ihn an den Ernst der Lage zu erinnern. Nicht auszudenken, dass das Unternehmen scheiterte, weil Hanni, wütend wegen der Ruhestörung, den Hörer auf-knallte. Ungeduldig trat ich von einem Bein aufs andere und ignorierte geflissentlich, wie böse Heino mich anschaute, während er dem Monolog am anderen Ende lauschte. Ich konnte die einzelnen Worte nicht verstehen, aber Hanni schien sehr aufgebracht zu sein. Endlich kam Heino wieder zu Wort.

„Es war nicht meine Idee, dich um diese Uhrzeit anzurufen. Ich schul-de der Freundin meiner Frau einen Gefallen. Die Sache ist die ..." Erneut ein Redeschwall vom anderen Ende. Ich war kurz davor, wahnsinnig zu werden.

„Es geht um einen tödlichen Unfall vor zehn Jahren. Da hat ein Bus-fahrer eine Frau angefahren, und ich wollte dich fragen, ob du vielleicht weißt ..."

Heino schwieg und hörte zu. Plötzlich sank die Hand, die eben noch nervös über den Bart gestrichen hatte, herab.

„Ja, vorm Hauptbahnhof", sagte er. „Wie ich darauf gekommen bin? Nun, ich sagte ja, die Freundin meiner Frau ..."

Mein Herz klopfte so laut, dass mir fast der Schädel zersprang.

„Gut, danke. Vielen Dank, Hanni. Und entschuldige nochmals, dass ich dich so spät ... Ja, gute Nacht."

Heino legte auf und warf mir einen wütenden Blick zu. „Ja, Evi war in dem Bus. Bist du nun zufrieden?"

16

Elfriede war dermaßen mit Ankleiden und ihrer bevorstehenden Heimkehr beschäftigt, dass sie die Bedeutung dessen, was ich gerade herausgefunden hatte, gar nicht erfasste. Heino war stinksauer auf mich. Wahrscheinlich wollte er deshalb so schnell wie möglich los. Er zog Elfriede hinter sich her, und sie hatte kaum mehr die Zeit, mir eine gute Besserung zu wünschen. Die beiden waren gerade aus der Tür, da hopste ich schon aus dem Bett. Während ich mir schnell das Totenhemd vom Leib riss und in meine Jeans schlüpfte, haderte ich mit mir selbst. Hätte ich nicht schon viel eher auf dieses Motiv kommen können? Elfriede hatte den Unfall schon einmal erwähnt, und ich hatte ihr gar nicht richtig zugehört. Ich hoffte, dass es noch nicht zu spät war, und der Mann nicht bereits den dritten Fahrgast erledigt hatte.

Was wohl aus dem Busfahrer geworden war? Und wozu die Pralinen? Das würde ich bald herausfinden. Ich war mir ziemlich sicher, dass die junge Frau tot mit dem Rücken auf der Straße gelegen hatte, den rechten Arm ausgestreckt, genau wie Evi und Charlotte. Wegen meiner dicken Handverbände brauchte ich eine Ewigkeit, bis ich die Schnürbänder meiner Basketballstiefel verknotet hatte. Die dicke Nadel an meinem rechten Unterarm drückte und störte. Mit dem Zeigefingernagel pulte ich das weiße Klebeband von meiner Haut und fummelte an der dicken Nadel herum. So sehr ich mich auch bemühte, ich kriegte sie mit den Fingerspitzen der linken Hand nicht herausgezogen. Ich holte tief Luft, setzte meine Schneidezähne an den Plastikverschluss, schloss die Augen und zog den Kopf mit einem Ruck zurück. Die Nadel war draußen, aber aus dem Einstichloch lief das Blut heraus.

Ich flitzte zum Schrank, riss alle Türen auf, fand Verbandmull und bediente mich großzügig. Als der Blutfluss eingedämmt war, schlüpfte ich in mein Shirt. Jetzt konnte ich durchstarten. Aber wie? Mit einem Schlag wurde mir klar, dass ich überhaupt keinen Plan hatte. Ich wusste weder, wer der Gesuchte war, noch wie ich ihn finden oder wie ich von hier fortgelangen sollte.

Das dritte Problem war momentan mein vordringlichstes, und es erschien mir lösbar. Ich spähte den Gang hinauf und hinunter. Eine überdimensionale Uhr hing unter der Decke, der Sekundenzeiger schien über dem Zifferblatt zu schweben. Ich erblickte einen verlassenen Rollstuhl und ein an die Seite geschobenes Bett mit glatten Laken. Es war kein Mensch zu sehen. Das Schwesternzimmer war hell erleuchtet und hatte zum Flur hin eine große Glasscheibe. Dort musste ich vorbei. Ich zog die Zimmertür so leise wie möglich hinter mir zu und schlich den Flur hinunter, an dem Rollstuhl und dem leeren Bett vorbei.

Neben dem Schwesternzimmer drückte ich mich platt an die Wand und schaute kurz durch die Scheibe. Niemand war in dem Raum. Ich warf noch einmal einen Blick nach hinten und entdeckte niemanden. Also, nichts wie losgerannt! Doch da – plötzlich – hörte ich, wie ein paar Meter weiter eine Tür am vorderen Ende des Ganges geöffnet wurde. Mist! Zurück in mein Zimmer konnte ich nicht mehr, es war zu weit entfernt. Ich musste mich verstecken! Wenn die Schwester mich sah, würde sie mich ans Bett fesseln, soviel war klar.

Bett! Ich sprang in das frischbezogene, einsame Bett und zog mir schnell die Decke über den Kopf. Nun blieb mir nichts anderes übrig als zu beten, dass weder meine Handtasche noch eine Schuhspitze hervorlugte. Mein Atem ging flach, ich lag bewegungslos, und doch war mir klar, dass die Decke jetzt nicht mehr so eben und glatt wie zuvor war. Bitte, lieber Gott, lass die Schwester so viel zu tun haben, dass sie sich um Nebensächlichkeiten wie herumstehende Betten nicht kümmern kann. Ich hörte ihre Sohlen auf dem gebohnerten Linoleum quietschen. Sie kam näher und verlangsamte ihren Schritt. Ich hielt die Luft an. Und dann bog sie ab in ihr Kabuff. Ich atmete flach weiter. Noch hatte ich nicht gewonnen, noch war ich nicht unerkannt geflohen. Vorher musste die Schwester wieder raus aus ihrem Zimmer und verschwinden. Am besten, ein Patient klingelte nach ihr.

Endlos lange lag ich unter der Bettdecke, ohne mich zu rühren. Meine Nase juckte, und ich fing an zu schwitzen. Um mich abzulenken, malte ich mir aus, was ich tun würde, wenn ich dieses Gebäude verlassen hatte. Als eine Idee in meinem Kopf Gestalt annahm, ärgerte ich mich maßlos, mein Krankenzimmer und vor allem Herta Mennickes Telefon so eilig verlassen zu haben. Ich hätte längst handeln können, und dann wäre mir auch dieses alberne Versteckspiel erspart geblieben.

Die Krankenschwester schepperte und klimperte mit irgendwelchem Zeugs herum. Vermutlich bereitete sie die Medikamente für den Morgenrundgang vor. Sie quietschte auf ihren Sohlen hin und her und machte keine Anstalten, das Schwesternzimmer zu verlassen. Dabei trällerte sie einen alten Cat-Stevens-Song vor sich hin. Sie sang recht passabel und

kam auch mit den hohen Tönen gut klar. Als sie den nächsten Song anstimmte, diesmal einen von den Eagles, ertönte endlich das heißersehnte
Summen. Hurra, ein Patient verlangte nach ihr!

Sie quietschte los, eins, zwei, drei, vier, fünf, sechs Schritte, dann öffnete sie eine Tür und schaute hinein. Zum Donnerwetter, das Patientenzimmer lag schräg gegenüber! Ich hörte jemanden stöhnen.

„Ist Ihnen übel? Müssen Sie erbrechen?" fragte die Schwester in den
Raum hinein. Frag nicht lange, beweg deinen Hintern! Wenn jemandem
schlecht ist, dann braucht er ein Gefäß.

„Soll ich Ihnen eine Schale holen?"

Ja, was denn sonst?

Endlich quietschte sie ins Patientenzimmer, und ich hörte, wie sie eine
Schranktür öffnete und schloss. Das war meine Chance. Wenn ich mich
beeilte, konnte ich es schaffen. Ich hüpfte aus dem Bett und rannte so
schnell ich konnte den Gang hinunter, riss die gläserne Stationstür auf und
stürzte an den Fahrstühlen vorbei ins Treppenhaus. Dabei warf ich keinen
Blick zurück, aus Angst, wertvolle Sekundenbruchteile zu verschenken.
Schon fiel die schwere Brandschutztür hinter mir zu, und ich sprang die
Stufen der sieben Stockwerke hinunter. Im Erdgeschoss angekommen,
lehnte ich mich schwer atmend ans Treppengeländer, hielt meine schmer-
zende Seite und wartete auf die Sirene. Aber es war kein Laut zu hören.
Vielleicht gab es ja gar keinen Alarm hier, sondern man griff zum Telefon
und benachrichtigte ganz diskret das Personal am Informationsschalter.
Dieser befand sich gegenüber dem Eingangsrondell.

Ich setzte eine unbeteiligte Miene auf, öffnete die Tür und marschierte
gelassenen Schrittes den breiten Gang entlang. Vorbei an den Fahrstühlen,
den Sitzgruppen, den Grünpflanzen und dem Wasserspiel. Die Dame am
Schalter beobachtete mich über den Rand ihrer Brille hinweg. Ich nickte
ihr einen kurzen Gruß zu und verließ zügig, aber nicht hastig das Gebäude. Draußen empfing mich eine nasskalte, windige Dunkelheit. Erst als ich
die Behindertenrampe hinter mir gelassen hatte und sicher war, dass mich
niemand mehr sehen konnte, rannte ich los Richtung Innenstadt. Nach
nur zweihundert Metern musste ich die erste Verschnaufpause einlegen.
Gut und gerne zwei Kilometer lagen vor mir bis zum Hauptgebäude der
Post, wo sich die nächste Telefonzelle befand. Diese waren im Zeitalter
des Handys und der zunehmenden Zerstörungswut leider nahezu von der
Bildfläche verschwunden. Kurzzeitig erwog ich, einfach an irgendeiner
Haustür zu klingeln und unter dem Vorwand eines Notfalls um ein Tele-

fon zu bitten, aber ich verwarf die Idee schnell wieder. Die meisten Menschen schliefen um diese Zeit, und meine Bitte hätte Verwunderung und einen Haufen Fragen ausgelöst. Erneut ärgerte ich mich, dass ich nicht den Apparat meiner Bettnachbarin benutzt hatte, denn dann wäre ich jetzt schon einen großen Schritt weiter.

Nach ungezählten Verschnaufpausen erreichte ich endlich das Hauptpostamt. Ich riss die Tür einer Telefonzelle auf und lehnte mich total erschöpft von innen gegen die Scheibe. Mühselig fischte ich mit meinen verbundenen Händen Kleingeld aus dem Portemonnaie und warf es in den Automaten. Es widerstrebte mir zwar enorm, aber nach reiflichen Überlegungen war ich zu dem Schluss gekommen, dass ich keine andere Wahl hatte, als ihn anzurufen. Jede andere Person, die ich kannte, Bernd ausgenommen, verfügte nicht über solch umfangreiche Informationsquellen. Glücklicherweise war mir seine Telefonnummer im Gedächtnis geblieben, nachdem sie in Elvis' Auto auf meinem Handydisplay erschienen war.

Klaus-Jürgen war nach dem ersten Klingeln am Apparat. „Hier ist der Engel, Klaus-Jürgen mein Name." Merkwürdige Art, ein Telefonat entgegenzunehmen.

„Klaus-Jürgen, hier ist Martha."

„Martha! Nett, dass du anrufst."

„Hast du was zu schreiben? Pass auf, was ich dir jetzt sage ..." Ich hörte ihn geräuschvoll atmen, als er mitschrieb, was ich ihm diktierte. Er äußerte sich nicht dazu und stellte zum Glück auch keine Fragen.

„Wie viel Zeit wirst du benötigen?" fragte ich.

„Hmm, schwer zu sagen, ist ja noch recht früh am Tag. Wo steckst du denn?"

„Vorm Hauptpostamt."

„Bleib, wo du bist. Ich hol dich ab."

Noch ehe ich etwas erwidern konnte, hatte er aufgelegt. So was Blödes! Klaus-Jürgen sollte sich mit der Recherche befassen, und zwar schleunigst. Wenn ich durch die Gegend kutschiert werden wollte, konnte ich ebenso gut einen Taxifahrer anheuern. Ich legte auf und blieb gegen die Scheibe gelehnt stehen. Ich konnte mich einfach nicht dazu durchringen, hinaus in die Dunkelheit zu treten und den kalten Wind an meinen Haaren zerren zu lassen. Kleine gelbe Punkte tanzten durch mein Blickfeld, meine Augen fielen einfach zu, und es kostete mich schier übermenschliche Kraft, sie wieder zu öffnen. Nur verschwommen sah ich einen alten grün-weißen VW-Bus näher kommen. Mühsam entzifferte ich die Aufschrift: Polizei.

Bernd! Bestimmt hatte die Nachtschwester ihn sofort angerufen, als sie bei ihrem letzten Rundgang vor Schichtende mein Fehlen bemerkte. Und nun suchte alles, was Uniformen trug, nach mir. Bernd durfte mich nicht in die Klauen kriegen, koste es, was es wolle.

Mein Herz klopfte mir bis zum Hals, als ich aus der Telefonzelle schoss, und über die Straße auf einen Kiosk zu rannte. Die Rollläden an den Fenstern und der Tür waren angesichts der frühen Stunde heruntergelassen und durch Vorhängeschlösser gesichert. Auch alle anderen Geschäfte rundherum waren geschlossen, nirgends konnte ich mich verstecken. Da entdeckte ich einen halbhohen Mauervorsprung als optische Abgrenzung zwischen Asphalt und Parkplatz. Schnell warf mich dahinter. Nun konnte ich zumindest von der Straße aus nicht mehr gesehen werden.

Ich keuchte wie eine Dampflokomotive, außerdem schwitzte und zitterte ich gleichzeitig. Mit dem Hintern saß ich auf dem nasskalten Boden, mein Rücken lehnte an der glatten Mauer.

„Na, abgehauen?" drang plötzlich eine raue Stimme an mein Ohr. Ich roch schalen Atem und sauren Schweiß. Panisch flog mein Kopf herum, und ich konnte schemenhaft eine Person neben mir ausmachen. Dieser Jemand schien hinter der Mauer übernachtet zu haben, denn als er sich jetzt bewegte, hörte ich seinen Schlafsack rascheln. Er robbte bis zum anderen Ende der Mauer und lugte daran vorbei.

„Ach, die Bullen ...", winkte er ab und krabbelte zurück zum Schlafsack. „Wenn's niemand anders ist, vor dem du abhaust ... Da gibt's weit schlimmere Zeitgenossen als die."

Er kramte in einem Rucksack oder einer Tasche und holte eine Flasche hervor. Ich hörte das Glucksen seiner Kehle.

„Auch'n Hieb?" fragte er und hielt mir die Buddel vor die Nase. Ich schüttelte den Kopf.

Achselzuckend wischte er sich über den Mund und schraubte den Verschluss wieder zu. Die Flasche verschwand, und der Mann wandte mir sein Gesicht zu. Jetzt, da sich meine Augen an das Halbdunkel gewöhnt hatten, sah ich, dass seine Haare und sein Bart so lang waren, als hätten sie seit Jahren keinen Friseur mehr gesehen.

„Warum rennt ne Frau wie du vor der Bullerei weg?" fragte er neugierig.

„Warum pennt n Kerl wie du hinter ner Mauer?"

Der Mann lachte blechern. Das Lachen verlor sich in einem unglaublichen Hustenanfall, an dem er beinah erstickte. Als der Anfall abflaute, lachte er wieder. „Recht haste! Weißte, manchmal weiß ich auch gar nicht, warum alles so ist, wie es ist. Ich penn eben hier draußen."

„Aha", sagte ich, lehnte mich zur Seite und peilte an meinem Ende der Mauer vorbei auf die Straße. Das Polizeiauto hatte gewendet und kam jetzt im Schritttempo aus der anderen Richtung.

„Weißte, ich war mal Anwalt. Und gar nicht mal ein schlechter. Hatte ne hübsche Frau und ein großes Haus. Aber dann ham se mich alle nass gemacht."

Ich fror erbärmlich. Hätte ich doch bloß eine Jacke angezogen, als ich das letzte Mal meine Wohnung verließ. Wie lange war das her? Ich versuchte mich zu erinnern, doch tausend Gedanken und Bilder rasten gleichzeitig durch mein Hirn.

Plötzlich sehnte ich mich nach meiner kleinen Wohnung mit den hübschen Möbeln. Ich sehnte mich nach meiner Badewanne, meiner Mikrowelle und meinem Fön. Ich sehnte mich sogar nach dem Empfangskomitee, das mir jetzt, in diesem sentimentalen Moment, wie meine kleine Familie erschien. Und vor allem sehnte ich mich nach der Wärme, die einen beim Betreten des völlig überheizten Hausflurs einhüllte.

„Ist dir kalt? Willste vielleicht doch nen Schluck? Das wärmt von innen." Er nestelte an seiner Tasche herum.

„Nee, lass mal. Ich vertrag keinen Alkohol", log ich, obwohl ich zu gerne einen Schluck oder zwei getrunken hätte. Aber nicht aus seiner Flasche.

„Willste meinen Schlafsack? Kannste haben, allerdings nur geliehen."

Ich rang mit mir. Tatsächlich konnte ich das Klappern meiner Zähne nicht mehr unterdrücken, und ein Schauer jagte den nächsten durch meinen Körper. In den Schlafsack dieses Mannes krabbeln? Nun, da war es bestimmt schön warm drin. Aber wie fürchterlich der stank! Egal – ich nickte.

„Okay, Moment, ich muss erst mal raussteigen. Zu zweit passen wir da nicht rein, obwohl's schade ist, nicht?" Sein Kichern erinnerte mich an Rumpelstilzchen. Umständlich begann er, sich vom Schlafsack zu befreien. Da ertönte ein lang gezogenes Hupen. Der Ex-Anwalt und ich spähten, jeder auf seiner Seite der Mauer, auf die Straße.

„Was is das denn für'n Benehmen?" mokierte sich mein Nachbar.

Ein dunkler Kombi stand mit eingeschaltetem Warnblinklicht mitten auf der Fahrbahn und hupte. Merkwürdig. Dann knipste der Fahrer die Innenbeleuchtung an, und ich erkannte: Klaus-Jürgen! Dem Himmel sei dank! Ich mobilisierte meine allerletzten Kraftreserven und hievte meine steifen Glieder vom kalten Erdboden.

„Danke für deine Hilfe, aber ...“

„Ist das etwa dein Typ, der Dicke da im Auto?“

Mir fehlte die Kraft für Erläuterungen. Deshalb nickte ich zähneklappernd.

„Nett von ihm, dich abzuholen. Aber warum hat er dich überhaupt erst rausgeschmissen?“

Ich blieb ihm eine Antwort schuldig und stakste, als hätte ich mir in die Hose gemacht, zum Auto. Der Weg dorthin kam mir sehr, sehr weit vor. Als Klaus-Jürgen mich entdeckte, sprang er sofort aus dem Wagen, rannte quer über die Straße auf mich zu, hakte mich unter, öffnete die Beifahrertür und schob mich auf den Sitz. Ich ließ mir alles widerstandslos gefallen. Drinnen war es herrlich warm, doch meine Zähne klapperten weiter, ohne dass ich darauf Einfluss gehabt hätte.

„Schönen Gruß von Frau Wagenmacher soll ich dir ausrichten.“ Klaus-Jürgen quetschte sich hinters Steuer.

„Woher kennst du denn die?“

„Hab gerade eben ihre Bekanntschaft gemacht. Sie hockte auf meinem Klappstuhl vor deiner Tür.“

„Um diese Zeit?“ wunderte ich mich.

Klaus-Jürgen drehte den Zündschlüssel. „Lust auf ne kleine Spazierfahrt, Mylady?“

„Nee, erst mal findest du raus, was ich dir aufgetragen habe.“ Ich hielt meine Fingerspitzen über die Lüftungsschlitze, aus denen warme Luft strömte. Hinter uns hupte ein Auto, bevor es an uns vorbeizog.

„Zu Befehl, Mylady! Schon erledigt, Mylady!“

„Lass dieses bescheuerte Mylady“, stöhnte ich matt. „Was soll das heißen, schon erledigt?“

„Schon erledigt! Ich hab den Typen, den du suchst. Name, Alter, Adresse, Arbeitgeber. Willst du noch was wissen?“

Ich kriegte den Mund nicht mehr zu vor Staunen.

„Und ich hab mir gedacht, wir beiden Hübschen statten dem Herrn jetzt einen formlosen Besuch ab, was hältst du davon?“

„Ja, worauf wartest du noch? Fahr los!“ drängte ich.

„Zu Befehl, Mylady!" Ohne sich um den nachfolgenden Verkehr zu scheren, trat Klaus-Jürgen aufs Gaspedal. Die Reifen heulten auf und ich wurde in das Polster gepresst. „Auf dem Rücksitz liegt eine Decke und ein Kissen. Mach's dir bequem und schlaf ne Runde. Du siehst aus, als hättest du's dringend nötig."

„Klar. Genau die richtige Zeit zum Schlafen." Ich tippte mir mit der verbundenen linken Faust gegen die Stirn.

Klaus-Jürgen grinste, nahm die rechte Hand vom Lenkrad, legte flugs einen Hebel an meinem Sitz um, und plötzlich befand ich mich in der Waagerechten. Während er in unvermindert flotter Geschwindigkeit weiterfuhr, stopfte er ein Kissen unter meinen Kopf und breitete eine Wolldecke über mich.

„Ingo Halbig, so heißt der Typ, wohnt hundertsiebzig Kilometer von hier entfernt. Also kannst du unbesorgt ein kleines Nickerchen machen. Und Ritter Klaus-Jürgen weckt sein Dornröschen rechtzeitig auf, bevor der Tanz beginnt. Das verspricht er hoch und heilig."

Ich hob den Kopf, und diese abrupte Bewegung löste ein heftiges Hämmern und einen Brummkreisel in meinem Kopf aus.

„Schlafe, du holde Maid! Ooohhh schlaaahafe, du hoholde Maid ...", sang er mit grausam hoher Stimme.

„Hundertsiebzig Kilometer? Der Mann wohnt nicht in Bremerhaven?"

„Nein, kurz nach dem Tod seiner Verlobten ist er weggezogen."

Ich sank zurück aufs Kissen.

„Er war drei Jahre lang mit Paula Grewing verlobt, und die Hochzeit stand kurz bevor. Es war schon alles organisiert: Polterabend, standesamtliche und kirchliche Trauung, und auch die Flitterwochen in die Karibik waren gebucht. Wenn der Unfall nicht passiert wäre, hätten die beiden vier Wochen später geheiratet."

„Das ist tragisch", sagte ich. Meine Augen fielen ohne mein Einverständnis zu, und ich konnte sie nicht wieder öffnen. Tonnenschwere Gewichte hingen an den Lidern.

Klaus-Jürgen blinkte und befuhr eine langgezogene Kurve. An den Geräuschen vorbeibrausender Autos erkannte ich, dass wir jetzt auf der Autobahn waren.

„In der Tat, das ist es. Paula Grewing ist frontal von dem Bus erfasst und überrollt worden. Sie wurde von den Aufnahmen der Blattfedern regelrecht aufgeschlitzt, wie von einem Messer. Ingo kam mit diesem Schicksalsschlag nicht zurecht. Er versuchte, sich das Leben zu nehmen, wurde aber von einem Nachbarn rechtzeitig gefunden. Danach verbrachte er drei Monate in der Psychiatrischen Klinik. Als man ihn entließ, zog er nach Hanstedt."

„Hab ich noch nie gehört."

„Ich vorher auch nicht. Das ist ein winziges Kaff mit nicht mehr als hundert Einwohnern. Halbig wohnt in einem kleinen Häuschen, dem ehemaligen Gesindehaus eines großen Gutes. Auf dem Gut lebt eine betuchte Blaublütige, die Gräfin von Hochheimer. Sie züchtet dort Trakehner, das ist eine Pferderasse."

„Ich weiß, was Trakehner sind", warf ich schläfrig ein.

„Sie hat Halbig angestellt. Als Pferdepfleger oder Gärtner oder Hausmeister vielleicht. Leider hab ich das so schnell nicht rausfinden können."

„Wie hast du's überhaupt geschafft, in der kurzen Zeit so viele Informationen zu sammeln?"

Klaus-Jürgen kicherte. „Mein Geheimnis! Nur so viel sei verraten: Ich kenne Leute in strategisch wichtigen Positionen. Ermittlungstechnisch gesehen, versteht sich. Die sitzen an den richtigen Quellen und können ...""

Der Rest des Satzes verlor sich auf dem Weg zu meinem Gehirn. Von der Fahrt nach Hanstedt bekam ich überhaupt nichts mit. Stattdessen wurde ich im Traum bei lebendigem Leibe von Ratten angenagt, und war zu müde, um die Augen zu öffnen oder die Viecher zu verscheuchen.

Irgendwann rüttelte Klaus-Jürgen an meiner Schulter. Ich ignorierte ihn. Dann steckte er seinen Zeigefinger in mein linkes Ohr, und ich fuhr vor Schreck senkrecht in die Höhe. Meine Augen waren verklebt und mein rechter Fuß eingeschlafen.

Der Motor war ausgeschaltet, und der Morgen dämmerte. Wabernder Nebel hing über einem schmalen Weg aus hellem Sand. Wir befanden uns mitten in einem Wald, und es war weit und breit kein Mensch zu sehen.

„Du bist niedlich, wenn du schläfst. Aber mein lieber Scholli: du schnarchst ja wie ein besoffener Matrose."

Klaus-Jürgens Mund war dicht an meinem Ohr. Er roch nach Lakritze und Knoblauchwurst. Ich rückte von ihm ab.

„Was machen wir mitten im Wald?" wollte ich wissen.

„Alles, was du willst, meine Schöne." Er räusperte sich, machte eine theatralische Geste zur Natur außerhalb des Wagens und warf sich in die Brust. „Der Wald steht schwarz und schweiget, und aus den Wiesen steiget, der weiße Nebel wunderbar." Er räusperte sich erneut und zwinkerte mir mit seinem gesunden Auge schelmisch zu. „Okay, ich merke schon, dir ist momentan nicht nach Romantik."

„Klaus-Jürgen", sagte ich streng, „was wollen wir in diesem Wald?"

„Ingo Halbig wohnt hier."

„Hier?" rief ich erstaunt. Ich drehte mich auf dem Sitz hin und her und sah nichts außer dunkler Bäume und Nebel.

Der Mann an meiner Seite wies zur Heckscheibe. „Zwei- bis dreihundert Meter in dieser Richtung steht sein Haus."

„Und wo ist der Gutshof?" fragte ich.

„Etwa anderthalb Kilometer von hier. Hinter dem Wald den Hügel hinunter. Der Gräfin soll in diesem Kaff so ziemlich jeder Quadratmeter gehören."

„Und wie weit ist es bis zum nächsten Haus?" Ich ärgerte mich, dass ich die komplette Fahrt hierher verschlafen hatte.

„Ich vermute, das Gutshaus ist der nächstgelegene Nachbar."

„Dann wollen wir uns mal umsehen." Ich öffnete die Autotür und roch kühle, feuchte Waldluft. Die Sonne ging hinter den Bäumen auf, und die Vögel stimmten das erste Lied des Tages an. Das verbliebene Laub an den Eichen raschelte leise im Wind. Ich stieg aus dem Wagen und streckte mich. Zwar war ich körperlich noch nicht wieder die Alte, aber in einem entschieden besseren Zustand als noch vor ein paar Stunden. Meine Schuhe hinterließen Abdrücke in dem weichen Sandboden, und ich entdeckte die Reifenspuren von Klaus-Jürgens Auto.

Dieser folgte mir auf dem Fuße, und als er neben mir ankam, hüpfte er wie ein Kind von einem Bein aufs andere. Er strahlte übers ganze Gesicht und gab ein eigentümliches Schnalzen von sich.

„Was ist los?" wollte ich wissen, hatte den Blick aber bereits von ihm abgewandt, weil ich gespannt auf das Haus war, dem wir nun immer näher kamen.

„Du hast das erste Mal ,wir' gesagt! Nun sind wir also doch ein Team." Er hüpfte weiter, wobei seine Körpermassen außer Kontrolle gerieten. Ich rammte die Absätze in den Sand und stemmte die verbundenen Hände in die Hüften.

„Mann, hör auf mit dem Theater! Bist du mit mir hierher gefahren, um den Klabautermann zu spielen, oder weil hier möglicherweise ein Typ wohnt, der zwei Frauen auf dem Gewissen hat?"

Klaus-Jürgen hörte auf zu hopsen und biss sich auf die Unterlippe. „Tut mir leid, Martha. Ich hab das für einen Moment ganz vergessen. Was hältst du von der Hütte?"

236

Das Haus musste an die hundert Jahre alt sein und war mit dem Wald eins geworden. Das Schindeldach war moosgrün, an den Wänden wucherte Efeu, und in der Dachrinne wuchsen Grasbüschel und junge Eichen. Statt eines Gartens gab es nichts außer weichem Waldboden. Das Haus sah verlassen aus. Sein Anblick löste ein mulmiges Gefühl in meiner Magengegend aus, die Härchen auf meinen Unterarmen stellten sich auf. Neugierig trat ich näher.

„Die Außenjalousien sind erst ein paar Jahre alt. Jemand muss sie nachträglich montiert haben."

„Also wenn ich hier wohnen müsste, würde ich auch Rollläden haben wollen. Sonst glotzen einem ja die Elche auf den Küchentisch."

„Hier gibt's keine Elche." Ich startete einen Rundgang um das Haus, Klaus-Jürgen hielt sich dicht hinter mir. „Schade, dass sie heruntergelassen sind, so können wir gar nicht hineinsehen."

„Kein Problem, so nen Rollladen mach ich dir rucki-zucki funktionsuntüchtig. Viel einfacher ist's aber durch die Tür."

Wir waren wieder vorm Haus angelangt. Es gab weder einen Briefkasten, noch eine Hausnummer oder ein Namensschild.

„Woher weißt du eigentlich, dass der Kerl hier wohnt?" fragte ich skeptisch.

„Von der Gräfin. Ihre Beschreibung passt eins a."

„Du hast die Gräfin gefragt, seine Chefin? Ja, bist du denn bescheuert? Warum hast du nicht gleich Plakate gedruckt und sie an alle Einwohner verteilt?"

Klaus-Jürgen machte einen zerknirschten Eindruck. „Hhmm, jetzt, wo du's sagst ... War wohl doch keine so gute Idee. Aber ich bin mindestens eine halbe Stunde durch die Gegend gekurvt und konnte das Haus nicht finden. Und dann erschien plötzlich eine Frau im Scheinwerferlicht. Sie hatte ihren Jagdhund dabei."

„Und du hast angehalten und sie nach Ingo Halbig gefragt?"

Klaus-Jürgen nickte. „Sie sagte, er sei ihr Stallbursche. Er mistet pro Tag sechzig Pferdeboxen aus."

„Na toll. Lass uns wieder fahren."

„Warum? Der ist bestimmt schon bei der Arbeit. Da können wir uns ganz in Ruhe in seiner Hütte umschauen."

Sprach's, fischte ein kleines silbernes Werkzeug aus seiner Jackentasche, und drei Sekunden später stand die verwitterte Eingangstür sperrangelweit offen. Uns schlug ein modriger Geruch entgegen, wie er in feuchten, ungelüfteten Räumen vorherrscht. Außerdem roch ich schales Bier und noch etwas anderes: Kerzen.

Das Hausinnere war stockdunkel. Ich hörte nichts, außer dem Rascheln der Blätter, Vogelgezwitscher und Klaus-Jürgens schwerem Atem. Diese Unternehmung war mehr als riskant. Sollte hier tatsächlich der Pralinenmörder wohnen und er uns entdecken, dann gnade uns Gott. Irre sind zu allem fähig. Schuld war meine unbezähmbare Neugier. Sie trieb mich in das finstere Innere des Hauses. Als ich den ersten Schritt getan hatte, fiel mir ein, dass ich meine Handtasche im Wagen gelassen hatte. Diese hätte ich im Notfall prima als Waffe benutzen und sie dem Mörder um die Ohren hauen können.

„Hast du zufällig eine Taschenlampe dabei?" fragte ich Klaus-Jürgen leise, dessen Atem ich warm in meinem Nacken spürte.

„Sorry, tut mir leid. Hab ich im Auto vergessen, soll ich sie holen?"

Der Kerzenduft zog mich magisch an. Meine Haut kribbelte, als wären dort Ameisenkolonien unterwegs, und ich spürte jeden einzelnen Muskelstrang in meinem Nacken.

„Nein, wir werden einen Lichtschalter finden."

„Du hast schon wieder ‚wir' gesagt!" jubelte er.

„Halt die Klappe!"

In winzigen Schritten tastete ich mich vorwärts. Hier drinnen war es so finster, dass man nichts sehen konnte. Ich blieb stehen und wartete, bis sich meine Augen an die Dunkelheit gewöhnt hatten. Aber es wollte sich keine Nachtsicht einstellen. Ich trat weiter in das Haus hinein, die Hände wie eine Blinde vor mich ausgestreckt.

Wir befanden uns in einem schmalen Flur, und ich erwartete beinah, jeden Moment gegen eine Wand oder eine geschlossene Tür zu prallen. Stattdessen stieß ich mit dem Fuß gegen eine leere Flasche, und das Klirren und Poltern, mit dem sie umfiel und davonrollte, machte einen Höllenlärm.

„In dieser verdammten Hütte sind keine Lichtschalter", fluchte Klaus-Jürgen. „Hier gibt's bestimmt nicht mal Strom."

Deshalb die brennenden Kerzen ...

Ich tappte vorsichtig weiter, und mit jedem Zentimeter kam ich dem Kerzenduft näher.

„Es hat überhaupt keinen Sinn, durch diese Höhle zu latschen. Ich gehe jetzt zurück zum Auto und hol uns ..."

„Schscht!" machte ich. „Da drin ist jemand."

Ich hatte eine Türklinke ertastet und war mir nahezu hundertprozentig sicher, aus dem Raum dahinter ein Geräusch gehört zu haben.

„Lass uns umkehren. Ich hab gar kein gutes Gefühl dabei", sagte Klaus-Jürgen. „Wenn der Typ wirklich da drinnen ist ..."

Ich hatte auch kein gutes Gefühl, aber ich sprach nicht darüber. Stattdessen drückte ich die Klinke runter, gab der Tür einen Schubs und ging hinein.

„Bist du verrückt?" schimpfte Klaus-Jürgen.

Ich befand mich in einem Gotteshaus. Der Schein hoher, dicker, weißer Kerzen erhellte das Antlitz der Jungfrau Maria. Es war ein viel ergreifender Anblick als Knuths Gemälde. Klaus-Jürgen tauchte neben mir auf.

„Mein lieber Scholli, ist das ein Altar, oder was?"

Ich trat ein paar Schritte näher, meinen Begleiter dicht hinter mir und erkannte meinen Irrtum: Das war nicht die Jungfrau Maria, sondern ein großes, gerahmtes Bild, welches eine wunderschöne Frau im Halbprofil zeigte. Sie wirkte bezaubernd jung, gesund und verliebt. Das musste Paula Grewing sein. Der Anblick war so überraschend und überwältigend, dass mir einen Moment die Luft wegblieb.

Ich zählte die Kerzen auf dem Altar, es waren zehn. Und dann sah ich die Glasschüssel, eine von der Größe, wie man sie gebraucht, um einer sechsköpfigen Familie den Nachtisch zu servieren. Die Schale war randvoll gefüllt mit Je t'aime-Pralinen!

„Guck dir mal an, was der gesammelt hat!" staunte Klaus-Jürgen. Er wies auf die Zimmerwände, denen ich bisher noch gar keine Beachtung geschenkt hatte. Sie waren tapeziert mit Zeitungsausschnitten, die den Busunfall zum Thema hatten, und etlichen Fotos von Paula Grewing. Wir befanden uns in einem Gedächtnisraum für eine tote Frau.

An einer Wand befanden sich sieben verschiedene Steckbriefe. Auf jedem prangte das Foto eines Menschen mit Namen und Adresse, einer kurzen Beschreibung seines Äußeren und seiner Lebensumstände. Zwei dieser Blätter waren mit einem dicken schwarzen Stift durchgestrichen worden. Ich brauchte nicht näher hinzusehen, um zu wissen, dass es sich um Evis und Charlottes Steckbriefe handelte. Ich sah mich um. Dies war ein Wohnzimmer mit einem abgewetzten Sofa und drei Sesseln, sowie einem niedrigen Tisch mit Kacheln. Überall standen und lagen leere Schnapsflaschen herum. Der Menge nach zu urteilen, war der Bewohner Alkoholiker. Als seine Verlobte durch den Unfall gestorben war, hatte Ingo Halbig versucht, sich das Leben zu nehmen. Nach seiner Therapie hatte er sich fernab der Zivilisation verkrochen und war vermutlich dem Alkohol verfallen, dem Selbstmord auf Raten gewissermaßen. Er verdiente seinen Lebensunterhalt, indem er Pferdeställe ausmistete. Wahrscheinlich begegnete er den ganzen Tag lang keiner Menschenseele, außer vielleicht dann und wann der Gräfin. Sein Haus war angefüllt mit Andenken an die verstorbene Geliebte. Gewiss hatte Ingo Halbig seinen Realitätssinn vollkommen verloren. Wollte er jetzt, zehn Jahre nach Paulas Tod, mit den „Schuldigen" abrechnen?

Ja, das wollte er. Die Businsassen waren der Grund, weshalb die Fahrt überhaupt stattgefunden hatte. Wären die Reisenden nicht, wäre seine Verlobte noch am Leben. Deshalb sollten sie das gleiche Schicksal erleiden wie Paula. Sie sollten aufgeschlitzt in ihrem eigenen Blut am Boden liegen.

Ich überflog die Überschriften der sauber ausgeschnittenen und an die Wände gehefteten Artikel. Es war auch eine Todesanzeige des Busfahrers dabei. Er war vor zwei Jahren vermutlich eines natürlichen Todes gestorben. Langsam drehte ich mich wieder um zum Altar, schauderte und hielt inne.

„Irgendetwas stimmt hier nicht", murmelte ich. Aus der leisen Ahnung, die mich beschlich, wurde binnen Sekunden Gewissheit. Das riesige Porträt, die Wände voller Zeitungsausschnitte und Fotos, der abgedunkelte Raum mit den brennenden Kerzen. Und die Glasschale voller Pralinen.

Ja, es waren die Pralinen, die dieser Szenerie das i-Tüpfelchen aufsetzen sollten. Und genau so empfand ich dieses Ambiente: aufgesetzt und inszeniert. Als hätte man uns erwartet, uns einen Empfang bereitet. Und vorher die Rollläden heruntergelassen, damit wir keinen Blick von außen hineinwerfen konnten.

„Die Rollläden ...", flüsterte ich.

Klaus-Jürgen sah mich verständnislos an.

„Sie sind erst kurz zuvor heruntergelassen worden. Der Grünspan auf den Kästen und dem ganzen Haus ..."

Klaus-Jürgen haute sich die flache Hand vor die Stirn.

„Tatsächlich! Die Rollläden hätten ebenfalls grün sein müssen, aber sie waren ganz hell."

„Man hat uns erwartet", stellte ich fest, „und gaukelt uns etwas vor." Ich deutete auf die Dekorationen.

„Wo Ingo Halbig wohl ist?" rätselte Klaus-Jürgen laut. Und wie auf dieses Stichwort hin, stolperte ein Mann in den Raum. Er war ungefähr

Mitte dreißig, hatte schütteres Haar mit einer beginnenden Stirnglatze und ein eiförmiges Gesicht, das auffallend rot im Schein der Kerzen glänzte. Die engstehenden Augen wirkten fiebrig und unstet. Der Mann war äußerst nervös, fast panisch.

Klaus-Jürgen packte meinen Arm und zog mich hinter sich, um mich mit seinem massigen Körper abzuschirmen. Ich machte mich von ihm los.

„Das ist ein zweifacher Mörder, und der schreckt bestimmt nicht vor einem dritten und vierten Mord zurück!" brüllte er und schob mich grob zurück hinter seinen lebendigen Schutzwall.

Der junge Mann war stehengeblieben und starrte uns entsetzt an. Er sprach kein Wort.

„Dieser Mann hat Evi und Charlotte nicht umgebracht", sagte ich ruhig und kam erneut aus der Deckung hervor. Klaus-Jürgen war so geplättet von diesem Ausspruch, dass er vergaß, mich erneut hinter sich zu schieben. Sein gesundes Auge flog verwirrt zwischen mir, dem Mann und dem Altar hin und her.

„Hä?" machte er in Erwartung einer Erklärung.

„Die beiden Morde hat derjenige verübt, der uns diesen Empfang hier bereitet hat. Dies ist eine Falle, und ich bin voll hineingetappt!"

„Falle? Ja, dann nichts wie weg hier! Komm, lass uns verschwinden, mir ist sowieso nicht wohl bei ..."

„Zu spät", sagte ich. Dass wir dieses Haus nicht so einfach verlassen konnten, wie wir es betreten hatten, war mir in dem Moment aufgegangen, als Ingo Halbig das Zimmer betrat.

„Zu spät – zwei schicksalsschwere Worte!"

Beim Klang der Stimme flogen wir gleichzeitig herum und starrten zur Tür. Dort stand ...

„Gisela Wagenmacher", sagte ich nüchtern.

„Ganz recht, Schnüfflerin!"

Gisela Wagenmacher war mit einer Nadelstreifenhose und einer eleganten Lederjacke bekleidet. Unter der Jacke trug sie eine weinrote Satinbluse mit Stehkragen. Sie hatte schwarze, eng sitzende Lederhandschuhe an und war mit einer ziemlich großen Pistole bewaffnet. Ich versuchte, einen Blick darauf zu erhaschen, um festzustellen, ob sie echt war, aber es war zu schummrig im Raum.

„Und jetzt setzt euch in Bewegung. Los, rüber zu dem Schwachkopf!" zischte sie und machte mit der Knarre eine Bewegung zu Ingo Halbig hin, der sich rechts von uns neben dem Altar befand. Klaus-Jürgen setzte sich langsam in Bewegung und zog mich mit sich. Frau Wagenmacher wollte uns wie eine Herde in eine Zimmerecke zusammentreiben.

Ich blieb stehen.

„Und dann? Wollen Sie uns alle über den Haufen schießen?" fragte ich und bemühte mich, meiner Stimme einen selbstbewussten Klang zu verleihen. Lass dich von ihr bloß nicht einschüchtern, sonst hast du verloren! Danke, Jonny.

Gisela ließ ein kurzes, höhnisches Lachen hören, das ihr geschminktes Gesicht im flackernden Kerzenschein zu einer Fratze verzerrte. „Wie schlau Sie doch sind, Frau Hobby-Detektivin. Ich werde erst euch beide umlegen, und anschließend werde ich dem Schwachkopf Halbig dabei helfen, sich das Leben zu nehmen. Er wird sogar einen Abschiedsbrief hinterlassen. Und was glaubt die Polizei, wenn sie euch irgendwann hier findet? Ganz richtig: Da hat die alte Schnüfflerin doch tatsächlich den Mörder der beiden armen Frauen erschnüffelt und ist mitten in der schönsten Schnüffelei erschossen worden. Und ihr dicker Schnüffelkumpan gleich dazu."

„Aber warum sollte sich Ingo Halbig das Leben nehmen? Das passt nicht ins Bild. Die Polizei wird darüber stolpern. Er hat sich nach den letzten beiden Morden auch nicht umgebracht, warum sollte er es nach weiteren zweien tun?"

„Weil er ein schwachköpfiger Säufer ist, der sich schon einmal umbringen wollte."

„Ein Schwachkopf plant seine Morde nicht bis ins Detail und führt sie anschließend exakt genau so durch. Dazu braucht man ein gewisses Maß an Intelligenz und Kalkül."

Frau Wagenmacher ließ sich weder verunsichern, noch länger hinhalten. Sie hatte genug geplaudert und funkelte mich böse an. „Los jetzt, ihr beiden Helden, rüber zu Halbig!"

Ich rührte mich nicht.

„Eine Frage noch, Frau Wagenmacher, bevor Sie mich erschießen: Warum haben Sie diesen ganzen Zirkus veranstaltet? Sie hätten sich Charlotte viel einfacher vom Hals schaffen können."

„Um dann wegen Mordes verhaftet zu werden! Irgendwann wäre die Polizei möglicherweise auf mich gekommen. Dass ich Charlotte nicht ausstehen konnte, ist nun wirklich kein Geheimnis. Schließlich hatte die Schlampe es auf meinen Hugo abgesehen. Die Idee mit Ingo Halbig kam mir eines Nachmittags, als sie Hugo unter irgendeinem Vorwand mal wieder zu sich ins Haus lockte und er alles stehen und liegen ließ und brav wie ein Hündchen zu ihr trottete."

Gisela Wagenmacher litt unter einem ausgeprägten Minderwertigkeitskomplex, woraus folgte, dass sie extrem eifersüchtig war. Minderwertig fühlt man sich, wenn man fürchtet, nicht gut genug zu sein. Ein Mensch, der des Privilegs beraubt ist, in seinen oder in den Augen der Gesellschaft, in der er lebt, zu Bedeutung zu gelangen, kann sehr gefährlich werden. Ich fragte mich, warum ich nicht schon viel früher darauf gekommen war. Aus Gisela Wagenmachers Verhalten hätte ich längst meine Schlüsse ziehen können.

„Wollen Sie etwa alle Frauen aus dem Weg räumen, denen Ihr Hugo begegnet?" fragte ich provozierend.

Gisela lachte unfroh auf und fixierte mich aus kohlschwarzen Augen, als hätte sie die Anwesenheit der beiden anderen Männer im Raum ausgeblendet, blieb mir aber eine Antwort schuldig.

„Und Evi Schrader? Sie töten unschuldige Frauen, um sich die Zuneigung Ihres Mannes zu sichern? Schämen Sie sich gar nicht?"

„Die musste sterben, damit die Polizei Ingo Halbig für den Mörder hält", schaltete sich Klaus-Jürgen lautstark ein, weil er wohl ebenfalls etwas zum Thema beitragen wollte. Bis dahin war das Gespräch eine persönliche Sache zwischen mir und Gisela Wagenmacher gewesen. Klaus-Jürgens überflüssiger Kommentar katapultierte Gisela mit einem Schlag zurück in die Wirklichkeit.

„So, und nun ist Schluss mit lustig!" Sie entsicherte die Pistole, legte den rechten Zeigefinger auf den Abzug und zielte auf mich. Aus dem Augenwinkel sah ich, dass Ingo Halbig erbärmlich zitterte und lautlos weinte.

Dann zerriss ein ohrenbetäubender Schuss die Stille, und ich flog durch den Raum. Ich landete auf den Bodendielen und stieß mit dem Kopf schmerzhaft gegen die Wand. Es dauerte einen Augenblick, bis ich kapierte, was geschehen war: Klaus-Jürgen hatte mich gepackt und hinter sich geschleudert, um mich vor der Kugel zu schützen.

Der große, schwere Mann ging polternd direkt vor meiner Nase zu Boden. Ich schrie zu Tode erschrocken auf und sah, wie ein Strom hellroten Blutes sich aus seinem Bauch ergoss.

Er presste beide Hände auf die Wunde und drehte mir langsam das Gesicht zu. Mit schmerzverzerrtem Blick lag er neben mir auf dem Fußboden und schaute mich an. Dann nahm er langsam eine Hand von der

Wunde und reichte sie mir, als wolle er sich von mir verabschieden. Die Hand war über und über mit Blut beschmiert.

Ingo Halbig, der die ganze Zeit noch nicht einen einzigen Laut von sich gegeben hatte, fing jetzt urplötzlich an zu schreien. Er schrie so schrill und durchdringend, wie ich noch nie einen Menschen schreien gehört habe. Dabei hielt er sich selbst die Ohren zu, und die Tränen liefen ihm über die Wangen.

„Hör auf zu schreien!" brüllte Gisela, ging auf Ingo zu und zog ihm die Pistole quer durchs Gesicht. Der Verletzte verstummte bis auf ein Wimmern.

Ich rappelte mich auf, kniete mich neben Klaus-Jürgen und bettete seinen Kopf in meinem Schoß. Er lächelte schwach, und ich bildete mir ein, dass er mir mit seinem gesunden Auge zuzwinkerte. Seine Atmung war sehr flach, und die Farbe wich von Sekunde zu Sekunde aus seinem Gesicht. Ich bemerkte, dass meine Knie zitterten und nass von dem vielen Blut waren.

„Hat der Fettwanst sich doch tatsächlich vorgedrängelt." Giselas Stimme klang bedrohlich ruhig, während sie die Waffe erneut auf mich richtete. Sie zielte direkt auf meine Brust. Ich blickte hinunter in Klaus-Jürgens leichenblasses Gesicht und bat Gott inständig um einen Platz im Himmel, als der nächste Schuss fiel.

Erst Sekunden später wurde mir klar, dass ich noch am Leben war. Die Kugel hatte mich nicht getroffen, ich saß nach wie vor auf Knien und hielt den Kopf des sterbenden Klaus-Jürgen auf dem Schoß. Hatte es Ingo Halbig erwischt?

Ich warf einen Blick nach rechts und sah, dass der junge Mann zuckend bäuchlings auf dem Fußboden lag. Er schlug fortwährend mit der Stirn auf die Holzdielen, seine Hände waren zu Klauen verkrampft. Halbig hatte einen epileptischen Anfall, doch eine Schussverletzung entdeckte ich nicht.

In Erwartung, wiederum direkt in die Mündung des Revolvers zu schauen, wandte ich mich zurück zu Gisela Wagenmacher. Doch statt in die Mündung guckte ich jetzt in die einer Schrotflinte. Gisela lag rücklings auf dem Boden in einer immer größer werdenden Blutlache. Ihre Augen starrten blicklos an die Zimmerdecke, der perfekt geschminkte Mund stand offen. Der Revolver war ihr aus der Hand gefallen und befand sich einen halben Meter neben ihrer Schulter.

„Mein Gott, hab ich sie erschossen? Es ging alles so schnell ...“, rief eine schlanke, brünette Frau mittleren Alters, die Flinte im Anschlag, und wies damit auf Gisela. Die Fremde trug eine lindgrüne, halblange Lodenhose, dunkelgrüne Kniestrümpfe mit Edelweiß-Emblem und braune Sympatex-Boots. Das war gewiss die Gräfin.

„Sie haben genau richtig gehandelt“, beruhigte ich sie. „Wären Sie nur eine Minute später gekommen, hätten Sie nämlich neben meiner Leiche auch die Ihres Angestellten gefunden.“

Ich wunderte mich selbst, dass meine Stimme ruhig und fest klang. Innerlich war ich total aufgewühlt, und ich zitterte am ganzen Leib.

„Ingo! Was ist los? Um Himmels Willen, was ist mit dir?“ Die Frau ließ die Waffe sinken und stürzte zu dem sich am Boden windenden Mann.

„Er hat einen epileptischen Anfall“, klärte ich sie auf. „Besorgen Sie ihm ein Kissen oder eine Decke und legen Sie es unter seinen Kopf, damit er sich nicht verletzt. Ansonsten können Sie momentan für ihn nichts tun, aber wir müssen dringend für meinen Freund einen Krankenwagen rufen. Haben Sie ein Telefon dabei?“

Sie nickte, griff mechanisch in die Tasche ihrer jägergrünen Wachsjacke und gab mir das Handy, ohne den Blick von Halbig zu wenden. Geschickt schob sie eines der verschlissenen Sofakissen unter seinen Kopf und machte sich auf die Suche nach einer Decke.

Ich wählte mit den Fingerspitzen einer Hand die 112. Mit der anderen hielt ich weiterhin Klaus-Jürgens Kopf. Die Krankenhausverbände hingen wie blutgetränkte Lappen an meinen Händen. Dann zog ich umständlich mein Sweatshirt aus und presste es auf Klaus-Jürgens Bauchwunde. Zwar bildete ich mir ein, dass der Blutstrom etwas geringer wurde, doch das Shirt war binnen kürzester Zeit völlig durchnässt. Mir wurde höllisch elend beim Gedanken, dass Klaus-Jürgen die Verletzung nicht überlebte. Ich hatte ihn angerufen und um Hilfe gebeten, meinetwegen war er hierher gefahren, und dann hatte er meinen Körper mit seinem geschützt. Es war alles ganz allein meine Schuld ...

Die Gräfin hatte Halbig in eine Decke gehüllt und erfasste erst jetzt das volle Ausmaß der Schwierigkeiten, in denen Klaus-Jürgen steckte. Schon rannte sie aus dem Zimmer und kehrte kurz darauf mit fünf oder sechs grauen, durchscheinenden Handtüchern zurück, mit denen ich den Blutstrom einzudämmen versuchte. Klaus-Jürgen war inzwischen nicht mehr bei Bewusstsein.

Kurz nachdem die Gräfin erneut den Raum verließ, hörte ich einen blubbernden Motor anspringen. Im gleichen Augenblick wurde es hell im Raum. Von der Decke hing eine Glühbirne samt Fassung an einem kurzen Kabel, was mir zuvor nicht aufgefallen war.

„Das Notstromaggregat", klärte mich die Gräfin auf, als sie zurückkehrte. „Dieses Haus ist leider nicht ans öffentliche Stromnetz angeschlossen." Sie ging zurück zu Ingo, dessen Krämpfe nachzulassen schienen, überzeugte sich von seinem Zustand und richtete sich sodann wieder auf. „Was zum Teufel ist hier eigentlich passiert? Und was haben Sie und die anderen zwei hier überhaupt zu suchen?"

Wie sollte ich ihr das bloß erklären?

„Diese Frau", ich wies mit dem Kinn auf die tote Gisela, „hat zwei Menschen erstochen. Die Morde wollte sie Ingo Halbig in die Schuhe schieben. Mein Begleiter und ich sind ihr auf die Schliche gekommen."

„Das haben Sie aber nicht besonders schlau angestellt", rügte mich die Gräfin. „Warum haben Sie denn nicht die Polizei informiert, anstatt sich in solche Gefahr zu bringen?"

Der Klang der sich nähernden Krankenwagensirene enthob mich glücklicherweise einer Antwort.

Epilog

Ich saß auf meinem Lieblingsplatz am Fenster und schaufelte eine Riesenportion Vanilleeis mit heißen Kirschen in mich hinein. Draußen tobte ein heftiger Sturm und scheuchte gelbe und braune Blätter durch die Straße. An der Scheibe lief der Regen in Strömen hinab. Ich war rundum zufrieden. Auf dem Tisch stand das Geschirr meines vorangegangenen, üppigen Mahls. Niemand aus der Runde hatte sich bisher aufraffen können, die Teller und Schüsseln abzuräumen.

„Woher wusste die Mörderin, dass du zu Halbig fährst?" wollte Elvis wissen. Seine rechte Hand befand sich unter dem Tisch und ruhte warm auf meinem Oberschenkel. Ich ließ sie, wo sie war, und malte mir aus, welche Regionen meines Körpers sie außerdem erwärmen könnte.

„Sie hat Klaus-Jürgen vor meiner Wohnungstür abgefangen, ihn ausgehorcht und sich an seine Fersen geheftet. Als wir auf die Autobahn fuhren, hat sie zwei und zwei zusammengezählt."

Bei der Erwähnung von Klaus-Jürgens Namen spürte ich, wie sich Elvis' Hand kurzzeitig verkrampfte.

„Dann muss die ja ganz schön schnell gefahren sein, um vor euch da zu sein", meinte Danilo, der wie gebannt an meinen Lippen hing.

„Nun, Gisela Wagenmacher hatte den Vorteil, dass sie sich in Hanstedt bereits auskannte und direkt Halbigs Haus ansteuern konnte, während Klaus-Jürgen Ewigkeiten danach suchte. Sie parkte ihr Auto irgendwo im Wald und verschaffte sich Einlass, indem sie dem völlig verdutzten Ingo die Knarre vor die Nase hielt."

„Booaah!" machte Danilo.

„Und dann?" fragte Elvis. Seine Hand hatte sich wieder entspannt und war jetzt etwa dreieinhalb Zentimeter höher gewandert.

„Dann hat sie Ingo gezwungen, sein Wohnzimmer mit all dem Klimbim herzurichten. Die Zeitungsartikel und all das Zeugs hatte sie bereits vor ein paar Wochen unter Halbigs Matratze versteckt. Charlotte wurde seit dem Busunfall immer wieder von Alpträumen geplagt, davon hatte Gisela gewusst, und so ist sie auf die Idee gekommen. Es muss sehr schwierig gewesen sein, die damaligen Teilnehmer der Fahrt ausfindig zu machen, zumal das Busunternehmen mittlerweile pleite ist und dort angeblich keine Unterlagen mehr existieren. Ich habe keine Ahnung, wie Gisela die Namen herausbekommen hat."

„Aber mal angenommen, die Polizei wäre selbst irgendwann auf die Idee gekommen, Halbig könne der Täter sein. Denen hätte sie wohl keine Falle stellen können. Schwuppdiwupp wäre ihr ganzer Plan den Bach runter gegangen."

„Nicht in dem Sinne, denn Gisela hatte vorgesorgt. Wenn sie spitze-kriegt hätte, dass die Polizei Halbig aufs Korn nehmen will, wäre sie hingefahren, hätte ihn umgelegt und es wie einen Selbstmord aussehen lassen. Das Wohnzimmer hätte sie genau so hergerichtet, wie wir es vorgefunden haben. Vermutlich hätte sie Halbig vorher noch gezwungen, einen Abschiedsbrief zu schreiben, wer weiß. Den gleichen Plan hatte sie auch für den Fall, dass die Polizei wider Erwarten ihr selbst auf die Pelle rückte. Dann hätte sie sie mit der Nase auf den Busunfall gestoßen und Halbigs damals ausgesprochene Drohung dabei hervorgehoben."

„Und wenn die Polizisten nun zu Halbig gefahren wären, ohne dass Gisela Wagenmacher zuvor davon Wind gekriegt hätte?" hakte Elvis nach. Seine Finger wanderten Millimeter für Millimeter bergauf.

„Dann hätten sie bei einer Durchsuchung einen Alkoholiker vorgefunden, der psychisch äußerst labil ist, und unter dessen Matratze sich ein Haufen belastendes Material samt der Tatwaffe befindet."

„Donnerwetter, und das alles, weil die Frau krankhaft eifersüchtig ist?"

„Ja. Wer hätte Ingo Halbigs Unschuldsbeteuerungen da noch geglaubt?

Gisela kalkulierte dieses kleine Restrisiko einfach mit ein", beendete ich meine Ausführungen, legte den Löffel neben den leeren Eisbecher und lehnte mich pappsatt zurück.

„Dann muss deine Schnüffelei Gisela Wagenmacher von Anfang an ein Dorn im Auge gewesen sein", vermutete Elvis.

„Nicht nur ihr. Bernd hat bis heute kein Wort mit mir gesprochen."

Elvis lachte. „Eigentlich sollte er dir dankbar sein. Schließlich hast du deinen Kopf hingehalten, damit er die Gehaltserhöhung einstreicht."

„Genau so sehe ich das auch", erwiderte ich aus tiefster Überzeugung.

„Du und dein Nachbar Klaus-Jürgen, ihr seid die Helden der Stadt", sagte Danilo bewundernd. „In der Nordsee-Zeitung warst du auf der Titelseite. Allein die vielen Köpfe, die nach der Aufdeckung der HavenBau-Affären rollten, und dann auch noch die Aufklärung der Frauenmorde."

„Nun ..." Ich spielte die Bescheidene.

„Sogar auf Radio Bremen haben sie über dich berichtet. Und du warst bei Buten und Binnen im Vorabendprogramm! Tante M., du bist jetzt berühmt."

„Nun ...", wiederholte ich.

„Wie geht's Klaus-Jürgen denn jetzt?" wollte der Junge wissen.

„Oh, seitdem er wieder feste Nahrung zu sich nehmen darf, geht's steil bergauf mit ihm. War ein glatter Bauchschuss, bei dem er zwar viel Blut verloren hat, doch es ist glücklicherweise kein Organ verletzt worden."

„Drei Dinge sind mir noch nicht klar: Wie kam es, dass die Gräfin plötzlich im Wohnzimmer auftauchte? Und woher hatte Gisela Wagenmacher die Pistole? Und was ist mit Lonzo Zacharias passiert?"

„Das Auftauchen der Gräfin ist allein Klaus-Jürgens Verdienst", erklärte ich. „Er hatte sie angesprochen, bevor wir Halbig aufsuchten. Weil ihr Angestellter niemals Besuch bekam und schon gar nicht so früh am Morgen, schnappte sie sich ihre Schrotflinte und machte sich auf den Weg, um nach dem Rechten zu sehen. Das war unser Glück, denn sonst wären wir jetzt tot."

Elvis' wandernde Hand stellte klar, dass es weitaus besser war, am Leben zu sein.

„Warum um alles in der Welt besitzt diese Frau eine Schrotflinte?"

„Oh, die Gräfin besitzt eine unglaublich umfangreiche Waffensammlung. Ich hatte bereits das Vergnügen, sie mir ansehen zu dürfen. Die Dame ist Jägerin und hat einen Waffenschein. Ganz im Gegensatz zu Gisela Wagenmacher: Die hatte keine Erlaubnis und den Revolver einem russischen Bekannten ihrer Busenfreundin Viola Hünerfus abgekauft. "

„Und Lonzo Zacharias, dieser grausame Mörder? Ist es wahr, dass er dich mitten in der Nacht überfallen hat?"

„Ja, um mir auf seine ganz eigene, charmante Art Hallo zu sagen. Zum Glück kann Wilhelmine Germascheck nachts nicht schlafen und hat ihn vertrieben." Lächelnd fuhr ich fort: „Ich habe gehört, dass er vorgestern tot aus der Weser gefischt wurde."

„Was du nicht sagst – noch ein Toter!" rief Danilo. „Das könnte ja dein nächster Fall sein: Herausfinden, warum Zacharias so kurz nach seiner Haftentlassung gestorben ist. Ob da wohl jemand nachgeholfen hat?"

Diese Frage konnte ich auch ohne neuerliche Ermittlungen beantworten, aber ich würde einen Teufel tun und den Verantwortlichen nennen. Der war weiß Gott schon gestraft genug. Da musste die Kripo wohl mal einen Mordfall ohne meine Hilfe lösen.

„Gott sei Dank hast du alles heil überstanden. Ich habe mir ganz furchtbare Sorgen gemacht, als ich hörte, dass du gefoltert worden bist und im Krankenhaus liegst. Als ich dich besuchen wollte, warst du jedoch schon über alle Berge."

Ich musste grinsen, als ich an meine Flucht aus dem Krankenhaus dachte.

Elvis' Hand legte sich jetzt hart auf meinen Schenkel.

„Versprich mir eines!" sagte er ernst und sehr fordernd, ganz dicht an meinem Ohr.

„Und was?" flüsterte ich erwartungsvoll.

„Lass in Zukunft die Finger von solch gefährlichen Dingen! Die Aufklärung von Verbrechen ist Sache der Polizei."

Augenblicklich löste ich seine Hand von meinem Bein und rückte ein Stück von ihm ab.

„Dieses Versprechen", sagte ich fest, „werde ich dir niemals geben!"

ÜBER KARIN KÖSTER

Karin Köster lebt in einem Holzhäuschen im Wald, wo sich die Eichhörnchen tummeln und zum Frühstück auch mal ein Reh durchs Fenster schaut. Als Tierheilpraktikerin und Pferdeliebhaberin hat sie mit ihrem Buch „Praktischer Ratgeber Sommerekzem – Ein Weg zur Heilung" bereits vielen Menschen und betroffenen Pferden geholfen. Lustige Frauenromane, Krimis und Geschichten sind weitere Ergebnisse ihrer unstillbaren Leidenschaft fürs Schreiben.

Neben Büchern schreibt sie Songtexte, die von Marcus Friedeberg vertont werden. Einige ihrer Songs sind auf Youtube zu finden. Regelmäßig veranstaltet sie Lesungen mit Begleitung der Musiker Joanna Scott-Douglas und Marcus Friedeberg.

Aktuelle Informationen gibt es auf:
http://www.karin-koester.de und
www.facebook.com/koester.karin

Doris schlittert von einer Katastrophe in die nächste. Um zumindest ihr
Privatleben in den Griff zu kriegen, zieht sie in eine männerverachtende
Frauen-Wohngemeinschaft auf dem Lande. Doch kaum hat sie den
„Männer-unerwünscht-Schwur" geleistet, durchkreuzen Landwirt Björn
und der amüsante Arzt Holger ihre Pläne. Obendrein muss sie einen
heißblütigen Italiener beherbergen, ihr Chef droht mit Kündigung und
ihre konservative Mutter taucht in der Wohngemeinschaft auf. Als sich ein
fast vergessener Freund zurückmeldet, ist das Chaos perfekt – und Doris
muss sich entscheiden…

Männer unerwünscht
440 Seiten
ISBN: 978-3-739-22004-8 – 12,99 Euro (D)

Doris' Leben ist ein Trümmerhaufen. Ein paar verkohlte Holzbalken und eine Damenstrumpfhose mit Zwickel sind alles, was ihr geblieben ist. Statt den Kopf in den Sand zu stecken, will sie den Schuldigen finden und zur Rechenschaft ziehen. Dafür muss sie auf dem Bauernhof ihres Ex-Freunds Björn einziehen, dessen Familie sogleich Hochzeitspläne schmiedet. Bei ihren Ermittlungen gerät Doris an ein männliches Unterwäsche-Model und nimmt es mit einem liebeshungrigen Feuerwehrmann auf. Obendrein gerät ihre Geschäftspartnerin auf Abwege und ihre beste Freundin Steff braucht dringend Hilfe. Der Tag der Abrechnung naht – wird Doris auch im größten Chaos die Kurve kriegen?

Lass beim Sex die Socken an
332 Seiten
ISBN: 978-3-739-21762-8 – 12,99 Euro (D)